理由

〔日〕宫部美雪 著
陈宝莲 译

南海出版公司

新经典文化股份有限公司
www.readinglife.com
出　品

就这么结束了。像我们这种人，像我们这种家伙，下辈子也不会再有机会。

——吉姆·汤普森《心中的杀手》

目录

引子

平成八年（一九九六年）九月三十日下午五点左右，东京都江东区高桥二丁目二门三号简易旅馆“片仓屋”老板的女儿片仓信子，来到位于同区的警视厅深川警察局高桥第二派出所。

此时，派出所的值班警察石川幸司正在为城东第二中学一年级学生田中翔子制作报失自行车的笔录。片仓信子和田中翔子都是城东二中篮球队的队员，这天信子请病假，没有参加球队训练，早早就回家了。田中翔子知道这事，因此看到信子时非常惊慌。

因为若是为了逃避练球而装病，那就不只是信子一个人的问题了，一旦穿帮，一年级队员都要负连带责任。正因如此，当信子走近派出所，注意到翔子在里面而停下脚步时，翔子感到自己的心跳几乎要停止了。在这种地方不期而遇，实在是尴尬。翔子心里直埋怨：你既然要装病，为什么不装得漂亮一点？

片仓信子站在派出所入口前约两米的地方，犹豫不前。田中翔子假装没有发现她，将注意力转回到石川这边。但是信子并没有就此离去。就在翔子满心焦虑时，石川注意到了信子。

片仓屋简易旅馆已有漫长的历史。创业者片仓宗郎原为丝料批发店伙计，明治中期在马喰町挂起“片仓旅馆”的招牌，供从乡下进城采购衣料的商人投宿。后来顺应高桥周边地区的发展，营业方式逐渐改变，战后改为专为劳工提供便宜又干净的住宿服务，直到今天。

片仓家业世代相传。如果信子或她的弟弟春树继承了这份家业，就是第六代了。不过信子的母亲幸惠无意如此，她打算在自己这一代就结束家业，为此她和婆婆多惠子争执不断。就在两个月前的盛夏时节，婆媳大吵一番后，多惠子气得离家出走，到了深夜还不见回家。片仓一家担心不已，只好到派出所报案求助。那时，帮忙找寻的就是石川幸司。

石川很早就认识片仓一家，因为片仓屋就在他每天巡逻的必经路上。他常常顺路过去看看，查问有什么异常。今天下午一点时才去过，见到信子的父亲义文，甚至还聊起前天晚上清澄路饮食店发生小火灾的善后事宜。

“信子，怎么，有事吗？”石川招呼信子。

石川的亲切语气让田中翔子很意外，她看看石川又望望信子。信子还站在派出所前扭扭捏捏。就是嘛，心里有鬼啊！翔子不觉生气起来。

“信子，进来啦！”她说，“已经泄底了，就别再躲躲藏藏啦！”

“哎呀，你们是朋友？”石川问，“泄底？什么泄底了？”

翔子说明原委，石川笑了出来。

“信子，逃学不好哦。”

“看来我们要一起跑操场十圈了。”翔子嘟着嘴说，“但是警察叔叔不说就没事。”

“不行，因为我是警察啊。”石川反驳道。

信子依然沉默地低着头。石川发现她的脸色有点不对劲。

“有什么事吗，信子？”

石川招呼着，起身出来，站到信子身旁，这才发现她紧张得微微颤抖。他迅速环视周围，然后拉着她的手臂催她进派出所。“先进去再说。”

信子低头走进派出所。近距离看信子，翔子才看出她的样子不寻常。翔子手上拿着要按手印的报窃通知单，有点紧张，慌忙说：“我的自行车被偷了，就在图书馆那里。没上锁，一下子就不见了。”

信子没有回答，她浑身发抖，仍然低头看着自己的脚尖。她穿着粉红色的运动服和牛仔裤，脚上踩着印有“片仓屋”字样的塑料凉鞋。信子平常最恨这种旅馆客人在附近闲逛时穿的凉鞋，不干净又寒酸。翔子听她说过好几次，知道她对这凉鞋的感觉。可是，她现在正穿着这种凉鞋……

这时，信子眼中突然涌出泪水，直直落到塑料凉鞋的“屋”字上。她下巴颤抖，慢慢抬起脸说：“周刊上的那人就在我们家——就是报上登的那人。”

信子说的是今年六月二日黎明发生于荒川区的一家四口被杀命案的重要关系人石田直澄，他是普通上班族，今年四十六岁，目前下落不明。

但石川并没有立刻明白信子的意思。他很清楚她这个年龄的女孩很会钻牛角尖，小题大做。这一阵片仓家纷扰不断，信子可能是无意识地向外寻求剧烈刺激，以发泄郁积的情绪。在同事之间，石川以擅长保护和指导不良少年出名，他自己对这方面也倾注无限热忱。事实上有一个时期，他也以为自己不是警察，而是老师。

“信子，坚强点，镇静点。”石川弯身盯着信子的脸说，“那个命案的关系人不会住进片仓屋的——如果是这样，你爸妈一定会马上发现的。”

信子泪眼汪汪，不停地摇头。翔子靠到她身边，搂住她的肩膀。

“石田先生真的在我们家，”信子断断续续地说。每次一开口，新的泪珠便滴下来。“我爸妈都知道。”

“真的？”

“是石田先生要我来的，他想请警察过去，因为他的身体非常虚弱，不太能走了。”信子努力说到这里，大吁一口气，“他已经疲惫不堪，所以请警察过去。请你去一趟好吗？”

石川感到困惑。他挺直身子，俯视着信子，正在犹豫时，翔子突然尖声说：“警察叔叔，你去嘛。”

“啊？”

“信子没有骗你。你最好去看看，这说不定会变成你的功劳呢。”

石川犹豫地跨上巡逻用的自行车，吩咐她们稍等片刻，便骑向片仓屋。这时他还是不相信信子的话，或者应该说是不相信自己。他不相信那个极可能是一家四口被杀命案凶手的人会被他碰上。

石川离去后，信子小声说：“石田先生没有杀人。”

田中翔子用力点头。“嗯，我知道了。”

“他是个可怜的大叔。”

“我知道，我相信你说的。”

信子道了谢。

信子的确没有说谎。不久即证实，受到石川巡警保护的中年男子确系石田直澄，也因为他的现身，荒川一家四口被杀命案的谜底与黑幕终于初现曙光。

命案为什么发生？

被杀的是谁？谁又是凶手？

命案之前发生了什么？事后又留下了什么？

第一章　命案

命案发生当晚，大雨。

六月二日，关东地区还没有进入梅雨季节。因此那天晚上下的不是淅淅沥沥的梅雨，而是伴着强劲西风和电闪雷鸣的狂风暴雨。气象局预测，六月一日下午六点到二日凌晨之间的降雨概率是百分之八十。二日凌晨两点左右果然开始下起大雨，到了早上，部分地区降雨量已超过一百毫米。千叶县南部地区发生住宅淹水的灾害，茨城县水户市因为雷灾，三百多户住宅停电。凌晨两点二十分，东京二十三区发布大雨警报，每隔一小时通过NHK综合台播报大雨消息。

命案就在这种天候下发生，因此很难厘清案发当时的状况，也无法正确推定发生的时间，加上第一报案者无心的误导，造成初步搜查阶段现场附近的无谓混乱，使得这桩本来只要按照程序搜证就能侦破的简单命案变得诡异、复杂。

平日从营团地铁日比谷线北千住车站月台，就可以望见“千住北美好新城”西栋二十五层楼高的宏伟建筑，这一天它也慑于风雨之势，隐没在白茫茫的雨雾之中。更准确地说，应该是包含东西两栋高塔以及中央楼层共三栋的千住北美好新城，整个儿隐没在倾盆大雨之中。这时即使有人想抬头仰望命案现场西栋二十楼二〇二五号的窗户，除了茫茫水雾外，什么也看不到。

千住北美好新城的开发计划于昭和六十年（一九八五年）推出，是某大都市银行和它旗下的不动产公司、建筑公司以及专门开发乡镇的中型建筑商联手实施的开发案。

这个计划没有收购建筑用地的问题，也就几乎不会有一般大型再开发计划必然遭遇的地方纠纷。建筑用地的百分之八十原本是制造合成染料的日泰股份有限公司厂房占地。多年来，漆着硕大日泰商标的大烟囱是这个地区的地标。但是，居民和日泰公司之间的历史却也是抗议不断的历史。自经济高度成长期以来，住宅开发的浪潮便不断冲击荒川上游这一带，住宅区和准工业用地彼此交错，纠纷无穷无尽。噪音、恶臭、污水处理、砂石车肇事……因此，几乎没有居民反对迁走日泰公司、在原地兴建公寓大楼的计划。

不论是旧日泰公司的厂房，还是现在的千住北美好新城，都横跨荒川区荣町三丁目和四丁目。当时的町会长有吉房雄说："我们在昭和五十年（一九七五年）左右就听说日泰要出售土地搬到别的地方，那家公司一直周转不顺，要继续在东京市内维持生存确实相当吃力。但是这个消息总是才起个头就没了影儿，然后又突然冒出来，随即又消失，反反复复一直没个定论。因此五十九年春天，商会荒川分会通知我们要正式召开有关日泰出售厂房占地的说明会时，我非常惊讶。"

有吉现在已经搬离荒川区，住在埼玉县三乡市，当时他在本地人称为"荣华路"的商店街经营餐饮店。荣华路是双车道，两旁栉比鳞次地开了二十二家各类商店，附近乡镇的人都来这里逛街购物，现在也一样热闹。当时日泰的员工常到有吉的店里吃吃喝喝，公司要卖地迁厂的消息也是从他们嘴里传出来的。

"以前这个问题谈不妥，是因为日泰是染料厂，大家担心土地里是否渗入什么化学物质。二十年前，江东区和江户川区不都发生了起因于土地残留重金属六价铬的骚动吗？那些地方都是化学工厂的旧址啊。"

不过，日泰公司的卖地迁厂计划实施得很顺利。买方“公园建设”是公寓大楼建筑业中的新兴势力，在这种大型开发项目上成绩尤佳，不久前才以等价交换方式将横滨市郊的老旧小区重新开发成住宅面积大上一倍的新城，公司业务蒸蒸日上。

“而且时机也好，”有吉笑着说，“那时候恰恰是泡沫经济的巅峰期，日泰高价卖掉土地，着实赚了一大笔。”

公园建设一买下日泰的土地，立刻召集当地居民，说明已经开始实施的千住北美好新城建设计划。直到这时大家才渐渐知道，公园建设在还没完成购买日泰土地的手续以前，就已经开始收购日泰周边的住宅和土地。

“买方特别要求在解决日泰公司的土地问题以前不能走漏消息。”

由于旧日泰公司的土地在此项开发案中占有绝大多数面积，如果交易完成前，这个大规模的住宅开发计划就曝光，公园建设担心不知会招来什么样的麻烦。例如，说不定有人会来强制推销计划区外的土地，或是激起情绪性的反抗活动，等等。

“荣华路的商家之中，也的确有几个在计划区内拥有土地，后来在商店街的商会里还真的发生了相当大的纷扰。人哪，就是见不得别人发财。”

虽然有若干类似的纠纷，但是千住北美好新城建设计划是在极受欢迎的气氛下实施的。在费时三年完成工厂设备迁移、整合土地和基础工程后，昭和六十三年（一九八八年）夏天住宅区好不容易正式动工兴建，同时推出预售房。

地上二十五层楼的东西两栋各有三百户，中央十五层楼的中栋包括管理室有一百八十五户，总户数达七百八十五户。地下专属停车场除了确保所有住户的停车空间外，另外设置二十个车位给外来车辆使用。

小区内按照法令规定，设置了绿地、儿童公园、水池及人工水道，整个儿和小区外混杂着中小工厂、商店、旧式独门独院住宅的居住区完全隔开，感觉别有洞天。但是，小区内的绿地、公园是否应对外开放，却是一个大问题。

公园建设方面倾向于采取“不开放”措施，但是当地居民坚决要求“开放”，荒川区对这个棘手的问题也难以因应，一直没有定论。直到千住北美好新城管理委员会正式接管小区事务以后，每隔一年或半年由住户和管理委员会再拉锯一番。

除了等价交换的非预售房部分，一般预售房都在昭和六十三年八月到平成元年（一九八九年）九月的公开销售期间抢购一空。价格最抢手的三室两厅，购买时甚至还出现了一比二十五的竞争率。交房时间定在半年至一年后，也就是平成二年，那一年也正是泡沫经济破灭之年。建设方曾说千住北美好新城将是伴随泡沫经济一起诞生的住宅区，结果它的问世却与泡沫经济的破灭齐鸣。

然而，受到经济虚涨至极而破灭的残酷影响的，不只是建住宅区的公园建设，也包括即将入住新城的新住户。

“那一户本来就不吉利。”千住北美好新城的管理员佐野利明说。他今年五十五岁，命案发生以来的这五个月，他每两天都得进入无人住的西栋二〇二五号开窗透气。“小区里还有其他空房，中栋这边没有。东西两栋合计有二十二套空房，其中一半以上都已经空了一年多。但二〇二五号给人的感觉就是不一样，我的同事也都不喜欢进去，听说还闹鬼呢。”他用粗糙的手摸摸额头，笑着说，“我是不太在意那种事情，不然就不会做大楼管理员这种工作了，不过每次进到那屋里……就总是感觉不对劲。”

小区的管理工作是由住户组成的管理委员会，委托公园建设的分公司“公园房屋股份有限公司”负责。因此，佐野和其他管理员、清洁人员都是公园房屋的正式员工。

算一算，佐野入行至今也已经二十年，在人员流动率大的大楼管理业界算是老手。他说二〇二五号不祥，到底是怎么回事呢？

“有的房子不能安心住人，住户就是无法长住久安。这和流动率大不一样，要不然出租大楼和公寓的情况该怎么说呢？我说的不是这种。我的意思是，有些屋子或房子，入住的住户原本打算长久定居，却总是因为某些事情接二连三地冒出来而不得不搬走，二〇二五号就属于这种房子。”

这个说法如果成立，则整个千住北美好新城都可以说是不祥的公寓大楼小区。从住户全部入住的平成二年（一九九〇年）十月到现在的平成八年十一月底，仅仅六年时间，百分之三十五的住户换过人，而这百分之三十五中，有百分之十八换人超过一次以上。虽说总户数多，但以长住型公寓大楼小区来说，这个比例很反常。

“泡沫经济破灭后紧跟着不景气，无法如期缴交贷款的住户最多。还有，当初为了投资而买房的人，盘算落空，撑不下去只好脱手。大概就是这两种。”

西栋二〇二五号，这套大家都记得发生了多人被杀事件——荒川一家四口被杀命案的房子也不例外。有关二〇二五号的详细情况后面会提到，我们先来回顾一下命案的大致经过。

平成八年六月，时间刚刚转换为二日的深夜时分，风雨大作，雷电交加。

“那晚……刚过一点钟，我就离开了公司。”住在西栋二〇二三号的编辑葛西美枝子回忆说，“天气实在坏透了，我叫了无线电出租车。司机是个新手，不太认识路，所以我也难得没打瞌睡，专心听车上的广播——我想是气象报告吧。接近大楼时我告诉司机大门的方向。车子直接开进地下停车场，下车时我看了一下表，快两点了。我心里惦记着我丈夫是不是已经先到家，匆匆走向电梯。”

大楼里的电梯都通向地下停车场。西栋的电梯共有六部，在停车场中央，左右各三，相向而立。只要按其中一部的升降钮，电脑控制系统会指示最近的一部载客。这设备在市中心的五星级大饭店和百货公司很常见，但是住宅小区采用的还很少。

葛西按下二号电梯的按钮后，背后的四号电梯出现反应。她转过头来看显示灯，四号电梯正在二十楼，并继续往下降。

“尽管其他电梯都是空的，任何一部都可以启动，可它们都由电脑控制，我还是得等这一部慢慢下来。尤其是晚上十一点过后采用省电运转模式，总是让晚归的我等得焦急不已。”

葛西看着雨衣和雨伞滴落的水珠，耐心等候。四号电梯直直降下，途中没在任何一层停靠。葛西心想，在这雷雨交加的半夜三更，大概是某个住户要来地下停车场。

“我不认为这种时候会有人想徒步外出。”

然而，四号电梯停在一楼。就这样，显示灯定在那里怎么也不动。

“实际上我等了不到五分钟，却感觉像是等了十分钟。我窝了一肚子火，心想，这种时间了，搞什么鬼啊！”

西栋的一楼并不是居住楼层，只有门厅、交谊厅、信箱、管理室和快递包裹收发柜台。

葛西等得不耐烦，想走楼梯上去。“可是楼梯是非开放型的，即使白天也光线阴暗，有点恐怖，我着实犹豫。”就在此时，四号电梯好不容易下到地下一楼来了。

“电梯门要打开的时候，我想说不定里面有人，就退到旁边。不知为什么，我总觉得里面有人。”

电梯是空的。

葛西走进电梯，正要按下二十楼的按钮时，发现脚边的塑料踏垫上有片直径二十厘米左右的红黑色污渍。那像是液体泼洒的痕迹，湿湿的，还闪着光泽。

“我立刻知道那是血。可是我不怎么害怕，心想刚才电梯在一楼停留那么久，可能就是有人要把受伤的人弄出去。”

她坐了电梯直上二十楼，走出电梯的同时听到外面隐隐传来救护车的警笛声。她一边揣测刚才受伤的人的情况，一边快步走向自己住的二〇二三号。

就像普通公寓大楼一样，千住北美好新城也没有开放型的走廊。由于东西两栋是近似圆形的椭圆形建筑，各楼层的走廊都是环绕电梯间一圈。葛西出了四号电梯便循着反时针方向往西走，经过二〇二五号和二〇二四号才到达她住的二〇二三号。

每户人家前面都有一个专用门廊，面积约一叠大，以一道高及成人腰部的栅门和公共走廊隔开。栅门若是开着，会妨碍走廊通行，因此电梯内和一楼门厅的公告栏上，每隔几个月就会贴出布告，提醒住户要记得随时关上栅门。就在半个月前，二〇三一号读幼儿园的小孩头部撞到别家开着没关的栅门，缝了十针，因此这两天大家对栅门的开关特别注意。

可是葛西走着走着，猛然撞上了二〇二五号开着的栅门。就在栅门边的地板上，也有和电梯里面一样的红黑色血迹。

即使这个时候，葛西还未感到惊慌。

“按照我先前的想法，我以为受伤的大概是二〇二五号的人，他们等不及救护车来，急着先下去。我这么想着，随手关上栅门，就要过去。”

二〇二五号的门廊灯没开，但是正门开了十厘米左右，屋里透出灯光来。葛西小心不发出声响地关上栅门时，发现屋里有人走过那道十厘米的光亮空间。

“我真的看见人影闪过。我是没听到脚步声，但是看得很清楚。”

葛西这时看到了人影（正确说来是腿影），关于这一点究竟是她看花了眼，还是二〇二五号这时真的有人在，成了命案调查开始时的一大问题。

葛西回到自己家，发现在成衣厂跑业务的丈夫一之已经先到家。她问丈夫听到救护车的警笛声没有，他说他在看电视，没有注意到。

“我一边换衣服，一边告诉他走廊和电梯里有血迹。他平常和我一样，都是很晚才回家，可是今天十一点多就回来了。他说他一直待在屋里，只有凌晨一点时到中栋门厅的自动售货机去买香烟，那时电梯地板是干净的。因为风雨实在太大，我也无意打开窗户探看救护车停在哪里，何况大楼住宅的窗户平常就很少开开关关的。”

千住北美好新城管理公约第三十条规定，住户应使用专用的换气口换气，避免长时间开窗；阳台上严禁晒棉被。可是十楼以下的低楼层住户经常违规，管理委员会常常讨论这一问题。

这天晚上，西栋十二楼又有一户违反规定——就是住在十二楼二十五号，亦即一二二五号的佐藤义男一家。之前葛西听到的救护车就是他们家呼叫的。

佐藤一家四口，义男在金融公司工作，太太秋江，儿子博史读高三，女儿彩美读初三。凌晨两点左右，两个准备考试的儿女都还没睡。佐藤夫妻已经入睡，却被彩美的尖叫声惊醒。

“彩美的尖叫声把我惊醒。我还躺着，心想是怎么回事，只见彩美冲进房间来。”佐藤秋江说。

彩美说刚才有人从楼上摔下来。佐藤夫妻大惊，赶紧下床，冲往客厅。

彩美和博史本来在各自的房间看书。后来彩美准备睡觉，想看一下气象预报，于是到客厅打开电视。他们兄妹住的是位于一二二五号东南侧的两个房间，和父母的房间隔着走廊相向。除非经由走廊，各个房间并不相通。

这时佐藤一家的记忆有些微妙的差异，我们就以彩美的证词为主，追溯他们一家当时的反应。

彩美看完书，想确定一下天气状况再上床。就她记忆所及，这时还差五到十分钟才到两点。因为 NHK 电视台的“大雨特报”每隔一小时在整点播出，她看时间差不多了，就打开电视。但是新闻还没开始，电视画面是静止的天气图，伴随着轻音乐。

彩美走到客厅窗边，想看看天空的模样。她很讨厌打雷，因此这时显得有点神经质。六月二日是星期天，但是星期一就有她最伤脑筋的数学测验，她这么晚还没睡，无非是在猛攻数学。可是不时出现的闪电和雷鸣，让她不太能专心，心里直盼着雷雨能快快过去。

彩美拉开窗帘。就在她抬头往上看时，一个东西从上面掉下来，遮住她的视野——那竟是一个头朝下横着坠落的躯体。彩美尖叫着冲到父母的卧室。佐藤夫妻和她一起回到客厅，义男穿着睡衣跑到阳台，抓着栏杆往下看。

“外面下着倾盆大雨，我丈夫的睡衣一下子就湿透了。”秋江说。她记得在客厅窗边安慰吓坏的彩美时，电视还没开始播报大雨特报，天气图还是静止的画面。换句话说，这时还不到凌晨两点。

“有人倒在地上，”义男从阳台回到客厅，“你叫一下救护车，顺便通知管理员。”

秋江打电话时，察觉不安的博史也来到客厅。义男大致说明一下状况，要博史留在屋里，他自己下去看看。彩美已经吓哭了，秋江也一脸惨白。

“我心想只有留下博史稳住她们。”义男说。

博史也跑到阳台上。他扶着栏杆探出身子往下看，地面上有一个人影。千住北美好新城的一楼都不是居住区，因此没有区隔各户住宅的专属庭园，只有一大片草坪，周围种着杜鹃花丛。那人就跌在杜鹃花丛之中，脸朝下，两手蜷曲。

秋江叫了救护车后，又打电话通知管理员。这个小区采用的是管理员常驻制，东西栋和中栋各设有管理员，每天上午九点到下午七点受理住户相关事宜。住户夜间如果有紧急事情，则打专线电话通知管理员。西栋管理员佐野利明很快就接起秋江打来的电话。秋江大致说明了情况，并说她已叫了救护车，佐野立即回话说他也出去看看。

站在十二楼阳台上的博史，最先只看到父亲，两三分钟后才看到管理员佐野也急忙来到坠在地上的人身边。在此期间，没有其他的人经过或靠近现场。雨不停地下，闪电有如巨大的镁光灯在头顶亮起，雷声轰隆作响。博史数度抬头往上看，想知道那人究竟是从哪边的窗户掉下来的，却看不出个名堂。

义男和佐野都撑着伞，却几乎没有作用。两个人都穿着睡衣，浑身都湿透了。

“一看就知道地上的这个人很年轻，”佐野说，“他穿着短袖白衬衫和牛仔裤。我判断他已经没气了，便没有动他。”

佐藤义男和佐野对这人都没有印象。

佐野赶到不久，就听到了救护车的声音。他为了引导救护车过来，离开了杜鹃花丛。

综合各方的证词可知，这段时间正是二〇二三号的葛西美枝子在地下室久等电梯、发现电梯里面有血迹、回到二十楼自己家的时候。可是佐藤义男从十二楼下来时没有碰到任何人，他坐的是二号电梯，电梯一按即来。

根据葛西美枝子的证词，她回到家时还不到两点。佐藤彩美打开电视时画面是静止的天气图，加上秋江安抚她时电视里还是静止的画面，因此坠楼命案应该发生在午夜两点以前。那么，年轻人坠楼和葛西美枝子回家，何者为先呢？这关系到在四号电梯内留下血迹的人，究竟是在年轻人坠楼之前还是之后进电梯的。因此，必须调查午夜两点前后的电梯运转记录和电梯内监视器的录像画面。

运转记录方面，二号电梯在午夜一点五十七分三十秒时从十四楼降到十二楼，再直下一楼。这是佐藤义男的使用记录，录像也确认了穿着睡衣、浑身湿透的他拿着大型手电筒站在电梯门前的样子。二号电梯停在一楼后，两点零两分十四秒时停在二十楼的四号电梯开始下降，在一楼停留约四分钟后下到地下一楼，再升到二十楼。这是留下血迹的人和葛西美枝子先后使用电梯的记录。录像里显现出一个低头背对着摄像头的中等身材男子。影像是黑白的，看不出他衣服的颜色，大概是白衬衫黑长裤。由于角度的关系，也看不到他的脚边。他紧贴着仪控板站立，双臂交抱在胸前，像是保护自己一般缩着身体。

电梯到达一楼后男子走出去，然后电梯继续降到地下一楼，葛西走进电梯。她好像看到地板上有东西，弯腰查看——大概就是她发现血迹时的情况。之后她按了楼层钮，直上二十楼。

这么说，先是有人坠楼，接着佐藤下楼，然后可疑人物从二十楼乘电梯下楼并在一楼离去，最后葛西在地下一楼坐上电梯，到达二十楼时听到佐藤家叫来的救护车的声音。那么，这个可疑的中等身材男子离开门厅、走进外面的雷雨中时，是否有人目击呢？

在一二二五号正下方一楼地面上的佐藤没有看到任何人。管理员佐野出门时曾听到电梯运转的声音。

“高速电梯的声音是比普通电梯大一点，很多住户抱怨连连。我走出家门穿过门厅时，确实听到了电梯的声音。”

这个电梯运转声大概就是从二十楼降到一楼的四号电梯发出的。走出家门朝着一二二五号正下方的地点赶去的佐野如果慢走一步，很可能遇上电梯里的人。

还有，和佐藤错开上到二十楼二〇二三号的葛西美枝子，说她看到二〇二五号屋内有人走动。如果她没看错，那么在坠楼事件发生后，二〇二五号里面有人。不过这要到确认倒卧在花丛间、身穿白衬衫牛仔裤的年轻人是从二〇二五号跌落，以及二〇二五号屋内还有其他尸体以后才会成为问题，所以我们暂且将这段证词搁置一旁，先回头看救护车赶到时的情况。

进入千住北美好新城小区有三条路线。一条是进入地下停车场的专用车道，位于整个长方形小区的东北角，入口有栅栏，必须插入钥匙卡核对密码后才能通过。

葛西美枝子自己开车时便使用钥匙卡，如果是像当天晚上坐出租车回来，就得告诉司机通行密码，输入密码后即可通行。她下车后，司机再以同样的密码通过栅栏开车离去。很多住户都这样做，通行密码因此形同虚设，管理委员会也很头疼。曾经有人提议禁止住户以外的车辆进入地下停车场，却因大多数住户反对，问题就一直悬在那儿。管理委员会只好频频更换密码，这又导致住户必须时常更换钥匙卡而抱怨不停。

这个地下停车场的车辆出入问题，和前面提到过的千住北美好新城小区是否对外开放的问题，事实上有着密切的联系。

“我们预定在发生命案的六月二日那天采取‘关闭’措施。”管理员佐野利明说，“这个问题真的很棘手，每三个月召开一次的理事会会议都要讨论。有时开放，有时关闭，一直没有定论。住户的意见也有分歧，各占一半，理事会也就无法取得多数决定。”

具体的“关闭”又是怎样的情形呢？除开通往地下停车场的路线，另外两条路线——由于都在地面上，后面我们将其统称为“地上路线”——的出入口都设有挂着禁止通行告示牌的栅栏。两条路线的柏油路面勉强能让两辆车会车，而且都没有将车道和人行道隔开。

当出入口栅栏放下时，外面的车辆都无法进入千住北美好新城小区。如果地下停车场也对外关闭，外人很难闯入小区，住户也可放心孩子在中庭绿地玩耍，这颇受重视小区安全的住户好评。住户当然可以自由出入地下停车场，而只要事先申请，快递人员、清洁人员和搬家卡车也都能利用通行密码进入地下停车场——如此做法乍看之下没有问题。

“其实也不尽然，住户外出时未必都自己开车，有时候也步行。问题最多的是自行车。”

住户专用的自行车停放场设在绿地里面。骑自行车的多半是儿童、妇女，而且常常是短时间内频繁进出。当禁止通行的栅栏放下时，他们必须下车从栅栏两边仅半米宽的空隙通过，往往和步行出入的人挤成一堆。另外，推婴儿车的妇女和坐轮椅的人也不易独力通过这个狭窄的空间。于是，有些小孩会推着自行车进电梯到地下停车场，从那边出去。虽然还没有发生过意外，但是住户对此又是满腹牢骚。有人觉得这样太危险，主张开启栅栏，让他们能够自由出入小区，但这又会引起其他麻烦。

先是可疑人物容易闯入小区，尤其是晚上，不是小流氓埋伏在暗处威胁晚归的妇女，就是闯空门的小偷和内裤大盗四处徘徊，还有外来的青少年在绿地上喝酒唱歌闹事。在平成七年（一九九五年）八月的开放期间，就有擅自闯入的一群青少年燃放烟花，炸伤经过的中年男性住户。

更麻烦的是，这两条地上路线可以衔接小区外的道路，一条从中栋经过西栋前面，在小区西边衔接外部；另一条则从中栋经过东栋前面穿越小区东边。因此，外来车辆可以从东西两边穿越小区而去，等于把千住北美好新城小区当成一条快捷路线。实际上如果开放通行，穿越小区的外来车辆便会明显增多。

“我们也不知道他们是从哪里知道可以这样走的。东栋的管理员在书店买到一本快捷路线图册，上面确实有穿越千住北美好新城小区这条快捷路线。真是想不到！”

这么一来，就不是单纯的住户问题了，而是整个社区规划的缺陷。虽然小区也曾提出几个基本的改造方案，但每一个都需要庞大的经费，而且可能得用掉大半的修缮公基金。迫不得已，小区只好时而开放，时而关闭，反反复复看情形采取对策。

话题绕远了，我们言归正传。六月二日凌晨两点坠楼命案发生时，小区的出入口是对外关闭的。佐野当然知道这一点，因此当他听说已经呼叫救护车后，就问佐藤义男救护车要从哪一个门进来，他好去开门。可是佐藤说他不知道，因为电话是太太打的。佐野立刻跑到中栋叫醒管理员，要他顺便拨打一一〇报案。

中栋管理员岛崎昭文和他太太房江记得浑身湿透的佐野跑进来说：“西栋有人跳楼自杀，已经叫救护车了，还没打一一〇，你打电话吧。”

“是哪一户？”

岛崎到中栋工作才一个月，年龄和佐野差不多，在工作上却算后辈。

“还不知道。像是年轻人，趴在地上，我不敢乱动，看不到他的脸。”

“死了吗？”

“完全不动，大概不行了。岛崎兄，你能不能去打开东侧的栅栏？我去开西侧的。”

岛崎交代房江后，跟着佐野出门了。这时救护车的警笛声已能清楚听到，岛崎赶到东侧入口时，就看到红色的警示灯一闪一闪的。救护车已经来到了东侧入口处。

岛崎正要跑去开门的同时，东栋的管理员佐佐木茂也被救护车警笛声惊醒，飞奔出来。佐佐木三十二岁，是三个管理员中最年轻的。他和岛崎合力抬起栅栏，引导救护车开往西栋。岛崎告诉也跟着出来的佐佐木太太加奈子最好留在管理室，好应付住户的询问。

“如果住户问起，我要怎么回答？”加奈子问道。

“说是好像有人跳楼自杀就行。”

事实上救护车驶入小区后，各栋都有住户打电话到管理室询问缘由。听到各管理员的太太回答说“好像有人跳楼自杀”后，有的住户开窗探头往下看，也有的住户来到中庭绿地看个究竟。

独自留在西栋下面花丛里的佐藤义男，看到救护队员过来方松了口气。他后退几步，以免妨碍紧急救护。这时佐野也回来了。救护队员不久便站起来，问清佐野是管理员后，就问报警了没有。

“人已经死了。你们动过尸体没有？”

“没有。”

“知道这个人的身份吗？”

“可能是这栋楼的人……”

“这样子看不到他的脸。”

佐野向救护队员说明了事情经过。这时警车的警笛声由远而近，距离佐野要岛崎太太通报一一〇的时间还不到五分钟。

“我心想警方来得还真快啊，当下有种得救的感觉。我做小区管理员很久了，也经历过住户自杀未遂之类的伤害事件，但是在这样倾盆大雨的天气发生状况不明的命案，真的让我很不安。”

两名警察开着荒川北局的巡逻车来了。他们一下车就用大型手电筒照向众人，一同问道：“是你们报的案吗？有人打架受伤了，是吗？”

佐野和佐藤愣在那里。打架？怎么回事呢？中栋的岛崎房江是怎么跟一一〇报的案？

“不，不是打架。好像是跳楼自杀。”

两名走近前去的警察看到杜鹃花丛里的尸体时，脸色变得非常难看，神情紧张。

佐藤义男有种不祥的预感。

“虽然是第一回面对警察，但也清楚感觉到情况不对劲。警察不时观察我和佐野的表情。本来救护队员还相信我们，但他们和警察谈过话以后，气氛开始变得怪异起来。”

佐藤担心万一弄不好，自己会莫名其妙地惹上嫌疑，于是积极地问警察是接到什么通报而来的。但是警察不予回应，只是确认佐野和佐藤的身份，让他们说明事情经过。其中一名警察用巡逻车上的无线电和局里联络。

这段时间还是下着倾盆大雨。佐藤浑身发冷，虽说是六月，雨夜的气温依然低寒，他冷得下巴发抖牙齿打战。他担心自己这个模样，反而会被认定是心虚不安，只好紧咬牙关忍耐。

“应该是中栋的管理员岛崎报的案。”佐野说完，准备去叫此时理应在管理室待命的岛崎过来，但是警察要他待在原地。

不久，又来了一辆警车。

“怎么回事啊，真叫人害怕。”佐野说道。

原来，从千住北美好新城打到一一〇报案的电话有两个。根据警视厅通讯指挥中心的记录，凌晨两点十三分接获一个报案电话，这是中栋管理员岛崎的太太房江打来的，她清楚地报出了千住北美好新城、地址以及报案人姓名，还提到“好像是跳楼自杀”。

但是稍早，在凌晨两点零四分有另一个报案电话。最先赶到现场的警车就是根据这个电话出动的。报案人是女性，非常紧张，声音很小，语速很快。她只提到千住北美好新城，没有报地址，被问及姓名时没回答就挂了电话。

她报案说看见有人打架受伤，几个人围殴一个人，有人逃离现场。这情况几乎和佐藤及佐野身处的情形相似。

荒川北局根据这两个仅相差数分钟的报案电话先后派出两辆警车，并且试图通知先行的警车要注意两个报案电话可能引起的混乱，但那时该警车已经抵达现场，警察都下了车，没接到这个通知。

直到先来的警察和局里联络以后，后出动的警车也抵达现场时，他们才弄清楚是两个报案电话造成的误会和混乱。

佐野和佐藤又是一惊。“不会是恶作剧电话吧。在这种要命的时候还开这样要命的玩笑，我都快吓出一身冷汗了。”

救护车并没有要载走伤者的样子，警车来了两辆，一直站在十二楼阳台往下看的佐藤博史有点担心父亲。他乘电梯下去时碰到也要下楼查看情况的住户。

住户知道发生的是命案后开始骚动。低楼层的住户纷纷开窗探头往下看，人群也开始聚集在各栋的门厅，管理室的电话响个不停。

警察询问了博史一些问题。即使知道有两个不同的报案电话，警察的慎重态度依然没变，博史现在想起来还生气。“我说我妹妹看到有人从上面摔下来，警察就质问我们为什么不先打一一〇再叫救护车。真是莫名其妙！”

警察分头保护现场，其中一名用无线电联络荒川北局。佐野等人移往西栋门厅，救护队员撤离。这时，必须查明死在花丛里的年轻人的身份。

佐野先回家去换衣服，然后陪着两名警察查访十三楼到二十五楼的所有住户。赶到管理室打听情况的住户很多，西栋里面一团混乱。

千住北美好新城规定小区的管理员必须是已婚者，所以佐野当然结婚了，只是这时他的太太昌子正因为乳腺癌手术而住院。他们有个独生女雪美，二十岁，是短期大学的学生，当时管理室的应对工作由她独自负责。

“我也不清楚发生了什么事。是有点令人不安，但没那么可怕，而且警察都已经来了。”

雪美独自留在管理室时，二〇二三号的葛西美枝子打电话来说好像发生了什么事情，她刚才乘电梯时，看到四号电梯内的地板上有类似血迹的东西。雪美大惊，告诉葛西说警察正往楼上去，请她把这件事通报警察。

葛西挂掉电话，赶到二十楼的电梯间。此时，三号电梯正直直上来。她急忙按下往上的按钮，电梯在二十楼停下。门一打开，她就赶紧把事情的经过告诉了里面的警察。警察改乘四号电梯，发现里面确实有血迹，但是已经紊乱，可能是这段时间住户上上下下踩到了。警察立刻封锁四号电梯，佐野以手动方式让电梯固定停在一楼。

葛西美枝子听到救护车和随后赶来的警车的声音，觉得奇怪，于是打电话到管理室。警察确认她的身份后，听她说二〇二五号门前也有类似的血迹时，决定从二〇二五号开始调查。

就在刚才葛西打电话给管理室后走向电梯间，再度经过二〇二五号时，发现栅门还是敞开的，地上也有血迹，但是正门已紧紧关上。她觉得不对劲，告诉警察和佐野她回来时这家的正门开了约十厘米的缝隙。

美枝子跟在警察和佐野身后走向二〇二五号。栅门确实如美枝子说的朝走廊打开，地板上也有几滴像血迹的污渍，已经干了。

佐野看到污渍后有种不祥的预感。

“那就像听到电话铃响、直觉那是通报坏消息时的感觉一样，脊背感到一阵阴寒。”

二〇二五号正门紧闭。警察问佐野该住户是谁，由于没挂门牌，佐野一时也想不起来。

“老实说我完全慌了，因为二〇二五号的住户更换很频繁。”

根据管理规定，住户必须填写家庭人口总数、性别、姓名、年龄、亲属关系、职业和紧急联系人等详细资料，管理委员会据此制定住户名册。

“有人认为这是侵犯个人隐私，不愿详细填写，对此管理委员会要求至少也要写上户主姓名、同住人数和紧急联系人等信息。西栋这边的住户名册是我整理的，每一户的资料虽然都看过一遍，但毕竟户数太多，再说也不是所有住户都和管理室密切来往，我自然就只对交情较好的住户比较有印象。”

佐野对二〇二五号没什么印象。

“二〇二五号就是我前面说的那种让人感觉不祥、无法长住久安的房子。最初的买主才买了一年就脱手了，他原来是打算转手获利的，结果碰上房地产不景气，不但没赚钱，反而赔了两成。但他还算卖得早，因为房价后来跌得更惨。”

二〇二五号的预售价是一亿零七百二十万元。房主开价要卖八千二百五十万，最后以八千一百二十万成交。

“买家是一对新婚夫妻，让人很惊讶：他们哪来买房子的钱？”

其实这对年轻夫妻家境相当殷实，资金方面毫无问题。

“可是也不知哪里不对劲，他们搬来没多久就离婚了。”

小夫妻在搬进来半年后离婚，房子归太太所有，而她也只继续住了一年就卖掉了房子，此时的售价为七千二百五十万。

第三次的买主就是现在的住户小糸信治。

“小糸先生……奇怪，我就是想不起这位小糸先生的名字。如果挂了门牌，我大概立刻想得起来吧。”

佐野左思右想，告诉警察他只记得，这家人大概是一对四十多岁的上班族夫妻和一个上学的小孩。

“那么死在下面的年轻男子并非住在这里？”警察问。

佐野没有把握，只好回答说说不定真的是这样，自己不太清楚。

“不管我怎么想，就是想不起来见过小糸先生。我倒是见过小糸太太一次……就是在办手续的时候。印象很模糊，反正看起来就是那种很老实、不会惹麻烦的住户。实在很难相信那样的人家会发生有人摔死的事件。”

无论如何，只有进去看看才知道。佐野按了对讲机。

他又按了第二次、第三次，都无人应答，只听见从紧闭的门里传来对讲机的响声。

“警察把耳朵贴在门上，想确定里面是不是有其他声音。”

门没上锁，轻易就打开了。佐野夹在两名警察之间走进屋里。葛西美枝子在走廊上等候。

“我回头一看，葛西小姐站在那里一副快要哭的样子。我心想，她跟事件没什么关联，早点回家去不是更好吗？”

“对不起，小糸先生，”佐野喊道，“我是管理员佐野，抱歉这么晚了还来打扰你。”

没有应答声。

“我很害怕，不停地喊。玄关收拾得很干净，鞋柜上空无一物。墙上也没有挂画。只有一双女用雨鞋整齐地摆在脱鞋子的地方。”

二〇二五号四室二厅，室内面积一百零一点二四平方米。一进玄关是一条过道，过道尽头是十五叠大的客厅和饭厅。过道右边是厨房和两个房间，左边是浴室、一间和室和另一个房间。客厅、饭厅和房间里都铺着木地板。

“过道和客厅之间有拉门，但门是开着的，因此站在过道上就可以看见客厅中央的情况。那时屋里开着灯。”

佐野记得客厅、过道和浴室里都开着灯，三个房间的门都关着。和室的纸门和浴室的门是敞开的，但是和室没有开灯。

“这房子向西，所以客厅的窗户也向西。当时窗户和纱窗都开着，风雨直接灌进客厅，蕾丝窗帘的下摆被风吹得离地板有一米高。”

警察问佐野房子的布局情况，佐野就记忆所及说明后，他们沿着过道开始查看两边的房间。

“警察拿着手电筒查看没有开灯的房间。我说电灯开关就在门边，他们说保持现状就好。大概是怕破坏现场吧。”

佐野看着一名警察走进客厅突然站着不动，就在他呼叫同事的同时，另一名正在查看和室的警察也大喊起来。

“啊呀，这里也有一个，那警察大声说。我则吓得膝盖发抖，几乎站不住。”

警察神情紧张地回头喊佐野。佐野伸手扶着墙壁走过去，但立刻缩回手。他想到不能乱碰乱摸。

“手电筒照在榻榻米上，房间很乱，中央摊着棉被。我随着手电筒的光线看过去，看到一条小小的垫被上面是一床罩着白纱被套的毯子，下面伸出一只像是紧抓着垫被的右手，指头扭曲。手电筒照在毯子上方，可以看到另一边的下面突兀地伸出穿着浴衣的两条腿，肤色惨白，瘦得皮包骨。”

警察没有走进去，只说那像是老人的腿，并问佐野那是不是小糸家的人。佐野早就吓呆了，一时说不出话来。

“我不记得小糸家有老人。我对小糸家的情况几乎一无所知，对警察真是过意不去。”

警察扶着佐野的手肘让他站稳，领着他走向客厅。在拉门前三个人都停下来。

“天花板上的灯亮着，根本不需要手电筒，可以看得一清二楚。”

宽敞的客厅里，大屏幕电视和组合音响占据了南面的墙壁，旁边是泛光的玻璃矮柜。左边是一组沙发和茶几，右边是餐桌和四把椅子。民俗风的榉木柜子占据了北面的墙壁。地上没有铺地毯，光秃秃的地板上趴着一个像胎儿般缩着身体的女人。

“警察蹲下，检查她的脉搏，但连外行的我也看得出来没救了，因为她的后脑已碎裂，一片鲜红。尸体旁边并没有流很多血，但有些摩擦的痕迹。她长袖衬衫的领口一带漆黑一团，看不出原来的颜色，被血污渗染的。”

蕾丝窗帘随着强风翻扬。佐野望向阳台，那里也倒卧着一个男人。

“他上半身在落地窗外，好像想拼命爬到阳台上，但爬到一半就筋疲力尽了。可是地板上有血痕，像是人被拖拉着留下的，因此警察判定他不是自己爬过去，而是被人拖过去的。他的脑袋也被砸碎了。”

佐野说，直到今天这都还像是做梦一样。

“说做梦，还真像是白日梦！就像你以为是去打扫一间空房，可是一打开门，却看见两具脑袋碎裂的尸体倒在随风翻飞的窗帘下。”

警察谨慎地要佐野确认两具尸体的脸。他鼓起勇气看了一下，都是陌生的脸孔。

“两具尸体都是闭着眼睛的。要是他们都睁着眼睛，我大概会吓得落荒而逃。”

警察问死者是不是小糸夫妻，佐野说不知道。年龄是有点符合，但是脸孔无法确认。

“阳台上风雨大得几乎让人抬不起头来。有一块不知做什么用的蓝色塑料布铺在地上，四角都用盆栽压着，风几乎要把盆栽吹走。”

他们三人没碰现场，返回大门口。一名警察留在现场守候，另一名警察催促留在走廊上的葛西美枝子赶快回家后，和佐野一起回到管理室。警察随即打电话联络警局，佐野则翻查住户名册。

“二〇二五号登记的确实是小糸一家。”

户主小糸信治，四十一岁，在机械制造厂上班。太太静子，四十岁，在衣料店上班。长子孝弘，十岁，就读于私立泷野川学院小学部。迁入时间是平成四年四月一日。

“在二〇二五号客厅遇害的男女，年龄和小糸夫妻符合，可是我无法辨识长相。”

看来只有请认识小糸夫妻的邻居来确认了。佐野感到既无奈又愧疚，只能在管理室待命。

“这时办案人员陆续赶来。这种事情我还是第一次遇到，弄不清楚来的是什么人，只是照着他们的吩咐行事……而鉴定人员真的就和电视剧里演的一样，穿着蓝制服。当时，我感觉就像在看电视一样。”

从凌晨两点四十分到三点的二十分钟里，继荒川北局刑事科之后，东京警视厅机动搜查队和鉴定科的人也赶到千住北美好新城。负责接待的佐野确实也只能睁大眼睛看着这场暴风雨中的大搜查。

凌晨三点半时，警视厅搜查一科第四组的刑警也来到现场。当时虽然不打雷了，但是风雨更大，要赶到现场非常辛苦。

最后抵达现场的是东京地检处的检察官，那时葛西美枝子正好在西栋的门厅看到他来。

美枝子的丈夫一之说在家里等也不是办法，支她出去看看。可是二〇二五号有警察留守，别说是进去窥看，就是经过门前的走廊都不行。骚动范围继续扩大，邻近的住户都跑到走廊上，他们七嘴八舌地讲了半天，还是弄不清楚状况。于是，葛西美枝子决定先到一楼的管理室去看看。

“管理室里也有警察，我看见佐野先生，但没办法和他讲话。我看着围在警车周围的人群走到大门口时，遇见一个西装笔挺的人下出租车，有人撑伞过去接他，他快步走向西边的花丛。”

一之说发生了命案，便来了一大帮警察，可是美枝子不这么认为。

“那人的气势和警察不一样，感觉地位较高。”

葛西美枝子是公关杂志的编辑，却爱看推理小说。她看过不少以检察官为主角的推理作品。

“我告诉我丈夫那人不是警察，他一定是检察官。”

一之吓了一跳，问检察官为什么来命案现场。美枝子想着推理小说里的情节……

“发生大命案时检察官就会来——我这么回答时越想越害怕。先前在二〇二五号门前等候时也很担心，我直觉事情比我想象的要严重许多……难怪佐野的脸色惨白如灰。”

美枝子想到自己家离现场这么近，觉得有点恐怖，恨不得早点弄清真相。

但是就连管理员佐野也置身于一片混乱当中，他不仅不知道二〇二五号究竟发生了什么事，甚至连最重要的一点“死者是谁”也弄不清楚。

“再说那个时候，我怎么也想不到这四名死者都不是小糸家的人。我哪里想得到呢？住户竟然在我不知不觉间悄悄换了人，真是匪夷所思！”

第二章　住户

东京都武藏野市吉祥寺本町五日市街边的小型出租公寓四楼，挂着白底绿字的“滨岛学习教室”招牌。这个被学生昵称为“滨塾”的补习班，从昭和六十三年（一九八八年）开始，就有一位专任女老师——小糸贵子，她五十三岁，是当时住在千住北美好新城西栋二〇二五号小糸信治的姐姐。

滨岛学习教室的教学方针和一般升学补习班不同，专门接收跟不上学校进度、受到校园暴力伤害、不满学校老师而拒绝上学的中小学生。他们在这里接受配合自己学习步调的教育，师生相当亲近。学生遭遇急病、意外、家庭纠纷或离家出走时，学生家人或本人都会打电话来求助，直接上门求助的情形也不少。因此，六月二日凌晨两点半过后，枕边的电话铃响起时，小糸贵子本能地以为又是这类事情。

因为时间较不寻常，她想可能是事态紧急。当初在卧室设置分机，也是为了能及时应对这类事情。但她毕竟刚从熟睡中惊醒，眼睛一时睁不开。她伸手摸到话筒。

贵子听到的是个平稳的中年男人声音，对方先确认了她的身份。贵子还来不及问是怎么回事，他已主动报上姓名。

“我一听说他是警视厅荒川北局刑事科的警察，脑袋里便一片空白，我想一定是我们的学生卷入了什么案件。”

但是再听下去，似乎不是这么回事，好像是关于她弟弟信治一家的事情。

“我问他我弟弟发生什么事了，对方却说目前还不太清楚，只知道我弟弟家好像出事了，几个人倒在那里。”

这个电话是荒川北局的警察根据西栋住户名册，打给小糸家的紧急联系人的。贵子这才知道弟弟把她的电话登记为紧急联系电话。

“警察问我信治现在的住址是不是千住北美好新城西栋二〇二五号。他搬家时是通知过我，所以我说是。其实我们姐弟好几年没见面了，而且也没联系过。”

贵子追问信治一家出了什么事，警察还是含糊其词。贵子并不知道二〇二五号死了三个人——加上从阳台摔下的那个，一共死了四个人。警察只说“倒在那里”。

贵子一直问不出个名堂，决定亲自去一趟。但是她只去过一次，当初就是为了买这套房子，姐弟俩几乎绝交。

“我说要自己开车去，对方就告诉我怎么走。整件事情毫无头绪，我不但担心信治和静子，也担心孝弘，心情很沉重。”

从武藏野市到荒川区的路程很远，而且天气极坏，一路走来极度疲劳。贵子想起四年前的新年，也是半夜三更时信治打来了电话。

“姐，不好意思，半夜三点了还打电话吵醒你。是这样的，我买了新房子，还差一点钱，你能不能借我？”

贵子和信治两姐弟相差八岁。他们的父母在埼玉县越谷市经营洗衣店。由于母亲忙于工作，贵子从小就帮着照顾信治，因此很了解他的个性。

“信治胆子很小，性子又急，他一想到什么，如果不及早确定能不能成事，就会担心得坐立不安。我常为这事骂他，可他怎么也改不了。这种个性用在工作上，做事情自然巨细靡遗。在业务部，客户评价尤其好，他自己也很得意。”

可是他半夜三更打电话来借钱，贵子很光火，骂他还是这副德行。信治只是笑，还不停地问：借不借嘛，很急呢。

“他说那房子真的很好，静子也很喜欢，嚷着一定要买。可是算来算去，还差五百万，问我能否借他。他说得轻松，我可是气得头发都竖起来了。五百万是笔大钱，不是一下子就能筹出来的。”

贵子更气的是——“还差五百万，怎能说还差一点点呢？他又不是不知道赚钱辛苦、养尊处优的少爷。事情其实正好相反。小时候我们家开洗衣店，生活可算小康。爸妈在我二十四岁时相继去世。他们生病后，洗衣店差不多处于歇业状态，几乎没有收入。他们死后，保险给付也只够拿来还债，家中的经济情况相当困难……那时我已经当老师了，薪水连供信治读书都很勉强，所以他大学三年级时就休学了。”

后来信治到东京的一家机械制造厂上班，搬进公司的单身宿舍。他老说薪水少，常向贵子要零用钱。

“他老说没钱，但不是穿着五万元的毛衣，就是拎着他们经理也没有的高级公文包，真是胡来。”

贵子一再骂信治挥金如土，老是训他，叫他要过合乎身份的生活。

每次挨训时，信治多半笑着听听，要零用钱时也会说以后发达了一定会回报姐姐。贵子感到不安：如果不经历一次铭心刻骨的教训，他怕是不会彻悟。

不过那时候，他们的感情还算亲密，毕竟是相依为命的姐弟。信治也忧心姐姐三十多岁还没嫁人，常常劝她去相亲，还帮她打听哪里有好对象。

直到今天，贵子只要讲到这件事就会面带笑容。

“有一次他说要介绍公司的同事给我，约在银座的餐厅见面。那家店很贵，我一直担心该怎么付账。我当然没和他的那个同事交往。不知为什么，一看到他那副熟悉葡萄酒和餐点、过惯奢侈生活的态度，我就恼火。”

那天晚上的餐饮费是信治刷卡付的，可是后来他还不了钱，又来找贵子借。当时贵子就非常担心他那种奢侈习惯已经根深蒂固，不是一朝一夕可以改掉的。

“何况物以类聚……”

信治二十七岁、贵子三十五岁的那个春天，他突然告诉贵子说自己订婚了，对象是二十六岁的同事木村静子。

贵子突然听他说订婚了，大吃一惊，再听他说见过了静子的双亲，连婚期都决定了，更是惊骇。更何况她对静子的第一印象不好。

“静子那时候就爱慕虚荣……”

静子身上穿戴的名牌服饰，在贵子眼中不符合身份地位。

“信治既然是那种性格，最起码该找个朴实顾家的太太，好平衡一下。可是静子让我大失所望。我打听过，她家也只是普通家庭。难道现在的年轻人都这样吗？还是有踏实一点的人吧。我想来想去都睡不着。”

幸好信治擅长业务，工作顺利，收入也渐渐增加。静子婚后还继续工作了三年，直到怀孕时才辞职。儿子孝弘出生后，信治从业务部调到企划部，做了企划部副理，带领一个企划小组。

随着信治的工作渐入佳境，贵子为他担心的事情虽然少了，但是又有了新的烦恼。那就是侄子孝弘。

“静子说要尽量让孝弘接受优质教育。我自己是老师，不能说父母热心教育不好，然而教育不是只要花钱就好啊。”

在孝弘一岁生日以前，从玩具到衣服，他们常有不同意见。静子和她父母只在意外观和价钱，不在乎安全性和实用性。最初的根本性矛盾，源于孝弘一岁零四个月时静子说要让他去上幼幼园。

贵子很不认同这种为了能进著名私立幼儿园或小学，而让孩子读莫名其妙的幼儿学校的行为。她不停地质问静子：去那里学什么？经营幼幼园的人有什么资格？贵子身为小学老师，当然不能漠视这些问题。

但是静子和她父母的态度很强硬，反驳说很多名人的小孩都读幼幼园。一年五十多万元的学费也由静子的父母支付。

“从那时开始，我就清楚地看出很多事情越来越怪。”

结果，孝弘还是进了那家幼幼园。同园的小朋友很多后来又考进私立保育园或幼儿园，连上小学也都考几次试挤进私立名校——全都是将来可以直升至大学的一体化学校。

“孝弘要上小学的时候，他们也嚷着说会进庆应，结果进了泷野川学院。老实说，那只是三流的私立学校。站在老师的角度，我觉得孩子特地去读那种学校，还不如念当地的公立学校。可是静子就是要让孩子读私立学校，那样她可以在邻家太太面前炫耀。她根本就不是为了孝弘着想，只不过是要满足自己的虚荣心。”

关于孝弘的教育问题，都由静子和她父母出面，实际上，由于信治随着职位的升迁而越发忙碌，家里的事情自然都由静子主导。

“就只有那么一次，信治打电话向我抱怨，说回到家里也不能放松，如果不再升迁多拿点薪水就完了。他对静子唯唯诺诺，把我的话当耳边风，活该！可是他毕竟是我弟弟，我也觉得他可怜。”

没想到几天后，姐弟的这番谈话让静子知道了。大概是信治在夫妻吵架时说溜了嘴，静子勃然大怒，打电话给贵子。

“她竟然跟我说：‘大姐，你是单身觉得寂寞，才忌妒我们吧。你最好别管我们的事！’”

这件事后，贵子和信治一家骤然疏远，直到他在平成四年新年的半夜打电话来借钱。

“静子我是不管的，但是信治和孝弘，我一直挂在心上。我还来不及问候他们好不好，他冷不防就来了一句‘借我五百万’，真是叫人傻眼。”

贵子破口大骂：你还是这个样子！还缺五百万，就表示那根本不是你们能力所及的房子。别妄想向别人借钱买，放弃算啦……

信治毫不气馁，不停地说那房子有多好，对孝弘来说是多理想的环境。

小糸信治想买的“很好的房子”，就是千住北美好新城西栋二〇二五号。

贵子虽然生气，还是耐心地问了楼盘名称、所在地、价格、手上现有资金与打算贷款的额度。

“他越说我越觉得可怕，七千二百五十万呢！信治傻傻地说，原价是一亿，现在跌到七千二百五十万，真是便宜货。我说，管它是一亿还是七千二百五十万，对我们一般小老百姓来说，都是天文数字，认为这是便宜货的想法本身就是错误的。”

信治听了大笑。“姐，一般小老百姓这个词已经过时啦！你当老师太久，和社会脱节了。”

当初贵子辞掉小学老师的工作来到滨岛学习教室，信治就常常说：到那种专教跟不上进度的小孩的补习班教书能赚钱吗？还是去教升学补习班的好。

贵子从此明白，自己和弟弟是活在观念完全不同的两个世界里。

信治说那七千二百五十万也不是都要他们夫妻自己筹措不可。

“静子娘家多少有一点财产。他说，直到今天，孝弘读书也都靠静子娘家资助。这次买房子，她娘家还是愿意帮他们。”

静子的父亲说要卖掉名下的土地，再以赠与的形式送给静子。

“他们夫妻俩早就嫌继承遗产还要等很久，要求静子娘家改以赠与的方式提早给他们。我以前就听他们说过，可是静子的父母再疼女儿，这么做还是有点困难。”

静子有个弟弟，他将来是要继承家业的，因此大力反对将财产赠与姐姐。

“如果她娘家能早给，他们老早就买房子了。”

但是这次，他们倒成功地说服了难缠的小舅子。

“大概是平成四年吧，泡沫经济破灭，土地价格崩跌。信治和静子一起劝她弟弟，说土地神话已经结束，今后即使拥有土地也发不了财，趁现在早点卖掉好些，如果不卖，他继承的遗产数字只会一径减少。他们本来就能言善道，还会讲歪理。”

小糸贵子对弟弟夫妻俩的批判颇为尖锐。她为什么说得这么苛刻，后面详述小糸一家的情况时再作说明，在此我们先继续跟踪小糸贵子眼中的事态发展。

“我不知道他们具体的交涉如何，最后她弟弟让步，静子得到了赠与。可是她弟弟后来又反悔了。”

贵子现在想起这些事情，似乎还是难以抑制激动的情绪，嘴角颤抖。

“再回到房子的问题上吧。我问他岳父家给了多少钱，他说三千五百万。他还说本来以为有四千万的，但因为税金太高，地价又下跌，所以少了五百万。”

信治夫妻手上没有一毛钱，他打算用这三千五百万当首付款，剩下的办贷款。

“他说要办住宅金融公库贷款、银行贷款、厚生年金贷款，还有公司退休金的预付款等等，反正能借的全都借，但还是差五百万，所以要向我借。”

贵子实在很难接受他的请求，她认为风险太大。

“难得他岳父家愿意给这么一大笔钱，就该好好用这笔钱买套合适的房子。现在花五千万不就可以买到很不错的房子吗？这样贷款不就少很多吗？信治是上班族，虽然薪水高，但是背上近四千万元的房贷，简直是胡来。他为什么非得买那样高级的豪宅不可呢？”

当信治知道不可能从贵子那里借到钱后，就挂掉了电话。

“挂电话前他小声说静子让他别来找我，可是他想来想去睡不着，最后受不了，还是打了那个电话。我听了，觉得很难过：信治真要误了自己的人生吗？我望着电话发愣。”

可是一个星期后，信治又打电话来，说是钱已经凑齐了，要贵子忘掉上次借钱的事。

“我问他从哪里借到的，他没回答，只是轻松地说问题解决了，已经签约了。”

贵子怎么也不觉得“问题解决了”。她买了一本住宅信息杂志查阅，发现千住北美好新城有两套房子出售，都是二十五楼的。一套是三室两厅，另一套是四室两厅，价格分别是七千八百万和八千九百五十万。信治买的可能不是这两套中的任何一套。杂志上也登了这一带房子的租金行情，光是一室两厅的月租就是二十三万，管理费另计……

这些都是贵子“可接受范围之外”的价格。此外，二十五楼这个楼层也让她心神不宁。孝弘才十岁，在那么高的楼层生活，不会对身心有不良影响吗?

坐在家里担忧也不是办法，隔周的星期天，贵子决定亲自去千住北美好新城看看。她查阅了荒川区的地图，知道那是地图上也有标记的大规模小区。

那天是晴天，她一下车，站在北千住车站的月台上，就看见千住北美好新城的东西双塔像超现实的门柱一般阻隔了天空耸立着。贵子第一眼看到它就心想：我才不会住在这里，就算求我也不住。她在车站前坐上出租车，越接近千住北美好新城，这种心情就越强烈。

“出租车司机很熟悉该地，告诉我那里先前是化学染料工厂，却改建成这么豪华的小区。他的语气充满了赞誉。”

确实很豪华，可是贵子不喜欢，包括那突兀地浮现在周围市镇景色中的高楼风格，围绕着小区的灰色围墙，从小区通往北千住车站特别铺设的瓷砖步道。

“看到那条步道，我就想起《绿野仙踪》里的黄砖路。”

通往乌托邦的特别步道……

“真是俗不可耐！”

通往千住北美好新城小区的道路两旁，还可以看见灰泥建筑的独栋式老屋、生锈的防火梯上吊着盆栽的旧公寓、挂着工作服和粗棉布手套的铁皮屋顶店铺、杂草茂密的空地。千住北美好新城处于连绵的低矮屋顶和电线杆之间，以这个被暴跌的经济折腾得筋疲力尽的工厂小镇梦寐以求的理想姿态昂然耸立。

贵子去的时候小区对外开放，她自在地走进小区绿地。像是住户的年轻主妇把自行车停在花丛旁聊天，满载青菜的卡车流动摊贩在中栋的前面摆摊，小孩在这里玩球或溜直排轮。

看着这洋溢着生活朝气的景象，贵子稍稍感到安慰，心想在这么宽敞的中庭绿地里，孝弘或许不用担心车祸，可以安心玩耍……

但是，上学的问题怎么解决呢？孝弘现在是乘电车上学，住进这里以后，还要转好几趟车。上学时间增加，在家的时间就会减少，在小区里交朋友的机会也会减少。就算小区里有这么漂亮的公园，如果没有一起游玩的朋友，又有什么意义呢？

想起信治夫妻，贵子就心烦，他们说要给孝弘营造理想的环境，但他们心目中的“理想”是以什么做基准的呢？

贵子那晚回到家里，打电话给久不联系的信治。星期天晚上，信治在家，他听贵子说白天到千住北美好新城看过时，口气突然变得很慌张。

他是介意在旁边的静子。贵子了解静子不让信治找她借钱的心理——那也是当然，贵子老是指责他们奢侈得不合身份，即使在“买房子”这种一辈子很重大的事情上还是一样。静子当然是被打死都不愿意向贵子借钱。

贵子知道这情形，但她那天有话要说。听到信治支支吾吾的口气，她干脆要他把电话递给静子。信治迟疑着，静子从他的模样察觉出是贵子打电话来，已主动凑到话筒边。

“静子还假惺惺地跟我寒暄，我说：‘不必客套了，你知道我为什么打这个电话吗？’她的态度立刻改变了。”

小糸贵子说她实在很不愿意想起当时和静子的对话。静子听到贵子说拒绝借钱给信治以及亲自去小区看过时，突然发怒，不停地言语攻击贵子，那一句句话直到现在还是不愉快的记忆。

“她不停地说：‘大姐，你一直单身，对家庭和小孩一无所知，没有孩子的人不会懂得父母为孩子的将来着想的心情。’我不是说他们买房子不好，只是担心住那样高的楼层是不是真的为孝弘着想，而且他们会背上沉重的房贷。我说我担心的是这两点，但静子完全不听，到最后甚至说‘大姐是因为我抢走信治才恨我，想要拆散我们夫妻’，然后像女学生似的哇哇大哭。我觉得真是自讨没趣。”

他们最后也没谈出个结果就挂断了电话，贵子的忧郁心情丝毫没有得到纾解。连着冷静几天后，她决定亲自上门找弟弟。

“那时他们还住在世田谷的上野毛，是民营的出租公寓大楼，房租由公司支付。孝弘出生后就一直住在那里，我们平常虽然不太来往，但我也去过几次。那天我选在下午三点左右过去，静子那时还不必忙着准备晚餐。我去时又再次仔细观察了整栋建筑，确实是栋管理完善的漂亮公寓大楼。他们其实不用那么急着搬走，住那里不是很好吗？”

意外的是，按电铃后没人应答，静子好像不在家。贵子心想她是出去买东西了，应该很快就会回来，于是在大门口等着。可是快一个小时过去了，她还没回来。

“我左思右想的时候，孝弘回来了。他穿着制服，背着书包，从公交车站走过来。”

孝弘看到姑姑，立刻飞奔过来。

“他问我怎么了，还一脸担心的样子。他虽然是小学生，但从上次通电话的情形大概察觉了一些事情。我说我来看他妈妈，他说她回来还早呢。”

原来静子最近到新宿的百货公司服装专柜上班了，平日上午十点到下午六点当班，孝弘回家时她当然还没回来。

孝弘开了门让贵子进屋。

"好乱啊！厨房里盘子堆成山高，微波炉里黏着油渍，浴室里到处是水垢，洗衣机上也积满了灰尘。我不觉脱口问他：'你妈妈都不洗衣服吗？'"

孝弘说静子上班以后每天都累坏了，根本不洗衣服，都送去洗衣店洗。孝弘过一会儿要去补习英语口语，身心还不能放轻松。

"去上英语口语课和学游泳要挨到晚上九点，上课的地方都必须乘车去。我问他谁帮他准备点心和晚饭，肚子一定饿坏了。他说静子把东西放在冰箱里，拿出来热一下就可以吃。我听了眼泪差点掉了出来。"

冰箱里有买来的三明治，孝弘配着快餐汤吃完后就要出门。

"我很想帮他煮点热乎乎的东西吃，可他说来不及了，急着出门。送走他后，我不禁大怒。"

贵子独自留在屋里等静子回来，怒气也化作了精力，她把屋里大肆清扫一番，将厨房和浴室的每个角落都擦洗干净，把堆在浴室角落的脏衣服洗完烘干。她正在熨衣服时静子回来了，这时已经过了八点。

"我到现在还记得很清楚，她穿着鲜黄色的套装，该说是金丝雀黄吧，妆化得很精致，还搽了香水，提着像公文包的皮包。光看外表，还以为她是电视新闻的主播。"

静子一看到贵子整理干净的房间便大发雷霆，质问她凭什么擅自跑到别人家里乱摸乱动。贵子也提高嗓门反问她："你都干什么去了？"

结果这又引发了一场比上次电话争执更激烈的争吵，邻居甚至还担心地跑来打探。两人骂来骂去，最后贵子在静子"你别再来我家"的骂声中冲出小糸家。

那天晚上贵子没有见到信治，但是稍晚他打来了电话。

"他说他都听静子说了，还说这都是我不对，他错看我了，觉得我们姐弟的情分就到此为止。"贵子强调说，"我们也就姐弟两个人呢！他却要和我断绝关系。我是为了信治、为了孝弘着想，可是他们一点也不在乎。"

翌日，贵子想直接跟信治谈谈，就趁午休的时候去公司找他。信治在会客室见了贵子，却不愿意跟她谈。

“连信治都说出‘姐姐没有家庭，不理解做家庭主妇和妈妈的人的心情’这种话来，还说：‘别人擅自乱动你家的厨房和浴室，你会怎么想？你可以想象静子受到了多大的伤害吗？’对此我可是有话要说。静子算是哪门子的‘主妇’啊！家里灰尘堆积，连内衣裤都送去洗衣店洗，也不帮孩子准备晚餐，她有哪一点像个主妇？她那天晚上自己在外面吃饱了才回家，她想过孩子吗？还好意思张扬！”

贵子一说完这些，信治就回答说他和孝弘对静子都没有不满，而且这种事也不容外人插嘴。

“他还说我们已经断绝姐弟关系，他已经没有姐姐了。我知道挽回不了他了。”

就这样，贵子和弟弟夫妻俩处于关系断绝状态。就贵子记忆所及，信治四月中旬寄来一张明信片，通知她他们已经搬到千住北美好新城西栋二〇二五号。

“当时我只认为那张明信片是个纯粹的讽刺，我们姐弟的争执就始于这套豪宅，他们也知道我反对买这套房子，还故意寄搬家通知给我。”

这是平成四年春天的事情。四年的杳无音讯后，贵子深更半夜突然接到电话通知，说弟弟住的屋子里“倒了几个人”。

“我稍微平静以后，脑子清楚了些，边开车边思考。最先想到的是：他们一家不会自杀吧？我想起四年前信治要借五百万的电话，忍不住这么想。是因为还不出钱被逼急了，只好走上绝路吗？顿时，我感到呼吸困难。”

她想当初没有坚持到底反对他们贷款四千万元买房子，如今发生了这种事，自己是不是也有责任？

“想到孝弘尤其难过，差点掉眼泪……那孩子已经上初中二年级，不知变成什么样子了。我也太好强，为了赌气，他上中学时也没给他贺礼，对他的情况一无所知，如今他也死在家里……那时我只能这样想。如果说有人死在弟弟家里，我自然会想到是弟弟和他的家人。”

贵子抵达千住北美好新城时已近凌晨四点。因为暴风雨再加上路不熟，她走错好几次路，耽误了一些时间。

“我看到栅栏外停着一辆警车，警察拿着手电筒站在车边警戒。我不知能不能开进去，便过去问他。他说这边是东侧门，西栋在另一边，车子不能开进去。我把车子停在这头，撑着雨伞走到西栋。”

她在路上遇到荒川北局的警察，警察知道她是小糸信治的家属后，立刻带她去西栋的管理室。

“大楼周围到处停着警车，雨下得很大。大楼旁边的空地上搭起一个塑料棚，警察都集中在那一带。”

她那时还不知道，那是为了保护坠楼男子的尸体不受风雨吹打。

“我在管理室见到了荒川北局和警视厅的警察，也见到了管理员佐野，那时他们才告诉我详情。”

警方在二〇二五号屋内发现一对中年男女和一个七八十岁老太太的尸体，共三具。另外有一个二十多岁的年轻人坠楼身亡，但目前还无法断定是从哪一户摔下来的，也无法断定是摔死的还是摔下来以前就死亡了。就情况来看，警方分析是从发现其他尸体的二〇二五号阳台摔下来的。

“我说想看看遗体，他们说现场还在勘查，暂时不能进去。佐野非常担心，看起来比我还惊慌。”

贵子到了现场，反而比先前开车迷路时还要冷静，甚至可以说是沉着。

“我立刻问孝弘在哪里。他应该是十四岁，就算发育再好，十四岁的男孩也不可能被错认成二十多岁的年轻人。孝弘不在就奇怪了，而且那个老太太——我能想到的就是静子的母亲，可是她应该没那么老啊，不过六十多岁吧。”

警察问了信治的身高、体重和外貌特征，贵子就记忆所及尽可能地详细回答。

在接受询问的过程中，贵子感到警察似乎怀疑住在二〇二五号的不是小糸信治一家。也或许是贵子自己这么认为，而产生了这种心情。

“我当时并不知道，是事后问到的——警察在我赶到以前就已经听同一楼层的住户说，最近二〇二五号住的好像不是我弟弟一家，而是别人。但是也有邻居完全不知道这件事。因此警方还是无法确定真相。”

从展开搜证到尸体全部运走，大约花了一个小时，警方收工时已过了清晨五点。

“我问警察能不能认尸，他们说现在不行，要我到警局去。于是，我坐着警车到了荒川北局。”

从千住北美好新城到荒川北局的车程约十分钟。此时，风势更强了，但雨势已慢慢减弱。

荒川北局的停尸间在地下室，房间很小，尸体摆得很拥挤，贵子感到同行的警察有些局促不安。

“我的心情很复杂，还抱着一点怀疑，不会是信治他们吧……警方似乎也有这种感觉。我会这样想，是因为我强烈地期待如此。我不愿接受可能发生在弟弟身上的悲剧，我想逃避这个事实。”

停尸间很小，棺木紧紧排列着。贵子开门进去时，心想原来是这样整齐地入殓了。

“我在电影里看到的都是尸体包在白布单里，放在停尸间突出的台子上，原以为这里也是这样。明知不是该想那些事情的时候，但人就是这么奇怪。”

贵子最先辨认的是倒在二〇二五号屋内的中年男性尸体。警察帮她掀开了棺盖。

“那一瞬间，我闭上了眼睛。”

她说，在那一刹那，她真怕认出弟弟的脸庞，让这音讯不通的四年突然变成巨大无垠的空白。

她睁开眼，像孩子一般紧握双手，望向棺内。

里面是一张完全陌生的脸。脸色惨白，双眼紧闭，嘴唇有点歪斜。那人虽然已死，表情却很奇妙。但，那不是贵子认识的人。

不是小糸信治。

“我说：不是！声音大得连我自己都吓一跳。”

警察问她有没有弄错，她数度摇头。

“警察说他头部遭到重击，脸部有点变形，不易辨认，要我再看仔细点。真的没错嘛！而且那时我根本没看到他头部的重伤，只看到那张脸，并不感到害怕。”

另外三人贵子也都不认识。总之，这四人都不是小糸家的人。

“我感到放心了，但脑袋发晕。我扶着警察的手到一楼的会议室，喝了一杯水。”

对警方和贵子来说，这件事都没有结束，只是弄清了基本事实：那四具尸体不是小糸家的人。但他们是谁？登记在千住北美好新城西栋住户名册二〇二五号的小糸一家三口——信治、静子和孝弘，现在又在哪里？

“警察知道那四人不是信治一家后，问我是否清楚他们现在在哪里。其实我自己也很想知道啊。”

幸好贵子有随身携带亲朋好友住址和电话号码的习惯，荒川北局立刻获知了信治公司的电话号码和静子娘家的地址。

天色渐亮。六月二日是星期天。

“信治公司的人大概都没上班，即使有人值班，也该在八点以后才去。于是警察先打电话到静子娘家。虽然大清早的，但六点多了，也还好吧。”

贵子守在打电话的警察旁边，又感到一阵不安。弟弟怕是真的出事了，为什么没住在那里呢？

“他为什么把我的电话登记为紧急联系电话？从种种因素来看，他登记静子娘家的电话更自然啊，因为他已和我断绝姐弟关系了。”

她不觉想：他毕竟是我弟弟，或许还想着有一天和我和解。用我的电话当紧急联系电话，或许就是出于这个打算。

电话通了。警察先抱歉一大清早就来打扰，再确认对方确实是静子的娘家木村家。

“静子娘家听到对方报出‘荒川北局’，想必也大吃一惊。警察没说命案的事情，只是很客气地说想联系小糸信治一家，打听一下他们现在何处。”

贵子双手放在膝上，倾听着电话对答。她听到警察问：“在吗？小糸静子在那里吗？”

不久，像是静子来接听电话了。贵子拼命压抑着想从警察手上抢过电话的冲动。

“警察说抱歉打扰她好眠，我可是一肚子火。我为他们的事情焦急慌乱地四处奔波，她却在家里安稳地睡太平觉！不过她既然在娘家，孝弘应该也在。想到那孩子平安无事，我又感到释然。”

事实上，孝弘是在静子的娘家。难道他们一家三口都住在静子娘家吗？贵子只听到警方这边的说法，听不出个端倪。

“打完电话后，警察说他们一家都平安无事，他们没住在小区里的原因好像很复杂，必须问清楚。我真希望能把信治他们找来，可是警察却要亲自过去一趟。静子的娘家在日野市，我问他们我要不要一起去，警察说后面都是查案的事情，让我回去，还要派警车送我。我说不必麻烦了。”

贵子的脸上露出苦笑。

“我一直担任教职，滨岛学习教室就是打着反对现行学校教育方法论的旗帜，怎么说呢？对了，就是意识形态。现在的我和以前的我不一样了。

“当然也有绝对不变的地方，那就是：我永远都是老师。老师在学校的地位最高，不管发生什么事，老师都不会置身事外。因此这时我感到非常遗憾，我虽然是家属……

“可是客观来想，警察的处理也对。在警方确认我弟弟一家平安无事的瞬间，他们也从被害人变为命案关系人了。毕竟，他们被登记为屋主的房子里有四个人遇害。”

小糸贵子这时的看法完全正确。只是没隔多久，她就发现小糸信治一家不仅没住在千住北美好新城西栋二〇二五号，甚至也不是该房的房主了。

第三章　片仓屋

就像磁铁一般，“事件”总是会聚起许多人。除了事件中央的受害者和施害者，还有周边所有的人——各自的家属、朋友、邻居、同学、同事，还有目击者、证人、出入事件现场的收款人、送报员、餐馆送外卖的人员——这再次让人惊讶，一个事件可以牵扯到这么多人。

不用说，这些人并非都处于和事件等距的位置上，彼此之间也没有关联。他们多半处于以事件为中心呈辐射状放射出去的直线尽头，彼此多半素昧平生。通常，在解决案件的过程中占有极大分量的人，要到最后关头才会出现。也就是说，他处于距离事件现场最远的地方。

在千住北美好新城西栋二〇二五号发生的一家四口被杀命案中，简易旅馆片仓屋里的人正是符合上述后者情况的典型例子，例如侦办过程中警方不曾公开指称他涉嫌、反而更让社会大众认为他是“凶手”的人——石田直澄，以及牵扯其中的片仓一家。

片仓一家五口的姓名，整整齐齐地写在门牌上。户主片仓义文，四十二岁，是片仓屋的老板。太太幸惠四十岁，帮忙管账。夫妇俩有两个孩子。女儿信子上初中一年级，今年四月刚满十三岁。儿子春树十二岁，上小学六年级。

家里的第五个人是义文的母亲多惠子，六十八岁。为了她的名字该写在门牌上的哪个位置，家里还起了一些争执。是该对这位前任老板夫人表示敬意，把她的名字写在现任老板义文之前呢，还是现在已不管事的她让一步，让自己的名字写在孙子春树的后面？

片仓家所处街道的街坊邻居关系极为紧密，像他们这种五代居于此地的家庭之间，更是如此。多惠子的丈夫去世后，户主的位置名义上让给了儿子，但她在心理上还是有权威的婆婆，和被认定进门后老受婆婆虐待的媳妇之间屡有争执。婆媳各有街坊邻居声援，让事情更加棘手。

表面看来，问题不过是门牌上的排名次序，老太太让一步就行了。可是在当事人之间，这问题很严重。最重要的是，要挂门牌的房子是由多惠子的丈夫——义文的父亲片仓岩——在东京奥运会（一九六四年）时盖的老房子改建的新屋。

片仓屋旅馆的规模并不大，位于新大桥路附近的巷道里，是在七十平方米左右的土地上建起的非常普通的两层楼房，灰泥外墙上排列着毛玻璃窗户。左右两邻以前也是简易旅馆，因为种种问题现在已经歇业。

穿过片仓屋所在的巷道，是一条单行道，片仓家自己的住宅就在路旁。这里的占地面积较大，约一百平方米，并立着两栋一模一样的两层楼房：一栋自住，另一栋出租。从容积率来看，这无疑是违章建筑，但这一带家家户户都是这样，也没人在意。

和幸惠结婚以来，改建老宅一直是义文的夙愿。他打算同时拆掉两栋楼房，改建成一栋三四层的新房子，再把多余的楼层分租出去。

这个计划在昭和六十三年终于有了实现的动静。那时盛况空前，可说是寸土寸金，不动产中介公司频频走访片仓家和片仓屋，询问要不要卖地。

义文不想卖地，他认为卖掉土地等于放弃家业。信子和春树将来要怎么样，那是他们的自由，至少在他这一代，如果不办简易旅馆，也无法经营别的生意。何况情形大好，客人也暴增，片仓屋生意兴隆。

义文判断当下贷款容易，可以一圆他多年来的梦想。就在这时，租住隔壁的房客搬家，房子刚好空下来。代办租赁契约的当地不动产中介公司也认为对义文来说机不可失——如果盖一栋四层楼建筑，可以出租其中两层，房租收入是之前的两倍，他在自己这一代就可以偿清贷款。而且片仓家可以向当地的信用合作社以土地做抵押贷到款项。义文的家人当然都非常赞成这个计划。

片仓家就这样改建一新。平成元年九月新居落成。

门牌问题就发生在这个时候。这不只是家中成员“排名”的问题，也是背负着片仓屋背后历史的斗争，因此它不能以“纠纷”或“争执”轻轻带过，理该用“问题”来称呼。

义文和幸惠对老屋在自己手上被改建成豪华的新楼房，感到万分自豪。但是多惠子认为儿子和媳妇能这样趾高气扬，也是因为她和丈夫紧守祖上的产业再传给他们，他们应该感激才是，哪能耀武扬威？所以她要求把自己的名字写在门牌的最前面。

幸惠和多惠子过去也争权不断，彼此都知道对方的能耐。可是这次的争斗中增加了过去没有的不确定因素，那就是义文。他以往都极力回避她们婆媳之间的矛盾，幸惠常为此向街坊埋怨：她丈夫在他母亲面前根本不敢抬头。不过这次在她们婆媳因门牌问题展开激烈的争执前，义文就主动积极地逼退母亲。幸惠认为这是义文对母亲积压多年的不满的一次爆发。

家人也曾经提出一个妥协方案：另外做一个写上多惠子全名的门牌，但是义文不同意。他认为母亲已经不管事了，现在的户主是自己。多惠子对他这个激烈的主张是惊讶大于畏惧，最后还是让步了。片仓家的新门牌上，多惠子的名字排在最后。

平成元年也正是千住北美好新城动工兴建的时候，和后来发生的命案相较，门牌排名的事情简直微不足道。可是片仓家牵扯进荒川一家四口被杀命案的这条线，既长且远得惊人。

平成八年六月二日，片仓家最先知道荒川命案的是片仓义文，当时他在看早晨八点播出的周日新闻。

片仓屋是简易旅馆，并不供应餐点，义文夫妇因此应付得来，没雇人手。他们并不住在旅馆里，每晚十点打烊后，就带着手提保险箱一起回自家住宅，早上五点再来上班，星期天也不例外。

投宿片仓屋的客人星期天多半也要上工，旅馆必须照顾他们的方便。有的房客是做地铁工程的，夜晚上工，清晨才收工回来睡觉，旅馆也必须大清早就开门让他们进来。

夫妇俩虽说是通勤，但上班距离也只是从巷口到巷尾。他们会事先告知客人，柜台装有对讲机，有紧急事情就按铃呼叫他们。到目前为止，如此经营还没出过问题。只有一点，旅馆不提供卫浴用品。这是几次的教训使然——也着实发生过太多次了，一些居心不良的客人擅自把旅馆用品带出去卖。

六月二日早上，义文通过圆形拨频装置的老式电视机收看的节目。他习惯每天完成打扫、客人都上工之后，喝杯速溶咖啡，抽根香烟，平日这时正是 NHK 播放电视小说的时间。

星期天没有电视小说，因此他调到民营电视台。八点十分左右他打开电视，就看到荒川区命案的新闻，画面中是超高层大楼的宏伟外观。到了早上，总算风息雨停。天空中的云朵飞快飘移，阳光似乎就要探出头来。高楼衬着云层斑斓的天空耸立的景象，吸引了茫然看着电视的义文。

泡好咖啡的幸惠也来了。她通常是在家里把早餐张罗好、完成打扫、洗好衣服才来旅馆。义文告诉她荒川那边发生了大命案，她也惊讶得一起看电视新闻。

那时新闻只说还没查出遇害者的身份，并没有详细报道四个遇害者并非大楼的原本住户。几天后新闻报道的内容完全改变，但是在那个星期天上午，多人被杀案的新闻虽然耸人听闻，却也仅此而已。

夫妻俩闲话家常，说社会这么乱，他们自己也得小心。于是，他们又谈起保险公司半年前上门推销的保险。幸惠很有兴趣，但是义文觉得物非所值。四人遇害这个数字在他们家只是新闻而已，没有引起相应的涟漪。

这天早上，片仓家的孩子好梦正酣，当然没看电视。

片仓信子起床时已经十点了。片仓家这栋四层建筑的一、二楼用来自住，信子的房间在二楼东边，春树的在她的对面。信子换好衣服要下楼时，看到弟弟的房门半开着，里面传出电视的声音。本来父母不同意小孩的房间里摆放电视机，但是祖母多惠子拗不过孙子春树的死乞白赖，只好买给他们。因此信子在自己的房间看电视时，总觉得对母亲有点愧疚。

“别一大早就打电子游戏！”信子敲敲门说。春树咕咕哝哝地说已经不是早上了。信子瞪他一眼就下楼去了。

厨房和客厅静悄悄的。信子喝了杯牛奶代替早餐。午饭母亲会回来做，有时她会帮忙。

没看到祖母，也没听到她的声音，信子这时还不觉得奇怪。祖母的房间在楼下最南侧，紧邻盥洗室，这是为了她夜间起来上厕所方便。但这样家人在客厅和厨房时就察觉不到她的动静。家人有时以为她在屋里，其实人已经出门了；有时以为她不在，没跟她打声招呼就径自出门，事后就会挨她骂：“出去也不说一声！”

多惠子平常会率性地去旅馆那边，但她并不做折叠棉被或是清扫的活儿，只是窝在七平方米大的账房里看电视打瞌睡。她其实并不想干活，只是想维持旅馆经营者的气势而已。

“要看电视在自己屋里看就好了，屋里又不是没有。”幸惠常常这么嘀咕。信子虽然想偏袒祖母，但心里明白，祖母在账房招呼客人或和父亲说说话，比自己孤独一人在房间看电视要愉快多了。

因此这时她没有多想，只认为祖母是去旅馆那边了。她打开电视，里面正播放着野生动物的节目，她独自看了好一会儿。

十一点时春树也下楼来，在厨房找吃的东西。

信子觉得这个弟弟很像童话里的饿狼，饿得连掉在地板上的东西也会捡起来吃。他只在打电子游戏时嘴巴不动，一放下电子游戏，立刻变回饿狼。信子自己也很能吃，可是看到弟弟狼吞虎咽的样子，就觉得他很幼稚，很令人讨厌。

春树闹腾得让她分心，她想回房间去。她下午要和朋友去附近的 CD 出租店，她收到了拍卖二手 CD 的传单，想去瞧瞧。

出门前得先洗头发。信子的头发容易出油，她很在意这一点。如果和朋友在一起时被嫌头发臭，她简直活不下去。她也留着刘海，如果不保持清洁，额头上立刻就长青春痘。尤其是最近，睡一晚起来，脸蛋中央就冒出个红红的小火山，这更让她变得神经质。

信子不记得是十一点零几分去盥洗室的，她毫无时间意识，只想着起床洗脸时已经打开热水器的开关，现在应该有热水了。

走过祖母的房间时隐隐听到呻吟声，她以为又是电视的声音，就没停下脚步，只是心想：怎么，奶奶在屋里啊。她站在洗脸台前扭开水龙头，就在等着温水变热时，又听到多惠子的房间传来啪嗒的声音，似乎有什么东西倒下了。

信子这才感到奇怪。她关上水龙头，竖起耳朵倾听。没有声音。春树在厨房开大音量看着搞笑节目。刚才那是电视里的声音吗？

信子走出盥洗室，张望一下走廊，并无异样。也没有东西倒在地上。

是神经过敏吧。就在她要转回盥洗室时，又听到祖母的房间传出声音，就是刚才隐隐听到的呻吟声。这一次很清楚，不是电视的声音。

信子急忙拉开祖母房间的纸门，大喊：“奶奶！”话音未落，她就看到祖母蜷着身体倒在榻榻米上。

信子吓得差点哭出来，一时愣着没动。多惠子艰难地抬起头，看着信子。这时信子才反应过来，冲到她身边。

“奶奶！你怎么啦？要不要紧？”

多惠子瘫软无力，眼角不停地抽搐，呼吸短促，眼中含泪。她想站起来，可是双腿只是抽动，使不上劲儿。她的脚跟碰到榻榻米，发出啪嗒声，信子刚才听到的就是这个声音。

多惠子断断续续地说她身体麻痹了，站不起来，头也痛。信子掉出了眼泪，大声呼叫春树快去告诉母亲，说祖母出事了。春树跑过来一看，本来不在乎的表情霎时变形了。他跑去找母亲回来的这段时间，信子拼命摩擦多惠子的身体。多惠子闭着眼睛。

救护车来了，幸惠随车跟去附近的急救医院。十二点过后她打电话回来说，现在已安稳没事了。那段时间，信子姐弟都觉得和父亲在一起比留在家里好，一直待在片仓屋。

两点过后，幸惠回家帮多惠子拿睡衣，她的表情已不像救护车来时那么紧张。她说因为是星期天，无法做详细的检查，但看起来情况也不是那么严重，至少不是中风或心脏病发作。

“可是她好像很痛苦。”信子说。

幸惠没好气地回答说：“医生说不需要担心，而且她一到医院就像没事人一样。”

“怎么，奶奶装病吗？”春树冒出这句话，信子直捶他的头。幸惠扑哧一笑。“不是装病啦，只是情况没我们想象的严重。我看是心情问题吧。”

心情问题会导致呼吸困难、身体麻痹吗？信子无法理解。

总之，多惠子住进医院等待做检查。信子忧虑时特别想看到父亲的脸，因此就到片仓屋去。她发现父亲早已放下心来，在和客人下棋，就有点生气。

对片仓信子来说，六月二日就是这样的一天。因为没注意看新闻，她也就完全不知道荒川一家四口被杀命案的发生。

这时，事件还没波及到信子身上。

第四章　邻居

命案发生后，千住北美好新城是如何迎接翌日六月二日星期天的呢？

夜间的暴风雨到早上就停息了，八点过后蓝天露脸。小区绿地上的树木被强风吹得东倒西歪，草坪上满是散乱的残花败叶。管理公司的清洁人员正逢周日休假，没来清理。这不合季节的台风过后的景象，就原样不动地维持了一天。

整个小区里面，对命案消息掌握最多也最准确的，是西栋管理员佐野利明。在他的心里，二〇二五号屋内的三具尸体和坠楼的人不是小糸一家，这事情的重要性不下于小区绿地的惨重灾情。身为管理员，对接下来该做什么，他真是一片茫然。

这天早上，荒川北局正式成立"荒川区公寓大楼一家四口被杀命案"特别搜查本部，正式展开侦查。为了确认二〇二五号屋内遇害者的真实身份，必须查访西栋全体住户，警方要求佐野提供住户名册。

可是这事佐野不能做主。当初要住户登记时，管理委员会就承诺：为了保护隐私权，绝不对外提供住户资料。现在即使是警方要求，管理员恐怕也不能擅自做主交出名册。

"我说要先和公司方面商量，可是公司星期天不上班。我打电话过去，请守卫用内线呼叫我所属的大楼管理部或是工程部、清洁部等部门。”

可是这些部门都没有人在，佐野只好请守卫利用公园房屋的紧急联系网呼叫大楼管理部部长。

“电话一直联系不上，我想让警方在这里干等也不是办法，于是打给总公司公园建设的大楼事业部。大楼事业部星期天照常上班，统筹千住北美好新城的建造与销售的田中部长我见过，非常精明干练，我想他可以提供一个好建议。”

时间接近上午九点，虽然警方还没拿到住户名册，但查访住户的工作已经展开。住户不停打电话到管理室，想知道警察逐户查问的详细原因。有的住户甚至直接跑到管理室，想向坐镇的警察打听，可能是不满意结果，竟然吵起来。

公园建设的大楼事业部已经有人上班。佐野焦急地跟接电话的职员说明状况，对方大惊，一直问事情被报道没有。佐野当时还没看报纸，不知道有没有登相关新闻。那人要佐野等一下，他先去拿报纸，佐野真想朝他吼：先帮我解决这边的问题！

不久，那人回到电话上，放心地说事情还没上报，然后叮嘱佐野：不论警察怎么问，都不能随便回答有关销售或管理的数据。佐野好不容易逮到对方说话的空当儿，一口气讲完有关名册的事，但对方根本不考虑他的处境，只坚持不需要交出名册这一点。

“我就问他我是否可以说是总公司命令不能交出名册。”

对方立刻痛骂他，说哪有这么清楚留人话柄的蠢蛋，叫他适当敷衍一下就好。

佐野还不放弃，说已经呼叫了公园房屋的管理部部长了，可是一直联系不上，而事情实在严重，情况也紧急，如果田中先生能来最好，请他帮忙联系一下。可是对方不听这些，只匆匆说佐野得在现场适当协助警方，他们立刻派公关人员过去，说完就挂断了电话。

佐野不知如何是好。

“我从没那么气愤过，可惜那家伙没说他是谁。”

佐野即使是外行，也知道如果有名册，访查住户会更有效率。但他想到万一提供名册，事后公司方面控告他侵犯隐私就糟了。而且熟悉住户背景的他，知道如果处理不好，有些住户真的会控诉他。但什么是适当敷衍呢?

佐野一筹莫展，去找东栋的管理员佐佐木和中栋的管理员岛崎商量。两人都说最好不要交出名册，但又没有其他好主意。佐野很过意不去，他实在很想协助警方查案。

佐佐木听佐野讲完和总公司职员的对话后，说总公司会这样神经质，可能是因为目前正在销售相模原超高层公寓大楼。佐野早已忘记这事，听他说起，心想原来如此。

站在公园建设的角度，他们确实有理由担心。当初风风光光推出的大型超高层公寓大楼住宅小区千住北美好新城，发生了住户一家四口遇害的罕见惨案，这可能会严重破坏超高层公寓大楼的形象。各界对于超高层公寓大楼是否是合适的居住空间，看法较倾向于负面，比如：超高层大楼的电梯犯罪发生率较高；高楼层住户的心理负担较大，有人嫌上上下下麻烦而懒得出门，容易形成茧居族；还有，住户之间不易产生一体感，彼此漠不关心，隔壁发生事情也不会察觉到，即使察觉到也不会伸手帮忙。

“这件命案正是一个典型的例子。在神不知鬼不觉中，二〇二五号竟然换了人住！”

公园建设的公关人员飞速赶来，自是当然。但公园房屋的大楼管理部部长井出康文倒是先赶到现场。他在品川区的家中接到呼叫，知道事情后立刻奔往千住北美好新城。

井出康文四十二岁，和妻子及两个女儿同住。他在公园房屋是少见的外来人员，早稻田大学政经系毕业，在大阪一家大都市银行服务十年后，被猎头公司挖到公园房屋。

“我们是十点左右看到井出部长的吧。田中部长我见过几次，至于井出部长，这是第二次见到。”

佐野对这位直属最高上司，不如对总公司的大楼事业部部长熟。其实也难怪，像千住北美好新城这样大规模的小区，在建造、公开销售期间以及交房时，总公司的大楼事业部部长常到现场督导。但是掌控管理业务的管理部部长，不见得会到每个小区露面。这时井出也把佐野的直属上司科长叫到现场，他认为负责该地区的科长理应更清楚现场的情况。

井出一到现场就听取了佐野的报告，对于是否提供住户名册，他指示立刻召集小区紧急理事会会议讨论。幸好那天是星期天，理事多半在家。他认为经过理事会讨论后，如果多数人同意交出名册，就没有问题；如果不同意，他们也可以获得警方的谅解。

佐野等人遵照指示，分头联系各栋楼的理事。等到人数足够召开紧急理事会后，会议就在中栋的会议室举行。

井出部长另外还下了重要指示，即通过管理室的有线电视专属频道，向所有住户播放通知：西栋二〇二五号发生命案，目前大楼内并无危险，警方正逐户查访，请住户不要惊慌，尽量配合警方侦查。他还让管理室积极呼吁住户，如果有人目击或听到任何有关命案的线索，请与管理室联系。由于这时已经有电视台的采访车开到小区大门外，本来不知道发生了命案的住户也开始惶惑不安，井出的这个指示正是恰当之举。

紧急理事会会议在上午十一点开始，正午过后得出结果：不提供住户名册。

这时负责千住北美好新城管理业务的科长已经赶到，管理室的工作就交给他和佐野处理，井出则参加理事会会议。

“老实说，这个结果很意外。”井出说，“五六年前吧，我们管理的港区大楼也发生同样的问题。那边的住户不到五十户，规模大不相同，但是情况非常类似。当时发生的是抢劫行凶案，警方要求提供住户名册作为调查资料，住户们也是召开理事会会议，但只有一个人反对。”他说，大部分人都希望尽早抓到凶手，因此倾向于全面协助警方。“我想，这次千住北美好新城的住户想抓到凶手的心情也是相同的。但是，可以说是因为公民意识觉醒吧，他们认为即使面对查案工作，仍不应该公开与案件没有直接关系的住户的个人信息。”

理事之中的一些人，尤其年长的，认为应该协助警方，不该过于注重隐私，而让警方看到住户名册也没什么不妥。他们人数不多，但态度强硬。为了说服他们，反对的理事强调了下面这两条。

第一是千住北美好新城不是普通的公寓大楼，而是相当于一个村镇规模的小区，住户名册等于户籍名簿。有哪个村镇发生命案后，村镇长会把整个村镇的户籍名簿交给警方？这样做是不是过头了？

第二，警方已经拥有相关资料。一般来说，警察都会挨家挨户查访管区内的住户，在承诺“不对外公开”的情况下，编制记录家庭成员、户主职业等信息的名册，交由派出所保管。据说阪神大地震时，这个居民名册在确认市民安危时帮了很大的忙。警方有了这个名册，拿不到美好新城的住户名册也无妨。

这两条合情合理的意见驳倒了赞成派，并很快表决通过。但这时的决定虽然和事件主轴没有多大关系，却又引发了另一个骚动，这事以后再详述，在此我们再回到二〇二五号及其周边的情况。

搜查本部的警察兵分三路，在东西栋和中栋同时展开住户查访工作。此外，他们也开始查访小区周围和车站的出租车招呼站。荒川北局自然是总动员，警视厅本部和邻近各局也都派人支援。隔天星期一上学时，小区及附近的小孩纷纷在自己就读的中小学里，兴奋地谈论“昨天来的那些警察”。

西栋二〇二五号所在的二十楼是关键，尤其是紧邻命案现场的二〇二四号和发现电梯地板上有血迹的二〇二三号的葛西美枝子，查访起来较费工夫。

“警方真的是翻来覆去地问同一件事。”葛西美枝子眉头微蹙，“从我离开公司回到家里，到电梯老不下来等得我心烦气躁的过程，我都重复讲了十几遍。”

警方尤其注重她说经过二〇二五号时，看到有条腿横过正门微开的门缝的证词。警察详细地追问她：“确实看见了吗？是男人的腿还是女人的腿？屋内有声音吗？”

她有点害怕起来。“我也没撒谎，只是说出看到的事实而已，应该没什么好害怕的。警察的态度很仔细，也很关切。可是当我知道是四人遇害的重大命案后，想到我那时看到的说不定就是凶手，不由得感到自己有一份责任，这才发觉自己牵扯上大事了。”

她的丈夫葛西一之也同时接受查问。关于美枝子回家的时间和听到救护车声的时间，两人的证词没有矛盾之处。对于二〇二五号住户，两人也几乎没有印象。

“我和我丈夫都喜欢公寓大楼生活，因为省去了和左邻右舍打交道的麻烦。我们对二〇二五号、二〇二四号和二〇二二号都一无所知，真的什么都不知道。”

这时，搜查本部还不知道住在二〇二五号的不是住户名册里的小糸信治一家，查访时主要询问的是二〇二五号住户的长相、年龄、人数、亲友往来情况，以及最近有什么可疑举止、不寻常的动静等。

可是葛西美枝子不认识小糸信治一家，甚至连那套房子里有没有住人都不清楚。“我是个编辑，上班时间不规律。我丈夫是做服装生意的，经常要去国外的服装厂和客户的服饰店，忙得差点要过劳死了。我们的休假时间也说不准，每天从大清早忙到半夜三更，哪有时间和邻居打交道？我们根本就没有轻松休闲的余地。在大门口碰到别人或同乘电梯时，顶多点个头而已，至于对方是同楼层的人还是来访的客人，我不得而知。在这儿，我确实认识的人就只有西栋的管理员佐野。”

最近这层楼有人搬家吗？看到过二〇二五号搬东西出去吗？晚上回家时发现有人不自然地扛出大件行李吗？每个问题葛西夫妇听了都面面

相觑，只能回答“没看到”“不记得”。

“那时我只纳闷为什么要问这些，可能和命案有关吧。”

警察再次确认美枝子看到了“横过门缝的腿”这一点，抄下她回来时坐的出租车车牌号后，终于结束了查访——费时近两个小时。

“我和我丈夫说是因为我看到一些迹象，警方才问得比较慎重。可是要打听住在二〇二五号的人的情况，去看管理室的住户名册不就一清二楚了吗？”

二〇二四号的情况如何呢？

一如二〇二五号的格局，它也是千住北美好新城中最宽敞的房子，里面住的是女企业家北畠敦子，四十一岁，离婚，抚养着两个小孩，小孩分别读小学四年级和二年级。六十七岁的母亲与她同住，帮忙照顾小孩和家事。他们一家本来预定六月二日星期天要去东京迪斯尼乐园游玩。

“我们根本不知道晚上的骚动。”一头直发、言语谨慎的北畠敦子说道，“因为我们家计划去迪斯尼玩，孩子们从前一天就兴奋不已，担心万一下雨就要取消计划，都忙着在家里挂上用面巾纸做的晴天娃娃。即使二日清晨看到警察，他们还是忙着到处挂纸娃娃，那样子挺好玩的。”

北畠家迫不及待地等着暴风雨停息的两个小孩，在六点左右就知道隔壁邻居家发生事情了。

“好像是老大叫醒我妈的。他清早起来上厕所时，听到屋外很嘈杂，就从门上的窥孔往外看，看到了警察。我妈于是出去询问情况，结果吓了一大跳。警察说：‘昨晚开始事情就闹得那么大，怎么都没察觉呢？’我妈一阵脸红。可是这栋楼的隔音效果很好，几乎听不到左邻右舍或上下楼层的声音。如果是我睡在那个靠近走廊的房间里，或许可以听见一点动静，偏偏是我妈睡那个房间，她耳朵有点背。”

北畠敦子不安地观察状况时，小区专属频道播出了大楼内发生命案的通知。不久，电视台也播出了这个新闻。因此她不得不跟又哭又闹的孩子说，迪斯尼之行必须延期。

“我想警察一定会来问些什么，毕竟我们就住在隔壁。”

北畠敦子是西麻布的酒吧餐厅“瓦尔康”的老板。瓦尔康是家有限公司，她和家人所居住的千住北美好新城二〇二四号名义上也是瓦尔康所有。他们在去年十二月迁入。

“我们家只有女人和小孩，因此特别在意居家安全。我们也是很满意千住北美好新城这一点才搬进来的，真想不到会发生这种事。我们家有小孩，当然会认识孩子朋友的父母，至于其他无谓的人际往来就一概免了。我妈也认同这一点。不过，毕竟是我妈在家里打理一切，小区的事或多或少都听过看过，应该比我熟悉小区的情况。所以警察还没来问，我就先问她是否知道隔壁住的是什么样的人。”

北畠敦子的母亲智惠子，和女儿正好相反，几乎一辈子都待在家里照顾家庭，自然能以不同的角度知晓邻居的动静。当女儿问起时，智惠子说隔壁是个大家庭，其中有个坐轮椅的老太太。

“我听了觉得好笑，就跟我妈说：‘你说是老太太，那她一定有相当岁数了。’我妈就说：‘她的年纪确实比我大，而且很瘦，好像有病。’她还说这一阵好几次看到像是她媳妇的人用轮椅推着她出去。”

这对不久后来查问的警察来说，是很珍贵的信息。二〇二五号确实有一具老太太的尸体，在储藏室里也搜出了一张折叠式轮椅。北畠智惠子口中像是“媳妇”的那名女性的身材和穿着，也让警方联想到二〇二五号屋内的中年女性尸体。从智惠子的证词可知，至少老太太和中年女人并非昨夜来访的外人，而是住在二〇二五号已有一段时间的神秘住户。

饶有意味的一点是，智惠子不断强调隔壁“是个大家庭”“家中人口好像很多”。前面说过，智惠子有点耳背，加上有些紧张，和警方对话时不时需要敦子转述。但是她头脑清楚，观察力和记忆力都很敏锐，能一一举出隔壁众人的特征。

• 坐轮椅的老太太。

• 像是她儿子的中年上班族，近五十岁。这人早上出门上班时，即使穿着西装也不打领带。而且，常在倒垃圾的地方碰到他。

• 大概是那男人太太的中年女人，经常推着老太太出来，没有化妆，身材臃肿，有点邋遢。

• 像是中年夫妇的妹妹的女人，三十五岁不到，穿着时髦，化妆很浓，给人印象不太好，别人跟她打招呼都不答理。

• 像是中年夫妇的儿子的年轻男人，二十岁左右，常常穿西装，不像是学生，也不太理人。

• 像是中年夫妇的小儿子的男孩，中学生，很有礼貌，给人印象良好。就读的学校好像很远，很早就乘电梯下楼。

另外还有一个她只在走廊上见过一两次的四十岁左右的男人，有时早上看到他穿西装上班，有时看到他穿着家居服在电梯间拿伞当高尔夫球杆挥，可能是中年夫妇的亲戚。

智惠子的观察如此细腻，不但警察惊讶，连北畠敦子也讶异不已。

“我差点说：‘妈，你实在太闲了。’”敦子笑着说，“可是我不能笑她。说我妈的世界狭窄，这就是证据。也多亏我妈能忍受这个狭窄的世界，我才能放心出去工作。”

智惠子不是对二〇二五号特别有兴趣而仔细观察他们，只是平常买东西、清扫房子或是为了其他琐事出出进进时看到他们，比如和他们同乘电梯、倒垃圾时擦身而过，仅此而已。

之后，敦子想试探一下，便问她二〇二三号葛西家是什么情况。

“那家好像只有夫妻两人，回来都很晚。太太比你回来得还晚，而且常常叫外卖。”

“于是我就跟她说，多亏有妈妈在，我不用叫外卖。啊呀，抱歉，这和命案没关系。”

话说回来，如果二〇二五号真如北畠智惠子所说是住了七个人，确实是现在少见的大家庭。而且其中四人——老太太、中年夫妇和年轻男人——和这次发现的四具尸体有重合。

不过，警察更仔细地问过后，发现智惠子的证词还有需要增补的地方，那就是她从来没有看到隔壁这个大家庭聚集过。

一般家庭孩子大了，就很少有全家一起外出的机会，但是别人从没见过全家人齐聚在门口或电梯间，这也很不可思议。警方再问下去，又发现另一个问题，就是智惠子看到这七个人的时间有落差。

北畠家是一九九五年底搬进二〇二四号，距离命案发生只有半年。空挥高尔夫球杆的四十岁男人、时髦的三十多岁女人和给人好印象的中学生，是他们刚搬进来不久时看到的，而五十岁的中年人、坐轮椅的老太太、推轮椅的中年女人和二十岁左右的年轻人，则是一九九六年初春以后看到的。

“警察问我们去年搬来时有没有到隔壁拜访，如果拜访过，肯定比在走廊上看到的要清楚。可惜我没去，我只去了管理室。我说过，我们家和外人交往时非常慎重。”

北畠敦子说她会这样，也是因为过去的痛苦经历。

“我离婚后和妈妈同住，在最初搬去住的公寓大楼就吃到了苦头。那已经是六年前的事了，当时我也因为家里只有女人和小孩而紧张，而且我常常不在家，就想请邻居帮忙照应，没想到却引狼入室。”

隔壁的人发现北畠家没有男人，敦子又颇富有后，便伸出魔爪。

“那人自称是建筑师，谁知道是不是真的，在家工作，太太在外面上班。起初我觉得他人不错，我妈的个性也很好，大家就很自然地相互往来。可是他脸皮渐渐厚起来，没事就到我们家里转悠，笼络我的孩子……后来更是借口老婆不在家，想和我们一起吃晚饭，径自买了东西带到我们家吃。店里打烊后我回家时都过了午夜两点，他一听到我的脚步声，就按对讲机邀我喝一杯。他总是笑吟吟的，又会奉承人，可是我越来越觉得不对劲。”

就在她想跟他说明白不要再继续这种无谓的交往时，他倒先露出马脚了，说是为了扩大事业，还差一些资金，正在烦恼，问她是否能看在邻居的交情上通融一点。

“他说要一百万呢。他以为我是傻瓜吗？真把我看扁了。”

北畠敦子当面干脆地拒绝了他，还说以后也不必这样殷勤来往。身为女人，她采取了果断的行为，但是对方并不善罢甘休。

“那天以后，他不断骚扰我们，有时打无声电话，有时弄坏我们的信箱，有时甚至等我回家或孩子放学时故意跟在后面，又或者偷窃、弄坏孩子的自行车，什么都做得出来。可是他又是管理委员会的理事，在理事会上捏造一些子虚乌有的事情，说我们家的孩子吵得他晚上睡不着，说我常带不同的男人回来，搞坏大楼的风气。我也找了律师，可是这样相持下去真的很累。结果住了不到一年，我就搬离了那栋大楼。”

那时瓦尔康的经营刚上轨道，搬家费很高，这还给两个幼儿期的孩子在精神上留下了后遗症。

“从此以后，我决定不做没必要的睦邻工作，搬到新家时也不跟左邻右舍打招呼。只有女人和小孩的家庭，有可能遭遇的危险比想象的多。我不在乎人家怎么看我们，只要和管理员以及管理公司关系良好就行。我现在还是这么想，这个时代邻居不能依靠，而必须对其提高警戒，最好保持一点排他心理。”

因为这个缘故，北畠家没能掌握有关二〇二五号的准确信息。警方能够理解，也对他们过去的遭遇寄予同情，但是对智惠子证词的细节部分依然再三查问。他们最想知道的是，智惠子年前看到的三个人和初春后看到的四个人是否在一起过。

在整个命案已经查清楚的现在回头来看，警方问这个问题的意图很清楚。

智惠子年前看到的三个人可能是小糸信治一家，初春后看到的四个人就是那四个死者。这两家人以初春为界，不知什么原因和以什么方式更替入住。

警方无法立即判断房子换人住，是否因为两个家庭之间有关系，但从小糸家没有知会管理员就偷偷搬走，而这家人悄悄搬进来住的情况看，很可能有不能公开的隐情。那么这两家人之间有什么关联呢？

北畠智惠子把两家人看成一家人，是因为见过他们三三两两地出入过二〇二五号。问题是这三三两两是怎样的组合？

智惠子的记忆力虽然很好，但还是不容易确切地一一想起看到的情况。在警方的引导下，本来明白的细节反而变得模糊散乱，她唯一清楚记得的，是上个星期的事。

“我妈说她看到隔壁的媳妇和那个穿着时髦的女人在电梯间讲话。”

那天，北畠智惠子买东西回来，一个人坐电梯上楼。电梯门打开后她走了出来，发现二十楼的走廊里有两个女人面对面。啊呀，那不是隔壁的太太和她妹妹吗？她心想。时间是下午三点左右。较年长的“太太”穿着衬衫和长裤，系着围裙。“妹妹”穿着亮粉色长袖套装，挽着手提包，妆化得很精致，但智惠子走近一看，才有点惊讶地发现她不像三十多岁，而像是有四十多岁。智惠子随意地跟两个人点个头便走了过去。

警方问智惠子当时那两个人是什么样子。

“我妈不愿意说人家坏话，有些为难。我告诉她只要说出她的感觉就是，她才肯说。”

智惠子说总觉得她们像在吵架，“妹妹”脸色带怒。

这时警方已确信这个“妹妹”是小糸静子。搜查本部已派人到她娘家，相信只要问清楚小糸家的人，就可以查清四个遇害者的身份。

“我妈很担心，怕自己说了不该说的话。我安慰她说这是协助办案，是件好事，没什么好担心的。”

警察要走时，北畠敦子问他们说天气变好了，是否可以照预定计划带小孩去东京迪斯尼乐园。警察笑着说无妨。

“我们这才放心地出门，但也不无逃离现场的感觉。我们就住在隔壁，虽然和命案毫无关系，可就是有这种奇怪的感觉。”

北畠敦子说隔壁一家四口遇害，起初她还不觉得恐怖，即使在六月二日这天，她还完全不知道二〇二五号命案是暴徒杀人抑或相熟者挟怨行凶。

“我们一家以前就体会过邻居的可怕。所谓的邻居可怕就是人心可怕，结果连小区也变得可怕了，所以发生任何怪事都不觉得奇怪。”

她说没有什么比人还可怕的了。

“我做生意，当然以客为尊。可是当我恢复普通人的身份时，带着幼儿和老母亲，真是一刻都透不过气来。关于二〇二五号的命案，我——当时还不清楚情况——仿佛有死神降临隔壁的感觉。从过去的经验中，我学到一个教训：即使没做亏心事，也会因为一点点疏忽、一点点松懈就招来厄运。因此我能冷静接受我家平安无事、隔壁一家全都遇害的事实。我妈虽然玩得有点累，但我觉得那天出门走走还是对的。”

我们跳过前述细节，把时间往后推一点。那天晚上八点左右，就在北畠敦子和母亲、孩子暂时忘记隔壁的惨案，为灰姑娘城堡上空七彩缤纷的烟花欢呼时，命案的重要关系人石田直澄的名字冒了出来。

至于西栋二十楼其他住户的证词又如何呢？

正如北畠敦子所说，千住北美好新城建筑的隔音效果极佳，这个大型社区最理想的生活要素在警方查案时却是个麻烦：住户即使紧邻而居，也不太清楚隔壁的情况。

这里，我们再听听公园房屋的管理部部长井出康文怎么说。

“根据我的经验，社区的居住质量越高，住户彼此交流的情况越差。当然也有一些豪宅住户彼此交情不错，常常举办家庭烤肉聚会联谊，但是一般来说，高级住宅住户的邻里意识很淡。”

这怎么解释呢？

“最确切的原因是隐私问题。举个最容易理解的例子：演艺人员重视住宅隐秘性甚于邻居的友善。财经界人士也一样。有能力买价值上亿豪宅的人当然倾向于住独门独院，实际上他们很多都拥有独门独院的别墅，大楼公寓只是他们的第二套房子，或是用来金屋藏娇……”井出康文笑一笑，“唉，他们多半不是本着‘家’的概念来购买或租住大楼公寓。再说，这些有相当资产的人士，在公司或组织里多数身居要职，生活必然忙碌，因此他们宁可多花一点钱，以回避管理委员会理事之类的工作。有这样的住户，彼此的交流自然很少。想想还真可惜。”

井出部长接着说：“像我，只是一个上班族，偶尔由公司支付大笔会费去参加不同行业的联谊活动。可是看看我的邻居——隔壁的先生是制造业的一位副总，对门的先生是物流业的职员，前面数过去第三家的太太经营着一家餐饮外烩公司——他们都难得出来联谊。”

他介绍，日本人形成的现代小区完全是以自己所在公司为单位的。

“男人的情况尤其如此。但是女人则稍有不同，这倒不是说因为女人擅长聊天交朋友，而是因为孩子的关系。女人会以孩子为生活主轴，形成一个人际关系社区。”

井出部长的看法或许是个奇论，没想到千住北美好新城二〇二五号的情况却印证了他的说法。有关二〇二五号更丰富而具体的信息，确实来自住在西栋的小孩。

即使在彼此疏于往来的高楼生活中，小孩仍然感觉得到“朋友”的存在。一般青春期的孩子未必觉得有朋友就好，他们的交往也未必都是友好的，幸好小糸信治在平成四年搬进二〇二五号时，儿子孝弘才十岁。根据北畠智惠子的证词，孝弘今年初春以前应该还住在西栋，那时他十四岁，还处于个性较为柔和的年龄。

警方继续查问后，发现同楼层的二〇一〇号住着小糸孝弘的“朋友”宫崎信吾，十四岁。他在建设方交房时就搬进来了，和小糸孝弘同乘过电梯几十次，而且主动和他打招呼。

“感觉他有点不合群，是个沉默的孩子。”

宫崎信吾是少年足球队的一员，经常忙于集训和远足，朋友也多，不觉得有必要和小糸孝弘交朋友。尤其是第一次看到孝弘时，觉得他“乏味”“对足球毫无兴趣”“只会死读书”，便对他没什么兴趣。

虽然这样，他还是主动招呼小糸孝弘，这是因为看见孝弘穿着泷野川学院的制服。他足球队里的一个好朋友就在泷野川学院上学。

“他叫市川，我问孝弘认不认识，他说不认识。那是上小学五年级的时候吧。”

宫崎说虽然同住一层楼，但是他和孝弘在走廊或大厅碰到的机会不多。

这也难怪，从这里到泷野川学院少说也要坐一个半小时的车。

宫崎最近一次看到小糸孝弘，是今年二月初或中旬，那时孝弘正走过绿地。

“他拿着一个大手提袋，低着头慢慢走。”

宫崎好一阵没看到孝弘，但是也没发现二〇二五号有搬家的迹象，就以为他还住在里面。当时他的足球队要选拔代表在暑假时去欧洲比赛，他忙着练习，无暇顾及周遭的事情。照井出部长的说法，就连高级公寓大楼里的儿童也行程满满，忙得没有时间关心四周。

二十楼的其他住户也证实说见过坐着轮椅的老太太和推轮椅的中年女人，有人还嫌他们一副穷相。也有人觉得奇怪：这层楼哪来这么老的人？实际上和坐轮椅的老太太说过话的还是小孩，就是住在十九楼的高一女生木暮美佳。

她忘记了确切的日期，只记得当时还穿着厚重的冬衣。她和坐轮椅的老太太、推轮椅的“阿姨”乘同一部电梯下楼。电梯到一楼时，她礼貌地按着“开”的按钮让她们先出去。可是轮椅卡住了，她见“阿姨”推不动，就上前帮忙。老太太非常瘦，很轻，她和“阿姨”两人轻轻一抬，轮椅就顺利地滑出去了。

“那个阿姨很客气地跟我道谢。”

接着，她问美佳这附近有没有邮局。美佳告诉她说出东门向左转，过两个十字路口就是。“阿姨”没把握地复述一遍，才再次道谢离去。

“坐在轮椅上的老婆婆一直笑眯眯的，但没说话。她眼眶渗泪，好像看不太清楚。”

木暮美佳要去的地方正好和邮局反方向，她担心她们不会走，不由自主地跟在后面，看到她们确实穿过东门向左转后才放心。

“我心想她们是刚搬来的吧。”

汇总搜查本部查访的信息可知，今年三月以后，小区住户常常在电梯周围和绿地的散步道看到坐轮椅的老太太和推轮椅的女人。她们果然很打眼。其他人都说时间是三月初或中旬，木暮美佳说是还穿冬衣的时候，这样时间上有点出入。不过三月的天气乍暖犹寒，也有穿冬衣的可能。再把北畠智惠子说的“初春”考虑进来，可以判定二〇二五号是在三月换了人住。

另外，西栋这边，八一〇号的中学二年级女生筱田泉也说她接触过二〇二五号的小糸家。

她记得是今年的新年——一月五日那天，遇到小糸孝弘和他母亲静子，还和他们说过话。

她第一次看到小糸孝弘，是在垃圾场。那里并排摆着几个以颜色区分可燃垃圾和不可燃垃圾的大箱子，整个小区的垃圾都集中丢在那里，因此面积颇大。

小区管理处是一月六日开始清运新年期间的垃圾。五日下午，筱田泉按照母亲的吩咐去倒垃圾时，多数垃圾箱都已装满，臭气熏人。她放下垃圾就要走开时，发现最里面的大型垃圾堆置处有个和自己差不多大的男孩。她很好奇他丢什么东西，便瞧了一下，只见他放下一台大型收录机就要离开。

筱田泉远远看着，觉得那收录机还很新，就跑过去确认，那几乎是全新的。她立刻冲出去追赶男孩。他走得很慢，立刻被追上了。

“哎，等等。”

听到后面有人叫他，男孩停步回头。他的两颊瘦削苍白。“看起来病恹恹的。”

筱田泉气喘吁吁地问他，刚才在大型垃圾堆置处丢掉的收录机是否坏了，男孩不安地蹭着脚尖没回答。

“我看还很新，是次品吗？你真的要扔掉吗？”

男孩更慌张，扭扭捏捏的。筱田泉生气地说：“你真的要扔掉，我可以捡走吗？即使是次品，修理一下就好了。这样扔掉很可惜，还这么新。”

筱田泉的姐姐有一台立体音响的收录机，她也想要一台，可是压岁钱拿去买最新型的随身听了，手边钱不够。如果只花些修理费就有一台和新的差不多的，不是很划算吗？

“可是那男孩一脸为难的样子，咕咕哝哝地说还是不要捡吧。”

筱田泉耐性尽失，心想管他呢，径自走回垃圾场要去捡。她想，捡别人丢掉的东西是个人自由，无须说明理由。

可是男孩反而追过来，紧张地说：“是我妈生气叫我扔的。”

“好奇怪的妈妈呀！这样命令人家随便处理东西。”

“不是这样啦！”男孩一副快哭的样子，“其实那不是我的。”

筱田泉吓一跳，大声说：“不是你的，那是谁的？你偷的？”

这时小糸静子正好走过来。筱田泉起先以为是哪家的阿姨来扔垃圾，可是对方一看到男孩便冲过来，抓住他的手臂骂他。筱田泉这才知道她就是男孩的母亲。

“她劈头就骂：‘你在干什么？扔掉没有？’男孩已经流泪发抖，什么也没说。”

不怕惹事的筱田泉对她说：“阿姨，你是他妈妈吗？他刚才扔的收录机我可以捡走吗？”

男孩的母亲瞪着她咬牙切齿地说：“捡别人丢掉的东西真恶心！你是谁家的孩子？”筱田泉毫不畏缩地回答说是西栋八一〇号的筱田家。

男孩的母亲气势汹汹地骂她：“在垃圾场捡东西的人不可能住这栋大

楼，你撒谎！”

“我没骗你，等一下我就带我妈妈去你们家。你们住几号？”筱田泉问她。她没回答，拖着男孩就走。因自尊受伤而燃起抗争意志的筱田泉追在后面喊：“等一下！”男孩成了累赘，拖慢了母亲的脚步，筱田泉很快就追上了他们。

“真过分！骂人家骗子就跑，真狡猾！”

如果对方是男人，筱田泉多少会有些退缩。但同是女性，又是中年妇女，她才不怕，于是紧缠着不放。来到小区绿地前面时，男孩的母亲歇斯底里起来。

“我不知道，随便你啦！”她边喊边放开男孩的手，冲向西栋那边。男孩突然被放开，差点摔倒，他难为情地看着筱田泉。

筱田泉怒气顿消，愣住，好不容易才说：“你妈好奇怪哦。”

男孩道歉说：“我妈刚好不舒服。”

“看不出来啊。”

男孩的母亲穿着旧毛衣、裙子和凉鞋，头发蓬乱，看起来是有点邋遢，但看不出来身体有什么不对劲。

“她有病。”男孩小声说，然后恳切地请求，“你别捡那台收录机好不好？我想捡了也不会有好事。”

他这么一说，筱田泉也觉得有点害怕。她虽然有些不舍，还是点头答应了他。他那认真又悲惨的样子引起了她的同情。

“我也住在西栋……”男孩说。

“几楼？”

“二十楼，二〇二五号。我姓小糸，不过我们就快搬家了。”

筱田泉述说这段对话时，警察几度问她小糸孝弘是否确实说过“搬家”。

筱田泉清楚地记得，他确实这么说过。

她和自称姓小糸的男孩一起乘西栋的电梯上楼。她在八楼出电梯时，男孩垂头丧气地跟她说“对不起”。

她回家后，把垃圾场发生的事一五一十告诉母亲。母亲骂她乱捡垃圾场东西的想法，之后也很纳闷那个姓小糸的男孩和他母亲的态度。

“会不会是那台收录机里装了炸弹？”姐姐半开玩笑地说。母女二人左猜右想了半天，还跑去垃圾场查看。

收录机还在。可是CD匣盖裂了，把手脱落，录音带匣盖也破了，情况很糟糕。距离刚才不过三四十分钟，好像是这期间有人过来特地毁坏过，以防有人会像筱田泉一样捡回去。

那之后有好一段时间，二〇二五号的小糸家成了筱田家母女三人的话题。筱田太太期待在电梯、大楼门厅或小区里遇到古怪的小糸太太，筱田泉说她看到了一定会赶快通知母亲。

可惜她们没再见过小糸一家。

筱田泉说的事情发生在一月初，可见那时小糸家还住在二〇二五号。值得注意的是，小糸静子当时穿着家居服，头发蓬乱——可能是因为休年假在家，穿着也邋遢些。

和其他住户很少接触，连管理员佐野也印象很浅的小糸家，和筱田泉的遭遇很有戏剧性。这时小糸家是不是已经发生了什么事情，让静子为一点点小事就那么激动地对待儿子和邻家女儿？为什么要扔掉新的收录机？孝弘说“捡了也不会有好事”是什么意思？

警方认为只要问清楚在静子娘家的小糸家三人，就能弄明白这些问题和四名遇害者的身份。负责此事的警察一早就前往日野市。可是近中午时分，查案警察在千住北美好新城集合时接获意外的消息：小糸一家三口已经出逃，目前下落不明。

“我听到消息是正午过后。开完紧急理事会会议回到西栋管理室时，佐野告诉我早上联系上的小糸一家不见了。”井出说。

小糸一家是不可能回千住北美好新城的。他们虽然是出逃，但带着孩子，估计也不难找到。于是，警方要求佐野提供有小糸一家三口的小区活动照片。

很不巧，完全没有这些可供指认小糸一家的东西。

“我安慰佐野别介意，警察对管理室的期待也没那么高。”井出部长虽然说得轻松，内心其实也不安起来，“听说小糸先生躲起来了，我看这家伙这下有双重麻烦了。”

这次的命案中，不只是住户变成遇害人，住户也是加害人的可能性虽然微乎其微，但不能说没有。小糸家如果和命案完全无关，应该不必逃避警方的查问。一定有什么隐情，他们才拼命躲起来。

“当然命案本身很惨，我们也不希望它发生。站在开发商和管理公司的角度，这个案子中我们的公寓大楼出了被害人，造成的损害是一百分；出了加害人，损害又是一百分。而且这两者不是相加，是相乘。”

从安全方面考虑，出现被害人的负面影响较大。但是从居住“水平”来衡量，出现加害人造成的形象损失更严重。如果凶手是住户之一，则不仅对千住北美好新城，对公园建设所有公寓大楼的形象都有严重的影响。

卖房子的时候，建设方和卖主只注意买方的首付款和贷款额度，不管买方的人品风范。一旦出事，受损的当然是卖方的企业形象。

“这正是不能把商品单纯当作‘不动产’，而须塑造成‘家’来销售的企业的难处。此外，这又是个‘讲究心情的时代’，”井出说，“细密的数据规划还在其次，重要的是感觉好，这也是公寓大楼管理的要素。只是打扫卫生、代收信件、整理中庭花园等等已经不够，住户花了高额管理费住进来，必须要有称心满意的特权感受。”

我们在前面的“命案”一章已提过，千住北美好新城号称超高层高级公寓大楼，实际上换房率和空房率很高，这对一个长住型公寓大楼住宅小区来说是很糟糕的业绩。公园建设为了隐瞒这个劣势，必须维持千住北美好新城的高级形象。本章一开始也说了，公园建设这时正在相模原推出类似于千住北美好新城的超高层公寓大楼住宅小区。千住北这边即使有诸多纷扰，毕竟是销售完毕的项目，相模原那边的才刚开始，问题就大了。

正午过后，紧急理事会会议结束时，公园建设的大楼事业部部长田中琢己也赶到了现场。他比井出小两岁，但一手撑起公园建设的开发口碑，非常能干。他目光严峻，聆听着井出讲述目前所知的状况，表情更加阴沉。相较于他这副模样，连井出也显得气势弱些。

“田中说相模原那边的销售业务一团混乱，他做好紧急应对手册后才赶过来。虽然相模原和荒川区的情况完全不同，两地也一东一西，其中一些有意购房的人还确实有些动摇了。这也难怪，房子又不是便宜的东西。”

公园建设的相模原销售处有顾客对售房小姐痛骂说：发生那种事情，你们这万无一失的保安设备根本是骗人的！小姐都被骂哭了。本来假日都找不到人的公司大领导都一一联系上了，总公司也成立了对策本部。井出奉命担任现场和对策本部的联系人，坐镇西栋管理室。

井出和田中两人愁眉深锁时，警方马不停蹄地展开查案工作。小区专属频道播出的通知起了作用，有些住户陆续告知管理室他们所知的消息，管理员逐一记下后通知警方。

这些消息杂乱分散，有些乍看是和命案没有关系的目击情形或流言，但其中有一项引起了警方的注意。今年二月到三月间，有一两个流氓一样的男子在小区内走动或在西栋周边徘徊，而且多半是晚上十点以后。有一次是在白天，貌似黑道人物的男子开车进入小区。当时正值小区对外“关闭”，路口设有栅栏，那人大吼大叫地加速冲断栅栏，但很快就开走了。这些消息来自多人，冲撞栅栏的事情发生在东侧门，看到黑道男子的目击者都在西栋周边。

井出听着佐野汇集的消息，脑中突然闪过一道灵光。

虽然不能轻易认定这些流氓和命案有关，但是高级公寓大楼、悄悄搬出的住户、黑道男子出没的时期与二〇二五号换人住的时期重叠——把这些加在一起考虑，似乎可以形成一个推测。

“我怕自己想得太过，心想还是等找到小糸家的人、真相更清楚了再说吧，就这样一直憋到下午。”

下午四点左右，有消息传来说小糸一家三口从八王子市内的旅馆打电话到静子娘家时，守在那里的警察说服了他到附近的派出所接受侦讯。

“那时我才说出，二〇二五号说不定是法拍屋。小糸家缴不出贷款，趁夜搬走，银行向法院申请拍卖房子。我怀疑三月以后住进二〇二五号的是熟知法拍屋运作的‘海蟑螂’，或是纯粹受海蟑螂利用来占住房屋的外行人。”

一语中的。

第五章　生病的女人

千住北美好新城二〇二五号发生命案的消息在六月二日上午八点的电视新闻中播出后，后续报道不断。十一点半到正午之间，所有电视媒体都压下其他新闻，纷纷进行夹杂现场转播的特别报道。

这时警方公布的内容极为有限，各家媒体的报道都无法深入，小糸一家的名字当然也没有曝光。

有关遇害人数却是众说纷纭。有的媒体断定是“一家四口”，有的保守地说是“三四人”，也有的很慎重地以“发现四具尸体”表示，总之说法各异。“三四人”的说法，是因为他们推测“死在绿地上的年轻人杀害屋中三人后跳楼自杀”；“四具尸体”的说法则隐含“四人之中三人被害，另一人是畏罪自杀的凶手”的意思。

命案发生后，部分警察也有这种推测。事实上，在还没纳入住户已经换人、葛西美枝子看到屋内有人影（正确来说是腿影）走动，以及电梯内出现神秘中年男子等要素时，纯看命案现场，会这样推测的几率极高。

不过随着现场采证的进展，真相渐渐清晰。只是在真相大白的十月中旬以前，所有媒体报道难免错误、矛盾百出——即使在这个阶段已隐约可见破案的曙光。例如，六月二日下午三点的电视新闻中，就有一家主流媒体报道遇害者的身份已经查明，是“上班族小糸及其家人”。但电视台很快就发现是误报，便在晚间新闻中紧急更正。

西栋管理人佐野利明看到这则新闻时大惊，立刻通知查案的警察。“二〇二五号住户姓小糸”的消息并未正式公布，可能是其他住户泄露出去的，因此这不是警方的过失。只是下午三点这个时刻，小糸一家离开静子娘家还下落不明，警方生怕这个消息会影响他们一家的动向。

一个小时后，小糸信治一家在八王子市露面并接受警方的保护，警方才松了一口气，同时也知道了他们并未看到或听到这则新闻。

星期天各报的晚报休刊，新闻只能上电视和广播。但是晚间新闻并没有更详细具体的消息，警方也未公布小糸一家的说辞，各媒体只能在揣测中就被夸大的案情展开新闻攻防战。

唯一确切的报道是有关命案后逃离现场的可疑中年男子。晚间新闻报道都指出电梯内的摄像头拍下了他低着头的身影，有一家媒体甚至指出他可能受伤了。

这一天，通过电视的全天报道，千住北美好新城成为全日本最出名的公寓大楼住宅小区。连从没踏进东京都荒川区一步的人，都已经熟悉小区东西双塔的特征。

我们通过媒体获悉现实，借由观看电视新闻、纪录片和阅读报章杂志，来掌握现今日本和世界各地发生的事情。我们亲眼所见、亲身经历、亲自体验的事情，和媒体带来的信息相比，实在微不足道。在我们读书、工作、娱乐、养育子女、照顾病人的普通生活中，并不存在艾滋病医疗诉讼、财政官员受贿、环保组织放生海豚、小货车挂伪造车牌挟持放学女学生这些事情。

但是我们可以通过新闻知道这些事情，为此感到愤怒、悲伤、担忧，思考自己能做些什么，必须做些什么。参与“报道”的人也许会说，“报道”的功用就是使民知之。

不过现代媒体如此发达，一般人只要坐在电视机前三十分钟，就能获得数十倍于他生活一辈子所能得到的信息量。这又产生了一个麻烦，“现实”和“事实”究竟是什么？什么是“真实”？什么是“虚拟真实”？区分两者的又是什么？如果“输入脑中的信息”是将“实际体验”和“传播中的知识”合而为一，可以说现实和假想现实之间没有不同，而事实上也有这种倾向。

但真的是这样吗？

六月二日下午四点左右，在东京都江户川区春江町“宝食堂”三楼的十六岁高中生宝井康隆，正在思考上述诸问题。他是宝食堂老板宝井睦夫和敏子夫妇的儿子。餐馆的二、三楼是自住，康隆的房间在三楼南侧。他坐在桌前，正在用手提打字机写稿。这篇稿子要交给他参加的科幻俱乐部JSC发行的杂志《织网人》，截稿日期就是六月三日星期一。

由于他是一年级的菜鸟社员，如果拖稿，会让学长印象不好。但即使晚交，只要交出的是让学长惊艳的好稿子，反而会受重视。可是他实在没有这个把握，只好整个下午都忙着赶稿。

宝食堂的客人主要是来往于七号公路环线的卡车和出租车司机，营业时间从早上五点半到晚上八点，下午两点到五点半休息，星期天公休。六月二日这天，康隆在房间里埋头敲键盘赶稿，四周一片静寂。通常这个时候，他父母不是补觉休息，就是出门逛逛，所以屋里安静得很。

宝井家的二楼是客厅、厨房和起居室，三楼是卧室和储藏室。康隆正值那种喜欢窝在自己房间甚于和家人混在一起的年龄。准确来说，不是“那种年龄”，应该是“那种心理”。他有个大他两岁的姐姐绫子，通常她这个年龄的人也是只顾自己的个人生活，不在乎家人的。但十八岁的绫子已经做母亲了。就康隆所见，做了母亲的姐姐毫无个人生活可言，她自己对此似乎也没有怨言。

宝井绫子没有上高中，她初中毕业时就决定，接受完义务教育就帮家里做生意，将来接掌家业。其实父母并没有强迫她这样做，他们反而担心她这决定下得太早。“以后不会后悔吗？至少高中毕业后再决定，人生的选择范围可以更宽嘛。”——别家父母听孩子说起绫子的这个决定时，必定会问上这么一句。

可是绫子心意已定，因为她讨厌学校。小学中年级以后，她从没理解过课业内容，觉得上学很无趣。升上中学后她就一直质疑：“为什么必须学那些东西不可？我家开餐馆，我将来要继承餐馆，又不想当什么学者。”

宝食堂每天推出二十道菜，其中一半是店里的招牌菜，另一半是不断试验的新品。如果顾客反应很好，新品就有成为招牌菜的机会；如果反应不佳，几个月后就收起不卖了。推出新品时，创意第一，也重研究。绫子和父母星期天常常外出，不是去寻找新鲜食材，就是去有名的餐厅尝鲜寻求灵感。

绫子从很小的时候开始，就会观察父母做生意的样子。她喜欢做生意。

绫子自认为这是血缘的关系。她也喜欢做东西给父母和就在宝食堂前经营小西餐馆的外公吃，想听他们的称赞。她认为没有比做生意度日更有趣的人生了。

绫子从上小学五年级起就开始帮店里的忙，早起上学前洗碗盘，下午回家后打扫、帮忙准备晚餐或采购东西。她个性倔强，为人大方，朋友很多，能严格区分跟朋友玩和帮店里忙的时间。因为是自愿帮忙的，做起来也就很开心。

倒是学校让她痛苦。

外公辰雄在绫子上初中三年级的夏天去世，他死前两天还积极地到餐馆厨房掌厨。他特别疼爱绫子，不顾女儿女婿的为难，决定尽快让她接掌家业。绫子受他的影响很大。辰雄个性过于耿直，缺乏生意人的精明随和，因此餐馆在他手上无法做大。此外，他说话直爽，绫子也学到了他的口气，常常惹麻烦。小学六年级的春天，她不参加学校的补习，也不做习题，一副学校的事情和她无关的态度，惹来老师斥骂。她竟然顶嘴，说她讨厌上学，学校这地方就像地狱里的马桶。

宝井夫妇被叫到学校，躬身道歉后把绫子带回了家。他们不用问也知道她这句话是从哪里学来的。回到家后，他们当着辰雄的面狠狠责骂绫子。绫子抽抽搭搭地哭着，辰雄却激动地夸奖她不怕老师。他说学校那种地方只要教读写和珠算就好，那些东西学个三年就够了，如果孩子还想多学也就罢了，但是强迫像绫子这种喜欢家中生意、有兴趣也想做生意的孩子窝在狭窄的水泥建筑里，“真是岂有此理”，强迫绫子读书的老师“真不是东西”，“让老子去踹他的屁眼”。他还骂女儿女婿为什么不能欢喜地接受绫子喜欢餐馆工作的心情。

事实上，这次事件决定了绫子的将来。父母认定她“讨厌学校，讨厌努力忍耐，所以想帮店里的忙”的说法，纯粹是偷懒的借口，但她毕竟很喜欢餐馆生意，他们就决定把餐馆的未来交给她。既然这样，义务教育必须完成，高中可以不读，但他们仍希望她去念高等商业学校，学学对将来做生意也有帮助的记账。

父亲规定她必须继续上学，要做习题，也要听老师的话。从那天以后，绫子辛苦忍耐三年的中学生活，最后告别了“地狱里的马桶”。

但是辰雄在绫子中学毕业前突然去世，她失去了最大的心灵支柱，行为急速产生偏差。外公死得不是时候，那时正值绫子上初中三年级的夏天，她身边的人都忙于升学考试。宝井家虽然对绫子放弃升学已有共识，但是要让班主任和升学指导老师理解这个决定，却很艰难。为此宝井夫妇身心俱疲，家中经常笼罩着阴抑气氛。

外公死后，绫子的行为变得有些放纵。她常常晚归，不是被警方辅导，就是接触不良青少年团伙。有一次父亲在她的书包里发现了迷幻剂，把她打得头上缝了五针。

这时，犹如船只失去船长正随浪浮沉的宝井一家中，最能冷静观察事态的就是十三岁的康隆。他正值敏感的年龄，个性老实的他并没有受到姐姐的影响一起乱来，也没有嫌恶或疏离变坏的姐姐。他只是害怕——因为太害怕，才无法靠近。

康隆不会讨厌姐姐，因为他明白她行为发生偏差的原因。他看得很清楚，可以说纤毫毕现。为什么父母和老师就看不见？他觉得不可思议，但又无奈。

绫子的压力不是来自老师的不理解、世人的升学观念和在老师面前抬不起头的父母，这些虽然有一点点影响，但绝非主要原因。追根究底，原因在于外公的死。她最喜欢、最尊敬的外公死了。

康隆知道，姐姐还不能接受外公死去的事实。她悲痛地抱着“为什么外公非死不可”的疑问，也连带想起“为什么人要死”的问题。

绫子和康隆都是第一次经历近亲的死亡，他们过去不曾努力想过“死亡”。

这世上到处是坏人，他们都没死，为什么我的外公要死？外公做了什么坏事吗？我那么喜欢外公，为什么他会死呢？

怎么也想不通！怎么也不明白！这个世界真是一团糟，什么都不能相信了……绫子变坏，康隆看得一清二楚。

这大概也因为他和绫子年龄相近，对第一次体验的近亲之死也有一丝丝不安吧。

康隆不像绫子那样亲近外公，事实上他有点害怕嘴巴不饶人的外公。他很不擅长应对客人，在他眼中，外公、父母和姐姐利落应对客人的点菜和埋怨，混乱之中仍笑嘻嘻地说“谢谢光临”的样子，就像难以置信的特技表演。他怕生害羞，偶尔在店里听到客人吆喝着“小弟，拿水来”，就会全身冒冷汗地跑走。宝食堂不是高级餐厅，客人都是些额头冒汗干体力活的大男人，言语动作粗鄙，嬉皮笑脸，康隆很怕他们。

幸好他不讨厌上学，成绩也优秀。他们姐弟俩就像磁铁的两极，但又不像两极相吸般了解彼此，只是远远看着对方处于正相反的位置。

奇怪的是，绫子自己讨厌上学，却以成绩优异的弟弟为傲。康隆间接听到绫子对朋友说“我弟弟脑子很好”，虽然心中窃喜，但这依然无助于他们彼此的了解。

辰雄疼爱康隆不如绫子，对外公的死康隆虽然悲伤，但不像姐姐那样哀痛。

绫子使坏最严重的时候，康隆见父母愁眉不展，便试着说出自己的意见。父母向来知道这个聪明的儿子偶尔会有超乎一般小孩的洞察力和表达能力，而且宝井家也有倾听家人心声的好习惯。夫妇俩仔细听了康隆的意见。之后的一段时间，康隆没听见父母说什么，不过看来他们好像接受了他的意见，和姐姐好好谈过了。

绫子的生活态度并没有发生明显的变化，但她的迷失只持续到初中毕业。学校束缚的解除和生活步调的变化，对此多少有点帮助，因为一起厮混的伙伴都要升学，彼此自然而然疏远了。

脱离了硬凑在一起的集体生活，绫子在某种意义上变得孤独起来，被压抑多时的本性逐渐复苏，喜欢做生意的血脉开始活跃。有些客人和她交情不错，她冷静下来后，也能注意到他们对自己的关怀之情了。

宝井绫子慢慢掌稳了自己的人生之舵，也抓住了回到父母掌舵的大船的机会。不久，留在她身上的放纵形迹，只是靠近右太阳穴旁的一束挑染鲜艳的发丝而已。

宝井家和宝食堂回到原来的轨道。康隆的生活也回复平静，但是他的心里还深深藏着一件事，那就是姐姐还没想明白的“人为什么会死”的问题。她因为无法用言语说出来或在思想上意识到，所以行为荒诞，此后虽然生活态度恢复了原样，这疑问依然没有解答，沉淀在她的心灵深处。

康隆还担心的，是姐姐期待“喜欢的人”出现的心情太过强烈。这种对象恐怕不是仅限于亲属。他认为姐姐是热情的人，因此失去外公后悲哀太深，伤痛太大，不容易重新站起来。

后来，绫子恋爱了，十八岁成为母亲时，康隆也从小男孩成长为青少年。他学会的词语更多，更认为“姐姐是多情的人”。

言归正传。六月二日星期天下午，康隆在屋里对着手提打字机奋战时，听到走廊上传来母亲敏子的声音："我回来啰！"看来他们还是出去了。

中午他和父母、姐姐、小外甥佑介吃饭时，他们问下午要不要一起去御徒町的中华食材店逛逛。父母和平日一样精神饱满，但绫子有点感冒发烧，说下午要留在屋里睡觉。她脸色很差，不时干咳。

绫子今早起床也很晚，母亲还担心地去看她。这是很少有的事。

佑介还不满两个月，生活是不分日夜的。康隆觉得很讶异，姐姐可以一边照顾佑介，一边做家事，还能打点店里的大小杂事，并且从来没有睡过懒觉。她今天迟迟没有起床，一定很不舒服。

敏子见绫子脸色苍白，想放弃外出。可是绫子口气带刺地说："别管我，你出去了，我才能安静地好好睡一觉。"敏子说："感冒会不会传染给佑介？量一下体温吧。"绫子懒洋洋地充耳不闻，抱起佑介回了房间。

绫子与佑介的房间和康隆的一样在三楼南侧，中间隔着走廊与楼梯。若各自窝在房间里，除非大声嚷嚷，根本听不到彼此的动静。康隆满脑子稿子的事，吃完午饭就窝回自己的房间没出来，不清楚父母是不是出去了，姐姐是不是在睡觉。

康隆应了母亲一声，没有回头。母亲推门探头进来，他问她怎么那么快，她说放心不下，还是早点回来看看，又问："绫子怎么了？"

康隆回答说自己一直在房间里，不知道。母亲又问佑介哭了没有，他就说不知道，没听见，叫她自己去看看。

没想到母亲说："看过了啊，不在。"

康隆大惊：姐姐跑出去怎么没说一声？她平常不会这样啊。他猜测道："可能去附近买东西了吧，感冒药什么的。"

"不会是附近。她连小佑的背包都带走了。"

佑介的背包很大，用来装尿片、奶瓶，是绫子带他出门时的必备品。

"你爸去看车子还在不在。"敏子的脸色阴沉。

宝井家有两辆车，一辆面包车，属于家庭车兼业务车；另一辆是可爱的白色迷你小车，主要是敏子在开。两辆车都停在屋后的停车场。

绫子学开车时发现自己怀孕了，睦夫和敏子就叫她暂时别再去驾驶训练场，可是倔强的她坚持上完课，顺利拿到了驾照。睦夫认为她本来就有资质，女人的驾驶直觉也强。不过她拿到驾照后已大腹便便，实际上几乎没开过车。生产完后，她怕忘掉驾驶技术太可惜，常趁晚上道路较空时开白色迷你车练习。但终究只是练习，不曾开车走远过。

睦夫回来了，说白色车子不在。“大概带佑介出去了。”

“上医院？”敏子说，“医院假日虽都休诊，但她也只可能往那儿去。”

即使这样，她也应该会招呼康隆一声。她若真难过得要去找医生，应该不会开不熟悉的自家车子，而该坐出租车，说不定还会要康隆陪她一起去，或者把佑介托给他照顾，自己一个人去。

康隆又担心又不解。时间流逝，大家担心绫子，更担心她带走的佑介。敏子有点迁怒于康隆，说：“你怎么什么都没听见？”

康隆脑中的稿子内容渐渐缺漏中断，现实的忧虑不安悄悄潜入。“假想现实和现实是具有同等价值的输入信息”这个主题，在家中的忧心事前，变成小学生的歪理般可有可无。但他也有不能拿这种日常琐事和写稿的事来比较的自尊，因而更加焦躁。所以，五点过后，绫子突然回来时，他差点发火。

她默默地推门进来，摇摇晃晃地坐在地上。康隆的怒气瞬间消失了。绫子明显病了。康隆要伸手接过婴儿时，感到她身体发抖、呼气滚热。

“啊……姐，你好烫啊！”康隆大声呼喊父母。

敏子急奔而来，也大惊，急急接过佑介。“怎么啦？你去哪里了？”

绫子浑身无力，没有回答。

“你说话啊！”

“妈，以后再生气吧。”

康隆和父亲合力扶起脑袋垂到胸前就要昏厥的绫子回到房间。她呼吸急促，不时猛烈地咳嗽，眼神散乱。她眼睛充血，和惨白的脸颊呈鲜明对比。

敏子帮绫子换上睡衣，又问："你带佑介去哪里了？"

幸好佑介没事，被抱离母亲身边时稍微哭了一下，换过尿布喝奶时就不哭了。敏子与睦夫忙着照顾绫子，康隆小心翼翼地抱着佑介，在起居室绕圈子逗他，佑介高兴地咯咯笑。"小佑介跟妈妈去哪里了？问你也没用。"

安顿绫子睡下后，睦夫与敏子也来到起居室，商量着去买冰块还是送她去医院。

"对呀，车子呢？开回来没有？"康隆一问，睦夫急忙跑去车库看，一会儿却脸色铁青地回来了。

"开回来了。绫子究竟开去哪里了？"

"那已经无所谓啦。现在要紧的是送她去医院，开大车去比较好吧？"

"随便！"睦夫口气很差。

康隆注意到了父亲的样子。"车子怎么了？"

睦夫皱起眉头。"保险杆凹了。"

"有什么关系，去修理一下就好了。"

"不止这样，车身很脏，好像沾满泥浆。哎，康隆，你上次洗车是什么时候？"

在这个家里，洗车是康隆的事，条件是等他考到驾照后帮他出首付款买一辆新车。"前天还是大前天吧，我不记得了，反正才洗没多久就是。"

"车身那么脏，不是很奇怪吗？"

"哎，你是什么意思？"敏子不太高兴。她向来强势，不喜欢自己被排除在状况外。"绫子把白车弄脏了有什么奇怪？"

康隆了解父亲的挂虑。"姐姐昨晚下大雨时出去过，是吧？"

睦夫紧蹙眉头。敏子有些讶异地眨眨眼，突然发怒说："胡扯！昨晚绫子和宝宝都在家，那种天气谁会带小孩出门！"

康隆怀里的佑介突然打嗝，他赶忙轻拍小孩的背部。

“你喂完奶后没让他打嗝，是吧？”敏子接过康隆手里的婴儿。怀里温润的东西没了，康隆突然感到很冷。

“但是车子这么脏，也只能这样想啊。”

“是昨晚的风雨弄脏的吧。”敏子说得顺口，忘了自家车库是有屋顶的。

“昨晚下那种大雨还出去，才感冒的吧。”

睦夫的想法很切实。

康隆也点头同意。“只能这么想。”

“那她刚才又去哪里了？”敏子问。

“不知道，以后再问吧，现在还是先送姐姐去医院吧。”

敏子抱着佑介到楼下的办公室，去查假日还开诊的医院。办公室徒具形式，只有一张桌子，摆着电话簿。

“看来不妙呢。”睦夫低吼着说。

康隆斜眼看着父亲，不知该说什么。他很清楚此刻父亲想到的是谁。

“绫子还和那家伙纠缠不清吗？”

对！“那家伙”，就是“那家伙”。

“不知道，好像是吧。”

睦夫恨恨地说：“不是说已经没有关系了吗？”

“先别急着骂她嘛。”康隆赶紧缓和气氛，“而且……就算姐姐去见了他也没办法。”

“什么没办法！没办法不是什么法子都没有吗？”睦夫粗声粗气地说，“这不是蠢话吗？”

康隆老早知道一扯到这件事，父亲就容易激动，脑袋也会糊涂，但是被他骂“蠢”，还是很不高兴。“爸，你不要一提到他就这样暴跳如雷好吗？怎么说他都是佑介的父亲。”

睦夫满脸通红，不是因为羞愧，而是血压升高。“那种人也配做父亲？别让我听到这句话！”他抛下这话，推开康隆，咚咚地大步下楼去了。

康隆叹了口气，“那家伙”……“那个人”永远是宝井家争吵的导火索。可是只要佑介在这里，只要大家都那么疼爱他，就永远和“那家伙”纠缠不清。康隆认为这真是很不幸，其实只要父母稍微冷静些，姐姐的心稍微离开“那家伙”一点，很多争吵都不会发生。

佑介在楼下啼哭。可以听到敏子在哄他的声音，但没什么效果。

婴儿会敏感地觉知母亲状况的变化和心情的好坏而有所反应。当他察觉情况有异而哭闹时，真正能安慰他的也只有母亲，祖父母是无法取代的。

康隆突然感到很累，又叹了口气，听着佑介的哭声，心情更坏。他想回房继续写稿，转回走廊时，绫子的房门突然打开了。

“姐？”康隆低唤绫子。门只开了二十厘米左右，绫子没有露脸，康隆探头进去。“姐！”

话声未歇，只见绫子瘫软地蹲在门边。康隆冲过去扶她起来。“怎么了？不舒服？”

绫子双手按颊，身体发抖，皴干的嘴唇微张，用嘴巴呼吸。“我……我想上厕所。”她抓住康隆的手臂，勉强说出来，一说完又猛烈地咳嗽。

康隆双臂环抱着绫子，要扶她起来。“我扶你去……啊，等一下！”他让绫子靠在门上，跑到床边拿起睡袍披在她身上，扶着她慢慢走向厕所，“妈正在帮你找医院。”

“不用啦，我没事，”绫子咳着说，“别管我。”

又要唱反调，为什么我们家的人总是这么顽固呢？

“怎能不管？你生病了，佑介不是很可怜吗？”

绫子像老太婆似的弓着腰，踉跄地走进厕所。她不停地咳嗽，康隆担心万一她在里面昏倒了怎么办。

没多久，绫子走出厕所。康隆要伸手扶她时，她用力摇头，转向洗脸台，一阵猛咳后吐出些东西。康隆赶紧拿毛巾给她，顺便瞄了一眼洗脸池——都是水。姐姐到现在都没吃东西吗？

绫子咳嗽不止，攀着洗脸台不停地干呕。康隆摩擦着她的后背，她抖得很厉害。康隆的担心转为害怕。“姐，叫救护车吧。还是早点看医生为好，这不像普通感冒，说不定是肺炎。”

绫子边呕酸水边摇头。“我不看医生。”

“别这么孩子气！”

“别管我！”绫子吼完又攀着洗脸台，接着是一阵康隆听来像是肺部就要震破、胃囊即将呕出来的猛咳。

“我去打电话。”康隆让绫子靠着洗脸台，转身出去。才走出门，就听到咚的一声。他赶紧回头，绫子已倒在地上。

“姐！”康隆蹲在绫子身边，她缩成一团继续咳。康隆摩擦着她的后背，大声呼叫在楼下的父母。“爸！妈！快来啊！”他这时才发现绫子的脸上泪珠滚滚而下。

宝井绫子被送进附近的急救医院，被诊断患了急性肺炎，在病房里安顿下来时已经过了下午六点。

这是间双人病房，她的床靠窗边，另一张床空着，等于是单人房。康隆在母亲的嘱咐下，一会儿跑去买住院用品，一会儿去护理站找护士。睦夫抱着佑介在医院四周散步，佑介一哭闹就带进病房找绫子。敏子时不时地让佑介躺在空病床上换尿布。全家忙个不停。

护士说医院采取全日看护制，不需要也禁止陪病人。敏子听了又惊又气，说病得要住院的人最需要家人的安慰了，以前公公婆婆住院的时候，都是她住在医院里照顾。

不过话说回来，绫子病倒了，照顾佑介的责任自然落到敏子身上。很现实的是，敏子不能住在医院里。不知是幸还是不幸，绫子的奶水很少，佑介都喝的牛奶。虽然家人不用担心喂奶的问题，但他似乎又敏感地察觉到母亲不在身边，脾气很坏。

“他果然知道妈妈情况不好，可怜哦。”敏子抱着佑介不停地哄，自己也觉得辛酸。

护士说抵抗力很弱的婴儿长时间待在病房里不好，康隆觉得很有道理。探病时间到八点为止，于是他建议父母先带佑介回去，自己留在病房照顾姐姐。

敏子舍不得走，但是顾及佑介的健康，就勉强回去了。七点时，病房里只剩下康隆和绫子两人。康隆把椅子拉到床边坐下。

绫子迷迷糊糊地睡着，左手腕打着点滴，额头上放着包了毛巾的冰枕，脸色跟床单一样苍白，干皴的嘴唇之间微微呼出气来。她似乎梦到了什么，身体不时痉挛，扯动点滴的管子。

康隆轻轻摩挲着自己的脸，虽然遮着双眼，也能听到姐姐不规则的微弱呼吸声。他知道现在不能问什么，只能默默守护着她。看到姐姐这样，他猜昨晚她和“那家伙”之间发生了什么纠纷。

“那家伙”，是宝井家除了绫子外其他三人嘴里的代名词。他其实有名有姓，叫八代佑司，比绫子大三岁，今年二十一岁，或许在这样的年龄做父亲确实年轻了些。

康隆第一次见到八代佑司是一年前，那时八代来拜访宝井家。当时他并没有想到，这是最初也是最后一次到宝井家。

那时绫子的肚子里已有佑介。康隆虽然隐隐知道姐姐有恋人，但知道她怀孕后，还是惊讶地谑称真是“神速”。他认为姐姐会结婚，所以也说了“恭喜”。当时她没有兴高采烈，也没有埋怨，只是垂下视线。他以为姐姐是不好意思。

绫子怀孕，父母不是不惊讶。不过他们认为，绫子要继承家业，比同龄的孩子早点踏入社会、早点结婚也好。尤其是敏子，总说绫子个性踏实，早点结婚一定会是好太太、好妈妈。她还说，姑娘家一个人闲晃也不是好事。

因此，绫子未婚怀孕，父母没有大怒，也没有反对她和孩子的父亲结婚。只要对方人品没问题，绫子也喜欢，为了女儿的幸福，他们是想积极处理这件事的。

康隆记得很清楚，那天下着淅淅沥沥的雨。几天前他才听姐姐讲她有恋人，还怀了他的孩子，他要来家里谈这件事。父母有些心神不定，康隆斜瞄着姐姐的表情：害羞中带着不安，还夹着一丝丝落寞。康隆自己刚步入青春期，很难想象该怎么应对作为“姐夫”的男性，只觉得这事会隐隐地影响自己的人生。他当然希望姐姐幸福，但还是有点生气地想找人发泄。

绫子不停地关注天气，仿佛下雨天恋人嫌出门麻烦，就会爽约不来了。

绫子决定不升学时，父母和她自己稍微挂心的是，朋友会变少，人际关系网可能变小。

在“同龄的普通小孩”都上高中后，绫子选择就业而走上不同的人生道路，自然会和他们疏远，和较大年龄以及不同世界的人交往的机会绝对会变多。很难想象这对她的将来和幸福有什么影响。

实际上，当时十七岁的绫子选择的人，是二十岁的上班族八代佑司。她如果念高中，大概不会有邂逅二十岁青年而恋爱的机会。和社团学长或朋友的哥哥恋爱的机会也是有限的。比较可能增添绫子学校生活色彩的男朋友，应该是同年级的人或高年级的学长才是。

因此，当家人不安地等候八代佑司来访的时候，康隆却觉得姐姐已经走到离他很远的地方，竖立在姐姐人生道路旁的标志，和他的简直完全不同……他在房间里想这些事的时候，楼下传来母亲委婉的传唤：“客人来了，还不下来打招呼！”

康隆下楼来到客厅，和八代佑司初次见面了。

开门以前，他还不知道自己期待姐姐的恋人是什么样子。是精英分子，还是英俊潇洒？如果对科幻有兴趣，至少不愁没话题。不过再怎么想也没用了，现在只能接受现实……

然而，就在康隆第一眼看到八代佑司的瞬间，他暗想：这家伙？

八代正在和宝井夫妇寒暄。他穿着蓝色西装，背对着门口。康隆一进客厅，敏子就说："这是她弟弟康隆。"

八代回过头来，康隆正面看到了他的脸。怎么一副像要哭的表情！康隆心想，这样的事一定也在未来等着我：去拜会恋人的父母，一定很紧张。或许会口齿不清，发冷冒汗，换穿室内拖鞋时还会绊一跤。未来的我，一定也是这副德行。

姐姐已大腹便便，她和八代两人没有互望。

我明白，我很明白这份尴尬。但是，这家伙为什么这么一副凄惨的表情呢？康隆再看看站在八代旁边的姐姐，她也一副快要哭出来的表情。

康隆心想，这实在不像是幸福的开始。不到一个小时，他就知道自己的直觉是对的，连父母一开始也有这个感觉。

八代佑司那天来宝井家，不是上门求婚的……

医院的椅子很硬，坐久了尾椎骨很疼。康隆想换个舒服一点的姿势，将手肘靠在床边。这个动作牵动了被单，绫子轻轻扭动脖子，不久慢慢睁开了眼睛。

"啊，抱歉！"康隆慌忙说，"吵醒你了。"

绫子眨眨眼，茫然地望着身上的白被单、吊在架子上的药水瓶、天花板和病床的扶手，然后视线才回到康隆脸上。

康隆探头看着姐姐。"这里是医院，救护车送你来的。姐，你得肺炎了。"

绫子的呼吸微弱急促，眼睛充血，嘴唇干皴。

"你别担心，佑介没怎么哭闹，刚刚还跟爸妈在这里。因为探病时间结束，他们回去了。"

绫子嘴唇嚅动，别过脸去，身体抽动，激烈地咳嗽。

康隆没去摩搓她的后背，只是静静看着。他压住绫子的手臂，免得点滴的管子扭曲歪折。

猛然发作的咳嗽平息后，绫子的头躺回枕头中央。冰枕发出咕噜噜的声音。康隆伸手一摸，发现枕头整个儿湿了。“要换枕头吗？”

他正要起身，绫子此时发出嘶哑的声音：“我……会死吗？”

康隆弯下腰，俯身看着姐姐苍白的脸孔。“啊？你说什么？”

绫子因高烧而充血的眼睛无神地转动了一下，她看着康隆。“我……会这样死掉吧。”

康隆再度坐下来，倾身向前，故意以愚弄的口气说：“你睡昏头了。”

绫子盯着康隆不动。康隆闻到了她呼吸中掺杂的药物和呕吐物的味道。“现在哪会年纪轻轻因为肺炎而死啊。”他嘿嘿地笑，“你跟我不同，从小就很结实，是因为没得过肺炎，吓坏了吧？胆小鬼！”

绫子眨眨眼，右眼角滚出泪来。康隆吓一跳：姐姐真的认输了吗？

“你别怕，不会死。一针抗生素就行了。你很快就能回到佑介身边，真的……”康隆说不下去了，只见泪水不断从姐姐的眼角涌出，落在包着冰枕的白毛巾上，立刻消失了。他惊慌失措，心里发寒。“怎么了？你哭什么？”

绫子不停地眨眼，开始抽泣，微弱急促的呼吸之间夹杂着呜咽声。“傻瓜，”她喃喃说道，一边咳嗽，“我问你我会不会死，不是说我怕死啊。”

“姐，你在想什么？”

绫子翻身，单手拉起被单盖住脸。康隆听到了痛苦的呜咽声。

“我想死，我想死啊！”她在被单下发抖。康隆安慰地伸手摇摇她。

“姐，你怎么了？是因为肺炎吗？你不知道吗，你生病住院了，要坚强呀！”康隆也有点慌乱得不知所云。

“我想死。我死了才好。”

“干吗说这种傻话——”

绫子猛然拉下被单面向康隆。她的脸上满是泪水，更因高烧而涨红。“我只能死啊。因为我……我……”

“姐，你怎么啦？”

“我杀了佑司！我杀了他！”伴着气喘吁吁的呼吸声，她一口气说了出来，“电视上不是在播吗？荒川那栋高级大楼里的命案——就是那个。那人就是佑司。我把他推下去的——他死了！他……他……那个房间里都是尸体……我……我怕，我怕死了！”

这是六月二日晚上八点零五分时的事情。

第六章　潜逃家庭

小糸静子的娘家，也就是木村惟行与逸子夫妇的家，位于东京都日野市平田町，是一栋地上三层加半地下室车库的新式建筑。隔着中庭，另有一栋二十多年历史的木造楼房。静子的祖父母以前住在这里。他们过世后，房子本来打算拆掉，但因为还坚固耐用，又是纯和式风格，于是保留未动。屋里的旧家具和电器也都留着，一直保持着只要人进来就可以住的状态。

木村家在平田町是知名的富户，他们空着一栋楼房不住，邻居也不觉得奇怪。大家很清楚，木村夫妻俩不可能随随便便把同一个院落里的房子租给陌生人住。邻居越过水泥围墙，只要看一眼那栋松树与橡树、樱花树交相掩映的楼房，就知道是栋拆了挺可惜的建筑。

距离木村家北边两个街区的地方，有一栋树篱围绕的很风雅的两层楼房。树篱东边是木头大门，北边是后门。虽是二层楼建筑，但只有屋子的南半部有楼上部分，整体结构接近平房，可以说是非常浪费地皮的住宅。

这栋房子的西边还有一个崭新的铝门入口。这道铝门和建筑的风格相较，显得单调乏味，破坏了整个建筑的气氛。

门边挂着“坂田接骨诊所”的招牌，看诊时间是上午十点到正午，下午三点到晚上八点。看诊的是四十八岁的接骨医生坂田敬，负责挂号的是一个气色很好的中年妇女。

“我和静子从小就很要好，我们都手牵手上学。”

坂田尚子四十四岁，是屋主坂田家的长女，坂田敬的太太。

“没错，我丈夫是入赘的，因为我没办法继承父业。”

坂田家先祖是日野的富户，但在尚子的祖父那代家道中落，失去了许多土地和山林。

“我父亲结婚很晚，我出生时他已经三十八岁。祖父在我出生前一年中风过世，我并没有亲眼见过祖父的放浪生活，都只是听说而已。”

尚子的父亲晚婚，是因为祖父散尽家财，他需要时间重振家业。

“我父亲是次子。大伯的气性很像祖父，所以整个家庭重担都落在了我父亲身上。大伯在我三岁时去世，死在外地，没有家人给他送终，就在当地火化后骨灰再被送回家乡。大概也不是善终吧。”

坂田尚子在她那个岁数的女人中算是高的，有一米七三，手脚都长。

“我父亲很矮，才一米六。我母亲也很娇小，弟弟也比我矮一点。有趣的是，我那放浪的大伯是高个子，听说有一米八以上，也是手长脚长。我大概是旁系遗传吧……”她微微一笑，眼角挤出鱼尾纹，“其实我父亲很讨厌我长这么高，总说女人个子大嫁不出去。话是这样说，但我怀疑他是不喜欢我的个子像害他吃尽苦头的大伯。”

尚子的父亲眼看着自己的父兄耗尽世代积存的家财，自然会以他们为反面教材，变得严谨而认真。

“我总觉得他有点可怜，个性一板一眼。他退休后，成了只打高尔夫球的逍遥老人，不过以前真的是又凶又硬邦邦的父亲。我读高中时，要是晚一点回家，他会扇我耳光。”

她的父亲是接骨师。

“以前——我父亲三十多岁时，在大久保那边开诊所。地方是租的，租金很高，后来日野这一带住宅用地增加，市区也渐渐热闹，于是搬回家来开业了。”

他将自家房子的一部分改建，挂上招牌。

“我永远也忘不了，招牌上大大的黑字写着‘接骨’，我觉得很丢脸……朋友也笑我，还给我取了‘骨子’的绰号。”

尚子读短期大学时住校，毕业后在都市银行上班。

“我做梦也没想过要继承父业，弟弟也一样。”

尚子的弟弟坂田雅信，大学学的经济学，毕业后在石油公司上班，经常绕着地球跑，目前人也不在日本。

“他现在在卡塔尔，还要待两年吧。”

姐弟俩都以为接骨医生的招牌只传到父亲一代，没想到突然有了意外的发展。

“我丈夫是我同事的大学好友。我记不太清楚了，我们好像是在圣诞舞会上认识的。”

大伙儿一同出游几次后，两人渐渐亲近。

“起初我听说他是医生，还以为是整形外科医生。约会三四次后，他才说他的专业是 chiropractic。十五年前，我还真不知道那是什么玩意儿。”

听他仔细解说后，尚子懂了。

“我就对他说：‘总之是结合按摩和接骨的脊椎按摩术啊。’他脸颊发红，拼命解释说不是，是很科学的技术。我打断他的话说：‘你不必跟我解释接骨是什么，我就是接骨医生的女儿。’”

现在的坂田尚子自然非常了解丈夫的接骨术。

“反正我们结婚了，这也是缘分吧，我父亲特别高兴。”

坂田接骨诊所就这样留存到现在。

“我等于把丈夫娶回了家。”

这在她的同学之间不见他例，至少到目前为止仍然是。

“其他同学都配合丈夫的工作散居各地。我父母七十多岁了，身体很好，不用照顾儿孙，过得无忧无虑。”

他们搬回平田町生活后，邻居很羡慕他们。

“那些老人都很寂寞，他们都说还是坂田好，女儿还留在身边，哪像他们的儿子，不是调到九州岛、东北、海外，就是绑在老婆家，都不回来。”

日野市这种首都圈郊外的市镇，混合住着坂田家这样世代居此的家族，和搬进新兴住宅区的年轻家庭。子女长大离家后只剩老人的家庭，和离开父母来这里开创新生活的年轻家庭，居住空间虽然很近，但彼此几乎不相往来。很可能一栋老房子里的老夫妻感叹着“儿子媳妇都不回来探望一下”，而他们隔壁新大楼的某一户里，抱着婴儿和朋友聊天的年轻太太则会说：“住在一起，婆婆啰唆个没完，我才不呢。”

“这真的很有意思。”坂田尚子说，“我很幸运，丈夫愿意冠坂田的姓。虽然他是四兄弟中的老三，但过程还是有点波折。毕竟，有些家庭纵使有四五个儿子，还是不答应儿子入赘女方家的。”

说日野的家是“故乡”好像有点夸张，尚子笑着说。

“说起来，回故乡娘家生活，感觉上带有某种色彩。怎么说呢……你隐隐觉得那是令人怀念、温暖而安心的地方，但另一方面又好像是自己在外闯荡遭到挫折似的，很难说是什么感受。”

坂田尚子说，一般人选择回到故乡、回到娘家，有“逃回”的意思，但其中似乎也有安心、放心的意思。

“至少，在我这一代，女人脸色凝重地说回娘家住时，就意味着离婚。所以我听说静子带着儿子回来了，住在木村家的空房子里时，吓了一大跳。”

她是去美容院烫头发时听说这事的。美容院的老板娘是尚子母亲的远亲，也是世居平田町的包打听。

“木村家的静子带着孩子回娘家住了，好像就住在那栋空房子里……有人在路上和邮局看到过她。我以为她是回娘家玩玩，可是已经住了半个多月，回娘家的时间也太长了吧，而且她儿子还坐电车上学呢。”

坂田尚子既惊讶，又纳闷。

“我从小就叫静子的母亲逸子为阿姨，她也是我丈夫的病人，她有肩周炎和偏头痛的老毛病，到我们这里治疗好几年了。我觉得奇怪的是，前几天她还来过诊所，我们聊着天气和车站北边新开的超级市场大甩卖，那时她一句也没提到静子回来的事。我和静子是好朋友呢！”

回到家里，尚子告诉了丈夫这件事，还问他逸子阿姨有没有说过静子什么。

“我丈夫什么都不知道。他平常就不多话，很少和患者聊天，只知道逸子阿姨的偏头痛最近常常发作，痛得厉害，很难受。”

那天晚上或是第二天，尚子也跟父母说起了这件事。

“母亲和我一样惊讶，她说：‘静子回来了！怎么会？’可是我父亲却淡淡地说：‘上次我从新宿回来时和她坐同一趟电车，但没有说话。’静子应该不记得我父亲了，没注意到他也是理所当然。他们就这样默默地一直坐到下车。由于回我们两家都在同一个公交站下车，他们还一起坐同一趟公交车回来了。”

坂田尚子的父亲说，静子看起来像是下班回家。

“啊，静子在上班！我又吃了一惊。记得十多年前，我们在新宿开中学同学会时，她穿了一套很漂亮的衣服，好像是进口货。不只是衣服，她整个人都洋溢着华丽的气息。当时她的孩子还小，所以大家很惊讶她怎么做到的。她说她丈夫薪水很高，不希望她变成黄脸婆，便给她很多零花钱。”

后来大家知道她说谎了，这惹来一阵批判。

“静子讲话也刺人，说什么去打工显得穷酸，给孩子最好的物质与精神生活是父母的义务，而且父亲必须有社会地位和经济能力，母亲必须包办家务教养孩子。实际上她自己在打工，还这样说，气死人！”坂田尚子苦笑着继续说，“我和静子每年都互寄贺年卡，但是几乎没再见面。

她以前很诚实，我觉得她变了——但她不是那种信口开河的人。我不认为她说谎有什么大不了的，从小她就好强，她只是以这种方式表现她的不服输而已。”

正因如此，静子上班的事让她难以理解。

“她孩子的教养怎么办？虽然不好笑，可是我和母亲谈起时还是忍不住笑出来。”

在那种时候，尽管静子已经回娘家了，尚子也理解木村逸子保持沉默的理由。

“一定是有什么麻烦啦。”

大概不是离婚就是离婚协议中，才回娘家住，才要上班养自己。

“我母亲说逸子阿姨闭口不谈这事，也是当然。这本来就是难以启齿的事情，最重要的是，她们母女都很……虚荣。”

在千住北美好新城命案水落石出的现在，即使知道小糸信治夫妻在命案中的角色，坂田尚子使用“虚荣”这个词时还是有点犹豫。指出这点后，她轻轻缩了一下脖子笑笑。

“可以这么说吗？可是也没别的好想……我也觉得静子很虚荣，只是，怎么说好呢……”

这次访谈是在坂田尚子家进行的。她的身边充满了熟悉的生活用品。她在思索“虚荣”这个词时，视线在那些生活用品之间游移——挂在脚尖的拖鞋，桌上的玻璃烟灰缸，铺在地上的印度棉织地毯，窗边的盆栽，还有访谈中途时针刚好指到四点、奏出风琴乐声的壁钟。

她的视线最后停在壁钟上。这座直径三十厘米左右的大钟，制作得很精巧。每到整点，风琴声响起的同时，下面的人偶乐队也会出来表演一番。她看着敲打着小鼓旋转的人偶。“小孩子都喜欢那座钟，”她微微一笑，“可爱吧？我也喜欢，虽然贵了点，但就是想买。可是现在已经觉得腻了，这风琴声也吵得很，还想着该怎样让它不响呢。”

她嘀咕着说如果不谈到时钟，或许就不会想到“虚荣”这个词。

“我本来就讨厌‘虚荣’这个词，也不想用在静子身上。其实只看结果的话，她也没做什么坏事。她去求海蟑螂或许不对，但也是被骗了嘛。”

小糸静子离开千住北美好新城西栋二〇二五号，搬回日野市的娘家住，仓桥则雄是少数很早以前经由她本人告知此事的关系人之一。他是小糸孝弘的班主任。

“一九九五年十月初，小糸太太打电话给我，希望来学校当面谈一谈。”

当时孝弘的成绩和学习态度都没问题，在电话上，仓桥便问她能不能先透露一下要谈什么。

她回答说：“我们夫妻最近就要离婚，这样孝弘就不方便再继续读泷野川学院了。他本人是很想读，可是没办法，我是想给他一个好的学习环境。就是想谈谈这事。”

仓桥则雄三十一岁，现在已经结婚，很快就要当爸爸了，但当时还是单身。在他八年的中学老师生涯中，有四年在泷野川学院度过。

“在私立中学，因为父母离婚导致经济出问题而读不起，小孩必须中途退学的案例很多，我也碰过几次，可是学校方面也没办法……”

仓桥则雄说要请教务主任一起谈，他认为这可能有些帮助，小糸静子马上答应了。

“当时的教务主任是真山老师。我告诉了他这件事，他感到遗憾，因为小糸孝弘是个优秀的学生。可是由于家庭因素……”

这次面谈大约在千住北美好新城命案发生的八个月前进行的。千住北美好新城西栋二〇二五号悄悄换人住，是在一九九六年三月。小糸静子要求和泷野川学院的老师面谈，比这早了五个月。

而且，静子当时很清楚地说“我们最近要离婚”。

“离婚后孝弘归我。我娘家在日野市，我要带他暂时搬回那里住，这样他就无法读泷野川学院了……总之还是经济原因。”

仓桥老师告诉她，如果转入普通公立中学，办手续并不难。

“相反，要继续转读其他私立中学，就很麻烦。”

和仓桥老师、真山教务主任一起面谈时，小糸静子一直很平静，说话也很谨慎。

“她给我的印象是她是一个非常可靠的监护人。我没见过她参加学校的活动和家长会，但她似乎对这类事情很有兴趣，像是出于兴趣而参加活动的监护人。”

小糸静子告诉仓桥老师，她因为有工作，不太能参与学校的活动。

“如果不是这样，她会更热心参与。”

仓桥老师问她，孝弘是否知道她今天来学校。意外地，她说“应该不知道”。

“我问她为什么不告诉孝弘，她说不到必须转学的迫切关头，她不想告诉他，免得他伤心。”

于是我问她谈话是不是要瞒着孝弘，她低下头说“拜托你们了”。

“小糸太太回去后，我和真山老师商量了一下。其实……我很困惑。我是很想告诉孝弘君，可是他母亲那样恳求，我怎能说呢？”

父母要离婚——而且已经到了母亲断然表示“最近就要离婚”的最后阶段，上中学的孩子应该已经有所察觉。如果还隐瞒他母亲到学校来谈转学的事情，仓桥老师认为对孩子其实并不好。

“如果一直不说，到迫不得已的时候才告诉他，不但显得无情，也会让他更伤心。再说孝弘可能也正在为父母之间的矛盾而烦恼，心里一定受伤了。我也想听听他的心声。于是，就在他母亲来面谈的两天后，我把他叫到了辅导室。”

那两天孝弘的神态和往常无异，还是一样听话，上课态度良好。

“老实说我很好奇他家里怎么了。他母亲那种干脆的态度，表明他父母间的决裂是必定的，可是他的生活态度不见有任何变化……他不可能对这事一无所知，我想他一定也有种种辛酸吧。”

泷野川学院中学的辅导室，除了专门的辅导员在这里为学生做心理辅导外，其他老师和学生也经常在这里谈话，因此学生被叫到辅导室，不会觉得有什么不对劲。小糸孝弘在下课后按指定的时间来到辅导室，行过礼后，在仓桥老师的对面坐下来。

这时，真山教务主任不在，只有仓桥老师一人，他努力缓和现场的气氛。

“我一开始就告诉他，不是为了成绩和学校生活有什么问题而把他叫来，只不过有一件事情我有点担心，想听听他的想法——我才这么一说，他立刻就明白了我要说些什么。”

小糸孝弘问是不是他母亲来打扰老师的事。

“他很平静。‘母亲来打扰’，这怎么也不像是普通中学生会说的话。”

仓桥老师问他是不是知道母亲来过学校，他点点头。

“我苦恼地笑着说他母亲要我们瞒着他。他立刻向我道歉说：‘我妈就是那样，拜托那种事情让老师为难……对不起。’”

仓桥老师又问他父母最近要离婚的事，说是否可以谈谈，小糸孝弘说当然可以。

“我提到他母亲说已经决定离婚时，他的表情才略显怒意。”

还没，一切都还没决定！

“他不停地说。还没，一切都还没决定，包括父母的离婚，包括他转学的事，一切都还没决定。”

这里我们要再确认一次，小糸静子到泷野川学院，是一九九五年十月初，也就是千住北美好新城命案发生八个月前的事。面谈的五六个月后，也就是一九九六年三月左右，小糸一家从西栋二〇二五号消失，换了别家人——命案中的四个被害人——住进去。

换句话说，小糸静子拜访仓桥老师时，已决定和丈夫离婚，但后来可能因为某些状况或心境的变化，他们并没有离婚，一家三口还一起搬离二〇二五号，寄住在静子的娘家。在仓桥看来，说着“还没，一切都还没决定”的孝弘，比起斩钉截铁地说“就要离婚了”的小糸静子，更能准确地预料现实。

“没错，小糸太太跟我说的话，实现的只有搬回娘家这件事。他们夫妻没离婚，小糸君也没转学。他每天大老远从日野坐车上学，非常辛苦。那件命案发生以前，他都准时上学，真不容易啊。”

但是在这期间，小糸家究竟发生了什么事？

“作为班主任，实在很难开口去问……”仓桥老师回忆当时，抱歉地耸耸肩，“小糸孝弘是个聪明的孩子，我打定主意试着直接问他父母为什么要离婚，他是否知道原因。”

小糸孝弘没回答。他并不是不想回答。

“最后他说他也不知道。”

仓桥老师对此这样解释：“我想他的意思应该不是如他所说的‘不知道’那样完全猜不到，而是他想得出的离婚原因中，他也不知道哪一个问题最大，是否解决了。事实上他看起来非常迷惘，甚于悲哀愤怒。”

小糸家究竟发生了什么事？究竟是什么缘故让静子想要离婚，让孝弘感到困惑，最后还让这一家悄悄搬离千住北美好新城，并换了别的一家四口住进“我的家”？

不用说，在荒川一家四口被杀命案被侦破的现在，这个答案已众所周知。但意外的是，在媒体的大肆报道中，唯独没有小糸家的人对这件事的说法。他们虽然积极协助警方查案，但是完全回绝媒体的采访。在命案话题席卷全国之际，他们小心翼翼地藏身不露。

因此之故，写作本书时，务必要听听小糸一家的心声。因为笔者也很想和警方一样站在同样的立场，听听小糸一家在命案发生当天的六月二日下午于八王子市警察局出面说明情况后，再解开在千住北美好新城西栋二〇二五号出现的谜团。

另外，基于我们通常都是“事后评论家”的事实，可能的话，也希望让大家直接听听小糸一家对所发生的事态有何看法。

笔者开始为本书做采访时，小糸信治夫妻下落不明。静子会定期联系日野的娘家，但是不透露自己在哪里。孝弘则单独留在外公外婆家，他也不知道父母在哪里。

孝弘的外婆木村逸子说："我猜孝弘是知道的，很多记者老追着他跑。有一阵他不是躲在亲戚家，就是住到朋友家，着实吃足了苦头。到最后泷野川学院也不读了……"木村逸子又气又无奈，"静子什么坏事也没做，和杀人没有任何关系，她只是被骗了……静子和孝弘才是真正的受害者。要说谁真有不对的地方，那也是信治，是他害她吃尽了苦头。"

小糸信治的姐姐小糸贵子的说法则完全不同。"会变成那样，都是静子的责任。"她还是无法压抑怒气，"她的奢侈就是这一切的原因。她爱慕虚荣，老想过和身份不相称的生活。信治的婚姻就是个错误！我弟弟为了静子那个女人误了一生。"

光听他们这些话，不难想见为什么小系信治夫妇连至亲都避不见面。

经过一个月的努力搜集资料，并在一些关系人身上下了功夫后，很幸运地找到了小糸夫妻的下落。但在记述有关他们的采访情况前，有几件事必须事先声明。第一是小糸静子要求不要透露她现在的住址与职业，以及这次采访的时间、地点。第二，小糸静子与小糸信治在本书成稿的这段时间正在协议离婚，等孝弘的监护权谈妥后就会正式离婚。

小糸信治虽然答应见面，但是不愿意谈命案以后的事情。因此，本章后半段出现的只有小糸静子。

和静子联络上，是托坂田尚子帮忙。

"静子常常打电话给我。"尚子说。

前面说过，尚子和静子从小就是好朋友，静子的母亲逸子也是坂田接骨诊所的病人。

"她搬回娘家后，逸子阿姨的身体就不好了，那时我和丈夫就猜，他们家一定发生了什么事情。不过在荒川命案发生以前，我都没见过静子，她也没跟我联系。她开始打电话给我，是那件命案发生的两个月后，那时她已经搬出娘家。”

那次静子是为了母亲的身体，打电话到坂田接骨诊所询问情况。

“逸子阿姨来我们这里已经很久了，静子很担心。她说问过逸子阿姨，听了反而更糊涂。她们母女挂虑彼此，不太敢说真话。”

于是她才想起可以询问母亲所信赖的坂田接骨诊所。

“那时我告诉了她逸子阿姨的情况，还有最近媒体常去木村家以及孝弘的一些事情。静子稍微放心地说：‘我爸我妈一接起电话就哭，谈不出什么，以后就问你好了。’我当然说好啊。”

就这样，小糸静子主动打电话给尚子的单向联系开始了。

“我在接受这次采访前，也问过静子的意见。她说不要紧，让我照实说，不管是好是坏，什么都可以说，但不论我说得多真，都不能保证记者会照我说的写出来。她好像成见很深。这也难怪，她才惨遭电视媒体修理过。”坂田尚子的眼神可以用“严厉”来形容，“我也很困惑，这是降临在老朋友身上的灾难，我很不愿意拿来当话题散播，我丈夫也反对。但是如果不让我说，我又觉得生气。确实，静子有点糊涂，也爱出风头，这我都不否认。可是说她杀人，就太离谱了。不只是这个，甚至还把她学生时代的男女关系之类传闻扯出来议论一番，实在太过分了！她的同事讲了很多她的事情，但里面有多少真话，谁也不知道。”

她指责部分电视台的谈话节目在事件当时对小糸一家，尤其是对小糸静子所作的评论。

“静子的大姑居然也上那种节目？虽然脸孔遮住了，姓名也没有打出来，我还是看得出来。她一定很恨静子！

“我觉得很遗憾。静子是有不好的地方，但是拿她没做过的事来责备她，这不对吧？我接受这次采访，让你们把我说的话登出来，也可以顺便劝劝静子。我就说说我的意见吧。”

“从哪里开始好呢？”小糸静子一开口就这么说，“媒体挖根刨底地追问一些完全和命案无关的事情，连我二十岁时交往了有妇之夫那件事也挖了出来。”

在此先声明，小糸静子这时完全没有借酒装疯。此时的她不是因为酒精的关系而表现得迷糊，而是紧张到近乎举止笨拙，脸色苍白，眼尾不时抽动。

这天是她在命案发生后的第一个生日，四十五岁生日。她自己说那件事及其后遗症让她变得憔悴，但从外表看起来她比实际年龄年轻约十岁，不仅美丽，也给人很脱俗的印象。她穿着灰色套装配薄荷绿罩衫，轮廓鲜明的双眼皮上也搽着薄荷绿的眼影，还戴了金耳环和项链，没戴结婚戒指。

她对这次采访的要求，我们事前已经充分沟通过，她应该有了相当的心理准备。但她还是花了很长一段时间才适应气氛，之后，便发出一连串的攻击言论。听她说话，就知道她是个记忆力很好的人。她自虐地引用过去有关她的报道内容，几乎正确无误，诸如登载的报纸杂志名称、发言者姓名、节目名称和播出时间等，都不是瞎说的。

那些内容都是谎言和不当言论，她又不能不看不听那些报道，兀自带着愤怒过日子，应该很累。这倒可以看出她过于认真的性格。

小糸静子把对媒体报道的气出完后，喝了一杯水。她几乎是一口气喝光了杯里的水，然后拿着杯子闭上眼睛一会儿。她睁开眼，把杯子放回桌上，抬起脸，整个人面对着我。

“不好意思，要从哪里开始？”

——你们为什么悄悄搬出千住北美好新城西栋二〇二五号？接着为什么换另一家人住进去呢？就从这里开始吧。

小糸静子缓缓点头，说：“你大概也知道了，我们缴不出贷款，房子被迫拍卖。”

拍卖。

就字面而言，没什么稀奇，这是普通人日常生活中较少接触到的熟悉名词。有关法院拍卖的制度，我们在下一章再详细说明，这里只记录小糸静子的叙述。

“我以前以为拍卖都是艺术界或古董行的事，关乎有钱人优雅的艺术品位……拍卖，投标，中标。就是这样吧？所以我听丈夫说危险了，这样下去房子会被申请拍卖时，不觉笑了出来。”

但这不是好笑的事情。

当时千住北美好新城西栋二〇二五号的所有人是小糸信治，房产证上登记的也是他的名字，但是抵押权者栏登记的则是贷款给他们的金融机构名称。小糸信治这里说的“被申请拍卖”，是指他作为债务人长期滞缴贷款，债权人判断他已陷于无法缴付的状态，向法院申请拍卖抵押的房产以收回借款。

“我们家向住宅金融公库——就是他们申请拍卖房屋的，因为他们贷给我们的额度最大。贷款的事情都是我丈夫办的，我一个家庭主妇也处理不来，是吧？

“就这样，突然——其实不是突然，只是我丈夫到了这个节骨眼才说，我才觉得突然——他说再这样下去，房子就要查封、拍卖。我虽然觉得‘拍卖’好笑，可是‘查封’这个词让我悚然一惊。他老是使用这种给人恶劣印象的字眼。我咆哮道：‘住宅金融公库凭什么查封我们的房子？他们又不是地下钱庄，是国家机构啊。’这回该他笑了。”

住宅金融公库是国家机构，没错，即使客户缴款迟滞，也不会随便采取查封或申请拍卖的手段，缓缴期限也确实比一般银行来得长，因此小糸静子的反驳并非毫无根据。

但是近年来，随着泡沫经济破灭、地价暴跌和坏账增加，住宅金融公库的这个优惠也有了变化。一旦判断客户长期滞缴贷款且无望改善此种状况后，他们也会像普通金融机构一样申请查封、拍卖。小糸家的二〇二五号正符合这种情况。

“我们确实停止了还款。”小糸静子垂下视线继续说，“这些事本来都交给我丈夫办，我是不管的。我每个月向他拿家用，不够的时候就跟他说，他会再补给我。这些事情电视都不提，但实际上就是这样。我们家是我丈夫掌握财政大权。”

——那么，你怎么知道滞缴贷款了呢？

“不是有一大堆催缴电话和通知单吗？银行的人也会上门催缴。他们找我，我也没办法，叫他们都去找我丈夫。而且我也上班，白天不在家。”

——小糸信治怎么说明滞缴贷款的事的？

“他只说别担心，他会想办法。就这样拖到最后关头。”

——你真的相信他会想办法吗？

“相信啊，我一直都相信他。”小糸静子像女明星似的夸张地耸耸肩，“他每个月酌量给我生活费，我告诉他不够的话，他就会五万、十万地补给我。孝弘的学费、邮局的学资保险都是信治准备的。我对管钱的事完全不在行……就是没有理财观念吧，所以现在才会被人家乱说成是浪费钱财。”

她又变得自虐了。

“因此，当他说不行了、这房子要被查封时，我直翻白眼。”

——那是什么时候的事？

“他最早跟我提拍卖的时候吗？最早吗，一九九五年的……三月左右吧。”

——对你来说是晴天霹雳吧？

“对啊，我以为他在开玩笑。”她好像在拍药用贴布广告般又夸张地耸耸肩，看来像是故意的。“然而他不是开玩笑。我冷汗直冒，质问他怎么会搞成这样。”

在采访小糸贵子的地方提过，小糸信治购买千住北美好新城西栋二〇二五号时，静子娘家援助的金额很大，贷款总额和还款计划也不完全是无谋之举。从小糸信治的年收入来看，贷款支出尚在合理的范围内。

不然，住宅金融公库不会贷款给他。金融公库的呆账少，查封的房屋也少，全靠一开始就设定了严格的融资基准。

——你们家的贷款为什么变成呆账了呢？

“我丈夫说了很多很多，说玩股票赔钱啦、同事交际也花钱啦，我气得骂他别开玩笑，说那些事情怎么会弄到缴不出贷款的地步。他这才嘟嘟囔囔地说，都是因为我奢侈。”

——你说你每个月拿固定的生活家用，不够时跟他要，他都毫无怨言地补足给你吗？

小糸静子不住地点头。“是啊是啊，所以我从没为钱烦恼过，他也从没抱怨过，真的！”

这时，她像下定决心般收紧膝盖，加重声音：“媒体知道那房子成为法拍屋后，写了许多子虚乌有的事情，说我从来不为丈夫孩子着想，是个只想穿金戴银的笨女人，还说那四个人被杀，也是因为我的奢侈导致二〇二五号被拍卖的缘故。那些不相干的外人有权利这样说吗？他们凭什么责备我？”她握拳捶打着膝盖，“我绝不认为自己奢侈。为了孝弘，我什么都会做，只想为他准备一切最好的东西。我没有为自己花钱，也没有浪费，你一定要帮我写清楚。比如说，我这个月向丈夫拿了二十万元做家用，因为不够，后来又要了十万，可是到了下个月时，我不会说上个月你那么干脆地补了我十万，从这个月开始就给我四十万吧。”

为了缓和有点激动的小糸静子的情绪，我们休息了一会儿。她点了咖啡，急急喝完后又忙着抽掉两根烟。

“很抱歉，我声音太大，会不会太快？”

告诉她不必担心后，她叹了口气，重新坐直身子。

“呃……那是我第一次听到房子要拍卖时的情形……为什么缴不出贷款来呢？”

——你丈夫开始责备你？

“没错，连着一个星期还是十天，每天都语无伦次，还说什么他会设法筹钱，会怎么怎么做……我虽然生气，但还是相信他的话。现在想起来我那时真傻。”

她拢拢头发苦笑了一下。她留着一头又直又长的头发。“在这种情况下，其他一些事情我也知道了。我丈夫用钱不当，欠下了大笔信用卡债务……这些钱好像是用来应酬和零花用了，账单都寄到公司，我完全不知道。”

——你自己怎么样呢？

“我？什么怎么样？”

——部分杂志说你名下也有借款，也是信用卡债务吗？杂志说是好几家公司的卡，总共有一百五十万元左右，关于这点你怎么说呢？

小糸静子目光阴沉。“那有什么关系吗？”

——问这个问题没有特别的用意。你丈夫瞒着你借钱，你这边又如何呢？只是想问问这个报道是不是事实。

“那……也算事实。”

——怎么说？

“金额有点出入，没到一百万。”

——哦。

小糸静子沉默片刻，接着突然咳嗽，身子倾向前说道：“我必须说明一下，那些钱确实是我花掉的，我不否认，但那都是工作需要。我在服饰店上班，每个月有业绩定额，如果达不到就要自掏腰包购买商品，还没有员工折扣可享，因此这成了我相当沉重的负担。”

千住北美好新城的住户名册里，小糸静子在职业栏登记的是“在衣料店上班”。这家衣料店是青山二丁目的进口服饰店 INVISIBLE。从孝弘上小学的那年春天开始，小糸静子就在这里上班。

“当然不是正式员工，只是钟点工，打工的。”她自嘲地说，“如果是正式员工，有我那样的业绩，早就不知去负责哪家分店了。不是我自夸，我是个优秀的店面模特儿，活广告。”

——为什么成不了正式员工？

“不是成不了，是不行，受年龄限制。”

——其他员工多半很年轻吗？

“那些人不都上电视谈话节目说了我的事吗？没错，都是年轻女孩，二十多岁，顶多三十出头。”小糸静子不服气地甩甩头，长发散乱地遮住脸庞，“服饰店叫 INVISIBLE，就是‘眼睛看不见的无形事物’的意思。你知道吗，我们卖的不只是可以看见、欣赏的服饰，也卖看不见的知性、教养和丰富的感性之类的观念。可是店里的实际情况肤浅极了，那些正式的女店员都是只对昂贵服饰、化妆品、美食和旅游感兴趣的花瓶，脑袋空空。我在里面简直是孤军奋战。”

——没想过找其他工作？

“我不是说了吗，我是优秀的店面模特儿，我太适合这店的气质了，不然一开始他们就不会雇用我。碍于年龄限制嘛。”

——现在还在上班吗？也还是在服饰店？

“不是，我现在不想做服饰店导购之类要应付客人的工作了。”小糸静子稍微放松姿势，两腿交叠，有点疲累的样子，“总之，我的借款和这件事没有关系，我丈夫也承认了。因为他也不知道我向信用卡公司借了钱，而我也都小心地不让他发现。”

——这些钱都没用在家用生活上？

“当然。”

——那么，我们再回到房子被查封和拍卖的时候。你记不记得一九九五年十月初去见孝弘的班主任一事？

“泷野川学院吗？”

——是的，仓桥老师。

“仓桥老师啊，对，我去找他面谈。”

——记不记得那时谈了什么？

“谈孝弘转学的事。”

——是因为你觉得房子若被查封拍卖，二〇二五号不能住了，孝弘也要转学，是吗？

“是啊。我们的房子在四月中旬被申请查封，十月开始拍卖。一旦确定买方后，我们就得立刻搬出去。”

——那时你不是跟仓桥老师说房子要被拍卖，而是说“最近要离婚，我和孝弘要搬回日野的娘家”，对不对？

“离婚……”小糸静子嘟囔一句，沉默下来。那是刚刚打开的身心一下又被拉回紧绷状态的沉默。她的双唇抿成一条线。“对，我是这么说的。”

——当时你确实考虑过这事吗？

“离婚吗？嗯，我是在考虑，而且是认真地考虑。”

——原因是他缴不出贷款，害得自家房子要被拍卖吗？

“那是连带的种种原因啦。”说着，她双手摩搓着脸颊，仿佛随着这个动作，再次解放了刚才的紧绷情绪，“我最不能接受的是他责备我的方式。他自己一直默不吭声，等到事情无法解决时才说：‘你不能向我勒索生活费，为什么给你的生活费不够用？’他把全部的错都推给我。我完全呆了。他是这样的人吗？我觉得一直以来我所信任的这个人整个儿哗啦啦地碎裂了。我想真是岂有此理，我再也无法和这样的人生活在一起了。”

——当时，你和丈夫谈过离婚吗？

“谈过啊。他好像很不满，也不理解我所说的话。他觉得都是我的错，说我为什么要责备他，竟然还说要离婚。他就是那么傲慢自大。”

——那么你丈夫同意离婚吗？

“那时没有，现在同意了。大概是已经找好替代者了。”

——你是说你丈夫现在有别的女人了？

“嗯，是啊。所以，他不是我的丈夫啦，我也不是他的狗或奴隶。只不过户籍上我们还是夫妻。叫他信治，感觉就像我大姑称呼他一样。我叫他丈夫，只是便宜行事，在内心我早已把他当外人看了。”

——抱歉。你们当时是没有离婚吧？

“嗯，没有。”

——你们没有离婚，在一九九六年一家三口悄悄搬出了二〇二五号回你娘家？

“说悄悄搬家是好听，其实我们是趁夜逃走的。除此之外什么都不是。”

——是三月？

“嗯，我忘不了，是三月八日晚上。我们留下了全部家具和家电，只带了随身物品。那年一月到四月间小区对外开放，车子晚上也可以开进去。我们怕有人查问，担心得要命。”

——没和任何一位邻居说吗？

“我们和邻居都没有交情，最重要的是，我们以为很快就会回来。离婚的事也因此拖下来了。”

——很快就会回去？

“是啊，我丈夫这么说的。他说有个朋友熟悉查封和拍卖的事情，给了他很多建议。如果照那人说的，只要付一点手续费，就可以再把这套房子拿回来。当然，还要再借钱，但是已经有门路了。”

——小糸信治先生是什么时候说这话的？

“十一月吧，好像已进入十二月了。”

——拍卖已经开始了吗？

“对，但是要到年后才会确定买方。”

——这段时间你们还一直住在二〇二五号？

“是的，直到三月八日。”

——为什么在三月八日夜间逃走呢？

“因为从时间上来看就要确定买方了。他朋友告诉我们，在确定买方之前逃走更好，然后换那四个人住进来。”

——当时对那四个人的来历知道多少？

“一无所知。只知道是我丈夫的朋友雇来的，真的。”

——你不信任他已经到了决心离婚的程度，为什么还这么全盘相信他的提议，丝毫不追问或怀疑呢？

她利落地拢起头发，说：“我没那份精力了。”

——小糸信治有信心靠朋友拿回二〇二五号吗？

“他信心满满，所以……我也稍微受到影响。就算不行也要赌赌看。”

——哦。

“我把父母给我的钱全都投到那套房子上了，如果能拿回来，我当然高兴。我想拿回房子以后再离婚，所以在那以前都听丈夫的。”

——你们三月八日夜间逃走后，换了那四个被害人住进去。你知道拍卖结束，买方已确定是什么时候？

“确切日期我不记得了，我想是四月。”

——是四月十日。

“是吗？大概吧。”

——买方是石田直澄？

“其实在闹出命案以前，我不知道买方的名字。不知道也好。我们都趁夜逃走了，后来会怎样也不可能知道，因为那是我丈夫的朋友策划的秘密。”

——你从没见过石田直澄？

“对。”

——见过遇害的四个人几次吧？

“……嗯。”

——逃走后还回去二〇二五号找过他们？

“我担心他们弄脏房子，家具还留在里面呢。”

——六月二日早上，警察打电话到你日野的娘家时，把你吓一跳吧？

小糸静子脸色发白。“吓一跳……当然吓一大跳。”她失常得有点结结巴巴，“我们对命案什么都不知道，接到电话时吓得魂不附体，时间又那么早——六点钟不是？我们都还没看电视，根本不知道这个消息。”

——警察打来的电话，最初是谁接的？

“我妈。”

——电话是打到你父母家那边的？

“是。”

——当时你住在同一个院落里的木造旧楼房里？

“嗯，在娘家吃闲饭。”

——你母亲接到电话后就叫你过去？

“对，我和我丈夫。”

——你母亲叫你们时说了什么？

“她说你们的大楼出事了，警方担心你们的下落。我妈也吓一大跳，一开始不知该说什么。”小糸静子的脸上露出苦笑，“我听说大楼那边出事了，最先想到的是火灾，我也只能想到这个。”

——你父母知道房子被拍卖和之后的事情吗？

“嗯，我们大致说过了。”

——他们也知道你们经济拮据，不得不放弃房子的情况？

“是。”

——为了谨慎起见，想再请教你：你父母既然知道你们缴不出贷款，你们没想过再次向他们寻求资助吗？

小糸静子猛然缩紧下巴，紧抿嘴唇，眨了好几下眼。“我们当然问过，可是……不行。”

——为什么？

“我弟弟反对。”

——你弟弟和他的家人吗？

“嗯，当初父母卖地把钱给我们买房子时，他就很不高兴。我也有分享父母财产的权利，当然坚持这个权利，他却当我是贼。”

——你是想预先取得自己将来可以继承的财产？

“我是这么打算的。”

——你弟弟说你该得的部分已经给你了，即使你们现在缴不出贷款，也不可能再给你钱了，对吧？

“有这样的事情吗？”小糸静子嗓音拉高，膝盖顶向前，“不管怎么说，我们是姐弟呀！姐姐快要失去房子陷入困境，他还说她该得的那一份已经没了，一毛钱也不给——有这么冷漠无情的弟弟吗？我一辈子也不会原谅他们夫妻。他们怕父母会偷偷取钱或卖房子拿钱给我们，还把房地契和印鉴都拿走了。真想不到我弟弟会做出这种事情。”

——你父母为了资助你们，卖掉土地后还剩下什么财产？

“一些股票啦、银行存款啦，还有娘家的房子和土地。”

——没有别的了？

“没有了。可是将来我弟弟继承日野的那块地后，应该可以卖很高的价钱，他拿到的实质上更多。”

——这么说来，那时你父母只能提供你们一家住的地方。

“是啊，他们已经无法再给我们一笔钱了。他们的生活也是靠年金，利率那么低，也不能指望利息。”

——我们再回到警察打电话来时的情况。你母亲来叫你们，你就去他们住的地方接电话了？

“我丈夫接的。”

——你在旁边听吗？

“嗯。”

——你丈夫——小糸信治先生说了什么？

“他看起来也很惊慌……有点语无伦次。总之，他说我们一家三口都平安无事。”

——警察应该是想知道住在二〇二五号的“家庭”是不是小糸先生的朋友吧？

“警方最初以为我们把房子租给了他们——我丈夫是这么说的，后来他又说不知道是房屋合租还是租赁中介……警方也渐渐觉得奇怪了。我丈夫胡言乱语一通后挂掉了电话，脸色苍白地说：‘糟糕！警察要来这里了。’”

——警察不是叫你们回去，而是说要到木村家？

“嗯，印象中好像是叫我们在家里等候吧。我丈夫惊慌地说，不马上逃就糟了。”

——必须逃？

“我又吓坏了，逼问他我们为什么要逃。他以前不是说没什么危险，只要委托熟悉法拍屋的人处理，就能拿回二〇二五号，我们只要暂时忍耐一下就可以了？现在为什么又要急忙逃走呢？”

——小糸先生怎么回答的？

“他说我们那样做是违法的，招人住进要拍卖的房子好拿回房产，这种如意算盘其实是行不通的；要是被警察逮捕，我们两个都要坐牢。他哭丧着脸说得赶紧走。”

——你能接受吗？

“岂有此理！违法的是他，我说过跟我没关系，我不想走。他说既然如此，他就只带孝弘走。”

——只带孝弘？

“他说：‘你很厉害，警察怎么问你怎么骂你，你都无所谓，可是我不能让孝弘卷进这个麻烦，我的孩子我来守护。’这不是开玩笑吗？如果他带孝弘走，那不更是把孝弘卷进了这个麻烦吗？绝对不行。我说孝弘不能交给他，他哪里都不能去，就和我留在家里，好好跟警察谈。结果他……狠狠地瞪着我说：‘你想把一切责任推给我，装作什么都不知道，不行！你也一起走。’”小糸静子双手抱着身体，微微发抖，“当时我很害怕……觉得若不听他的，就会当场被他杀了。他真的满脸杀气。”

——结果小糸先生、你和孝弘三个人离开了日野的木村家？

“对，就是这样。”

——几点左右？

“不到七点吧。不过，好像是千钧一发呢！后来听我妈说，我们离开二十分钟左右，警车就到了。”

——你们开车走的？

“对，先借我爸爸的车子。”

——你们有目的地吗？

“我不认为有，总之向西走——不回市中心。因为我和孝弘是被迫走的，心里很不甘愿，老想着等他停车时趁机逃跑。”

——孝弘怎么样呢？

“他也很害怕，可是他很聪明，所以很镇定，还提醒我们收听车上的广播。这孩子！”

——你记得是走哪条路的吗？

“中央高速，往山梨县方向。我丈夫公司的员工招待所在石和温泉附近，我们去过两次，或许他是想去那里。”

——你们在车上说话了吗？

“没怎么说话。他绷着脸开车，我和孝弘缩在后座。”

——你一直想逃跑吗？

“是啊，我真的害怕。走了一个小时左右，孝弘说想上厕所，他就开到了一家免下车的大型餐馆还是商店前吧，但还没开始营业。地点我已不记得了。我也假装要上厕所，在男厕出口抓住孝弘说：‘和妈妈一起逃，要不然打一一〇请警察保护我们。’”

——孝弘说了什么？

“他说这样爸爸很可怜。”小糸静子颓丧地垮着肩膀，“他说爸爸很害怕，留下他一个人很可怜。我真泄气……”

——泄气？

“可不是吗？孝弘在意那个没有资格当父亲的人的前途甚于我的心

情。于是我说：‘害怕的是妈妈啊，妈妈怕爸爸，也怕躲着警察，你就不管妈妈的感受吗？’他就说：‘那我去劝爸爸回家，妈妈稍微忍耐一下。’”

——孝弘知道真实情况吗？

“你是说为什么必须逃走吗？”

——包括二〇二五号被申请拍卖前后的经过与处置。

“应该和我差不多吧。小糸只对他说，只要暂时忍耐一下就能拿回我们的房子。”

——即使如此，孝弘还是能够理解这样的情况下逃跑并非好事？

“大概吧。我不也说过了，警方要是存心找我们，我们很快就会被发现的，逃也没用——”小糸静子说到这里，眯着眼睛，好像哪里不舒服，“只是，孩子问我：‘爸爸是不是只跟妈妈说，为了拿回房子而做的违法的事，因为这个命案而曝光，现在情况不妙，所以要逃？’我说‘是啊’。起先，我不知道孩子在意的是什么。”

——是什么呢？

“那时我们已经从车上的广播知道二〇二五号发生了命案。先前警察在电话上没有详说，我们听了广播才知道了命案内容。说是死了四个人！孝弘可能以为他爸爸匆忙逃跑是……和杀人案有关，才问我他爸爸是否只是因为关乎房子的违法行为而觉得情形不妙。”

——他很敏锐。

“很冷静。这孩子脑筋很好。”小糸静子露出了多时不见的笑容，“我说不出话来，因为之前我根本没想到！我倒抽一口冷气：对啊，是有这个可能，他扯上了杀人案，才慌张不安地要逃，还拖着我们一起——我仿佛听到脸上的血液刷的一声退去了。”

——看到你不安的样子，孝弘怎么样？

“我惊得差点昏倒，孝弘也慌张了。他说：‘妈，你别这么快下结论，爸爸不一定和杀人案有关，我想知道他自己会怎么说，我要去问他。’说着他走回车子那边。没办法，我只好跟在后面。”

——小糸先生在干什么？

“他不在车里，但钥匙还在。孝弘绕了一圈，在商店旁边的公用电话旁找到了他。他在打电话……我们等了二十分钟。他垂头丧气地回来说，电话都打不通，这里可能出了信号区。”

——他的意思是说手机的通话范围外吗？

“大概吧。孝弘问他打给谁，他让孩子不用担心，就坐上车，发动引擎开车，没多久又开回了原处。我问他为什么又开回来，他说非打通电话不可。”

——他要打往东京方面的缘故吧。

“整个上午就漫无目的地往前开车，开三十分钟左右停一下，这样一路走走停停地找电话。他有手机，可是出来时忘了拿，车上又没有电话，只好一直找公用电话。”

——小糸先生想联系谁？

“你只好问警方了，我不知道。我猜可能是不动产中介公司，要不就是答应帮他弄回房子的朋友。我到现在也不想知道，但可能是不动产中介公司吧。”

——大概也是。

“他半哭着打电话。”

——这状态一直持续到六月二日中午吗？

“对。要是只有我一个人，早就跑掉了，可是孝弘坚持留在他身边，我想走也走不了。”

——你们露面向警方说明情况时是住在八王子的饭店。究竟是因为什么缘故会住进那里呢？

“是孝弘说要那样。他说到处绕反而惹眼，自己也又饿又累，而且跑远了又打不通电话，不如在那附近找个饭店休息。我们那时正好在八王子市内。我丈夫同意了孝弘的意见，我们就住进了最先看到的那家饭店。”

——是八王子景观饭店七楼的七三〇号房？

“哦？我不记得了。房间很脏，但很宽敞。”

——见警方之前，你们就一直待在饭店里？

“是啊……我们在里面的餐厅吃完饭就回房间休息。我丈夫继续到处打电话，有时有人接，有时不通，他急得直跳。”

——他都说些什么？

“我没仔细听。那时我已经无所谓了，也不想听，只想着带孝弘逃走。”

——孝弘又怎样呢？

“很乖。”

——是小糸先生决定露面说明情况的吗？

“孝弘劝他的。”小糸静子好像累了，边按摩脖子边叹气，“嗯……三点左右吧，电话终于告一段落，他整个人呆呆地窝在沙发上。孝弘走过去跟他说：‘爸，我是不清楚事情怎么样，可是这样逃匿反而不好吧。’”

——小糸先生听进去了吗？

“他最初叫孝弘闭嘴，可是孝弘很有耐性也很温和，毫不退缩。他说我们家的房子里有四个人被杀，事情很严重，他很害怕。没想到我丈夫说，他也很害怕……他看起来好像比孝弘更害怕。”

——就因为这段对话而决定放弃逃匿的吗？

“可以说是吧。我丈夫抱着脑袋坐着不动，孝弘不停地跟他说话，然后他又开始打电话，看样子好像是打给我娘家。守在我娘家的警察百般劝他，他终于决定露面。”

就这样，下午三点半，小糸信治在八王子景观饭店附近的派出所确认身份，接受了保护。

“在那里什么事也没有。因为是警方前来询问时我们才逃跑的，我早有心理准备会受到严厉的对待，可是他们没有对我们大呼小叫，还立刻派警车送我们到荒川北局。”

——关于你们到荒川北局的这段小插曲，实际上我已从小糸先生的姐姐那里听说了。

“怎么，我大姑有什么怨言吗？”

——小糸贵子女士说你和小糸信治先生分坐两辆警车到荒川北局，是真的吗？

小糸静子笑了出来。“嗯，她说了啊。我们三人是分乘两辆车的，可是都有警察陪着，他们就怕他突然改变心意又逃跑吧。他本来就胆小。这种胆小的人在走投无路时不都会变得很可怕吗？那时我还不知道他做了什么，怕得不得了，不敢跟他同车。讨厌！为这事我大姑一定很生气。”

——她没生气，只是说小糸先生很可怜。好像是小糸先生对她说过，过去他一直为老婆儿子打拼，在紧要关头却被弃于不顾。

“我不是弃他于不顾，只是感觉危险，不想待在一起。”

——小糸先生是想和你及孝弘待在一起吧？

“那是他自以为是！会同情那种无情、心怀怨恨的家伙的大姑还是老样子。”小糸静子的眼里再度恢复了好斗的光彩，“他差点毁了我和孝弘的人生。老实说我连听到小糸家人的名字都讨厌，再也不想和他有任何瓜葛！”

第七章　买方

因为小糸信治露面说明情况，六月二日傍晚时，荒川北局搜查本部终于具体掌握了二〇二五号命案的基本情况。

小糸信治并不是一开始就和盘托出，他虽然说出了房子被查封并申请拍卖，以及买方已经确定的经过，却迟迟不肯清楚地说明要帮他弄回房子的不动产中介公司的相关信息。他说是朋友介绍的，彼此并不熟悉。他觉得自己好像也被骗了，防线拉得很紧。在警方的不断追问下，费了许多时间，他才勉强说出对方是“一起不动产”公司以及联系电话和地址。

至于住进二〇二五号的四个人，他只说因为托他们看房子，他和太太静子是见过他们几次，但不清楚他们的来历；只知道他们是一家四口——夫妇俩和独生子，还有丈夫的母亲——姓“砂川”，至少一起不动产的人是这样称呼他们的。他当然也不知道他们住进去以后到遇害这段时间发生的事情。

小糸信治提供的信息立刻传到了设在千住北美好新城交谊厅里的临时搜查据点。留在西栋管理室的公园房屋管理部部长井出，很满意自己的推测完全正确。

“这类案例我自己虽然是第一次碰到，但以前就常听说法拍屋的纠纷和海蟑螂的种种事情，我们也掌握了一些专做这种事情的团伙和恶劣不动产中介公司的名录，但一起不动产我是第一次听说。警方问我他们是不是恶名昭彰，我没有印象。我想帮一下忙，打了几个电话问有可能提供线索的朋友和同行，可是没有一个知道。唉，不动产中介这一行也是藏污纳垢，各式各样的人都可以踏入。不过，当我听说命案是和海蟑螂有关时，感到稍微放心了些，幸好不是抢劫杀人。”

另一方面，警方也紧急联系了二〇二五号拍卖中标的买方。

石田直澄的名字终于浮现了。

因为小糸信治知道石田的姓名、住址和电话，搜查本部立刻打了电话到石田家。一个老太太接的电话，自称是石田直澄的母亲绢江。她说石田不在，不知道什么时候回来。

石田绢江告诉警方，她已经知道这起命案，是看电视知道的。她也清楚命案现场是儿子直澄买到的法拍屋。房子虽然没有过户，和直澄扯不上关系，她还是很担心，正在等他回家。直澄是这天上午不告外出的，不知道去了哪里。

石田家在千叶县浦安市，是距离营团地铁线浦安站步行约五分钟路程的出租公寓“永和我家”二〇二号。三室两厅的房子，住着一家四口。除了他和母亲外，还有读大二的儿子直己和读高二的女儿由香利。石田是个司机，受雇于大物流公司“三和通运”。绢江告诉警方，直澄六月二日傍晚六点以后要上班，再怎么晚应该都会回家准备上班。孙子孙女都出去了，不知道什么时候回来，孙子走时要她别做他们的晚饭，所以她做好了自己和直澄两人的晚饭后，孤零零地守在家里。

但是过了上班时刻，石田还没回家。因为警方三番两次打电话来问他回家没有，绢江更加担心。她忽然想，他会不会在外面直接到公司了？于是她打电话到公司设在中央区晴海的货物集散中心询问，但公司说他没去。由于他从没迟到、早退或旷工过，公司方面也觉得奇怪。

这时警察已不再打电话，而是直接找到了石田家。绢江猜警察大概早在自家附近守候。她让警察进屋，奉上热茶，就在警察婉拒时，电话响了。

绢江急忙接起电话，是直澄。他可能在外面，电话那头杂音很大。因为担心，再加上警察在家里等候，她心情恶劣，语调不自觉地拉高了：“你到底在哪里？也没跟公司说一声就不去……警察为那栋大楼的命案来了家里，正在等着见你。”

直澄没有回应。坐在客厅里的两个警察盯着绢江，一瞬间，那锐利的目光让她不寒而栗。发生了什么大事吗？自己刚才说错了什么吗？可是再怎么补救也来不及了。

隔了一会儿，她听到了直澄低低的声音：“警察什么时候来的？”

绢江偷瞄警察的脸。他们都很镇静，不再盯着她，但可以看出他们正高度集中精神聆听这段电话对谈。

“刚刚到。”绢江尽量恢复平稳的语气。

“哦。果然来了。”

直澄压低声音，最后面的话几乎听不见。绢江突然害怕起来，感觉脚边的地板变成海边的沙滩，人像被海浪拖着沉了下去。自从媳妇幸子生下由香利不久就去世后，好久不曾有这种感觉了。这时的心情，就和她接到直澄从病房打来电话说幸子刚刚咽气时一样。

她不想再度遭受那种事情。她自己都不知道此刻为什么这么害怕。直澄怎么了？为什么不回家？为什么没去公司？为什么不出面协助警方办案？为什么不告诉她发生了这么匪夷所思的命案？

绢江突然嘿嘿笑起来。“啊呀，我知道了，你一大早就出去了，还不知道买的那套房子里发生重大命案了吧？是我不对，乱发脾气，对不起。”她说着，也对警察露出讨好的笑容。她心跳加速，无法好好看着他们笑，觉得如果四目相对，立刻会显露出连她自己都不相信那些话的心虚。

刚才那番话只是绢江的愿望，事实并非如此。从直澄的声音听得出来，他不可能到现在还不知道千住北美好新城的一家四口被杀命案。

“妈！”石田直澄在话筒那端喊道。

绢江的笑容消失了。平常直澄都跟着孩子喊她“奶奶”，绢江也跟着孙子叫他“爸爸”，有时也会叫他“你”，很少直接叫他“直澄”。可是现在直澄叫她“妈”，像个怯惧的小孩。

绢江吞声伫立，感到握着话筒的手指冰冷僵硬。

“妈！”他又喊了一声，“我有麻烦了。”

绢江说不出话来，只是望着电话的键盘，眨眼。脚边的地板又变成沙滩，似乎再次听到了直澄说“幸子刚刚咽气”的声音。她杵立不动，任凭无奈、不安、绝望的浪潮冲刷着自己。

“直澄，你——你还好吧？”

“我现在实在不能见警察，见了就麻烦了。”

“直澄……”

“妈，我没有杀人，我没有杀那些人，您别信那些话。”

“直澄，你现在在哪里？”

一名警察悄悄起身，走近绢江，直直盯着她。她顽固地看着电话。“直澄，你在哪里？你必须回家好好说清楚……”

石田直澄打断了绢江的话：“我说了他们也不会相信，因为我自己也无法相信。我一直没说，是我不对。那套房子真的不好。”

“直澄，直澄！”

“在电话上说不妥。直己和由香利就拜托您了……”

“伯母，”警察对绢江说，“让我们来接电话吧。”

绢江下巴发抖，没有回应。警察伸手接过她手上的话筒前，电话挂断了。

就这样，六月二日晚上八点半左右，千住北美好新城西栋二〇二五号的买方石田直澄下落不明、可能计划逃走的消息，传到了荒川北局的搜查本部。

这当然引起了石田直澄与命案有关的猜疑。警方接连到石田家询问其他家人，把他们提供的石田的照片带回搜查本部，本部立刻比对电梯摄像头拍到的可疑中年男子。

当天深夜举行的侦查会议上，警方提出了石田直澄的存在与可能逃匿，以及尚未接触也可能逃匿的一起不动产相关人士的信息。

警方认为，当务之急是确切掌握一起不动产关系人和石田直澄的下落。目前为止，虽然已从小糸信治那里得知二〇二五号被申请拍卖、石田直澄是买方，可是其后的很多情况与问题小糸并不知道。例如，小糸完全不知道四个被害人的身份，警方要弄清这一点还是必须侦讯雇用他们住进二〇二五号的一起不动产。另外，买方石田直澄和一起不动产之间是否有交涉？进行到了什么程度？或是交涉失败，而纠纷又达到了什么程度？这些小糸也都一无所知。事实上，他把二〇二五号交给一起不动产、自己趁夜逃匿后，几乎成了不能插嘴的老实的旁观者，一切都照一起不动产的吩咐行事。

六月五日下午，一起不动产的社长终于露脸，接受了荒川北局搜查本部的讯问，警方这才确认被害人的身份。在这前后，各家媒体也得知了石田直澄的存在以及他逃匿的事实而大肆报道，命案的信息急遽增加，使得真相更加混乱。我们在本章和下一章要先来谈谈七月二日以前的侦办情况，并参照具体的证词，尽可能详细叙述法拍屋规则的梗概。

西栋二〇二五号的所有人，也就是该住户小糸信治，经济陷入困境，无法缴交贷款，因此抵押权人住宅金融公库向法院申请拍卖房子。拍卖进行后，买方确定为石田直澄。但是小糸家想拿回房子，委托不动产中介公司介入，与买方交涉，自己则偷偷搬出二〇二五号。这当然是违法行为，也引发了与买方之间的纠纷。这次遇害的四人是不动产中介公司一起不动产雇用来占住房子的人……

“唉，原来是这么回事。”这里，我们再听听西栋管理员佐野利明的说辞，“我知道大致的情况，是六月四日吧。警方当然更早就查清楚了，可是不会跟我们说，这也当然。报纸和电视台也是五日以后才开始较有脉络地报道，而且提出了可能是交房纠纷导致四人被杀的推测。”

佐野的记忆是正确的。电视台是在五日正午的新闻中播出这个消息的，报纸是在当天晚上登出“可能事涉拍卖纠纷”的推测。这天早上，一起不动产的社长早川一起也现身接受了荒川北局的讯问。

五日清晨七点半过后，荒川北局的警察在距离千代田区神田多町一起不动产两分钟步行路程的出租大楼四楼“如月麻将馆”，发现了早川一起。如月麻将馆的员工表示，这里是早川社长的休息处。六月二日千住北美好新城命案被报道后不久，他就抱着几本账簿来到这里，要求老板木田好子让他在后面的员工休息室里暂时躲一阵。

早川的住宅在杉并区内，有老婆和两个孩子，木田好子是他多年的情妇。如月麻将馆开馆时也是早川提供的资金，在店里时他的气势也像个老板，不像熟客。因此这时，他立刻就近逃进了这个隐匿点。

荒川北局搜查本部得知亟欲找到的早川一起这三天居然都躲在近在眼前的麻将馆里，感到非常难堪。

“西栋交谊厅形同搜查本部的分部，警察出出进进，我有事情时可以直接找他们商量，交流的机会很多。因此接到有关早川社长下落的消息时，我记得其中一名警察好像颜面扫地似的非常生气。”佐野一边笑一边说，“死了四个人的大案子，关系人也多，但这些人事后都躲了起来，让案子很难办。二〇二五号遇害的那些人虽然可怜，可是知道他们不是通过正当途径住进来的之后，我也就不怎么同情他们了。小糸一家虽然还活得好好的，但这一切都是他们引起的，我一点也不觉得他们可怜。当时我只觉得警察很辛苦，认为早川社长是个大骗子，对他印象不好。”

审讯一开始，早川社长坚称是小糸信治委托出租千住北美好新城西栋二〇二五号，希望他们帮忙找寻房客。一起不动产接受了委托，找到被害人一家四口承租，和他们正式签订了租约，一起不动产只拿法定的中介费。

早川为证实所说，提供了相关人员签章的不动产租赁契约、中介手续费收据、那家人住进二〇二五号时付给一起不动产按日计的房租结算单等详细资料。

这当然引起了小糸信治的激烈反驳。他说从没委托一起不动产和早川社长出租房屋。小糸家今年三月偷偷搬出二〇二五号，换那一家四口住进去，自始至终都是为了拿回已被拍卖、买方也已确定的房子，小糸信治和早川社长谈的也都是这些事。他本身也知道这是“不法行为”。他说延迟交房，最后再从买方手中便宜买回房子的盘算，都是早川社长提出来的。

谁说的才是真的？我们先透露答案，是小糸信治。早川社长坚称“是租赁契约”的那些根据，其实只是关涉种种法拍屋纠纷的典型（说难听一点是初步的、幼稚的）资料。

那么，正规大公司的职员小糸信治，和虽无前科但牵涉多起不当交易的一起不动产社长早川，究竟是怎么认识的呢？

由于笔者没能采访到小糸信治，便只能从他在搜查本部的说明，以及案发三个月后他应《阿修罗》周刊独家专访所提供的说辞，以及他当时的配偶小糸静子和姐姐小糸贵子的谈话中去组织真相。

在荒川北局搜查本部的讯问中，小糸信治说他是平成二年六月左右认识早川社长的。

当时，小糸的公司“大和综合机械制造株式会社”正在实施一个新项目。他们和某大型家电厂商合作制造家用录放影游戏机，小糸参与了这个项目。在成员不到二十人的新企划室里，小糸挂副主任的头衔，率领一个五人小组，协助合作方家电厂商的企划室做市场调查。

据当时小糸的属下说，新企划室成立时，公司内部对这个项目非常排斥，被派到新企划室宛如被流放到孤岛。因为在生产工用大型机械的“硬派”公司里，不少人对与以普通消费者为目标客户的“软派”游戏机公司合作很不以为然。

这位职员还说，这个情形说起来，是外部势力利用入赘大和综合机械创业家族的现任社长，制造的与不服社长指挥的元老级董事群之间的对立。制造大型机械的技术和制造游戏机的技术根本不同，大和综合机械和家电厂商合作，分配到的不过是提供土地和廉价劳动力等辅助性任务。

可是大和综合机械却特地成立新企划室，配备近二十个人员，展现了相当的期待和企图。虽然被派到新企划室如同“流放孤岛”，仍然有人主动请缨上阵，小糸信治便是其中一人。

“调职时他告诉我，这是很有前景的企划工作。”小糸静子说，“我完全不懂他的工作，心想大型机械公司也做游戏机？虽然觉得奇怪，也没有办法。我只是很担心：真的没问题吗？”

这种游戏机是三十二位的“次世代电子游戏机”。自平成元年大和综合机械成立新企划室的三四年后，索尼、松下、世嘉、任天堂等电子游戏厂商展开的“次世代游戏机竞争”白热化，即使不看财经报道，一般人对此也都耳熟能详。不过在当时，对那些不熟悉经济形势、对电子游戏又没有兴趣的人来说，三十二位游戏机竞争是茫无所知的现象。

“他脑筋不坏，是机械制造业优秀的业务人才。”小糸静子以冷静的口吻说道，“所以他放弃自己擅长的工作，自愿到完全不同领域的新企划室去，这一点不论他怎么解释，我就是不懂。他非常热心……感觉上他负责的营销部门像是附属于合作方家电公司的，只是帮他们打杂而已。从权力关系、绩效和营销能力来看，我会这样想也是理所当然。但是他干劲十足，一家一家亲自走访大城小镇的玩具店，写营销报告。”

小糸静子觉得丈夫白费工夫，有一次就严肃地质问他真正的想法。“他是这么回答的：‘傻瓜，我才不是为大和机械工作呢。合作的家电厂商答应要提拔我，详细情形我还不清楚，反正我被挖角了。’他还说那个家电厂商的董事告诉他，现在什么事都要卖力去做，将来好得到提拔。”

有这么好的事？

小糸静子觉得奇怪。但跳槽到大型家电厂商，前途是比留在已是夕阳产业的大型机械制造商要光明些。

“所以，我只有静观其变。”

后来，大和机械和家电厂商联手推出三十二位游戏机，并在平成六年春天问世，但是两年后就停止生产和销售。企划案失败，双方的合作当然也就此结束。

小糸信治并没有被挖到合作的家电厂商。

“后来二〇二五号的拍卖也一样，他就是有这个闭口不谈挫折的坏毛病。所以我猜，对跳槽这事他自己可能过度期待吧——反正我不清楚。问他的话他会暴怒。根本不能问。如果我问他跳槽的事情怎么了，他一定会满脸通红地吼我：‘你在嘲笑我？男人的事女人别插手！’”小糸静子耸耸肩，“他胆子小又老实，太容易相信别人了。”

静子继续说，这是因为小糸信治对“力”的信仰无比的强烈。

“这种力不是超能力之类，是很世俗的东西，例如特殊待遇、绝招、台面下的沟通技巧等。他认为，任何行业、公司和组织里都会有这些东西，能够利用这种力的人才是真正的A级人。”

这是很难理解的想法。

“例如孝弘要去念泷野川学院时，考试成绩很好，可以顺利入学，可是泷野川学院并不是我们的第一志愿。孝弘没考上第一志愿，我丈夫就很不服气，说考上第二志愿的孩子中有很多分数都比孝弘低。”

——那些门路啦、人脉啦，只要我能掌握到，很容易就可以把孝弘送进去。

“我说那不是走后门吗？他就生气地说不是那种小家子气的问题。他说身处A级，若能掌握到A级的门路，就不需要贿赂。”

——真正重要的是和有实力者搭上线，只要做到这点，就什么都不怕了……

“他说一定有那种即使违法，只要没被公开也可以畅通无阻的力。我是无法相信那种梦呓似的话，可是……”

静子说，家电厂商挖角，可能也是小糸信治沉溺于这种信仰而产生的幻想。

“实际上，他受到对方某个董事的赏识了吗？那个董事在他自己的公司里有多大的实力？他注定要输，厂商合作都是双方高层决定的，自己高攀不上却还抱着和对方高层打通渠道的幻想。他一定很爱幻想。”

小糸静子三十二岁时怀疑自己得了乳腺癌，接受了仔细的检查，结果没事。她虽然放心了，但是当时小糸信治的态度，也十足印证了他对力的信仰。

“他说某某人知道名古屋有一位能百分之百治好乳腺癌的医生，帮我们介绍了，叫我放心。当然还需要治疗费，但他说钱不是问题，渠道才是问题。真是非常自以为是。他甚至说，一般人没有人脉，请不到名医诊治，才会死掉。”

静子说小糸信治对“普通人”的轻蔑和“我不想以普通人而终此身”的愿望，强烈得可怕。

“在他眼中，连大和机械的社长都是‘普通人’，他觉得那种入赘社长根本没有自己的人脉。例如，他说社长夫人得乳腺癌时，也只能到某个教学医院治疗，虽然有钱可以住特等病房，但是接受的治疗和一般人一样。可是如果我得了乳腺癌，他会请日本第一名医帮我诊治，他有些门路，也认识驱动这个力的人脉。这听起来真像大男人的童话故事。”

小糸信治信奉这种思维，其实在委托早川社长处理二〇二五号之际更是走火入魔。

在《阿修罗》周刊的独家专访中，小糸信治说在平成二年六月认识的早川社长。以下我们引用了他在《阿修罗》里面的话。

“平成元年整整一年，我走遍各地搜集资料。这是脚踏实地的重要工作，我做得很认真。巡访的对象是各地的玩具店、超市的玩具卖场等。

“我想知道的信息是：游戏机和游戏软件的流通现在有什么问题，零售业者有什么不满和希望，我们在推出次世代机种时可以采取何种销售渠道和定价策略。我们公司是为制造硬件而加入合作的，但游戏机不能只靠硬件，而且它是以迥异于家电产品的渠道进入市场的，所以我做的是很重要的市场调查工作。

“我在查访各地时，遇到一家快要倒闭的玩具店。它在草加市，附近有大型公营住宅和公交车站，位置很好，可是店面老旧，老板也快七十岁了，营造不出儿童和年轻人乐意上门的气氛。店眼看就要倒闭，而且负债累累。

“我走访几次后，老板夫妻告诉我，拥有第一顺位抵押权的金融公司正在申请拍卖他们的店面和土地。老夫妻由于想挽救一路衰颓的生意，三年前向银行贷了款，进行过大规模增修改建，可惜没有效果。

“我很同情他们，可是我也无能为力，就暂时忘记了这事。半年过后，我为别的事情又到那边时，想起了老先生的玩具店——被拍卖后改建成新大楼了，还是开辟成停车场了？过去一看，我大吃一惊，店居然还在。我进去里面打招呼，看到早川社长正好也在那里。”

这家玩具店叫“明记玩具”。照小糸信治的说法，平成元年七月因为老夫妻无法履行债务，第一顺位抵押权人便向浦和地方法院越谷分院申请拍卖房子与土地，公开投标，平成二年二月拍定。但是买方在同年四月，将拍到的房产卖给了一起不动产。也就是说，在平成二年六月时，旧明记玩具店的店面和土地的所有人是早川社长的一起不动产。

“老先生一直在感谢早川社长，他老泪纵横地说多亏社长帮忙，他们才不至于身无分文地被扫地出门，才得以安享余年。我不知道被拍卖的东西可以这样处理，真的很惊讶，就立刻和早川社长交换了名片……”

小糸信治一心以为，在这里遇到了高明的、有“力”的、能够掌握门路对抗社会制度和法律的人物。

我们会轻易耻笑小糸信治的想法欠周全。但是，看看他购买千住北美好新城西栋二〇二五号的经过，以及对于独生子孝弘的教育的想法，就会觉得在他的气质里，是有这种“强烈认知”和深信此认知不疑的“莫名自信”。他那么快就信任了早川，也是因为他那一套“这一定是我相信的人物”的独特想法。

其实，也难怪小糸信治会信任早川社长。一如前述，明记玩具店的老板夫妇对小糸信治说，他们非常感谢早川社长，托他的福，他们才得以安享老后的生活，甚至说他是他们的救命恩人。

明记玩具店的老板夫妇目前住在埼玉县北部的公营住宅。在不公布真实姓名的条件下，他们答应接受采访，述说当时的情况。以下我们以“A 夫妇”代称。

直到现在，A 夫妇还忘不了当年早川社长的恩情。

“我们不知道那是不是触犯法律，但早川社长是个好人。但愿他别被判太重的刑。”

A 先生今年七十五岁，太太七十三岁，收入来源只有国民年金，不足的部分就靠一点一点地支取存款。平成四年十月，A 先生缺血性心脏病发作，之后就经常往返医院，交通费又成了烦恼。

幸好还有存款。奉送这笔存款给 A 夫妇的不是别人，正是早川社长。

“明记玩具店的情况不好，这完全是我一个人的责任，我真的没话说。那是我继承自家父的店，我却毁了它。”

A 先生牙齿不好，装了假牙，故有些尾音听不清楚。不过他陈述的内容很明白，语调也活泼。

“我绞尽脑汁，想借力使力，把生意做起来。我想借钱，可是大银行不理会我这种小客户。我只能仰赖地方的信用合作社，可是总也借不到满意的额度。我要改装店面，采购好卖的商品，但这都需要钱。”

就在 A 先生六十岁时，往来的客户介绍了后来成为第一顺位抵押权人的民间金融公司给他。在平成元年该金融公司申请拍卖他的土地和房子以前，双方来往了八年。

“其实，那时我老婆就劝我，与其勉强改装店面赌运气，不如卖掉土地和房子，拿着那笔钱悠悠哉哉地过日子。她说：‘你都六十岁了，普通上班族到了这年纪不也要退休吗？我们没有孩子，不需要守着店铺不放嘛！’”

A 先生有点心动，但无法坦然接受建议，因为明记玩具毕竟是他父亲传下来的店。

“我父亲很能干，他在世的时候不只经营这家店，别处还有分店。我继承以后分店就倒闭了，如果把剩下的这家店也卖了，我死了以后哪有脸去见他啊！我不希望我的人生只是毁掉我父亲所有心血的人生。”

当时，A 太太委托当地的不动产中介公司估算他们的土地和房子能卖多少钱。算出来的数目不大，因为建筑已超过耐用年限，只就土地部分估价。

这件事很伤 A 先生的心。

“我真的对不起我父亲……我真的很难过！请人估算，人家都不算，不但如此，不动产中介公司还说，如果上面没有建筑，光是可以立刻使用的裸地，价钱可以卖得更好，土地上有房子反而不值钱。这是什么话！我也是有点赌气了。好！我就再度让这家店繁荣起来，即使最后要让给别人，我也希望能留下‘明记玩具’这个招牌。我虽然六十岁了，做生意可没有届龄退休这回事，我对自己的健康也有信心。”

就在这时，别人介绍了那家民间金融公司给他。

“那不是一家坏公司，也不是一开始就图谋侵占我的店铺和土地，还非常关照我们。负责的年轻人很热心，很理解我们的心情，因此到最后，明记玩具店再也撑不下去，要被拍卖的时候，他还跟我道歉说：‘老板，对不起啊！’”

但是，A 太太的看法完全不同。

“我丈夫又老实又呆笨，到现在还那样说。我们其实是被金融公司骗了。他们向我丈夫灌迷汤，说他一定可以重新振兴这家店，哄他借了高利贷，结果店铺和土地都没了，被骗啦！”

A 太太口齿伶俐，边说边斜眼瞄着 A 先生的脸。但是 A 先生好像习惯了，慢条斯理地抽着烟，没有反驳。

“如果没有遇到早川社长，我们就要被这笔糊涂账搅得活不下去了。他真的是个好人，也说我们被金融公司骗了，说我们一开始就被人家瞄准了。”

A 夫妇第一次见到早川社长，是在平成元年七月底。当时他们的土地已被申请拍卖，夫妻俩对未来感到不安，正开始寻找落脚处。

“那时店已经歇业。金融公司的人说这里已经不是我们的住宅了，要我们关掉店面，尽快处理库存，尽早搬出去。我们那时没钱，也没有落脚处，没办法，只好继续偷偷住在里面。店面的铁卷门都拉下来了，晚上也不开灯，还拉上窗帘，大门当然也是紧紧锁上。”

一天，他们听到有人在紧闭的铁卷门外不停地敲打，还伴着“有人在吗？有人在吗？”的喊声。A 夫妇吓得屏息噤声。

“那人接着绕到大门那边，高声呼喊。我们想继续躲着装不知道，可是时间正好是中午，我们正在煮面，厨房的排气扇正转动着，从外面可以看得一清二楚。没办法，我们只好去应门，看看有什么事。”

来人就是早川社长。

“大热天的，他还系着领带，西装上衣挂在手腕上，满头大汗。他说他是看了法院的拍卖公告而来的。”

A 夫妇对法院拍卖程序几乎一无所知，以为早川是有意向的买家，预先来看看拍卖物件。

“他却连连摆手说不是，还告诉我们即使有人要看拍卖的房产，也不能进到里面，或和住在里面的人交谈，只能在外面看，因此也不容易分辨是不是好的房产。”

A 夫妇让早川社长进屋后，他立刻拿出一起不动产的名片。

“那上面有营业许可证号码，写着公司在东京的神田多町，我们立刻放心了。因为乍看社长的样子，有点怀疑他是不是黑道。”

早川社长讲话又快又急，听起来有些费劲。“他说：‘这个店的房子和土地就要被拍卖了，老板和老板娘一定很困难吧。你们有住的地方吗？身上有钱吗？就是有年金一时也还拿不到吧？真是可怜。说不定我可以帮上一点忙……’”

A 夫妇很感兴趣，问他要怎么帮忙。

“他说今年内投标就会结束、确定买方，但如果买方不是太大的不动产中介公司，是有可能想想办法的。我们拼命追问是什么办法，他就说是放弃土地和房子，这样他不但会替我们还清贷款，还会再多给我们两三百万元。他问如果买方确定了，他也判断这样可行的话，我们是否愿意照他说的去做。”

A 先生说，当时他们无法立刻理解他的话。

“毕竟沦落到房产被拍卖的地步，我们已经筋疲力尽了，而且他说得有点复杂，我们一时跟不上。”

不过这并不表示他们夫妇对此毫无兴趣。A 先生问他要怎么做。

“离开这里是注定的，也是无奈，但如果能拿到一点钱，也挺欣慰。”

早川社长说很简单，等买方一确定，他们就立刻趁夜搬走，走前把房子租给他安排的人，他们只要在文件上帮他签名就好。

“那为什么要给我们钱呢？我很好奇，觉得这种好事有点奇怪。”

早川社长解释说，如果有人跟 A 夫妇签约租住这套房子，那么承买这块土地和房子的人或业者，便不能随便把租住人赶出去，而必须和租住人好好商量，支付他们相当额度的搬迁费后才能要求交房。

“一定要有租住人吗？我们住着不走不行吗？”

早川社长说不行，因为他们是当事人，如果占着房子不走，买方有权利赶他们走，那是正当的权利；如果他们还不走，就会被强制驱离，他们就有罪了。

“可是到哪里找租住人呢？”

——所以啦，这个……

“‘可不能大肆宣扬，我们只是做做样子。’社长这么跟我们说。他还说我们不用担心租约，那只是文件，实际上住在里面的人由他来安排。”

照早川社长的说法，和A夫妇签订租约的租住人可以强调自己有权住在房子里，来对抗买方。买方虽然也会想尽办法应付，但交房时间会一再延后，这样买方也就受不了了。

“不是支付大笔搬迁费给租住人，就是已经耗尽心力，考虑要把好不容易竞标得来的土地和房子卖给别人。这时他就可以出场了。社长这样告诉我们。”

——如果买方支付搬迁费，我会把其中一部分给老板，不过那不会有多少钱。但如果买方考虑放手，我也顺利买下了房产，分给老板的钱就多了。

“听起来好像变戏法一样。”A先生笑着说，“我问他是否真有这种事。”

早川社长肯定地说“有的，有的”。

——法拍屋的价格大抵会低于市价几成，如果还要多花一笔钱请租住人走，对买方而言转手卖掉或许还划算一点。买方如果是小型业者或个人，筹措的资金有限，是不愿意多花钱的。

“这事很难让人马上相信呢。”A夫妇说。尤其是正气恼丈夫老实的A太太，这时根本不相信早川社长的话。

“我可不想再受骗了。”

A先生一味地苦笑。

“我是比老婆对这事感兴趣，毕竟是求之不得的好事嘛。社长如果能从买方手上便宜买下这房子，再以市价转卖出手，就能大赚一笔。虽然这要花一点时间，但确实能赚钱，我们也可以分一点。”

早川社长也随声附和。

——如果你们不喜欢捏造租住人，也没关系，我就找一些品行不好的人住在这里，让他们假装是地下钱庄的人，声称自己是借钱给明记玩具店的债权人，有使用土地和房子的权利。这对买方也有同样的效果。

“听着听着，我不由得难过起来。我说：‘如果照社长说的去做，买方不是很麻烦吗？好不容易竞标买到了土地和房子，历经波折后不是放弃，就是支付大笔搬迁费，两者都让人不好过。最重要的是，我担心法院不会坐视这种纠纷不管。’”

早川社长听了哈哈大笑。

——别担心！别担心！

——法院忙得很，即使有纠纷，也不会积极介入，绝对不会！不管买方采取什么法律手段，我们都能合法对抗。

——通常会竞标法拍屋的业者，对这类纠纷都有相当程度的心理准备。如果没有这类纠纷，法拍屋也不可能这么便宜。我说老板啊，你是老实的生意人，运气不好，事业失败，店铺、房子和土地都被拿去拍卖，自己都前途茫茫了，大可不必担忧觊觎你的房产、想廉价买下再转手赚钱的家伙。你真是个老好人！

从第三方的眼光来看，早川社长的说法很不当，因为论及他批判的“想靠法拍屋捞一票的业者”，他其实也是“一丘之貉”。

但是，A 先生并不这么想。就连先前还抱持怀疑态度的 A 太太，听到早川社长真心为“认真老实的生意人”A 先生的倒霉悲叹，又批判申请拍卖他们土地和房子的金融公司，也软化了。再怎么说，人家表面上为你们着想到了这个地步，还有生人家气的道理吗？

——现在景气还不错，你们其实可以卖掉土地和房子还清贷款。拥有抵押权的金融公司可以用这种方式协助你们，可是他们却冷不防地申请拍卖，一点也没为你们着想嘛！

早川社长越说越气，用语也越直率。在A夫妇眼中，挥舞着拳头为他们打抱不平的早川社长，似乎成了非常值得依赖的人。

“从那天以后，早川社长频繁地联系我们。他说不管金融公司说什么，我们都说找不到去处，继续住着就可以。所以我们就一直待在家里不动。”

实际上，平成元年十二月初开始投标，翌年二月一确定买方后，A夫妇就接受了早川社长的计划，遵照他的指示行事。

“我们听社长说买方已经决定了。他好像也去参加拍卖了，因此从法院顺路过来，给了我们五十万元。”

——这笔钱是预付款，不要客气，收下吧。我已经帮你们准备好公寓，你们收拾好身边的东西，今晚悄悄搬过去吧。后面的事我会好好处理，你们不要担心。

A夫妇听从了他的吩咐。

“结果，经过一年半左右，社长的计划实现了，我们拿到了后面的钱……整整一百五十万元。他那时还介绍我去做仓库管理的工作，生活安定了下来。”

听A夫妇的说法，他们会感谢早川社长，甚至说他是“救命恩人”，自是当然。

但事实上，这是违法行为。在买方的眼中，情形更是完全相反。

拍到明记玩具店的土地和房子的，是同样位于草加市内的竹本不动产中介公司。当时负责这件事的职员樋口久夫，现在听到早川社长的名字还是非常愤恨。

樋口本身没有处理法拍屋的经验，被委托负责明记玩具店的投标业务时，“我赶忙恶补一番，看了几本书，也请教了熟悉法拍屋的律师……当我听到发生纠纷的案例时，真是越听越忧虑。因为我很不想和黑道交手。再怎么为了工作，总也没有赔上身家性命的道理啊”。

竹本不动产打破惯例参与明记玩具店的拍卖，是出于一位常年与其有来往的老顾客的要求。

“他也是本地人，经营餐饮店，老早就惦记着明记玩具的土地，心想只要有机会就买下来。没想到稍不注意，那地方就撑不下去要被拍卖了。他请我们务必帮这个忙。他是公司的优质客户，‘抱歉，我们不处理法拍屋’这样的话我们说不出口，只好接受请求。”

在这种情况下，少有竞拍法拍屋经验的竹本不动产顺利中标，成为明记玩具店的买方。因为是“应客户要求”甚于“赚钱”，他们设定的投标价格比较高。

“当然，我们事先也对明记玩具店做了种种调查，申请拍卖他们土地和房子的金融公司的风评并不坏，这一点让我们放心不少。可是我们仍然担心随时会有其他债权人冒出来，所以我也常找机会去看看明记玩具店的情况。我发现A夫妇已经搬走了，以为那是当然的结果，更加放心……我真是太大意了。”樋口搔着脑袋，“律师建议我，要确认原屋主搬走后是否有其他人搬进来；也教我在收房以前，要持续拍照存证。我也拍了照片，可是从照片上完全看不出房子里面住着签过租约的房客，害得我后来被老板痛骂，说我眼睛瞎了。但这是因为早川社长手段太高明了。”

他一看到房子里有和A夫妇正式签订了租约的房客，大吃一惊。

“‘你们一直住在这里吗？为什么住在这里？你们有什么权利住在这里？’我还真是外行。住户是一家三口，四十多岁的夫妻和二十岁左右的儿子。他们说在这里开电子游戏店，并对店面稍加装潢，不只卖游戏软件，也卖投币式电子玩具的设计改造方案。他们还说，根本不知道这里被拍卖了，如果被赶出去不知该怎么办。”

感到困惑的应该是竹本不动产。樋口觉得幸运的是，这一家三口看起来像普通人，不像和黑道或激进组织有关。

“他们是老实人，我还真以为有希望呢。你笑没关系，我是很胆小，因为我爱惜自己的生命，讨厌纠纷。当初到竹本不动产上班时，我就明白说了自己讨厌跑业务，只想做文件处理和数据管理之类的工作。”

这一家三口虽然不会恶形恶状，但也不轻易退让，交涉一直不顺利。最后，作为中介处理这份租房契约的早川社长出面了。

“早川社长——他当然摆出不动产中介公司社长的样子，而不是像黑道一样。他仔细听了我的叙述。我也听了他的看法后，就立刻去找律师商量。”

律师说这是常见的手法，也是典型的模式。

第八章　妨碍执行

“妨碍执行有种种手法。在明记玩具店和千住北美好新城二〇二五号的案例中，早川社长采用的手法完全一样。这确实是传统的典型手法，不是很暴力。在明记玩具店的案例中，他对原屋主A夫妇还相当宽厚。说他是一攫千金的胁迫者，不如说他是有思想主张的信仰犯。这类人不时牵扯其中，这也是法拍屋妨碍执行违法行为中的特殊现象。”律师户村六郎介绍。

户村律师熟悉民事执行法，拥有许多解决妨碍法拍对象执行案件的经验。这里我们先听听他的说法。

“我在港区的事务所承办的案子，约两成是有关法拍不动产的妨碍执行，几乎都由我来承办。实在很有意思。我这样说似乎不合适，不过很多案子真的很有趣。在这些法拍不动产妨碍执行的案子中，清楚显露的不只是经济问题，也有现代日本社会的种种矛盾和困难。”

——“法拍”和“妨碍执行”都不是一般人熟悉的名词……

“没错，就从这里开始吧。法院拍卖的不动产有两种，一种是强制执行的拍卖，另一种是实行抵押权的拍卖，目前多半属于后者。明记玩具店和小糸先生的房子都是。”

——是实行担保权的拍卖？

“是的。债权人对债务人所拥有的土地和房屋（不动产）设定抵押权并予以登记，作为债权担保。以明记玩具店来说，就是A先生将土地和房屋设定抵押权给提供贷款的金融公司。小糸先生则是把二〇二五号的抵押权设定给第一顺位抵押权者住宅金融公库。

“当债务人顺利偿清债务后，抵押权即被注销。已经不欠钱了，也不需要抵押了，这是最理想的结果。

“但实际上，债务人往往因为种种原因而长期滞缴贷款，或是完全停缴，往后也无望再缴，导致债权人无法收回借出的钱。这时债权人就会经由法院程序，将设定抵押权的不动产拍卖，借此回收债权，这就是实行担保权。反过来说，担保权就是债权人无法收回借款时，没收抵押品或是将之变现的权利。

“论及明记玩具店和小糸先生的二〇二五号，他们的债权人都判断他们已无力缴付贷款，因此实行担保权。债权人向法院申请拍卖，申请通过后，法院为防止债务人将拍卖标的的土地或公寓大楼的房子卖给非债权人以换取金钱，会采取禁止擅自买卖的查封手续，接着公布拍卖对象的信息，再投标、开标，这就是法院拍卖的程序。”

——拍卖结果决定的中标者就是买方。

“是的。买方既有像竹本不动产那样的专门不动产中介公司，也有像石田直澄那样的普通市民。谁都可以参加法院拍卖，因为它对民众平等开放。

“然而法拍不动产这个词带有特殊色彩。普通民众总觉得很困难或是纠纷多，不想参与。但法拍对象的底价通常设定得比实际价格低很多。便宜货真不少，只是纠纷也多。由于期望一攫千金，素行不佳的业者和黑道都会涉入，普通民众即使发现有好的拍卖对象，想投标，也会受到这些职业竞标者的干扰或威胁，外行人根本承受不起。这就是一般人对法拍屋的印象。

“事实也是如此，现在这依然是令人头疼的问题。也因为这个印象在前，优质的买家愈发远离法拍对象，形成恶性循环。

“于是昭和五十五年（一九八〇年）十月一日实施的民事执行法，便设定几项规则，让民众更容易参与法院的不动产拍卖，其中之一就是期间投标制度。这是指把标单封好交给执行法官，或在规定日期以前寄交执行法院，就可以参加投标的制度。这在最近已成主流。”

——这么说，不必亲自去法院也可以参与拍卖？

“没错。而且这样的话，外面的人也不知道谁参与了哪个对象的投标。如此一来，便可以防止普通民众受到职业竞标者的干扰。

“我认为这个制度的确发挥了功能，而且是为多方着想的善意制度。比起以前，参加投标的普通民众是稍稍增加了，但大致情况仍然没变，法院的拍卖对象依然带有一点危险、麻烦的色彩。”

——看了明记玩具店和小糸家的案例，是会这样觉得。

“是啊，虽然不幸，事实确是如此。我们进入正题吧。

“不只是普通民众，就连不动产公司都觉得法拍对象麻烦、危险……其最大原因，就是我们现在要谈的‘妨碍执行’。这也可以大致分成两种，一种是在债权人申请拍卖的阶段就进行干扰，另一种是在中标的买方申请收房时进行不当妨碍。在明记玩具店以及二〇二五号的案例中，早川社长的行为都是后者。

“因为平常很少大肆报道，大家对这种事的关注也是一时的，不过类似的住专（即住宅金融专业公司的简称）问题可能会引起全日本人的重视。为了处理住专的大量坏账，处理机构今后也必须拍卖堆积如山的不动产，到时妨碍执行的案例大概会很多。通常妨碍执行的是债务人或与债务人有关的人，也有可能是趁机攫取利益的第三方，形形色色都有，你注意到最近逮捕了不少相关的人吗？

“对，他们主要是以‘妨碍拍卖’的罪名被逮捕。妨碍拍卖，正如字面所述，亦即以暴力、骚扰或胁迫行为，意图妨碍拍卖程序的进行。也有不使用暴力的案例，比如早川社长的手法。”

——签订假的租赁契约?

“对，这是妨碍拍卖程序或对象交付时最常使用的手段。

“租赁权有短期和长期两种，我们常谈的是短期租赁权。当你租住公寓时，会和房东签订租约，定下两年或三年的租住期限以及租金。租约期限在三年以内的，是受到民法保护的短期租赁权。

“如果租赁权是在标的对象被决定拍卖以前形成的，则租赁人可以对抗抵押权人和买方，有权居住到租约期满。抵押权人和买方如果想在租约期满以前请租赁人迁出，必须支付相当额度的搬迁费。

“如果租赁权是在拍卖以后形成的，情况正好相反。租赁人不仅不能对抗抵押权人和买方，也无权索取搬迁费；即使非法占住不走，法院会下达交房命令，必要时也可强制迁出。也就是说，关键在于租赁权是在拍卖决定之前或之后形成的。

“因此，为了妨碍拍卖或是不当获得搬迁费，会有人伪造租约，捏造决定开始拍卖以前所形成的租赁权。

“就像我们已经知道的，早川社长在明记玩具店和小糸家的二〇二五号的案子里，都使用了这个手法。

“他在两个案子里都安排债务人趁夜偷偷搬走，让假装是房客的人住进去，并仿造在决定拍卖前就签订的租约，用来对抗买方。

“这已经是司空见惯的诈术，糟糕的是，它的效果出奇地好。要证明租约为假，抵押权人和买方就必须举证租约不是在决定拍卖以前签订的。证明‘有’的事情‘没有’，比证明‘有’的事情‘存在’困难得多。

“对方以租约为盾，自己这边只好搜集状况证据了。查访邻居，确定有问题的租赁人以前是否真的住在这里——但这方法有疏失之处。

“律师建议竹本不动产的樋口连续拍摄附有日期的明记玩具店的照片，我认为这个方法很恰当。过去是有借着这些照片推翻假租赁权的案例。

“但是拍卖对象不像一般销售的对象，中介公司保管钥匙，买方可以随时进入建筑物参观拍照。如果拍卖对象是可以立即兴建房屋的土地还好，而如果是独门独院的住宅或大楼里的套房，就很难巨细靡遗地拍照留存证据。事实上，拍到的明记玩具店外观照片就派不上用场。

“纵使是捏造事实或说谎，只要租赁人抬出短期租赁权来对抗交房，法院还是要进行调查，不能随便下令交房。于是抵押权人和买方为了驱逐占住者，就得倾全力设法揭发这是谎言，证明这是非法占住，相当耗费心力。

“以这种手法对抗抵押权人和买方的人，我们称为‘占住者’，俗称‘海蟑螂’。他们都是职业老手，有的采取恐吓方式，有的和黑道勾结，也有像明记玩具店案例中那样假装善意的第三方，总之是采用各种手法，装出各种面貌。不论是哪一种，都造成抵押权人和买方相当大的经济和心理负担。尤其是个人买方，疲于不着边际的交涉，最后多半以便宜的价格放弃中标的对象，或是照对方开出的价码支付高额搬迁费，落得人财两伤的下场。

“任谁遭到威胁都会害怕，被纠缠不放时就会妥协。遇上这种情况，个人或法人都一样。因此涉入妨碍法拍不动产执行的人，既不是智慧犯，也不是暴力犯，应该说是智慧暴力犯吧。不过也有稍有思想背景的人会参与，他们的目的不在于赚钱。我想早川社长就是一例。

“有人认为，法院把个人的也是普通民众的财产拿去拍卖——注意，这绝不是事实，实际上法院并没有拿走——这真是岂有此理，不可原谅；体制所为都是恶，即使违法他们也要对抗这个恶来拯救民众。社会上就有怀有这类思想动机的海蟑螂。

“明记玩具店的 A 夫妇对早川社长感激不尽，实际上早川社长也为他们夫妇做了好事，只是对买方造成了很大的麻烦。嗯……这实在是很头疼的问题。

“法院借着期间投标制度，广向社会开放法拍对象，让多数的普通人和民间资金来参与，这的确是切实而必要的措施。因为泡沫经济的后遗症，对我们的社会造成了超乎想象的沉重负担。

“一方面，不良债权的不动产过多，但另一方面，也有人求购房子土地而不得。法拍对象的价格比市面价格低，如果能让民间吸收，即使只是一点点，应该也能形成重振日本经济的民间力量。可惜实际情况不如预期。

“期间投标制度开放了入口，接着要做的，就是尽快弄清楚堵塞出口的种种不透明、稀奇古怪的妨碍执行的实际情况为何，尽快采取切实的手段。否则拥有某种程度财力的民间人士，永远不会转向法拍不动产。现在，外行人都裹足不前，很无奈。

“当然，黑道等危险组织借着妨碍执行获得资金，也是一大问题。而且他们在这方面，经年累月累积了不少技巧与心得。我见过形形色色的例子，他们真是花招百出。例如，几天前还是一片空地，今天去看时竟然已经盖上简陋的组合屋。这还不稀奇，问题是上面还插着像是激进分子的旗帜，围栅内还有德国狼狗巡逻，邻居都怕得不敢靠近。另一个例子是，他们竖起一个和日本没有邦交的南洋小国拥有该土地的招牌，声称那里有治外法权。这虽然荒唐，但因为日本和该国没有邦交，想调查也无从查起。

“像明记玩具店和小糸家的二〇二五号那样，让第三方租赁人住的例子最多，其中有的租赁人是言语不通的外国人，或是黑道分子，这都是常用的手法。

“如果是山林或工厂用地，妨碍人也可能在买方不知道的情形下，擅自和废弃物处理公司签约，场地上几天内就会运进堆积如山的废弃物。买方面对这种情况，光是清理干净就要花大笔费用，而使坏的妨碍人还能名正言顺地跟废弃物处理公司拿钱，这真是借花献佛的典型例子。

“一般人想知道拍卖对象的概况，必须看所谓的‘三点一套’。首先是标的对象的现况调查报告，这是法院执行法官做成的资料，附有照片。其次是法院选定的鉴定人做的鉴价报告。最后是负责的法官根据前两项报告做成的对象明细表。这三样统称三点一套。拿到以后先查明细表，看看其中的内容是否包括对象交付。能分辨这点的是行家，这不容易。不过研究拍卖对象依据的资料基本上就是这三种。

“看过对象明细表的备注栏，就可以明了大概情况，但即使写有‘占住者不得对抗买方’，法院也不见得会下令立即交付。法院无法下令占住者交房的案例也很多。

“有人看了对象明细表的备注栏写着房屋有租赁人，但租赁人不得对抗买方，便以为没问题，安心参加投标。事实上顺利中标后，租赁人却坚持自己的权利，不肯迁出。当他希望通过法院下令交房并去找律师商量时，律师却告诉他在这个案件中法院不会下令交房，不如打官司。但是打官司既耗时间又费金钱，原本便宜的法拍对象，结果变成经济上、精神上都昂贵的东西。这种例子多的是。

“我知道法院努力想让更多的普通人参与投标法拍屋，但不足之处还有很多。

“幸好，民事执行法第五十五条、第七十七条和第八十三条修正后，对滥用短期租赁权的非法占住者采取了比过去更强有力的对应措施。

“可是法院的执行法官人手不足，尤其是法拍案件较多的东京。现行的方法，是执行法官采取强制执行程序的同时，还要调查拍卖情况，工作繁重。我认为，法院内部应该设立专门的不动产调查机构。如果不尽快采取对策，未处理的案件就会如滚雪球般堆积，随着泡沫经济的破灭而产生的坏账很可能瘫痪法院的机能。

“律师中，熟悉民事执行法又有实际经验的人并不多。作为债权人的金融机构，在泡沫经济破灭前不愁回收债权，在泡沫经济破灭后也不积极采取法律手段回收。目前这都是很令人遗憾的事实。

“小糸家的二〇二五号发生的命案本身，或许是极端的个人悲剧。但命案发生的背景，则是不容忽视的不动产流通问题、法拍屋问题和钻法律漏洞的海蟑螂问题。只因为是二〇二五号的买方就受到强烈怀疑的石田直澄，可说是这种状况下的牺牲者。”

第九章　买房

户村律师说石田直澄是“状况下的牺牲者”，这一点确实有道理。但是石田直澄在案发之初的态度和之后的行为，似乎也超出了“单纯的倒霉买方”的立场，不得不让人起疑。六月二日晚，他在电话上给母亲绢江留下“现在见警察就麻烦了”“我没有杀人”“孩子拜托您了”等话以后，就下落不明。直到九月三十日晚上七点多，在江东区高桥的简易旅馆片仓屋接受警方的保护为止，他大概过了四个月的逃匿生活。

他为什么要逃?

从正常的情况来判断，光是逃匿这一点就足以让人起疑。他自己也该知道逃匿后处境会更加麻烦。在他行踪不明的期间，极少有媒体报道不把他当作荒川一家四口被杀命案的凶手。虽然大部分报道未指明身份，仍有部分报道刊出了他的真实姓名。在他逃匿后，搜查本部只到他家搜查过一次。可是后来的报道多半确定他就是凶手一般。

从逃匿就是“心里有鬼”的想法来看，石田确实有所心虚。在他逃匿整整一天后，搜查本部几乎确定电梯摄像头拍到的可疑中年男子就是他。另外，清楚地残留在二〇二五号大门内侧的男性右手指纹，经过比对，也与他留在家中日用品上的指纹一致。

通常在事件现场采下的指纹会重叠，旧的指纹上面覆盖着新的指纹，辨识困难。在多人同住的房子里发生的案件尤其如此。这些指纹称为“潜在指纹”。

但是在二〇二五号发现的石田的指纹不一样，属于罕见的个例。它清晰可辨，就像整个右手按在大门后面一般，五个指纹和掌纹都清楚印下了。因为指纹毫无模糊的地方，再加上电梯内拍到的影像，媒体自然大肆报道。

搜查本部推测，这个掌纹是石田要离开二〇二五号时在玄关绊了一跤，或是穿错鞋子身体一个踉跄，伸手撑住门板以稳住身体所留下的。不论是哪一种情况，警方几乎可以确定命案当时，石田就在二〇二五号屋内。

后来根据石田的证词，他在逃跑时，完全没发现自己在门上留下了指纹，而且还被摄像头拍下了影像。他说当时没有从容到想起这些事情。换句话说，他的逃逸并非缜密思考后的选择，只是情绪上的本能反应。

再看电梯录像带里的中年男子影像——蜷身缩背，双臂交抱，那姿势会让人猜想他的腹部、手臂或腰部受了伤。而且大门外和电梯内都留有血迹。那么，六月二日那天石田直澄负伤了吗？

当时因为不知道石田的血型，警方无法拿残留的血迹和他的血型比对，唯一可靠的是他的家人和亲近人士的证词。如果石田受伤不轻——因为电梯内的血迹让人猜想似乎有相当的出血量——那么，他即使逃匿也会找医生，这就会是很重要的信息。当然若是他受了重伤，为了他的生命安全，警方更要尽快找到他。

“直到现在，我还是常常梦到当时的情形。我虽然没看过现场，但是在梦中看到了好多血，大概是我老爸的血吧。”石田的儿子直已说。在父亲藏匿无踪的四个月里，独力守护着祖母和妹妹的他，在命案前一天的六月一日刚过二十岁生日。“二日中午我出去……和女朋友看电影，然后逛街，她请我吃饭庆祝我的生日，回家时已经晚上十点多了。”

他一进门就看到了几个严肃的陌生男子。

“我一开门，一个穿西装、体格魁梧的男子就走过来确认我的名字。当时我猛然一想，是老爸出车祸了吗？”但他仔细一听，情况好像不对，不是车祸。“祖母在厨房里，脸色惨白。我好像也是第一次看见她这样脸上血气尽失。”

绢江看到直己，好像有了援军一样，露出放心的样子。她抓着直己，没头没脑地问：直澄到哪里去了？是不是受重伤了？

“我中午就出去了，出门前没看电视，并不知道千住北美好新城的命案。如果我在外面知道了这个命案，会立刻赶回家的。我后来也得知了老爸的指纹留在二〇二五号的事。那时，我对他是持批判态度的。”

直己安慰着祖母，但听完一连串的事情后，就换他感到全身血气尽失了。瞬间他觉得脚边的地板沉沉下陷，一个踉跄，回神时旁边的警察正扶着自己。

“感觉好像这辈子完了。”

石田直澄中等身材，脸部轮廓鲜明，下巴线条刚硬。直己可能像死去的母亲，比父亲高一个头，长脸，有点女性的味道。

谈到父亲和他遭遇的事件时，直己多半露出近乎“面无表情”的平淡神色。他不是“没有感情”，事实上，他眼睛灵动，手脚不断移位，时而低头，时而仰头，整个身体都在表达某种感情。因此，这时他“面无表情”，或许可以说是因为内心聚集了各种相反或相乘的感情，无法用一种表情形之于外来代表，才干脆表现得无动于衷。

“这辈子完了——没错，我只能这么想。谁叫我父亲做出这种事情！”

听到这个消息的瞬间，直己怀疑父亲吗？他非常干脆地点点头。

“没错，我起初是怀疑老爸的，可以说已认定是老爸做的。真的很抱歉……可是，当时的我就像刚才说的，对老爸是抱持批判态度的。”

直己受到的打击太深。当他跌坐下来时电话响了，他清楚地感觉到屋内的警官都绷紧了神经。

“我拿起话筒，所有的人都看着我。我心想说不定是我老爸，可是我的喉咙竟干涩得怎么也发不出声音来。”

不是直澄打来的。是由香利。

“我全忘了，我答应要去接她的。”

读高二的由香利参加了学校的管乐社团，这个活动频繁、水平也高的社团，组织研习也严格。这天，由香利和几个朋友一起到同学家进行特别练习。

“那个同学和只为兴趣而玩音乐的由香利不同，是有志成为音乐家的女孩，家里有隔音设备。每逢假日，几个合得来的朋友就聚到她家尽情练习。她们通常会练到很晚，所以都是由香利打电话给我，我再开车去接她。那天她比我先出去，出门前还特别提醒我：‘你要去约会，可别忘了晚上来接我哦。’”

她同学家在舞滨站附近，距离石田家约十五分钟的车程。

“由香利好像也对这案子一无所知，她说还有一个朋友要搭便车……她什么都不知道，声音很快活。而我……喉咙像哽住了，什么话也说不出来。”

直已向注视着他的警察摇摇头，表示不是父亲打来的，但对方仍然一副查问的表情，他只好掩住话筒说话。

“我告诉他们是我妹妹。他们好像先前就已听祖母说过由香利在同学家，于是说派一个人和我一起去接妹妹。我心想：啊？我不能一个人去！”

由香利在电话另一头感到奇怪，便问哥哥在和谁说话。

“我有点慌乱地说，我有事情要跟她说，总之我现在就去接她，随即挂断了电话。那时我觉得妹妹好可怜……忍不住对父亲生起气来。”

“我吓呆了。真的吓呆了。”石田由香利说，“老哥常来接我，朋友都很羡慕，我也引以为傲。那天晚上我也是以平常心等候，却看到哥哥和一个陌生人一起前来，而且脸色很可怕。”

由香利和沉稳温和的直己不一样，她活泼多话，有点静不下来，表情变化多端，不停拨头发、摸脸颊、拍裙子上看不见的灰尘，非常可爱。这时的她正值说“老爸”“奶奶”“老哥”的年龄，当嘴里偶尔溜出正经的“父亲”“祖母”“哥哥”等字眼时，都会不好意思。她也知道自己“在家备受宠爱”“不太坚强”。然而，历经一连串的打击后，现在的她依然保持着从前的开朗。

“因为我的朋友也在车上，不能详说情况。回到家后，奶奶才哭着告诉我二〇二五号的事情，说爸爸好像跟那有关，现在躲起来了。”

直己明说他初听此事时是怀疑父亲的，由香利又如何呢？

“爸爸不回家还逃跑，事情会更麻烦呢。可是我……我没像哥哥那样气恼爸爸，只是……只是感到很不安。”

她是不是怀疑父亲杀了人而感到不安？她凝视着指尖一会儿，小声回答说：“杀人是我无法想象的事情。再说那不是一个人，是四个人吧？总觉得像小说或是电视剧一样，不是真的。我没有亲眼看见，很难相信那种事。”她微微偏着头继续说，“那时候，我强烈觉得想得到那种大楼公寓根本就错了。”

石田直澄昭和二十五年（一九五〇年）出生于岛根县松江市。松江市盛产日式点心，母亲绢江是一家小点心铺老板的女儿，父亲直隆是店里的点心师傅，入赘女方家里。石田是绢江娘家的姓。

直隆生在岛根隔壁的鸟取县，家里从事渔业。他是六兄妹中的老大，中学毕业后离家谋生，做过许多工作，最后在石田屋当点心师傅安定下来。结婚时他二十八岁，绢江二十岁。

绢江回忆当时说道：“我父亲也是入赘的。我们石田家一直都只生女儿，女婿都是招赘的。当我生下直澄时，亲戚都高兴得不得了。”

在祝福中出生的直澄，很早就清楚自己的角色，不是帮忙看店就是做点心，非常伶俐。

“他小时候长得很快，个头比附近的小孩都大，因此他弯腰练习做小点心的样子挺惹人笑。”

绢江的父母在七十多岁时相继病殁，她和直隆夫妻俩接下店铺。那时直澄已经读高中，还是热心帮助家里。石田屋的经营状况良好，他可以去读大学，但他自己没有这个打算。他早已认定自己将来要继承家业，书随便读读就好，因此高中时热衷运动，参加游泳社，还是县运会的游泳选手。

直澄十七岁那年夏天，鸟取老家来信说祖父去世了。鸟取老家由直隆的大弟弟继承，他打电话来告知情况时，绢江问个仔细，才知道公公半年前就已住院，而且直隆应该知道此事。

直隆入赘以后，和鸟取老家疏于往来，绢江陪他回老家的次数也数得出来。即使中元节或过年，他们回老家亲戚的态度也都很冷淡，大家无话可谈，气氛闷得很。绢江心想这样也好，不回去倒自在，只是想到直隆知道亲生父亲重病住院，碍于入赘女方的立场不能去探望，就觉得对他很抱歉。

但是直隆告诉绢江不要多心。

“就算我是入赘的，现在也已经当家做主了，石田家亲戚的眼光也不像以前那样苛刻了。我如果愿意，随时都可以回鸟取老家，也可以去探望老父亲。我只是不想去，才没去。”

那时绢江才知道直隆身世的秘密。

“他们家六个兄弟姐妹，只有他是不同的母亲生的，我的婆婆是直隆的生母离家以后被娶进门的。”

直隆的生母为什么要离开鸟取老家呢？

“他老是说他真正的母亲被赶出家门了，我很好奇。虽然有些顾忌——毕竟结婚二十年来他都瞒着我不想说——最后我还是小心翼翼地问了他是不是父母相处不好。他说不是，他们只是试婚而已。”

在昭和二十年以前，是有所谓的“试婚”风俗。男方在正式迎娶女方以前，先让女方到男方家试婚一段时间。女方如果能习惯未来的婆家生活，就和男方正式结婚；如果不能习惯，就被遣返娘家。这在现代，肯定引得部分女性团体大肆抗议。

“试婚后，他的生母因为和未来的婆婆合不来，只好被遣返娘家。但那时她的肚子里已经有了直隆，于是生下孩子才走的，后来也改嫁了别人。”

因此，石田直隆常常落寞地说，他从没见过生母，父亲也从没真心疼爱过他。

“他跟我说：‘古语讲女人没有安身之处，其实我这个男人才是真的没有安身之处。有人说这里不是你的家吗，我只有苦笑。这个家也是石田家寄放在我手上的，我还是没有家啊！我也说不上自己是无情还是可怜。”

结果，直隆还是没有参加父亲的葬礼。

“当时直澄也觉得很奇怪，问父亲为什么不去参加葬礼。父亲只说了声‘很苦啊’，就陷入沉思。直澄正值最容易体会‘人生’和‘生存价值’这些词语的年龄，父亲的言行让他想了许多。”

没隔多久，直澄就告诉父母他不想当点心师傅，而要离家独立生活。直隆和绢江大惊。

“我赶紧问他：‘你不是要继承这家店吗？’我不是要强迫他，因为他从小就一直这样打算啊。我真的很讶异，到底怎么了？”

直澄没有详细说明为什么突然改变人生道路的理由，只说自己已经考虑一阵了，他很羡慕那些到外面的世界去工作的朋友。

“我不是不明白年轻人憧憬大都市的心情，不能一概说那不对。如果是集体就业，学校方面会安排，我也放心。我丈夫也说，离家一段时间对男孩来说或许不错。可是这还是跟以前计划的完全不同，我很气馁，狠狠责备了直澄一顿。”

但是，他的决心没变。直隆较早放弃劝说，最后绢江也投降了。在频频叮咛将来一定要回来后，他们同意直澄离乡就业。

在学校的协助下，直澄找到了几个优良的就业单位，几乎都是大阪和神户的公司。父母都以为直澄会去，没想到他去了东京。为什么去东京呢？

“他那时的顽固，连我们做父母的也不理解。究竟是怎么回事？……我丈夫好像知道一些，我是完全不懂。”

石田直澄为什么突然放弃继承家业的计划？他为什么特意走向距离上和心理上都感觉最远的东京？直隆又是如何察知儿子的心情的？

绢江整整等了二十年，才从直澄口中问出这些缘由。

就这样，石田直澄高中毕业后，便到东京就业了。

“他过去一直想当点心师傅，便没有接受别的职业训练，我真担心他能做什么。”

石田直澄工作的地方在东京都荒川区，是一家合成染料公司。公司原来叫日本染料株式会社，昭和四十年和同行业的泰成化学株式会社合并，成为日泰株式会社。

“我老爸刚上班时在配送部门。”

石田直己小时候喜欢听父亲讲公司里的工作。

“小学生不都是这样吗，都觉得自己的父亲是这世上最伟大的人。等自己稍微长大一点后，才会思考父亲的工作内容：如果是消防员就引以为傲，如果是普通公司职员就觉得有点无聊，也有点抬不起头来。不过在十岁以前，大家总是认为父亲是最伟大的吧。我也一样。”

配送部是最难自动化的终端部门。进货的原料也好，出货的成品也好，很多都是必须小心处理的危险品。装货、卸货、运送到需要的部门、送进仓库保管，一切都只能仰赖人力，这是一个分配最多新进员工的部门。

在众多新进人员中，石田直澄很突出。工作热心、学习努力——老员工对他的评价都很高。他还勇于挑战驾驶执照等种种证照考试，也通过了单位内的资格考试，甚至拿到了补助金去参加那些考试。他二十二岁时考取了大货车驾照，被调到配送部车辆科。他也开油罐车，是配送部门的明星。

“他没有目标，也没有专长，只是借着集体就业来到东京，以后过的就是努力努力再努力的人生——慢慢地出人头地。就是那种故事嘛！”直己像回到了儿时，笑得很愉快，“小时候的我，真的很崇拜老爸，觉得他很棒。那真是甜美的时光。”

不久，直澄在车辆科上司的介绍下相亲。女方是上司的远亲，叫田中幸子，在荒川区的信用合作社上班。他们交往两个月后决定结婚。这时，他才告知松江市的双亲。

“我当时只想到：啊！他终究要在那边组织家庭了吗？他真的不再回来这里了吗？”绢江说。

不过，直隆和绢江很满意幸子的人品，非常中意这桩婚事。

“我觉得她是个好媳妇，我们真的很高兴。”

直澄结婚后搬出单身宿舍，住进公司宿舍。就在那时，直隆的身体状况开始恶化，松江的店几乎处于必须交给别人的状态。绢江没跟直澄说这件事，她和直隆商量着善后对策。

“我丈夫年轻时肾脏就不好，住院好几次。可能是直澄结婚后，他感到放松了，病况便恶化到必须洗肾的地步。他并不那么老啊！可是病了之后，好像一下子老了很多。我现在回想起来，直澄在东京决定他的人生，我丈夫对此虽然感到安心，但也觉得失望吧，因为我也是这样。”

结果，直隆没看到长孙直己就去世了。那时幸子怀孕八个月。

直澄为父亲的死号啕大哭。绢江和幸子伸手抚慰他时还被他甩开。他一味痛哭，像念咒似的不停地说：“我没出息啊！”问他怎么没出息，为什么这么说，他只是摇头。

绢江已有心理准备：直澄对石田屋的存续毫无兴趣。不但如此，他还劝母亲离开石田屋，尽快到东京去。

绢江无意离开松江。但是有一个问题，她也无法独力撑起石田屋。

最后，石田屋交给了亲戚，绢江只带了随身物品和手边的存款，在市内租了一间小房子。她的身体还很健朗，就守着丈夫和祖宗的牌位，到另一家老字号点心铺谋生了。

“松江市内有很多点心铺，只要有做点心的经验，工作很好找。”

在东京的小夫妻频繁地和独自留在故乡的母亲联络，各自忙碌地过活。绢江常常上东京住几天，逗弄孙子为乐。在丈夫已经去世的现在，这是她唯一的生活乐趣。但是不论儿媳怎么劝，她都不肯搬过来同住。

“我不是不满意幸子……”这个勤勉的女人的视线落在操劳过度的干枯双手上，结结巴巴地说，“只是我一想到直隆……想起他说的‘没有安身之处’，就不由得难过起来。”

如果住到东京的儿子家，不管实际情况怎么样，还是会给他们添麻烦。

“我总觉得直隆去世以后还在叹息：‘我还是寄人篱下吗？’唉，或许只是我自己这么想，只要缴了房租，拥有这间屋子，里面虽然只有他的牌位和我，也是我们的家，而不必顾忌任何人。所以我不能离开松江租的房子。”

但是没隔几年，她就改变心意上了东京，和直澄一家一起生活。

“因为幸子突然去世了……”

幸子在生下由香利三天后，因蜘蛛膜下腔出血猝逝。

“幸子临盆时，有很多地方需要帮忙，于是我来了东京。那时幸子的母亲正好住院，家里人手不够。幸子死后，她母亲伤心过度，也跟着女儿去了，那时真的都是伤心事啊！”

幸子给直澄留下了三岁的儿子和刚出生的女儿。

“已经不是啰唆的时候了，我只好带着直隆的牌位来东京。从那以后，除了扫墓，我没再回过松江。”

绢江搬来同住不久，石田一家搬出公司宿舍，住进足立区内的出租公寓。住在公司宿舍里，眷属相互往来，生活上较有照应，但相应地压力也大。直澄心想，要让还不习惯大都市生活的母亲承担所有家务，至少该让她远离那些压力。

“我们在那公寓住了三四年，房子很好，我很喜欢。附近有家小医院，直己和由香利生病时都找那边的儿科医生，我记得她姓木村，是位女医生。

“我很喜欢那里，可是那时……昭和……五十七八年吧，却有传言说日泰公司要迁厂。直澄回家时我就问他，公司要搬到很远的地方，以后该怎么办。他说车辆科的同事都认为在哪里都能做司机，如果公司要搬走，就趁这机会辞职算了，他自己也考虑这么做。”

我们在第一章已经叙述过，日泰合成染料公司迁厂卖地、原址改建成千住北美好新城的经过。正式决定迁厂卖地是在昭和五十八年，但公司内部更早的时候就有传言，因此绢江的记忆无误。

昭和五十八年时，一九七六年出生的直己已经七岁，晚三年出生的由香利尚未满四岁。兄妹俩紧接而来的上学教育费，让石田直澄相当烦恼。

“公司要搬到千叶县的市原，那里本来就有公司的厂房和空地，才要搬过去。公司在说明会上也说，那边面积很大，还够建宿舍和公园，学校也有新开的，员工可以安心地带家眷过去。我是觉得千叶那边比嘈杂的东京好，所以直澄说要辞职时我非常反对。”

绢江是老思想的人，她认为高中毕业就离家上东京就业的直澄，对栽培他成为成熟社会人的日泰公司应该心存感激。

“你上班十年来，公司让你学习，还付你薪水。现在十年过去了，你终于成为可用之材，公司正仰仗你时，你却要背弃它，这怎么行呢？”

石田直澄对他的工作、待遇和新的工作地点并没有不满，只是他的直属上司，也就是他和幸子的媒人，想趁这个机会独立，要请他帮忙。

结果，石田直澄虽然离了职，却也没去上司创办的独立公司，反而成为三和通运的雇员。这之间的经过，意外地竟然有人很清楚，他就是也熟悉日泰迁厂卖地一事的荣町的町会长有吉房雄。有吉那时在当地的商店街荣华路上经营餐饮店，石田常和他的上司一起光顾。

“二〇二五号命案里的那个石田很可疑，八卦周刊写了一大堆，我一看就立刻想了起来：就是那个石田司机呀！”

有吉认识石田的消息立刻传开了，许多媒体闻风而来采访。

“和记者谈过后，我还真想起了不少事情。石田来我们店里——那位上司，我不便说出他的姓名，他本人也不愿意这样吧。被人知道和石田有关，恐怕也麻烦。对，就在日泰要迁厂的消息传出来前一阵，那位上司和石田常常来我们店里，面色凝重地谈事情。上司说个不停，石田默默点头听着。通常客人没招呼我，我就不去打搅——吧台的客人另当别论——我虽然好奇他们在谈什么，可是不知道谈话内容。后来听记者说起石田的经历，又听他以前的同事说了一些事，我才知道那时上司在劝他。”

就有吉房雄所见，石田似乎不太感兴趣。

“我听说他的孩子还小，而日泰毕竟是家大公司，他不可能特地辞掉大公司的工作，去跟要独立创业的上司打拼。上司这样劝他，他不是很为难吗？”

后来这位上司带了几个属下另立门户，这在公司内算是一种造反行为，因此没有跟去而留在日泰公司的车辆科员工也都备受质疑，待不下去了。

“石田最后还是因此辞职了。还真是倒霉！”

有吉房雄记得石田辞职前几天，独自一人到店里来了。

“他说集体就业上东京以来，公司一直很照顾他，这家店他也常来，现在却要离开了，还真觉得很寂寞。‘来，请老板喝一杯！’他还说已经决定到物流公司去上班，总公司在晴海还是东云，所以他要搬去千叶的浦安。”

有吉的记忆非常准确，后来他对照周刊的报道，一一想起了这些详细的地名。

“他说要离开这边很难过。那时我们已经掌握了消息，知道日泰原址要改建公寓大楼。我就跟他说：‘你去物流公司当司机，凭真本事赚钱，等存够了钱，再买套在原址盖的高级公寓搬回来住不就好了吗？’他兴奋地说：‘是吗？要盖宏伟壮丽的大楼吗？了不起！’”有吉房雄气势十足，“石田还说，不管那高级大楼带来多少新住户，本地人还是会排斥他们的，因为土地总是比人亲。我说没那回事，客人来了都一样。他还是笑着说：‘真的吗？不会融合的！那些住在高级大楼里的有钱人！’结果说这话的人也想加入那些有钱人的行列，打算买一套里面的房子。”

昭和六十一年到六十二年间，从有吉房雄的餐饮店窗外，可以清楚地看见千住北美好新城东西两栋高塔架起钢骨的情形。

“随着钢骨越架越高，我觉得自己这边越来越矮，很无趣，就讨厌起它来了。”

由于手边查到的资料有限，笔者不能确定石田直澄在千住北美好新城兴建时是否来看过。而且根据石田家人的证词，他们知道西栋二〇二五号是在它成为法拍屋以后。但是有吉房雄则称，在千住北美好新城兴建期间，他曾经在荣华路上看到过石田直澄。

“我记得突然碰到他，吓一大跳，问他怎么会来。他笑着说：‘盖得好高啊。’我开玩笑说，我们这边的光线变差了，受不了啊。他说：‘别这么说，真服了它！’那时我觉得他好像有烦恼，后来回想起来才发现，他从那时起就决心要买那栋大楼的房子了，就像燃起了一种执念，只是没想到也为此而卷进了那个命案。人啊，还是不要太执著于一件事为好，真的。”

石田直澄真的从那时起就很关心在日泰原址建的千住北美好新城了？

石田家的人透露的信息和有吉房雄的记忆有相当的差异。首先，绢江说:“直澄转到三和通运上班后，薪水增加很多。虽然是雇员，但论件计酬，做得越勤，就赚得越多。所以直澄也得意地说可以贷款买房子了，便好几次带着孩子到埼玉与千叶郊外的售房工地看房子。”

直己对此也有记忆。“我说想养狗，像圣伯纳那样的大型狗。老爸说那就需要院子了，所以我们看的都是独门独院的房子，根本没考虑公寓房。”

石田在三和通运的司机同事也想起这样一段谈话:“石田到我们公司半年后，有次喝酒时说也该买套自己的房子了。我有个亲戚在房地产公司上班，或许可以提供他想要的信息，于是我就介绍给了他。他们谈了两三次都没有结果，后来石田很愧疚地跟我说，那家房地产公司的价格太高，他付不起。”

当时石田买房子，似乎专注于独门独院的住宅。

“他是想买有属于自己的地皮的房子，我听他说过。”有吉房雄坚持他先前的说法，“就算是你，现在也不见得会跟家人说真心话吧。他老早就想要那栋大楼的房子，只是怕人家笑他不自量力。真相只有明眼人才看得出来。不论别人怎么说，我那时确实见过石田。这是事实。”

或许真的如有吉所言，真相只有明眼人才看得出来。那么，石田家一直专注于找独门独院的房子，最后却没有买，原因何在?

按理来说，如果真的照直澄从日泰跳槽到三和通运时所期望的，买一栋独门独院的房子安定下来的话，十年后，石田家也不会卷入千住北美好新城西栋二〇二五号的命案了。

“真的，现在回想起来，那时如果买下房子就好了。本来就打算买的嘛！可是，刚好那时——不是发生了一件命案吗？”石田绢江说道，“神奈川县的哪里啊……是大船还是厚木吧。那也是一栋独门独院的房子，丈夫在外地上班，家中只有母女两人。小偷闯进屋后，发现屋里只有女人，于是变偷为抢，最后还杀了那对母女。”

借着绢江的记忆，笔者查出了那是昭和六十二年八月发生在神奈川县藤泽市的盗窃杀人案。凶手是闯空门的惯偷，前科累累，以前的犯案手法还算温和，唯独犯下此案时非常凶残，现场令人不忍卒睹。这是轰动一时的案件。

“直澄相当害怕，他说：‘奶奶，我们兴致勃勃地要买房子，恐怕不妥哦。多数时候我晚上不在家，这样就只剩下你们祖孙，要是强盗来了就不妙啦。’”

发生盗窃杀人命案的那户人家不在热闹的藤泽市区，而在稍微偏僻的新兴住宅区，这点也让直澄担心。

“那时我们看的房子都是新开发的住宅区，密度不大，感觉住起来是会很舒服。但是发生这件事后，我们反而担心住宅栋距太大，到时喊救命也没人来，这不是很恐怖吗？”

藤泽这件命案中，邻居听到母女求救的惨叫声并没有立刻打一一〇报警，这是一大问题。新兴住宅区里人情淡薄、邻居疏于往来，这被视为命案的远因。

“幸子死后，对直澄来说儿女比自己的生命还重要，因此他在这方面特别谨慎。藤泽案子发生后，他就觉得独门独院的房子不好，买房子的热情一下冷掉了。”

对普通市民来说，买房是一辈子的大事，一旦因为某个原因错过了时机，就很难再有下文。石田家也一样。他们曾经热衷去看各处建筑工地和预售房，一旦失去热忱后，突然觉得累了，买房子的事就中途作罢。

“那时我们住在浦安的公寓里，房东很好，生活设施很健全，买东西方便，小孩上学也近。既然不买独门独院的房子了，住公寓的话，到处都是一样的水泥盒子，不必勉强去买，就继续住在这里不是很好吗？”石田绢江自嘲地笑笑，“我们决定不搬家，继续住在这里时，由香利跟我说：‘奶奶，我们不搬家太好了。’我问她为什么，她说这里离迪斯尼乐园很近。小孩都是这样。”

买房子时除了需要慎重的计划和资金外，还必须想得开，绢江继续说道：“我们就这样想开了，而且直己和由香利也慢慢长大了，上学需要花钱，我们一时也顾不上买房子的事。但等到直己上了大学，经济情况稍微安定一点后，直澄又开始想买房子了。我觉得奇怪：怎么现在还在想？”

距离最初的买房热十多年后，石田直澄又想买房子的心态就由他的儿子直己来解释吧。只因为他说：“是我促成老爸执意要买房子的决心的。”

第十章　父与子

石田直己现在就读于千叶县的私立东洋工科大学建筑工学系。学校本身没什么知名度，却是他的第一志愿。

“我很早就跟高中老师说，我想当建筑师。老师告诉我，有很多条路可走。可以上大学读建筑系，只要成绩好，将来就能到大建筑公司就业。或者不念大学，直接到建筑事务所上班，积累实际经验，拿到一级建筑师的资格，将来独立创业。重要的是，你想当什么样的建筑师，有什么具体的梦想。”

直己当然有梦想。

“那时我读了榊原老师——我现在的指导教授，当时还是副教授——的著作。他专攻公共建设，主要是政府机构、医院和福利设施等的设计。他的文章通俗易懂，连高中生的我也能明白。书中指出，现在的公共建筑在设计建造时完全不考虑居住者的心理和生理，因而产生种种问题。我这才知道，我过去以为纯粹只是居住空间的建筑，竟会影响里面的居住者或工作者的内心。这激发了我无限的兴趣，我很想跟这位老师好好学习，也希望成为像他那样的建筑师。”

于是在升学指导开始前，直己直接写信给榊原副教授，表达了他阅读该著作后的兴奋、感动，以及想跟随他学习的愿望。榊原简洁明快地回了一封信，介绍他教的课程和主持的研究内容，直己更加感动。

“老师说我们学校的考试并不难，门槛也不高，如果我真的有意去读，就要好好努力考上。我看了好高兴。”

直己的高中成绩非常优秀，升学指导老师劝他读比东洋工科大更有名的大学，但他完全不理会。

“东大啦庆应啦早稻田啦，都是好大学，但是对我来说都没有意义，因为榊原老师只在东洋工科大。”直己忍不住笑出来，“其实我这种坚定信念的顽固，跟老爸一模一样。”

这对个性相似的顽固父子，在直己升大学以前几乎没有发生过冲突。

“考大学以前，我们不能说感情特别好，可是也没有争吵过。我不会无视父亲的存在，父亲也不曾看我不顺眼，就这样。不过看到同学家父子相处的情况，我觉得我们家的这种情况好像很少见。”

谈到和父亲的关系，直己放弃“老爸”的称呼，改称“父亲”。我指出这点后，他又笑开了。“好像小孩一样，我一直喊我父亲‘爸爸’，‘父亲’或‘老爸’对我来说都是很不自然的字眼，所以现在喊起来还是觉得不好意思。”

直己即使正值叛逆期，也还是一直喜欢使用“爸爸”这个称谓，这一点也不冲突，究竟有什么原因呢？

直己偏着头想了一下，他的纤细轮廓虽然像母亲，但是侧面也带有父亲的影子。

“不只是和父亲，我和祖母及妹妹也几乎没吵过架，这是大家公认的。”

绢江和由香利都证实了他的说法。不过绢江对孙子这种温和的态度反倒有些不安，担心他是不是为了和家人和平相处而太过压抑自己。

直己也承认：“或许是有点压抑，但现在不同啦！以前我会不自觉地压抑自己，让全家人和乐相处。”

为什么要这样做？

“因为要习惯死亡太苦了。”他直截了当地回答，“我母亲很早就去世了，对我影响很大。那时我才三岁，还不明白道理，也不懂死是什么。只是母亲突然不见了，不再回来了……后来我才慢慢懂得这就是死。”他双臂交抱于胸前，脸带微笑。“我女朋友是读心理学的，她说我确实有极力避免和他人产生冲突的倾向。”

这是幼年丧母造成的精神创伤所致。

“我自己没有记忆，可是她说，三岁时的我一定因为调皮而被母亲骂过，然后母亲突然消失不见，不再回家了，因此三岁的我无意识中认为：是因为我不听母亲的话，她才消失的。由于这个想法深藏在心里，直到现在我也不愿意和别人产生冲突。我会认为，一旦冲突，那个人就会消失，不再回来。”

好像是这样吧——他笑一笑。

“我和家人不曾有过重大争吵或严重冲突。正因如此，为了上大学一事，我和父亲意见不同时，起初并不觉得这是争吵。这主要也是因为我完全不知道父子吵架的方法，所以即使处在争吵状态、与父亲严重对立了，我也完全没察觉。”

石田直澄坚持直己该去念升学指导老师推荐的名牌大学。

“他生气地说：‘你为什么要白白糟蹋这个难得的机会！东洋工科大听都没听过，又是私立的，有特地去读的价值吗？’他一直吼着去东大、去东大，我那时真的很惊讶。”

他说其实很不想回忆那一段经历。

“父子俩第一次发生正面冲突，双方都不知道该怎么拿捏分寸。老爸对我说了一些重话，我也重重地反击。有那样的言语冲突，如果不是父子，恐怕不会再言归于好了。”

他说感觉好像被父亲背叛了。

“‘傻瓜！要念大学就念东大，东大最好，东洋工科大是垃圾！’我没想到父亲竟然有那种想法。前面我不是说过，从小我就很尊敬他吗，这不是客套话，因为他辛勤工作养育我们兄妹、赡养祖母。可是他要我去读名校，说不去的就是傻瓜时，我感到这种说法的背后，不正显示出他不认为自己的人生有什么价值吗？没有学历，没受教育，只是普通的司机。”

他最惊讶的是这点，因而感到很泄气。

“我就逼问他：‘那爸爸的人生算什么？爸爸没有什么值得自豪吗？’他又气得骂我，说现在不是在谈他，是谈我！我只觉得父亲是在逃避我的质问。”

绢江慌得想来劝解，直澄也对她大吼大叫。

“现在想起来，我和老爸都因为这次冲突有点失常。你一言我一句的，争吵不断白热化，许多无心的话也冲口而出，只是当时的我都没察觉到。”

现在，他能够轻松地对第三者述说此事了。

“他对我说：‘你知道我养你们多辛苦吗？你不想读个好大学、到一家好公司上班让我高兴吗？你不想让我扬眉吐气吗？你这无情冷酷的家伙！’”

对直己来说，这下也不得不感情用事了。

“我反驳说唠叨辛苦呀有恩呀什么的根本没道理。父母那样说，做孩子的也只能那样回答。我说：‘又不是我求你们生我，是你们擅自生下我的，我为什么要为了你的虚荣选择我的人生？开玩笑！’”

直己幽幽地说很不好意思，想起来就恨不得有个地洞钻下去。

“我跟他说：‘好大学！好大学！你以为只有好大学才能决定一个人的价值吗？你不认为你自己、你的同事都是有价值的人吗？你在心底一直轻蔑自己、轻蔑朋友，觉得这样毫无价值的人生、毫无价值的生活就好像垃圾一样。多么悲哀啊！’”

石田直澄气得脸色铁青，浑身发抖，问他什么时候变成专讲歪理的高人了。

直己坚持说那不是歪理。

“我还说：‘爸爸是可怜人，不以自己的生活方式为荣，才一事无成，才只是个司机。爸爸活得对自己对社会毫无帮助，却要把这份亏欠算到我头上，太卑鄙了……’听祖母说，我那时也一脸苍白。”

直澄说不过他，冲出家门，直到第二天早上才回去。

“我们家父子争吵，结果是父亲离家。还真是奇怪。”直己笑着说。

这毕竟是一场激烈的争吵，互相丢出来的狠话萦绕在脑中不去，那一晚他也失眠了。

“我整个晚上关在自己的房间里。父亲天亮时踉踉跄跄地回来了，我立刻察觉到了。我没出去见他，也没招呼他。我觉得我们父子之间完了，父子之情断了。你瞧，我就是这个毛病，会这样想。”

不论父亲如何强烈反对，直己依然不放弃读东洋工科大。跟父亲的争执，也让他有些赌气。然而，现实问题如学费、生活费等，摆在面前，需要依赖父亲的地方多的是。

“当时我不但不和父亲说话，连看都不想看他，我只跟祖母谈……”

绢江狠狠地骂了他一顿。

“祖母跟我说，她明白我的心情，可是跟爸爸说话不能没大没小，要我向他道歉。可是我还是气愤难平，便告诉祖母说：‘算了，我再也不跟你们商量。我走好了。’这下祖母哭了。”

她跟直己说，在这种情况下离家出走，他就回不来了。

“‘我生病了你也不能来看我，我死了你也不能来参加葬礼，这样我就是死也不瞑目啊。’祖母代替母亲一手抚养我长大，她最清楚我的弱点。”

结果，绢江扮演了石田家的停战调和人，在直澄和直己父子之间传话。

“老实说，我就是拼命打工，也赚不到读私立大学的学费和生活费。可是我就是觉得别扭，不想依靠父亲。于是我提议在我长大成人前先向父亲借学费，将来一定会还；至于生活费，我自己赚。”

对此，直澄回应道：“我可以借你学费，但是有个条件：你不能搬出去住。家里有奶奶和妹妹，你不能放弃对她们的责任，自己逍遥快活。没有这个道理。”

绢江也哭着求他：“你爸爸说责任什么的，其实就是想要你留在家里。他也是别扭的人，不会直接说出来，你就先低头嘛……”

直己苦笑着搔着脑袋。“在为升学的事情争吵前，我还在想到时通车很麻烦，就住在学校宿舍里。我心里也有利用这个机会离家独立的打算。可是这一吵，坏了我的如意算盘，我反而被钉在家里了。”

——和父亲大吵以前就打算离家独立，这是为什么？

被这么一问，直己笑了。“为什么……也没什么特别的理由，只是觉得是可以独立的时候了。”

——和家人住在一起，尤其是男孩，饮食方面不是很方便吗？

“确实如此，但人生不是只有吃饭啊。”这么回答后，直己轻轻地摇着头，“那些都是非常表面的……”他小声说道，“其实是我对要顾虑祖母和老爸的生活有点累了。”

——怎么说呢？你可以说得更详细吗？

他急忙摇头，慌张地继续说道：“不，顾虑着别人的心情过日子的不只是我。大家都彼此顾虑。我的意思是，我对这样做感到累了。”

——你是说石田家的人不能不顾虑彼此吗？

“我们家毕竟不是一般的正常家庭。母亲不在，祖母同时身兼主妇。”

——你的意思是有缺陷吗？

“不是……说缺陷是很大的错误。不是这样……怎么说呢……”他搜寻着词语，困惑地眨着眼睛，“我也和祖母谈过这事。大吵过后，她夹在我和老爸之间，拼命斡旋。祖母说：‘你们不是感情很好的父子吗？怎么会变成这样？’我就跟她说：‘对不起，奶奶，你为我们辛苦了。’她却伤心地说：‘我终究不能代替你们的妈妈。我尽心尽力想要弥补你们，可还是出了问题。'”

起初直己不太明白祖母说的是什么。

“我很感谢祖母，对她没有不满，她那样说反而令我不安。是不是我和由香利的态度在不知不觉间伤害了她？”

但绢江说不是。“你妈妈刚死的时候我当然不能放任你们不管，我只想着过几年一切安定下来后，还是回松江为好。如果我硬待在这里，这个家就不会正常，你爸爸无法再娶，你们也不会有想要新妈妈的心情。这就不正常啊。”

绢江还说：父亲、母亲和孩子在一起才是“家”，祖母永远不能取代母亲。她一直为这一点感到亏欠，可是现在要她离开这个家，孤独过活，她又受不了，就假装没事人般继续住在这个家里……

“我听了大吃一惊。”石田直己像重现当时的情绪般双手掩面，隔了一会儿透过指缝说道，“祖母觉得是她赖在这个家里，我真想不到。我……我和由香利忍受着没有母亲的种种不便，但毕竟有代沟，有些事跟祖母怎么说她都不懂。有一个时期祖母来参加教学观摩、远足和校运会，我们也觉得很丢脸，但是我们懂事以后，就说过不能对祖母发牢骚，否则会有报应。她已经到了可以颐养天年的年纪，但为了帮我们做家事、料理家计，自己完全没有娱乐。所以我们只有感激，不会觉得有所不足……老实说是我们不能没有祖母，可是她却认为是赖在我们家，跟我说对不起。”他一口气说到这里，放下蒙着脸的双手，微垂着头。“我们家的人彼此都不了解，只是住在一起。这个问题因为我和老爸的对立，一下子凸显出来。就在那次大吵后不久，老爸突然高调宣布要买房子。”

儿子正要考大学，明知以后花费很大，却突然宣布要买房子，石田直澄的这个举动在家人眼中显得很奇怪。

石田由香利想起第一次听父亲说要买房子，是在他和哥哥为了升学问题大吵的后遗症最严重时。“那时爸爸和哥哥在厨房或浴室碰到时，都故意不看对方。他们吵架的时候我不在场，是后来听奶奶说的。看他们那个样子，我猜一定吵得很厉害。”

和儿子展开顽强冷战的父亲，对女儿却是很直接地表达感情。

“因为那样太难过，我有一次就试着问他，是大吵后三四天吧，是不是可以让步和哥哥和好。他听了，苦着脸说：‘你哥哥不会原谅爸爸的，要和好太勉强了。’”

他说的不是要原谅儿子，而是儿子不原谅他。

“爸爸一直嘀咕：‘对那小子来说，我是无情的父亲啊！’他平常即使喝醉酒也不会发牢骚，他醉了就睡。那时他没喝酒，和我在厨房喝着咖啡，不停地嘀咕同一件事，说自己没用、没有本事，什么也不能给我们。”由香利变得很伤心，“他说：‘我什么也不能给你们，可是我喜欢我们家，觉得我的孩子最好。你妈妈不在，虽然我寂寞，可是你奶奶一直在我们身边。这是我的家，我一回来就能放松。’爸爸就是这样的吧，他说了很多。”

由香利说父亲一直说“我没用、我没用”，是想得到她的安慰。

“他像个小孩。但想到他和我哥哥吵架受伤那么重，我就笑不出来。”

父亲问她家是什么。

“爸爸变得很没自信……他说他很想了解哥哥，还说哥哥不愿意当他心目中的好儿子，一定是因为他犯了许多错误，哥哥也一定很瞧不起他。他一直说哥哥这样说、哥哥那样说。”

这还是一个家吗？家不是应该更温馨一点吗？由香利对自怨自艾的父亲有点生气。

“我说：‘你那么介意吵架时说的话，哥哥不是很可怜吗？你一定也对哥哥说了很残酷的话，这样不是扯平了吗？’爸爸听了眼眶含泪，有些惊讶。”由香利瞪圆了眼睛，表情严肃，“他红着眼睛说：‘傻子，只有吵架的时候才会说出平常说不出来的话，那些都是你哥哥的真心话。’”

这就像争论醉汉的狂言究竟是借酒装疯还是酒后心声一般，说来说去只是来回兜圈子，不会有答案。

“爸爸说哥哥要离开这个家，我听了吓一跳。我不是惊讶哥哥要独立，而是惊讶爸爸认为这样做简直是背叛。我早就认为哥哥读大学时一定会搬出去独立生活，虽然没有特别跟他谈过，但从他的态度就可以感觉到。我自己也想读大学时离家独立生活，我想每个人都向往这样吧。也不是对家里有什么不满，只是长大了就想独立生活——就是这种心情嘛！”

由香利纯真地认为独立生活现在很普遍，父母觉得孩子离家生活就是叛逆的想法是错误的。她心里这么想，也就率直地脱口而出。

“我说哥哥才没有想那么多，那不是背叛。我还说自己读大学时也想独立——我很轻松地说了出来，爸爸的脸却越来越阴沉，害我讲到一半就停了下来。”

“你也想离开这个家？”石田直澄绷着脸问。

“我赶紧说我只是向往独立生活。”由香利沮丧地继续说，“我不是讨厌家里，但爸爸想得太多了。我发现话题转到了奇怪的方向上，就想拉回来，于是拼命赔着笑脸说：‘爸，这不是很好吗？我们家不像奶奶以前在松江做生意的家，有一大笔财产要人来守。大家都可以自由生活，我也可以做我想做的事，哈哈。’可是，这话说得好像很不妙。”

这时，笔者请由香利再看一次这段话，得到了她的确认：做女儿的她确实对父亲这么说过。

只挑部分内容来看的话，由香利这时确实对父亲说过“我们家没有财产”。但那不是否定的负面说法，当然也不是讽刺。她只是想表明，如果家里有财产，家中就要有人为守家产而缩小人生的选择范围；现在他们家没有这个限制，哥哥和她都可以自由发展，这样很好。

但是，在石田听来意思完全相反。

“他两眼发直地说：‘对呀，爸爸没有一点财产。’”

所以直己不尊敬父亲，父亲没给他们一点像样的东西……

由香利很想哭。“他怎么会那样想呢……唉，怎么会有这么别扭的爸爸呢？”

意外看到父亲卑屈的一面，由香利感觉心里有什么碎裂了。

“后来他就开始想：有财产还是好啊。那个想法也促使他去买房子。”

第十一章　卖房

就这样，在第三方看来两边都值得同情的父子争吵和女儿天真的话，都让直澄认真起来要为石田家置业。

“我以为爸爸说的是气话，心想只要不理他，这兴头就会慢慢冷却，没想到根本不是这样。”

石田直澄很认真。他和由香利谈过后，第二天上了整夜的班，下班一回家随即又要出去。绢江很惊诧。

“我问他觉也不睡，那么急着去哪里。他亢奋地说要去两三家房地产中介公司看看。”

绢江那时才知道直澄的想法。

“买房子不是坏事，但也不用这么急嘛。”绢江说着微微一笑，那是老母亲的笑容，“直澄从小就这么急躁……”

大约一个月的时间，直澄热心地到处跑房地产中介公司。

“爸爸买了一大堆房地产杂志，堆在客厅角落的桌子上。他送货的地方要是有预售房工地，他也会立刻去拿广告单。”石田由香利笑得天真，这还是小女孩的笑容，“他拿回来的传单不只是预售房的，还有墓园的，而且不是人的坟墓，是宠物墓园。奶奶整理房间时发现了，大惊小怪地说：‘现在连猫啊狗啊都有坟墓了？真是怪事！’她都不知道外面已经是什么世界了，好可爱。她还说：‘我死了以后想埋在松江，可是太远了，你们扫墓不方便，就把我放在庙里好了。我和爷爷在一起，也不会寂寞的。’”

由香利只是暧昧地笑笑，没有回应。

“奶奶一边收拾那些广告单和杂志，一边叹气说：‘你爷爷在下面等了很久，我不早点去的话，他也很可怜。’”

想买房子、到处看房子的石田直澄是怎么看中法拍屋的呢？是有人给他建议吗？

要知道答案，问他本人最快也最准确，可是他不愿意谈这件事。

他说在西栋二〇二五号命案发生前后，自己好像变了一个人。他虽然不忌讳说说当时的情形，唯独对这一点有所保留。至少，他不能说……

我们就把石田本人的说法留到后面，这里先看看他有意投标法拍屋时对家人、同事是怎么说的。

耐人寻味的是，这中间有些微妙的差异。首先从他的家人开始吧。

石田直己说：“他没头没脑地问我知不知道法拍屋。我完全不知道，而且我们还在冷战中，我便冷淡地回答说不知道。他就得意地说过一阵会给我一个惊喜。”

他对由香利的说明就稍微亲切些。

“他说有一种比向普通中介公司买房子更便宜的方法。我以为是他们公司介绍的，他笑着说不是，还说要有门路，得通过法院来买。我说如果是法院就可以放心，因为那是政府机关。”

直澄对由香利的反应似乎相当满意。

“现在回想起来，那时爸爸自己也很不安。要买法院拍卖的房子，他必须自己调查和学习很多事情。应该比通过房地产中介公司买房麻烦。我那时根本不懂，真傻！还单纯地认为是政府机关经办的，会很好，也这样说了出来。他一定是想听到我这种单纯的想法让自己安心。所以他也说：‘没错，就像你说的，是公家办的，没问题。我一定能办成。'”

他对绢江的说明很干脆。

“他说要通过法院买房子。是什么时候啊……离命案发生还很久呢。”

绢江问他通过法院是什么意思。

“他却回答说：‘这问题很复杂，就是跟你说你也不会懂。你就别问了，交给我办吧。’可是就算我没读过什么书，也知道法院不是帮人买卖房子的啊。于是问他会不会上当。”

石田一脸怒气。

“他说这社会复杂得我不懂。我说难道他就懂，他说当然……”

绢江这个做母亲的赶紧叮咛他，说买房子是一辈子的大事，要动到大钱，也要背负沉重的贷款，疏忽不得。

“我还说：‘万一有什么问题，你就是看文件也不见得懂，最好去问问直己，好好商量一下。’我们家过去都是这样，签订或更新租约时，直澄看了也不懂，我也不懂，都是直己把关。”

但是直澄怒吼着：直己懂什么！

“他像个小孩似的很认真。如果那时就阻止他，后来他也不会卷入那件事情了。”

在家人面前气势挺高的石田直澄，好像有些幼稚，那么他在职场又如何呢？

三和通运的司机雇员不是编制内员工，所以相对具有独立性。虽然有人分派他们工作、帮他们排班，但他们没有普通上班族所谓的“上司”观念，每人都是独行侠。

不过在任何行业都一样，资历丰富的年长者自然会担起头头的领导与照顾责任。这个位置不是公司规定的，但仍有“上司”的威严，自然也会有一批“属下”跟随。

当时的司机雇员有十三人，以三和通运的晴海货柜场为据点。石田在里面年纪最大，是实质上的头头，叫他总管也行。其他司机都只有二三十岁，在他眼中都是年轻人，驾驶资历也浅，石田相当照顾他们。

“我们都叫晴海帮是石田帮。没有石田，这个帮就不能成立。”三和通运晴海仓库的物流控制室出货科科长田上辰男说，“我的头衔很长，名片上都写不下。其实也没什么，只是负责调度出货现场。”

田上比石田直澄整整大十岁，山形县米泽市人。老家是专卖米泽牛肉的牛排餐厅，家业由哥哥继承。

“我中学毕业后就来到东京，起先待在收音机装配厂，可是工作无聊，薪水也少，我那时又还年轻，处在贪玩的年龄，想做点时髦的工作。这样东做做西做做的，快三十岁时才固定下来开大货车，和三和签约。后来因为腰痛，被调到出货部门，花了四年时间才成为正式员工。”

如同前面所说，司机雇员的年龄比较轻。尤其是三和这样的大公司，这种倾向更明显，田上这么介绍。

“因为司机是论件计酬，可以赚很多，不少人都想努力干个四五年，攒够本钱，之后就可以独立创业了。所以大家都干得很起劲，不过也因此做不长久。工作上难免有竞争，竞争起来也相当激烈，石田帮也是如此。石田的存在很重要，他着实帮了我不少忙。”

晴海仓库还有另一位出货科科长金井晃良，他和石田直澄同年，是以正式员工的身份进入公司的，从事务部门转调到仓储部门。

“金井负责冷冻车的出货排班，上班时间和我一样。在一群年轻人中，只有我们三个四五十岁的老头子，所以感情特别好，常去门前仲町和月岛那边喝一杯。我酒量最差，石田还好，金井最好。”

田上和金井第一次听到石田提起买房子的计划，是在二〇二五号命案发生两年前，即一九九四年春天。

“你问我怎么会记得那么清楚？因为那天有庆祝。石田的儿子直己君考上了大学，可喜可贺，我们三人就去喝酒了。那天去了门仲那边一家叫花菱的店，那是家好馆子。”

那是他们常去的酒馆。

“店里的家常菜很好吃，气氛也好，最适合庆祝。我和金井都很高兴，把石田拖去，叫他想吃什么尽管点。我还笑着说，做老爸的要更拼命了，私立大学的学费很贵。”

金井没有孩子。田上婚后生了一男一女，但儿子六岁时就病死了。

“金井羡慕得不停地说，有孩子还是好，将来才快乐。我呢，儿子已经死了，听到石田的儿子考上私立大学，还多事地暗自为他担心学费问题。不过听说他儿子考上的是心目中要读的大学，还是替他高兴。”

直己考上的就是引起父子争执的东洋工科大学，因此石田直澄很难痛快地庆祝。他说出心里的想法时，田上很意外。

“嗯，为了升学的事情吵架，看不出来呢。因为直己君向来都是石田引以为傲的儿子——不，即使是现在，也还是他引以为傲的儿子。”

碍于做父亲的颜面，直澄在直已面前会硬撑着说狠话，但心里想的未必如此。

“石田很高兴地喝着酒，我们也安慰他说：‘你老婆死得早，撑到现在真不容易啊。’”

席间，他说起想买房子。

“我的房子是老婆继承自娘家的，老房子了。我从来不知道买房子有多辛苦，但是金井背贷款背了十年，知道个中辛苦。他就说：‘石田，很辛苦啊。你女儿还要念大学，以后还要风风光光地出嫁呢。’日子的确不好过，承担整个家庭经济负担的父亲们聚在一起，烦恼的都是钱。”

石田直澄说他以前也有买房子的计划，多少有一点首付款。

“我说无论如何，还是慎重一点为好。不喜欢的千万不要勉强买。”

石田边听边点头。

田上歪着头说：“他当时根本没有提到法拍屋。他是从哪里得到那个消息的呢？”

这个谜底由金井解开了。

可能是事务部门出身的关系，金井显得有见识一些，也比田上和石田细腻一点。他虽然是物流公司的员工，却带有学校老师的气质。

“庆祝直己君考上大学三个月后吧，石田在出货的空当来到我的办公室，说有话跟我说。”

石田开口就问金井是否有亲戚当律师。

“我堂哥在名古屋当律师，可能我跟他说过吧，可是他记错了，以为他在东京。我告诉他说不是，是在名古屋。他就失望地说不能找他了，东京和名古屋的情况可能不一样。”

金井问他是否有什么事需要咨询。

“石田说不是要咨询，是要请教一些事情。我说如果他不介意的话，可以跟我说说，因为我看他颇忧心的样子。”

石田于是问法院也拍卖房屋这事是否属实。

“我也是第一次听说，反问他怎么回事。他说半个月前他们小学同学聚会……”

石田一个三十年不见的老同学如今混得很好，开了好几家餐厅。两人叙旧时聊得很投机，聊到了房子的话题。石田透露了想买房子的心意，那个同学就说他现在绝对要去看看法拍屋，其中有很多比市价便宜不少的好房子。

“他说他不知道这是不是真的，觉得律师应该知道，所以就来问我。我说我是完全不懂，但可以帮他打电话问问我堂哥。”

金井的律师堂哥说法院是会拍卖房屋，可是他不处理那方面的案子，婉拒给出进一步说明，只建议好好找个专家商量后再参加投标。

金井立刻打电话给石田，告诉他此事。石田正好在家，很感谢金井的忠告。

“我说如果要买法拍屋，一定要仔细调查，慎重考虑后再出手。但我堂哥也说了，要找熟悉法拍屋的律师和不动产中介公司并不容易。看来要顺利买到手，恐怕还得花一笔钱。

“因此我也说了其实不必说的话。我跟他说外行人还是不要自找麻烦的好，何况我们都和法律法规这些难缠的事情无关，还是老老实实地买普通房子好。”

金井搔着脑袋，表情苦闷。

“我介意的是挑唆石田的那个小学同学——说是挑唆可以吧，因为他说买法拍屋怎么算都划得来——我还跟他说：‘石田啊，不能毫不考虑就完全接受别人说的话。’由于那是他的老同学，我也不便批评什么。”

石田直澄一直笑着说“是啊，是啊”。

笔者向石田本人确认时，他承认曾向金井打听过律师的事，他也清楚记得那时金井劝他不要大意。可是，他恢复不到如金井所说的“老老实实地买普通房子”的心情。

“我想父亲是要赌一口气。”石田直已解释道，“别人说买法拍屋很难，他反而更来劲，想让大家看看他的本事。”

石田由香利的意见则完全不同：“爸爸人太好了，只是听信同学的鼓动，一头栽进去了。”

石田绢江又是怎么看的呢？

“都是为了钱啦！”老母亲断然地说，“不是说过吗，要让直已读私立大学，还要买房子，负担很重呢。能便宜一点买到房子，还有比这更好的事吗？我知道直澄一直这么想。”

石田直澄的说法是，他们三人都猜对了，但不止这样。

是钱，也就是买房子的资金问题。这里，我们再度请教户村六郎律师。

“法拍屋的价格确实比市价低很多，有时只有市价的一半。”

可是标购的条件很严格。

“买法拍屋时必须缴纳首付款才能办理转户登记，但如果不拿业已登记完毕的不动产做抵押，金融机构是不会贷款给个人的……当然，金融公库等机构的贷款组合也不行。所以，客观说来，不管法拍屋多便宜，手边没有足够闲钱或宽裕资金的人，还是出不了手。”

石田直澄缴纳二〇二五号的首付款时，除了拿出自有存款，不够的部分都是跟熟人和好友借的。这些人都和他一样是司机雇员，或是自己有大货车自行承揽货运的个人司机。绢江记得那时石田不停地到处打电话，和人家碰面。由于他们做的是论件计酬的工作，收入比同年龄层的上班族多，有人手上有大笔现金，石田很快就凑齐了钱。

这些钱都是极短期的借款。石田打算一等标到二〇二五号，办好转户登记，就用房屋做抵押，向信用合作社贷款，然后立刻还钱给朋友，现在借的钱算是暂时应急用。

“石田努力获取有关法院拍卖的信息，也因此受惠。”户村律师说，“或许从后来的交房纠纷来看，有人会反驳说他哪里受惠了。但是石田的案例在法拍屋纠纷中相当罕见。首先，拍卖对象非常漂亮，是住宅，而且是因个人房主缴不起贷款而被拍卖的单套房屋，这种事很少有。石田能发现这么划算的拍卖对象，又能中标，这事本身确实非常幸运。

“严格说来，在二〇二五号这个案例中，石田也不是真正遭遇了恶劣的妨碍执行。事实上，在早川社长的教唆下，声称是租住人的人住在里面，但那些人——就是后来遇害的四个人——并没有对石田暴力相向或威胁他。”

这点石田自己也承认。或许一手策划这事的早川社长认为，如果用暴力手段对付完全外行的对手而招致警方介入，反而不利。总之，只要石田一请他们搬走，他们就苦恼地要求什么保障，以此纠缠他，他就会很为难了。

“没错，他们是作为无辜的第三方出面的，石田没有陷身危险。如果对方是真正难缠的恶劣对手，事情不会这么简单。”

他继续说，即使没有伴随暴力和胁迫行为，事情也不是买方单方面努力就可以解决的。

“法拍对象的买卖终究是人和人之间的行为，不管占住人是否造成对方恐惧，或是买方依仗法律而立场强硬，终究也有无法把对方赶走的情况。这是感情使然——因为我们都有一颗心啊。”

这里可以债务人本身或其家人霸住拍卖对象的情况为例。

“比如说有个半身不遂的老太太向执行法官和买方哭诉：‘如果一定要没收这套房子，就先杀了我吧！’这让大家都狠不下心来。碰到这种局面，自己即使有法律依据，气势也很弱。有时反而必须感同身受地安慰对方，说服对方，甚至还要试着理解对方。像二〇二五号的买方石田先生，不也是非得如此做不可？

“这些都是没有亲临现场就无法知道的纠纷。而且不论你看了多少法拍对象的投标需知，或是依据民事执行法和委托不动产交易专家，你还是无法找到快速有效的解决方法。

“说起来，二〇二五号里面有一位老人——是老太太吧，我记得她坐轮椅。假如那种老太太向你苦苦哀求，说他们没有别的地方可去，身上也没有钱，你还能赶他们走吗？

“我在前面说过，希望法拍对象的买卖能更广泛地为大众理解并获得官方协助，但说真的，存在着这么多纠纷，或许普通人还是少碰为妙……”

户村律师为理想与现实之间的鸿沟而苦笑。

石田直澄不怎么和家人谈到与二〇二五号霸住户交涉的情况。

石田直已说这是因为他觉得很没面子。“他执意去投标法拍屋，卷入纠纷——不过我希望你不要误解，我们当时对父亲的态度并不是这样冷淡。麻烦的是，他没有坦然告诉我们他需要帮忙，他就是这个样子。”

石田绢江是知道一些情况。如同户村律师推测的一样，石田直澄最烦恼的就是那一家四口中的老太太。

“他特地跑来问我：‘妈，如果你年纪大了，走不动了，有人跑来告诉你说你没有权利住在这间屋子里，不赶快搬出去的话就违法了，你有什么感受？’

“他原本想着等到手续办好，向朋友借来的钱也会还清，以后只要慢慢偿还贷款就好了。能便宜买到那么好的大楼公寓，他真的很得意。可是……才不到一个月他就一脸愁容，那时我怎么问他，他都不说。后来，也许是独自烦恼这些事太难受了，他才透露了一点点。”

他说现住户不肯搬走。

“我很惊讶，法院不是把那套房子拍卖给直澄了吗？我说：‘你可以叫他们搬啊！’他说他知道，可是那个老婆婆哭哭啼啼的，他那么做似乎很残忍。”

绢江觉得令人生气的直澄有点可怜，心情很复杂。

“我问他那家人到底是什么样的人。”

石田直澄摇头说他也不知道。

“他说只是觉得有什么隐情，事情不简单。我听了之后就有不好的预感。”

第十二章　小妈妈

六月二日那天紧急住院后，宝井绫子在医院整整住了一个星期。

幸好及时被送进医院，她住院以后，身体状况立刻开始好转。当高烧退了、激烈的咳嗽发作间隔也拉长后，她便沉沉睡去。看着她的睡脸，康隆听到母亲低声说“一定累坏了”。

佑介交给母亲照顾，绫子似乎很放心，并没有担心孩子的情况而问东问西，自己反而像回到了孩童状态似的，对病床边的护士和父亲说些幼稚而任性的撒娇话。

康隆心想，姐姐卸下心里的重担了。那天晚上，只有康隆听到边咳边呕吐的她在高烧呓语中倾吐出来的话。一切说出来的瞬间，压在绫子身上的重担立刻移转到了康隆肩上。

谁叫我那么傻！康隆自嘲地想，我主动把背靠过去说要帮她。

绫子住院期间，康隆进进出出医院帮她带换洗衣物，极力避免姐弟俩单独相处的机会。只有那次除外——绫子住院的第四天，即他听说绫子体温降到三十七度以下的翌日，他放学时顺便带了她爱吃的冰淇淋去。

绫子靠在床头，高兴地吃着她最喜爱的薄荷口味冰淇淋。康隆留意着她的情况，也拿起汤匙一起吃，可是几乎食不知味，本该在口中立即融化的冰淇淋哽在喉咙。

“姐。”病房里渐渐西斜的阳光染红了窗帘，康隆小声唤着。绫子抬起脸，瘦削的尖下巴使她看起来像个小姑娘。“你记不记得你被送来医院那晚跟我说的话？”

绫子慢慢地眨眼，用汤匙搅弄着杯里的冰淇淋，舀了一大匙放进嘴里。“记得啊。”她也小声地回答，“那不是高烧时做的噩梦吧？”她看着康隆的脸。

他也盯着姐姐的眼睛。“那不是你捏造的故事吧？”

绫子舔着干皴的嘴唇，融化了的冰淇淋沾在下巴尖上。“如果那是捏造的，不知有多好啊！”

“唉……”

“我在这里看不到新闻，现在怎么样了？你都知道吧？”

康隆点点头。“报道很多。”

绫子表情畏怯地问：“闹得很大？”

“那当然，是大新闻啊！四个人都——”康隆转头看向病房门口，护士正好经过。离晚餐还有一段时间，护士随时会进来量体温和检查情况。康隆迅速起身关门，关门前还探头出去四下张望。走廊上没有人影。

心脏扑通扑通地跳，康隆突然有点时空错置的感觉，差点笑出来。

他上中学二年级时和好朋友玩过逃票的游戏，两人只买站台票就上车，到站时再混过检票员的视线顺利出站。这是很老套的逃票手法，两个人逃掉的车费加起来也不过一千元左右，但一路上可以尝到极大的刺激感和紧张感。

那时电车速度一放慢就心跳加速，广播一说到站了就背脊发凉。康隆此刻感受到的紧张跟当时无异，只是使他心脏加速悸动的“理由”大不相同——一个只是逃票，一个却是杀人。蓄意逃漏五百元车费的恐惧，和知道至亲杀了人的恐惧不可能相同，但身体的反应都一样：只是心跳加速而已。

或许人出乎意料地单纯。

“康隆……”绫子小声唤他。姐姐很少直接叫他的名字，尤其是生下佑介以后，总是随佑介叫他“舅舅”。“对不起。”绫子说。

康隆心想姐姐什么时候会跟他道歉呢？她总是在惹下麻烦而必须推他出面善后时，会说对不起。

绫子上中学时，每次学校找家长去，她就会先跟康隆解释，央求他去向父母说好话，然后笑着说“谢了”“对不起哦”“我只能依赖你嘛”。她偷东西要接受辅导时，也央求康隆在她快要挨揍时过去救她。某次睦夫气得挥拳要打绫子，康隆就挡在前面挨了那一拳，门牙断了一颗。绫子还没决定和那家伙——八代佑司——结婚，肚子里已经有了孩子的时候，也是先让康隆知道，要他转告父母。“我对姐姐真是仁至义尽得自己都惊讶。我宝井康隆真是全日本最好的弟弟。别笑，真的！”

可是这回不是好笑的事——既不是姐姐偷了东西，也不是辅导老师要找家长沟通。

是杀人的大事啊！

这事要怎么告诉父母？这话要怎样才能准确传达呢？

听了绫子的坦白后，康隆拼命搜集命案的相关报道，看新闻，并试着观测搜查在朝哪个方向进行。对绫子来说，幸运的是，警方的目标指向逃离现场的可疑中年男子。知道那个中年男子就是那套房子的“买方”后，各界对他的怀疑更深。不到几天的工夫，所有报道几乎都把他视为命案凶手了。

在安静的病房里，康隆放低声音说明了这一切。绫子专心听着，可能是累了，听到一半便躺下来了。

“这么看来，我暂时不会被抓了。”她望着白色的天花板咕哝着。

“你声音太大了。”康隆提醒她。紧急呼叫铃的麦克风就装在天花板上。

“那个大叔是这样的人啊……”绫子口中的大叔，大概是逃离现场的买方石田直澄。

"姐，你认识石田？"

"那天晚上算是初次认识，但以前见过。"

"在哪里？"

"有一次我去看佑司时，他们站在大门口。看起来像在争吵，两个人你一句我一句的。"

"什么时候？"

绫子想了一下。"一个月前吧。"

到了这个地步，有个问题就不得不问了。康隆在偏袒至亲的情感和坚守"良心"的理智之间摇摆，努力挤出声音来："姐，我可以问你吗？"

绫子转头望着康隆。

"你想向警方自首，老实说出真相，还是就这样保持沉默？你选哪一个？"

她似乎想对这个问题暂时保持沉默，没有回答。

"如果能够，我会掩护你。"康隆说。他是很想说得坚定有力，但因为压着嗓子，声音听起来或许缺乏魄力。"可是，如果你保持沉默，这个石田就麻烦了。而你去投案的话，他或许就不用四处躲躲藏藏了。"他把需要思考的问题抛到绫子面前，希望她好好想一想。

但是，回应他的是"感情"。

"我不想离开佑介，不想。"绫子仰望着天花板。康隆凝视着她，只见她流出泪来，泪水顺着眼角流到耳垂。"怎么会变成这样呢？我自己也不清楚，我也不知道以后该怎么办。可是我不想离开佑介。要是离开孩子，我会死。"绫子拉起罩着白色床单的毛毯蒙住脸，在毛毯下低喃，"康隆，对不起，对不起！"

康隆也想哭，但在这里一起发愁，也无法改变现状。他拼命鼓励自己，又问道："只要你不说真话，石田就会一直是嫌疑人，那样好吗？姐，你不痛苦吗？"

绫子在毛毯下哭了。她抽抽搭搭，像在责备康隆似的说道："你问我干什么？痛苦？我早就痛苦死了！”

陪着哭泣不停的绫子，康隆茫然呆坐。晚餐时间已近，走廊里渐渐热闹起来：手推车的轮子转动声，餐具的碰撞声，电梯的运转声。

“真想杀了他！”话在无意识中脱口而出。

绫子悄悄拉下毯子，露出泪湿的脸庞。她气色如土，嘴唇发抖。“康隆——”

“真想杀了八代佑司！”

绫子的声音几乎听不见。“他……已经死了。”

康隆用胳膊擦擦脸，站起身来。“我去洗把脸，顺便拿晚饭来，你从早上到现在只喝了粥吧？”

康隆走出病房，一阵激动袭上心头。他握着门把呆立，浑身发抖。

绫子紧急住院那晚说出梦呓似的那些话时，他还没有充分的现实感。住院这件事本身就不是日常琐事，因此在那期间交谈的话语和做出的动作，感觉都像是过一段时间就会忘记的梦幻般不可确信。

然而这是事实，是必须面对的事实。宝井绫子，他唯一的姐姐，杀了人！尽管死的是死不足惜的人，但确实是她下的手。

绫子说：“我把他推下阳台，感觉那时不这么做我自己会被杀掉。我挥着被他抓住的手臂，他的眼睛凶狠得像野兽的一样。我只记得拼命挥动手臂，他就掉下去了……”

康隆心想，如果时间能够倒转，他愿意代替姐姐到那地方，挥动自己的手臂，痛殴那个家伙，并抓住他的肩膀，把他摔到地狱的深渊。不，应该回到更早以前，在那家伙遇到姐姐以前就毁了他的人生，抹去他的存在。

站在雪白洁净的医院走廊里，康隆感觉像是失去了方向。这是事实。他找不到要去的方向：我必须保护姐姐，我必须掩护姐姐。可是，可是……

那真的对吗？

康隆额头抵着墙壁，闭上眼睛。八代佑司的脸浮现在眼前：姐姐的情人，佑介的父亲，也是姐姐杀了的人。

康隆没有跟他亲切交谈过，他们只在宝井家见过一次，而且他那次来访是为了声明他无意和绫子结婚。虽然绫子的肚子里已经有了他的孩子，他却来告诉他们："我完全无意和绫子结婚。"

康隆清楚记得，父母迎接女儿结婚对象的紧张感瞬间松弛下来时是怎样的表情。母亲惊愕得不敢相信，还差点笑出来。

"那……你是什么意思？"母亲还傻傻地问他，口气少有地客气，可见她的慌乱。

八代佑司低下头。他坐在椅子上，额头几乎碰到膝盖地深深鞠躬道歉。"我不是对绫子不满意，而是我不想结婚，不想有家庭，这是我的人生原则。所以，我不能娶绫子。"

"啊！"母亲愣愣地应了一声，便沉默不语。

父亲先前一直放在膝盖上的双手缓缓抬起，交抱在胸前，说道："你觉得这种理由可以让人心服吗？你的原则比绫子的心情和她肚子里的孩子重要吗？"

父亲直视着八代佑司。康隆心想，如果自己是八代佑司，一定会把视线挪开。他无法直直回视，他心虚愧疚。

可是八代佑司不一样。他扬起下巴，迎接着父亲的视线。"是不能服人，但也没有办法。我无意违反自己的原则，我已经跟绫子说过了。"

父亲突然无力地松开双臂，立刻转头看女儿的脸。

绫子垮着肩膀，睁着空洞的眼睛，茫然望着桌子。康隆发现姐姐的眼眶有些湿润。那是当然，这样还能不流泪吗？

可是她的眼眶始终只是湿润而已，泪水没有顺着脸颊流下来，仅仅留在眼眶里。康隆认为那是姐姐对一切都已死心的表现。

他终于明白姐姐之前格外安静紧张的缘由了。她等待的是八代佑司的这些话和这个态度。绫子已经料想到，他今天会在这里说这些话，因为他已经告诉她打算这么说。

但另一方面，她还是抱着一丝期待，希望他的人生原则会有所改变，这是因为八代佑司特地到宝井家来了。他如果百分之百要抛弃绫子和孩子，早就逃之夭夭了，不会特地上门来解释。他既然要来，表示他还有一般人的感情。他应该还有对绫子和孩子的爱——是同情也好责任也好，这时什么都好，只要是人的感情。

直到刚才，绫子还那样期望。她虽然已经预想到八代佑司的无情话语和残忍态度，却没有做好心理准备。

八代佑司毫不犹豫地摧毁了绫子的期望，侃侃而谈自己的原则——你要是不接受，我也没办法。

只有到这一瞬间，绫子才对一切死了心：啊，这下都无所谓了，无依无靠了。现在沾湿她眼睛的泪水，一定和家人还不知情时她独自苦闷地流下的泪水不同。这不是悲伤愤怒的泪水，而是伴随着割离之痛的泪水。

绫子割离的不是八代佑司这个活生生的人，而是爱上他以来对他怀着的柔美感情和灿烂的未来之梦。没错，她割离了自己的一部分身心。

那有多痛啊？但绫子只是眼眶湿润地静静坐着。她双手捧腹，像护卫着孕育在里面的婴儿，又像在寻求婴儿的温暖慰藉。

想起当时的情景，康隆的眼睛也湿润了。他用力吸了口气，拭去泪水，重重地发出叹息声，快步走开。

推着餐车的员工正好坐电梯上来，康隆接过绫子的餐盒，向右折返。餐盒冒着温热的蒸气，很香。最近医院供应的伙食改善很多，冷食热食都有。

那天，八代佑司没吃宝井家准备的任何东西，连敏子端上的热茶和康隆泡的咖啡都没碰。在说是顽强还不如说是面无表情、坦然地述说自己人生“原则”的八代佑司面前，那些东西慢慢冷却。兀自冒着蒸气渐渐变冷的饮料，和对它们不屑一顾的八代佑司的冷酷表情，形成了鲜明而奇妙的对比。

“好任性自私的人啊！”睦夫这么批评八代佑司。几乎也只能这样形容他了。“既然一开始就不想组织家庭，为什么还和绫子有这么深的关系？你又不是小孩，怎么不知道她可能怀孕？”

面对睦夫的质问，八代佑司不动声色。他的脸非常光滑，内心的情感——后悔、愧疚、愤怒、悲伤、冲击等，在他那种男人中少见的细嫩额头和脸颊上没有留下一条皱纹。

八代佑司的样子，让身为科幻迷的康隆突然想到“克隆人”——人造的人类，和真人一模一样的假人。当然，他们没有生殖能力。因此，面对睦夫的质问，这样的八代佑司如此回答就不奇怪：“我没想过那件事，因为我根本就不会生……”

但是现实中的八代佑司不是克隆人，而是活生生的真人。他说：“我根本不想要孩子。那是不小心的。”

睦夫张着大嘴愣在那里。不小心？好像操作机械一样。“对不起，我按错键了。”

“她要生孩子了——是你的孩子！和你血脉相连啊！你不痛惜吗？你要抛弃她吗？”敏子忍不住嘀咕，语气中带有恳求。她双手紧握，像是要防止自己做出什么急躁的动作——扑向八代佑司，或是抓着他的肩膀摇晃。

八代佑司望了敏子一眼，立刻移开视线。那一瞬间，康隆抱着一丝期待：他是不是有些动摇？为母亲的话感到心痛？

然而不是这么回事。八代佑司的眼中露出强烈的轻蔑之色，他讨厌为女儿哭泣的母亲的模样。

这下完了，康隆心想。

“我看再说什么也没用了。”睦夫无力地说。八代佑司默默地轻轻点头，然后起身，静静走出客厅。没有人送他，绫子也没有。

惊愕之余，沉默笼罩着宝井家的客厅，甚于愤怒和悲伤，那是碰到某种极难理解的奇怪生物时的感觉。康隆不停地想着克隆人的问题。

“对不起，”绫子轻轻地说，“你们不要生他的气。”

睦夫慢慢扭转身子面对女儿，表情像挨打了一般。“你还要袒护他？”

“不是。”绫子捧着肚子摇头，“我不是袒护他，我只是说了真话。他很可怜，跟父母相处不好，从来没有享受过家庭的温暖，也不知道家庭、父母、儿女带来的亲情温暖。没有人教他。他也很迷惘，不知道怎么面对有孩子这件事，说话才会那样冷酷。真的……”

说着说着，她哭了出来。

康隆认为那是因为太天真才有的解释。姐姐太善良了。

睦夫摇摇头。他知道女儿有天大的误解，可是他也不知该怎么说才能让她明白。

敏子比较实际，她擦掉眼泪，果决地问：“绫子，你想生下来？”

绫子毫不犹豫地用力点头。

“为什么要生？因为是他的孩子？你以为只要有孩子，总有一天他会回心转意？”

如此残酷的问题，连绫子也感到畏怯。“那样……那样说的话，你是要我打掉孩子？我不想啊！”她语无伦次地回答。

敏子紧盯着她的脸又问：“真的？你真的想保住这个孩子？”

“真的！”

“你为什么想生？因为是他的孩子？你不是听到那家伙说的话了？他把你当成什么了？你被那个男人甩啦，知道吗？为什么还要生下他的孩子？”

“可是，这也是我的孩子啊。”绫子满脸都是泪水，大喊道，“我不能杀了他！绝对不能！”

睦夫幽幽地说：“我看生下来对绫子的身体更好，生下来再送人也好——”

绫子激烈地打断他的话：“我不！我要亲自抚养他，我绝不放手，这是我的孩子！我要说几次你们才懂？”

敏子站起来，绕过桌子，坐到女儿旁边。她搂着绫子，温和地说：“我知道，我们很理解你的心情。好了，别再哭了……”

之后的半个月里，在康隆看不见的地方，父母和姐姐、父母两人、母亲和姐姐谈个不停。最后的结论是，绫子把孩子生下来，就当是宝井家的孩子，大家一起疼他养育他。

这样，绫子应该可以忘记八代佑司，走上和他无关的人生道路了。

绫子进入分娩室时，在外面焦急等待的敏子忧心忡忡地对康隆说：“已经到了这个地步，我还是很担心。”

“担心什么？”

“你看，绫子真的死心了吗？”

“死心——和那家伙？”

“嗯。”

“死心啦！绝对。他不是一开始就说了吗，他不要孩子。”

“话是这么说……可是，也有别的意思啊。”

“别的意思？”

“绫子不会和那人断了关系吧？”

敏子提起绫子曾经袒护八代佑司似的这么说：他不知道家庭的温暖，很可怜。

“我很在意那番话。她好像不认为那人性情乖僻，也不觉得自己被那个玩弄女人、不负责任的男人骗了。我知道，有些处境和绫子一样的女人，即使被骗了，也不会怪罪对方，总认为对方是拴不住的男人，应该随他去。可是我们绝对不能同情他，现在如果表示同情，绫子又割舍不下了。”

“妈……”

“绫子太善良，还为那个男人难过，说什么他不知道家庭的好，养成了冷酷的心性，其实是个可怜人。可是这种想法很容易让人掉入陷阱，就是以为自己可以为那种人做些什么的陷阱，以为他会因此为自己、为孩子做些什么的陷阱。这才是真正可怕的陷阱。”

坚强好胜的母亲露出恐惧的眼神。康隆也感到一种令人窒息的恐怖。

“绫子这样的女人根本无法左右八代佑司那种人，怎么做都没用，不惹上他是最好的办法。所以我觉得这种结果最理想。再说，现在的未婚妈妈也不少啊。”

“是啊，是啊。”康隆用力点头，像鼓励母亲似的。

“问题是，绫子真的会这么想吗？我很担心：她和孩子在我们家过得越幸福，就越会开始想八代佑司。现在她嘴里说已经不想那个人了，可是心里怎么想，谁知道？她很可能还挂念着他，那种心情比依恋还难摆脱。”

康隆笑着说姐姐很聪明，应该没问题。敏子无法立刻恢复笑容，直到护士推开产房大门走出来说“恭喜，是个男孩”时，她才露出夹带着叹息的微笑……

康隆在病房里看着慢慢把食物送进嘴里的绫子，想起母亲当时的忧虑。母亲忧虑的事情成真。姐姐没有和八代佑司分手，还和他继续来往，瞒着家里抱着佑介去看他。结果她自己还陷入了杀人的困境。

“命案那晚的情形，你可以再说详细一点吗？”康隆一说，绫子愕然抬头，“前些时候你病况还很严重，无法对我细说。可是我还有很多地方想知道，可以吗？”

绫子放下汤匙，垂下憔悴的下巴。“非现在不可吗？”

“没有其他人在，不是更好吗？”

“你没向爸妈告状吧？”

康隆微微苦笑，“告状”这种幼稚的词还真像绫子用的。

“什么也没讲。”

“为什么不讲？”

“你得肺炎都快死了，爸妈照顾佑介正手忙脚乱，我不想多惹他们操心。”

当警察依循线索查出姐姐涉案后，父母也会知道一切的，康隆决定保持沉默到那时。现在搜查之手还没触及她，到时再说吧。

“你费心了。”绫子微微缩着脖子。

“再说，如果要告诉爸妈，还是姐姐你自己讲吧。”

“知道我为什么要先跟你说吗？”

“比较轻松啊。”

绫子微笑着说：“是啊。”

“可是要掩护姐姐，光靠我的力量不够，爸妈也必须帮忙才行。”

“那你去说啊。”

“你希望这样？”

绫子想了一下——不，是假装思考。“嗯，拜托啰。”

“那你告诉我为什么会变成这样。好好说清楚。还有，你什么时候又开始和那家伙见面的？”

绫子舔舔干燥的嘴唇，顿了顿，好像还是有点愧疚。“刚才你怎么不问我为什么又要和他见面呢？”

康隆叹了口气。“好吧，理由何在？”

绫子端起餐盒放到床头柜上。她还很虚弱，几乎拿不稳餐盒，康隆赶紧伸手扶住。

“我很担心呀。”绫子喃喃说道，“你不也是这样吗？看到迷惘或寂寞的人，你也没办法掉头不管吧？我担心佑司，无法放着他一个人不管呀。”

康隆突然觉得身体沉重，仿佛连人带椅子沉入地板下。事情的发展太像画画了，轻率中又带着一点愉悦。妈妈果然厉害，他心想。果然和妈妈忧虑的一样，她早就看穿了。

“因为那家伙不知道家庭的温暖吗……”

康隆的咕哝让绫子精神一振，她兴奋地说：“是啊。你也这么想？他并不是骨子里无情的人，只是不知道什么是温暖。我想帮他，我一定能帮他做什么。我……他说过和我在一起时有不一样的感觉。我相信他，忘不了他。”

康隆想说的虽然很多，但是说了会岔开主题。他只有压抑自己，质问绫子：“你不是跟他分手了吗？就在那家伙来我们家宣称无意跟你结婚时。”

“嗯……他走了以后，我是不想再和他见面。”

“什么时候旧情复燃的？”

“很久以后，生下佑介一个多月以后吧。”

“怎么联络的？”

“打电话，打到他的手机上。”

“为什么要打电话？”

绫子紧紧闭口，伸着下巴，瞪着罩了白色罩单的毯子。她不是讨厌毯子，她真正想瞪的是康隆。

“想告诉他宝宝平安无事生下，养得很好？”

她没有回答。

“你想知道那家伙现在怎样了？你以为他新交了女朋友吗？”

还是没回答。

“还是……你想说你仍然喜欢他？”

绫子缩回下巴，认真地看着康隆，然后一个字一个字地说道：“对，你说的都对！可是，你、根、本、不、懂！”

冷不防她这么一反击，康隆有些惊愕。“干吗？干吗生气？”

“我没有生气，我只是说你根本不知道真相，你根本什么都不知道！”

康隆心想姐姐真是不讲理，血液急冲脑门，张嘴反驳道：“是啊，我是不懂！杀人的心情啊！姐，你没忘了自己做过的事情吧？说什么喜欢他、放不下他，结果却杀了——”

康隆突然噤声。晚餐时分整个医院虽然乱哄哄的，但是不小心大声嚷嚷，谁知道话会传进什么人的耳朵？

绫子像泄了气的皮球般垮在那里，脸色霎时变得像纸一般惨白，双手抓着毯子发抖。

“对不起。”康隆赶紧说。他自己也觉得仿佛反复急速升降一般头晕恶心。姐弟俩好像被塞在了茫无目标的小船上，漂流到了大海里。

“你根本就不懂！”绫子牙齿打战，声音发抖，“你还没有真心喜欢过一个人。你喜欢窝在家里，恐怕没有真正和女孩交往过。傻瓜！你这样的人怎么会理解我的心情呢？”像变戏法似的，她的泪珠滚滚落下。她把毯子拉到头顶，憋着声音哭泣。

康隆再度觉得连人带椅子陷入了地板下。在被惹哭姐姐的罪恶感击垮前，他自己也深深受伤。

怎么会这样？他抚摸着自己的脸，指尖颤抖。“总之，是你主动打电话给他的？”他鼓起勇气问。绫子依然盖着毯子不动。

“结果，他见了你，不再躲着你？从那以后，你们就常常见面？”

躲在毯子下的绫子终于点了点头。

“他就住在那栋大楼里？你去过几次？”

绫子在毯子下说了些什么。康隆反问：“什么？”她胡乱地扯下毯子，使劲呼气。

“我连那晚只去过两次。第一次去时我很惊讶，那真是很漂亮的大楼。他是跟我分手后才搬过去的。”

康隆暗自叹气。要是在以前，只要八代佑司搬了家，绫子再想见他，也不知道他住在哪里，或许两人就会永远分手了。可是现在有手机，绫子可以毫不费力地联络到他，结果旧情复燃。

“那家伙为什么搬家？”

康隆心想，八代佑司也可能想忘记绫子做个了断。会因失恋而搬家的，不只是女孩。虽然，八代佑司的情况并不是“失恋”。

绫子凝视着天花板，茫然地回答：“配合他爸爸的工作……”

康隆扑哧一笑。“什么？这是成年男人说的话吗？因为父亲调职，他便也要搬家，哼！这里面绝对有问题。是不是就因为这样，父子大吵一架后，他失手杀了自己的父母和祖母？他！”

绫子对弟弟的挑衅语气面无表情，仰望着天花板。那种有意味的沉默阻止了康隆往下说，他觉得有点坐立难安。

“我……”绫子小声说。康隆走近床边。她沉着因生病而憔悴的脸，专注地凝视着天花板，那样子就好像有一张脸在上面，如果瞪输了那张脸就糟了。“我还有事情没跟你说。”

“啊？”

“起初跟你说的时候，我毕竟是那样的状态，没办法好好说清楚。”

“可是，我只问了我该问的。你去见那家伙，抱着佑介想和他重修旧好，组织三人家庭。可是，那天晚上你偷偷跑去一看，他家里一塌糊涂，他父母和祖母的尸体躺在各个房间。他还想杀你和佑介，你为了保护自己和孩子，才把他推下阳台——”

“不！”绫子断然否定，“不是！他杀的不是他父母和祖母，不是！”

第十三章　没有照片的家庭

在早川社长的唆使下，替换小糸信治一家住进西栋二〇二五号的一家四口，究竟是什么来历呢?

警方找到早川社长做了笔录后，初步得知了他们的身份。早川社长说他们是他的朋友，姓砂川。“户主砂川信夫在和我们有业务往来的搬家公司服务，带领着一批打工的弟兄。我们是这样认识的。不过这是我第一次委托他帮忙，不是蓄意占住。砂川也很清楚情况，愿意帮忙。”早川社长解释，一九九五年九月左右，砂川信夫来了他的办公室。“他说因为腰痛，不能再干搬家的活儿，问我有没有合适的工作介绍给他。我一时也没有门路，帮不上忙。刚才也说过，我和砂川只在工作上有往来，交情并不深。”

砂川信夫好像也常去早川社长情妇经营的麻将馆，但不是好顾客。

“他说家里有老人要照顾，医药费是个沉重的负担。不过他并不爱发牢骚，工作也认真，我还挺喜欢他的。只是现在经济那么不景气，他四十多岁的人，没有专长，又有腰痛的老毛病，是不好找工作。他自己也说，要不是腰痛，想去开出租车，因为那是算日薪的。听他的口气，好像年轻时开过出租车。”

早川社长当时只希望砂川信夫能幸运地找到工作，随即忘了他来求助这回事。过了年后的一月中旬，砂川又来找他。

“他这次来说房东要赶他搬家，可是家里有老母亲，没地方住很麻烦。工作只能将就着做，没办法，他要照顾老母亲。老婆白天在超市当收银员，晚上到酒馆打工，很辛苦呢。”

一九九六年的这时候，早川社长已经有关于二〇二五号的计划，正在找寻必要时得住进小糸家的家庭。

“家里有个病弱的老人，刚好可以大大为难买方。于是我跟砂川提起这事，他立刻答应了。当然，我跟他明说过这是违法行为，他说没关系，可能相当缺钱吧。”

不过早川社长也很介意砂川现在的房东为什么要赶他们搬家。

“他说老母亲的腿力不行，买了轮椅给她坐。可是公寓的房间高低不平，空间也不够回转。他没跟房东说一声，就把门槛敲掉、把地板填平了，这样就违反租约了。真是麻烦，他擅自改装房子，已经违约，房租又老是迟缴，房东早就在找机会赶他们走了。还有，他们住在二楼，老母亲的轮椅整天在一楼的天花板上咕噜咕噜响，一楼的房客受不了，三天两头向房东抗议，房东当然更恼火。”说到这情形的时候，早川社长笑得很厉害，他继续说道，“我不是挖苦他，如果砂川家继续住在那公寓里，房东也可能要强迫他们搬家。不论搬到哪里都不幸运的人，运气就是坏到底。”

就这样，砂川信夫和他的家人按照早川社长的指示，搬进了二〇二五号。

“我要小糸趁夜搬走前，先到我的办公室和砂川家的人见个面。砂川家只有他和老婆两个人来，老母亲不方便出门，儿子要上班。小糸家也是夫妻两个人来，孩子还小，所以没来。小糸太太不满意砂川夫妇，见面时一直没好气地斜着眼。等砂川夫妇回去后，她就气呼呼地跟我说，不希望让那种人动用他们家贵重的家具和餐具，一丝一毫都不能碰。好凶啊！”

在第七章“买方”中已说过，小糸信治夫妇和二〇二五号的占住人见过几次，早川社长介绍他们是“砂川夫妇”。这两家相处得不好吗？

早川社长手边的二〇二五号伪造租约上，附有租房人砂川信夫的户口簿。直到此时，我们才能得知全家被杀害的二〇二五号占住人整个“家庭”成员的全名。

根据户口簿的记载，户主砂川信夫，一九五〇年八月二十九日生，死亡时四十六岁。妻子砂川里子，一九四八年二月十五日生，比丈夫大两岁。他们两人死在客厅。

儿子砂川毅，一九七四年十一月三日生，死亡时二十一岁，就是从阳台坠地身亡的年轻人。

第四个人——早川社长口中的“老妈妈”，砂川信夫的母亲砂川都梅，就是死在六叠大的和室里的老太太，一九一〇年四月四日生，死亡时八十六岁。

早川社长说：“我也知道小糸太太神经紧绷的原因。他们是趁夜逃走，二〇二五号的家具、衣服、摆饰、餐具等几乎都留下来了。我嘱咐他们只能带必需的行李，不能让邻居知道他们什么时候走的、砂川一家又是什么时候搬进来的。那个小区虽然很大，但即使是晚上带着大件行李离开，也难保不被人注意，所以我特地嘱咐他们绝对不能带皮箱，留下来的东西我负责保管，也会交代砂川他们小心使用。”

但是小糸静子坚持不能把东西交给砂川夫妻。

“她说谁知道那种穷人会不会偷东西，于是我几次保证不会发生那种事情。那个太太还真是苛刻，不准砂川他们睡在床上，只能睡地板；也不能泡浴缸，免得弄脏弄乱。当她知道砂川家还有一个二十多岁的儿子和一个快九十岁的老太太也要一起来住时，更气得咆哮。到最后我不得不威胁她，说她再啰唆的话我就放手不管了，而我如果放手，她就得永远跟那套豪宅说再见。她那张刀子嘴总算乖乖闭上了。”

前面也说过，夜逃以后，小糸夫妻还数次回二〇二五号查看，邻居中也有人目击。邻居看到砂川里子和小糸静子站在二〇二五号门前说话，以为是姐妹吵架，且很自然地认为砂川里子是姐姐、小糸静子是妹妹。

“是小糸太太打扮比较年轻的关系。”早川社长说，“不过砂川把户口簿拿给我时，我还惊讶他老婆才四十八岁。我以为更老呢！女人日子过得苦，是会比男人老三倍。我对此并不在意，人家的老婆嘛！我在意的是砂川太太能不能把占住人的角色扮演妥当，她会不会尽量让那房子保持干净，以免和小糸太太发生纠纷。”

早川社长说小糸夫妻去二〇二五号查看，也是担心同一件事。

“小糸太太不相信我，也讨厌砂川家的人，当然会去查看。我觉得很不妥，告诉她被邻居看到就麻烦了，万一被执行法官看到就更糟糕。她就说她会一大早或是很晚时才去——不能不去。”

就早川社长所见，砂川家的人谨遵指示，将房子保持得很干净。

“砂川暂时不再找工作——当时他的工作就是住在那套房子里。要应付买方石田先生，户主失业在家比较好。他说他整天在家打扫，实际上我也去看过，那里干净得就像附有家具的样板间一样。”

砂川里子白天在超市工作，晚上还到酒馆打工。早川社长不能完全负担砂川家的生活费，里子也无意这样要求。

“小糸太太抱怨老太太的轮椅会伤到地板。我想她们吵架可能是为了这个吧。”

小糸静子确认了这一点。

“一提到这件事，我就生气。”她气愤地说，“我确实抱怨过几次轮椅的事情。那个老太婆又不是腰腿无力到不能自主行走，他们太宠她了。我只是告诉他们，在屋子里不要用轮椅。”

是不是和砂川夫妇合不来呢？

“在许多事情上，他们的想法和价值观都和我们不同。我也问过早川社长能不能找别人。”

早川社长不理会她。

“他挖苦我说：‘太太，不会有西装革履的有钱人干这种勾当吧。’”

事实上，早川社长清楚地告诉她：“你还搞不清楚自己处在什么境地吗？”

不过小糸静子不记得早川社长这句露骨的讽刺话。

“他是取笑过我千金小姐出身，不谙世事。”

客观地看，保持家具清洁，不要弄坏地板，这几乎都是正规（而且挑剔）的房东对正规房客的要求。这或许是小糸静子还未确切认识到自己已干下叫人霸住二〇二五号、向买方施压的“坏事”的证据之一。

“我总觉得那些人非常诡异。一开始就有着不寻常的气氛，不正经——该说是素质低吧。”小糸静子痛骂砂川一家，“所以后来那么多事弄清楚后，我反而不太惊讶，还有郁愤得以发泄的感觉。当时我还跟我丈夫说：‘看！跟我说的一样吧，我就觉得那一家人不对劲。’不过以同情的眼光来看，他们家虽然穷，但只要不做占住那种违法的事情，别人也不会对他们怎样。也没有人强迫他们这么做啊。堕落的人终究是自甘堕落嘛！”

她这番任性逞强的话，总让人感到令人畏怯的回声。

“小糸夫妻为钱所困，缴不起贷款，落到房子被法院拍卖的地步，却还嫌砂川家穷困卑贱，有这种道理吗？可是做坏事的是我和砂川夫妇，我们也只能采取一般明理人的态度，不计较她说什么。现在想起来，小糸太太老是说矛盾的话，大概是想逃避现实。”

读者应该还记得在第四章“邻居”中提到，西栋八一〇号的女孩筱田泉在垃圾堆置场遇到了小糸孝弘，想捡走他丢弃的新的（看起来还是全新的）收录机，并和阻止她的小糸静子发生了争执。筱田泉对这事记忆鲜明。她说：“很可怕，感觉那歇斯底里的小糸静子会随时转过身来打我。”

这件事发生在早川社长指示小糸一家趁夜逃走前不久。当时，经济压力已经大到无法承受的程度，小糸静子会变得神经质也是无奈。奇怪的是这台新收录机的出处。

笔者直接问她本人，她只说“我不记得有那件事”。不过意外的是，早川社长倒知道内情。

他先声明这是听她丈夫小糸信治说的。“那时她也向地下钱庄和信用卡公司借钱——都是小额借款，总之是因为缺生活费而借的——频频被人催着还钱。唉，这还是和‘收购公司’有关。公司宽松地核发信用卡后，要持卡人用卡去买家电产品，再用以物偿债的方式，把买来的东西交给公司换取现金以偿还借款。其实大可不必用这种方式还钱，可是人在走投无路的时候判断就会失准，连那样精明的太太也会陷入这种窘境。”

那么，全新的收录机应该要交给收购业者，怎么会扔掉呢？

“就是啊，不知情的儿子拆了包装。”

笔者听了早川社长的说辞后，再度向小糸静子求证，她依然坚持说不记得有那件事。这时，最迅速、确切的方法就是直接问小糸孝弘。

可是没有监护人小糸静子的同意，不能够采访孝弘。经过多番交涉，小糸静子终于通知说孝弘愿意说了，可以见他。但他希望采访时母亲不要在场。

他的记忆也鲜明得不输筱田泉。自己的母亲不忌讳别人的眼光而发怒吼叫，这一定对他的心理造成了相当大的冲击。

——收录机那件事和早川社长推测的一样吗？

“是的。那时我们家里堆着各种家电产品，妈妈说绝对不能动那些东西。收录机放的位置比较偏，我以为没关系。”

他是个聪明的少年，长相酷似母亲，身材像父亲。

“我撕开了包装，妈妈回来看到后非常生气。我想恢复包装原状，可是怎么弄都不行，妈妈就变得歇斯底里，吼着说拿去扔掉。我想她也不知该怎么办，因为我拆了必须原封不动交给别人的东西。”

当时他并不知道母亲听命于收购公司以信用卡买家电产品，只是每天冷眼旁观送来的收录机、电子锅和迷你组合音响等，再观察来收货的人时，感觉很不对劲。

“妈妈很怕那些人，他们像黑道人物一样。我也很害怕。”

通过小孩的眼睛，似乎可以窥见当时小糸家所处的状况。这也让人想起小糸家还住在二〇二五号时，邻居说看到过像是黑道角色的人出入小区。

——当被告知必须趁夜逃走时，你有什么感受？

“爸妈没有跟我说要‘趁夜逃走’，只是说必须暂时空下这套房子。而且也不能让邻居知道我们不在这里，所以只能带着随身用品悄悄离开。”他无奈地笑笑，笑起来时眼尾的线条比母亲的更柔和，“可是我知道这就是逃走。傻瓜也知道啦，这种事情！”

他接着说：“感觉自己的人生好像已经完蛋了。”

——你还只是中学生啊。

“我想在这种家庭长大，将来也不会像样的。”

——不像样？

“嗯，父母为我铺设的轨道歪了，所以身处这种环境的我将来也会不像样，就好像抽到了下下签一样。”

——很有意思的想法。

“是。我们做子女的一切都由父母决定，自己不能选择。父母一旦失败，孩子就要承担一切后果。”孝弘淡淡地说完，又冒出令人意外的话来。他说逃走以后，砂川家人住进去以来，他好几次回到二〇二五号，但都是一个人去的。“逃走时很匆忙，参考书和体育服这些不太重要的东西还是忘了带，必须回去拿。虽然可以托妈妈去拿，但是我也想知道那房子怎样了。那时我还不知道爸妈有什么计划，去到二〇二五号看到陌生的阿姨时，吓了一大跳。我以为里面没有人。我自己有一把钥匙。”

——那位阿姨是砂川里子吧？

“嗯。”

——她看到你也吓一跳？

“她问我是谁家的孩子。我的心跳得很厉害，没有说话。她就问我是不是小糸家的孩子。”

——她让你进屋了吗？

“我说有东西忘了拿，她就开门说‘进来、进来’，好像怕人家看到。”

小糸孝弘去翻找自己房间的壁橱和鞋柜时，砂川里子完全没有阻止他。

“不久，从前面的房间里出来一个坐着轮椅的老婆婆，我又吓了一跳。”

——是砂川都梅吗？

“她向我打招呼了。老婆婆身躯瘦小，满脸皱纹，有点恐怖，不过一直笑眯眯的。”

——她笑眯眯的，是因为知道你是谁吗？

“好像不是，她似乎误以为我是什么人。阿姨走到老婆婆身边大声说：‘妈，这是小糸家的少爷。’说了好几遍。可是老婆婆好像耳朵不好，还是误会的样子。阿姨不好意思地笑笑，跟我说抱歉。”

——砂川都梅好像有老年痴呆症。

“对啊，我后来听说了。”

——砂川里子没有赶你走，还很亲切地对待你？

“对，她看我要拿走的东西很多，就说装进袋子里更好拿，还帮我用绳子绑好。”

——孝弘君，你当时不会很困惑吗？又不知道他们是谁！你没有问砂川里子她是谁、为什么在这套房子里吗？

“有点难以启齿。气氛怪怪的，我怕问了会对不起爸妈。”

——说的也是。

“不过我在找东西的时候，阿姨说他们向我爸妈借住这套房子，要我回去后替他们问候我爸妈。”

——你相信吗？

“才不！哪有自己都逃走了还把房子租给别人住的？所以我就说：‘骗人，阿姨骗我！’”

——那砂川里子说了什么？

“她好像为难得不知如何是好。我相当不高兴，感觉她把我当成很不懂事的小孩，认为跟我说真话我也不懂似的。我讨厌人家糊弄我，收好东西就要走，这时阿姨说在我爸妈同意以前，我不能一个人再去那里。”

——她是叫你不要接近二〇二五号？

“对。我没有回答转身就走，刚走出大门时听到老婆婆在后面喊‘佑司、佑司’，然后又听到阿姨说‘那个孩子不是佑司’。我觉得奇怪，可是那时候我真的很害怕，只想尽快离开那里，便拔腿跑向电梯。”

自己原来的家住着不认识的人，对此感到害怕的小糸孝弘瞒着父母自己回去过二〇二五号一事。他相信如果明说的话，一定会狠狠挨骂。

——二〇二五号里面住着不认识的人，那时你对这个情形怎么看的？有能说服你自己的想法吗？

“怎么看？很茫然。”他激烈地摇头，断然说道，“只是感觉不痛快，但多想也没用！因为爸妈只会吵架，不可能好好地向我说明。”

——当时是住在日野的外公外婆家吗？

“对，从那地方去学校很远，我每天都累死了。我跟妈妈说我很想自己一个人住。”

——你自己一个人？租公寓住吗？

“嗯。”

——为什么？

“因为上学太辛苦了。我想住在学校附近。”

——你父母说了什么吗？

“我没跟爸爸说，只跟妈妈说。妈妈反对。其实一开始我就知道会这样。”

——即使知道会遭到反对也要说说看?

“对，就是想说嘛。”

——你是希望他们知道你上学很累吗?

“不是。我是想让他们知道，我再也不想跟他们住在一起了。”

他没用激烈的语气，只是干脆地说了出来。他说“不想跟他们住在一起”的瞬间，瘦削的肩膀微微耸起，但沉静的表情几乎没变。

——你想离开父母?

“我觉得够多了。”

——什么“够多”?

“各种失败啊，蠢事啊。”

——你是指父母陷入经济窘境吗?

“是啊。还不只这样。”他一副筋疲力尽的表情，“刚才说的收录机的事情就很蠢吧? 那样做也不可能还清多如山高的借款啊。可是妈妈却不在乎地接受那种方法，一点也不知道自己有多蠢!”

这批评甚为辛辣。

“我爸妈只会耍嘴皮子。他们好像嘴巴上很了得，就自以为了不起，可是做出来的事都很愚蠢。我已经厌烦老是被卷入里面。”

——可是你父母很担心你呢。

“担心我什么? 我一切都做得好好的，是他们把我的生活弄得乱七八糟。”

——可是你终究还没有独自生活。二〇二五号发生命案，警察要到你外公外婆家查看时，你父母急忙带着你逃跑，你还记得当时的情形吧?

“嗯……”

——我想那是很难过的经历，不过，那时你还是跟父母一起行动了。

“他们硬把我带走的。”

——哦? 你母亲不是这样说的。

“她怎么说?”

——你母亲想阻止要逃跑的父亲，她说她并不想逃，可是你说不管父亲的话，他很可怜。你们才一起走的。

小糸孝弘像赶苍蝇似的扭扭头，吁口气。“唉！撒那样的谎。”

——你母亲撒了谎吗？

“我只能说是妈妈自己想的。她就是这样：心里怎么想就怎么认定，然后就说得和真的一样。”

——那么在你看来，那天逃匿的真相是什么？

“就是被强行带走的嘛！爸爸说我一个人留下来不好，孩子必须跟着父母。我虽然不愿意，还是乖乖跟着，心想反正逃不了多久就会被逮捕的。”

——你很冷静呢。

“我只是厌烦而已。”

——逃匿时，你母亲怕你父亲绝望之余会做出什么事情来，非常害怕。

“我看不出她害怕。”

——你母亲说，你父亲最后愿意去警局，是因为你的劝说。

小糸孝弘垂下眼睛，第一次让人感到没有防备的小孩的脆弱。

“我没有说服他……”

——可是你劝过你父亲吧？你说了什么？

“我只是说我很担心。”

——担心。担心谁？

“住在二〇二五号里的人啊。听说他们都被杀了，我想知道是不是真的。我太……震惊了，真的很担心。”

——照前面说的，你只见过砂川里子和都梅，而且只见过一次。再说，你对她们印象不怎么好，不是吗？

小糸孝弘低着头沉默不语。大约过了一分半钟，他眨了几次眼。或许是为了掩饰泪水，但是当时实在难以清楚判断。

“我后来还见过阿姨几次。”

——砂川里子？

“嗯，我又去了二〇二五号。”

——不是只有一次吗？

“嗯，我记得去了四五次，或者更多吧。”

——你去干什么？又去拿东西吗？

小糸孝弘不停地用手指搓揉鼻子，又窸窸窣窣地吸鼻子。

“我第二次去时，是想问他们可不可以还一个房间给我。”

——把你在二〇二五号的房间还给你？

“是。”

——当时你已经知道砂川里子他们为什么住在那里了？

“我还不知道。只是觉得只要坚持说那个房间是我的，或许可以要回来，虽然我也不知道这有没有用。”

——那是你要求租公寓独自生活的愿望无法达成以后的事吗？你以为独自搬回二〇二五号就可以独自生活了？

“嗯，是啊。那比从外公家去学校轻松多了。”

——砂川里子怎么说？

“她很为难。”

——她没有生气或笑你？

“没有，因为我拼命地说明我的想法。”

——她都仔细听了？

“比我妈好多了。”

——可是，你想一个人回到二〇二五号和陌生的砂川家一起生活吗？

“那不会很难吧。”

——是吗？我想这跟和家人一起生活很不同。

“会吗？我觉得和父母一起生活更难受呢。只因为他们是父母，我是小孩，我就得任凭他们莫名其妙地安排我的一切。如果和外人住在一起，只要遵守规定，反而轻松。”

——你把这话跟砂川里子说了吗？

“说了。”

——她很惊讶？

“她说：‘跟我们一样啊！’”

——“跟我们一样啊！”这话……

“嗯，可是那时我还不知道阿姨说的话是什么意思，我对砂川家也一无所知。接着她告诉我，他们其实也没有血缘关系，只是住在一起，她的名字也不叫砂川里子。”

——这下换你吃惊了？

“嗯，我吓一大跳。只有那位大叔真的是砂川信夫本人，阿姨只是借用了大叔家人的名义——说是为了这套房子——我听了一时还不明白。”

——可是听了这话以后，你不会更想独自搬回二〇二五号吗？

“想啊。可是阿姨跟我说事情没那么简单……这时她才毫无保留地告诉我他们为什么住在二〇二五号，还有拍卖、占住等事情。”

小糸孝弘不是从父母口中，而是从占住人之一砂川里子那里知道这一连串内幕的。

“她说她理解我的心情，可是这事早川社长有安排，他们不能把我纳入这个家庭。听了她的解释后，我也知道没办法了。”

——你很失望？

“可是也有点高兴，我发现还是有人和我的感觉一样。”

——你是指觉得和外人一起生活比和家人一起生活幸福吗？

“对。我虽然是小孩，可是想离开爸妈，希望从爸妈的束缚下获得解放。一般的小孩不都这么希望吗？”

——这是因为你觉得自己的遭遇不寻常吧？

“我现在还是这样想：人生很荒谬！”

——那要看你怎么想了。你后来又去过二〇二五号几次？

“阿姨说我想独处的时候就可以过去，她把里面的房间空给了我。所以，我放学后常常跑去那边，直到傍晚阿姨要我回家时才走。”

——她说很晚了，让你赶快回日野的家？

“对。不过她常常留我吃饭。”

——砂川里子帮你准备吃的东西？

“嗯，她说男孩很容易饿。可是她也在上班，好像很忙，我有点不好意思。”

——她白天在超市上班，晚上在酒馆打工。

“是啊。我去二〇二五号的时候大概是下午四点或四点半，那时她回来了，又要照顾老婆婆，又要准备晚饭。”

——你见到了其他人吗？砂川信夫和砂川毅？

“我见过大叔两次。”

——感觉怎么样？

“人有一点阴沉，可是对我很好，还把我当大人似的说：‘你也很辛苦呢。’”

——砂川毅呢？

小糸孝弘的脸上突然罩上乌云，视线落在膝盖上，眼珠在眼皮下骨碌骨碌地转。

——你没见到他？

“没有。”

——你对他没兴趣吗？他是处境几乎和你一样、也有同样感受的年轻人啊。你认为父母没有权利左右子女的人生，他不是最能认同你的观念的人吗？

“……我不知道。”

——他也住在二〇二五号吧？

“阿姨说他几乎只是回来睡觉。”

——砂川里子怎么看砂川毅？

“我不知道。她……好像很担心。”

——她没说他们吵过架？

“她没跟我说。”

——我们再回到原来的话题。你父母带着你离开日野的家逃匿，你听到二〇二五号发生了命案时，跟父亲说你很担心砂川家的人，说想确定一下他们是不是真的遇害了？

“是。”

——你父亲听了怎么样？他也担心砂川他们吗？

“他说和那帮家伙扯上关系是个错误。”

欠缺抑扬顿挫的语气。即使是引用父亲的话，小糸孝弘也不忍心用“那帮人”来形容砂川一家。

——你父亲听你说认识砂川家的人时不诧异吗？

“那时他似乎没有精力注意这件事。”

——可是你父亲还是去见警方了。

“这样逃匿，人家会认为是爸爸杀了砂川一家，因为那时还没人知道买方石田也逃匿了。”

——你父亲并没有杀害砂川一家的动机啊。

“我不知道。或许有。爸爸很讨厌砂川家的人。”

——为什么讨厌？跟你一样，他也知道砂川家的特殊情况？

“他不知道。爸妈都是看了新闻报道后，才知道砂川家不是一般的家庭。这点事前只有我知道。”

——你没告诉父母？

“没有那个必要。”

——听了你的话，觉得至少在当时，你对砂川里子好像比对父母有亲近感。

“怎么说呢，我也不知道。”少年歪着头，脸色阴沉，突然像呛到似的继续说，“我不知道是不是亲近感。只是阿姨愿意好好听我说话，会整个儿听完我说的话，不会像我妈那样，只照她喜欢的意思扭曲我的话。我们很容易沟通。她虽然不了解我，可是不像我妈只听自己想听的话。”

事实上，砂川一家的尸体被运走后，搜查二〇二五号的警察很快就感觉到了哪里“不对劲”。这个家庭不正常，有一种暂时居住的感觉，家具和电器像是别人寄放的东西。事实上，走廊旁边的卧室里、沙发和桌子上都盖上了布罩，不像使用过，反倒像是被保管的样子。

储藏室里这种不对劲的感觉更强烈，几本家庭相册整整齐齐塞在纸箱里。我们先说结论，这些相册是小糸家留下来的，因此照片上都是小糸家的人，并没有已死的砂川家的人。

砂川都梅陈尸的和室壁橱里，只有一些随身换洗衣物，都以手提袋和大纸袋装着。客厅的桌子铺着很大的桌巾，一尘不染。组合音响的电源拔掉了，除了电线收好外，还罩上了塑料套（上面溅有许多血迹）。怎么看都觉得生活在这屋里的人如同小心翼翼地踩在一堆鸡蛋上，不敢弄坏弄脏任何东西。

此时，警察找不到这些死者的照片。他们究竟是谁？翻遍整套房子，就是找不到一张他们的照片，也没有别处寄来的信件。后来警方抓到了早川社长，从伪造的租约和户口簿查明死者的身份后，还是没有找到他们的照片。要从他们死后的脸庞推断生前的表情，需要很大的想象力。二〇二五号姓砂川的这四个人，有很长一段时间是没有长相的人。

大家能清楚看见他们的长相，是在报纸开始大肆报道以后。

“媒体开始骚动时，整个日本不感到惊讶的，大概只有我。”小糸孝弘微笑着说。

——是啊。就连早川社长也相当惊讶。你是砂川一家死前唯一和他们分享秘密的人。

少年脸上的淡淡笑容消失了，换上一副快哭的表情。“可是，我不能独处了。阿姨已经不在了。真的不在了。”

第十四章　生者与死者

小糸孝弘说的“媒体骚动”，是在早川社长接受警方侦讯，揭开二〇二五号砂川一家的身份之谜，并经媒体详细报道的三天后，也就是六月八日那天开始的。

埼玉县深谷市，是一个距离东京市中心约八十公里，位于高埼线沿线的小都市。古老城镇的风貌还留在仅存些许的深谷城墙遗迹一带。这里本来是上越新干线的一个站，但这地位被邻近的熊谷市取代以后，失落的城市情绪充溢市区各处。幸好还有不怕长途往来的“首都圈民众”的坚持，深谷市仍然是东京的市郊住宅区，因此深谷车站入口处栉比鳞次的小餐饮店和面包店的开店时间都很早。

三明治店“芦边”也是其中之一。它位于深谷车站入口处公交车站北边的三十米。十年前开张时，这家店撑不到半年就差点倒闭。毕竟位置不佳，赶乘第一班电车的上班族下了公交车，不愿多花几分钟来回走这三十米一趟的路。

刚开始时，芦边的经营一直不上轨道。但这里的三明治、御饭团和豆皮寿司风味极佳，价钱也比其他店便宜三十到一百元；纸杯咖啡是真正的滴漏式咖啡，如果事先要求，店家还可以帮客人装进保温杯或保温壶里；店里也订做午餐便当。这么多便利的卖点在顾客中传开以前，芦边真的是乏人问津。

芦边的老板伊泽和宣及太太总子，都是深谷市人，他们是青梅竹马的一对。双方家庭都经营餐饮业，他们高中毕业后各自帮忙家业，二十岁结婚后就独立创业了。他们先开的什锦烧烤店，然后开咖啡厅，接着换开串烧店，总是开了又关，关了又开——一连串的创业史。

伊泽和宣说，或许他有经商才干，也或许他相当走运，虽然常常改业，但不曾亏损过。芦边也一样。芦边是他们夫妻开的第七家店，也是店面最简单的一家，摊架都是旧的。因为位置不好，附近的店家都冷言冷语地说“伊泽要失败吧”。经过半年的苦撑，芦边的生意开始兴隆后，他们才半惊愕地相信伊泽的不败神话。

纯粹为了兴趣开店的伊泽夫妻成功的秘诀，一是不讲究店面装潢，二是不节省人事费用，同时精心培养员工。他们过去开店时，即使经营的是只有十几平方米的小西餐厅，也会另外雇请员工。伊泽相信，如果只是夫妻两个人干活，早晚一定忙不过来，经营会受阻。

这十年来，伊泽夫妻最倚重的店面帮手就是砂川里子，开芦边这家店自然也不例外。

砂川里子出生于一九四八年，今年四十八岁，埼玉县朝霞市人。父母双亡，小她两岁的妹妹一家三口还住在老家。里子高中毕业后上了东京，在新宿的百货公司上班。二十五岁时经上司介绍相亲结婚，两年后生下儿子毅。毅现在二十一岁。或许是同困共苦的关系，母子非常亲昵。

千住北美好新城西栋二〇二五号命案的消息在砂川里子眼里，起初很有意思。就和与命案没有直接关系的人一样，里子也是从电视和报纸上收集信息，根据这些片段事实拼凑、推测真相的。

里子在芦边的工作，是和伊泽总子一起采购、烹调、贩卖。凌晨三点就要上班，她总是早半个小时起床。芦边在清晨四点开店，之前的一个小时大家都忙得团团转，没有时间看电视和报纸。事实上，凌晨三点电视上也没有新闻，连报纸都还没送来。砂川里子每天默默起床，默默去上班。伊泽夫妻也一样。

当芦边开门做起生意，客人陆续上门后，日常的生活对话才开始。大部分顾客都是要去东京市中心的上班族，他们多半腋下夹着报纸，有的是在公交车站附近的书报摊买的。那天早上，一个上班族从砂川里子手上接过三明治，付了钱，他等着找钱的时候，突然对里子说："阿姐，你在荒川区被杀了，你知道吗？"

砂川里子愣了一下。因为急于应付下一个顾客，她没听清楚刚才那人说的话。"啊！什么？"

"这个呀！上面都登了。"中年人拍拍腋下的报纸。

"荒川区的高级公寓大楼里有四个人被杀，被害者的身份已经查出来了。"

"啊呀！真的啊？"

"跟你同名同姓呢！吓我一跳。虽然是巧合，但你不会好受吧。"

伊泽夫妻都有厨师执照，十年前在他们的鼓励和资助下，里子上班不久后也去考了执照。因此，芦边的墙上贴有他们的执照，好让顾客知道这家店的食品都出于有执照的厨师之手。

伊泽总子开玩笑说做这种外卖生意，还有其他好处。虽然已经是大妈了，同年龄的男顾客都称她们"阿姐"。客人看到墙上的执照，知道她们的名字，又听到她们称呼彼此，自然清楚谁是砂川里子、谁是伊泽总子。但他们还是喜欢称呼她们"阿姐"，她们也习惯了。

所以这时候，砂川里子对顾客能根据新闻报道的内容，把她本人和名字连在一起，感到有点不好意思，腼腆地笑着说"是啊"打发了他。

可是没隔多久，一个来买牛奶和三明治的年轻人也说了同样的话。

"阿姨，你的名字登在报纸上呢。"

这个年轻人大概一个人住，是每天来芦边买早餐的老顾客，也常常订做午餐便当。他有着略显个性的凹下巴和讨人喜欢的笑容，总子和里子都感觉他像自己的儿子一样。

“刚才也有人说了。”里子笑着回答。

年轻人把手上的报纸递给她，是《日本日报》。“看！是不久前才闹得很大的命案，记得吧？荒川一家四口被杀命案，遇害的一家姓砂川，女主人的名字叫砂川里子。你看了吗？”

“啊，不用，我等一下去买。”

“没关系，这个给你，我已经看过了，而且你也常常跟我算得便宜呀。”年轻人将手上的报纸换过三明治，然后又笑着说，“阿姨，你今天一定会听到很多人说同样的话。居然有这种巧合！”

事实上，后来是有几个老顾客跟她说：“看报没有？”“阿姐，上报啰！”早上的匆忙时刻，大家都忙，没有深入交谈的时间，只能适当地敷衍说“讨厌”“哎，知道啦”。顾客也不是特别当真，只是半亲切半调侃地说“真是不吉利的巧合”。

砂川里子在认真工作的时候并没有深入地多想。年轻人留下的报纸，在早上的忙乱时刻结束以前，她连瞄一眼的时间都没有。

“到底写了什么东西？”好不容易得空了，她嘀咕着翻开《日本日报》，这时已过了九点，芦边会暂时关上柜台，休息两个小时。这段时间，砂川里子和伊泽夫妻习惯到停在狭窄店面后方、车身漆着“芦边”大字的面包车里吃迟了的早餐。早餐向来都是总子准备的。那天吃的是御饭团配大酱汤。

里子喝着总子从保温壶倒在马克杯里的热茶，翻看着报纸。头版以晚报特有的标题方式写着：荒川一家四口被杀命案，遇害者一家身份查明。报道内容放在第二版，但篇幅不大。这也难怪，警方又不是抓到了凶手，或是找出嫌疑人发布了全国通缉，而只是查明了被害者身份，这通常不会是大新闻。

里子还没仔细看完报道，就看到了“砂川”的字眼，也找到了自己的名字。从里子背后探头一起看报纸的总子说：“真的呀，是姓砂川呢。”

此时里子的脑子一片空白，没有回应总子的话。她左手拿着报纸坐着不动，接着握着马克杯的右手一斜，热茶洒到膝盖上。

“里子，怎么了？”总子赶紧扶住她的右手，接住差点掉落的马克杯，“会烫着呢！你干什么啊？”

如同总子所说，茶水还很烫，渗湿了里子穿的混纺长裤，在膝头印出一个有如绘本中的无人岛形状的水渍。里子浑然不觉，右手没了马克杯，她很自然地抓住报纸的另一边，好像不紧紧抓住，这张薄薄的报纸就会从她眼前溜走一样。

“砂川太太……”伊泽夫妻面面相觑，“到底怎么了？”

总子轻摇里子的肩膀。里子像没有脊椎般上身摇晃，然后想起了什么似的放下双手，移开视线，看着身旁的总子，脸上血气尽失。

“……是我丈夫。”她喃喃地说。

总子没听清楚，感觉里子像在叹息。“啊？你说什么？”

伊泽和宣的耳朵比较灵敏，坐在面包车前面的他转身问里子：“那不是巧合吧？真的是你丈夫吗？”

里子又恍惚地摊开膝上的报纸，呆呆地猛眨眼。总子把报纸拿过去，急速查看版面，激动得一直看不进内容。

……遇害的四人推测是砂川信夫（46）、妻子里子（48）、儿子毅（21），以及信夫的母亲都梅（86）。

总子把这段看了两遍，上面是写着里子的名字。她看到48这个数字时，本能地去想里子现在多大了。伊泽从她手中把报纸拿过去。“这是你失踪的丈夫吗？”

里子双手按颊，愣愣地点头，像少女般无助。总子突然觉得她很可怜，靠过去搂着她。

“不要紧吧？振作些，或许是弄错了。”

里子摇摇头。“我完全不知道。”她幽幽地说。

“什么不知道？”

“可这的确是我丈夫的名字，年龄也一样。”她不自觉地继续摇头，“而且登了我的名字，连阿毅和婆婆的名字也都登了。”

“嗯？怎么回事？”总子将嘴巴凑近里子耳边，尖声说道，“你丈夫的名字和你的名字都一起登了？不过，不只是里子你，连阿毅的名字也都登了吗？”

伊泽脸色凝重地瞪着总子。“我看你最混乱了，搞不清楚状况。”

“我是不清楚嘛！”

总子又把报纸抢回来，但是没等重读报道，她已经明白里子在说什么、那段报道是什么意思。

砂川里子的丈夫信夫抛弃家庭出走，到今年已经十五个年头了。按照现在的说法这是“失踪”，但在伊泽夫妻和里子的年代，他们称其为“蒸发”。多年来，里子独力扶养儿子。

伊泽夫妻十年前开始雇用她，那时她比现在瘦很多，一看就知道陷入了经济困境，整个人散发着疲累困顿的气息。双方都认识的人向他们请托，说有位太太被不负责任的丈夫抛弃了，生活困顿，请他们雇用她。

他们这里提供的又不是需要填履历表或经历面试的高档工作，于是约了她在附近的咖啡厅喝茶。不到一个小时，他们就决定录用她。他们不是同情里子的不幸遭遇而给她这份工作，他们没那么天真，而是觉得对她的人品有好感和信赖感。

里子在述说自己的艰辛遭遇时，并没有乱说突然蒸发了的丈夫的坏话。关于这点，倒是介绍里子的那个熟人说得非常刻薄。

“我猜他在外面有女人了，才会突然就这么消失了，再也没回来过。连那个月的薪水他都一分不剩地带走了，害得里子他们的生活立刻陷入困境。那种老公，简直是人渣！”

但是里子没有这样说。她只是语气平静地叙述：她不认为丈夫另外有女人——不，也或许有，但不认为他会为那个女人离家出走。她说丈夫蒸发的原因可能和家庭关系有关。

“他对我是有不满，但他不是那种会开口挑剔抱怨的人，只好默默离家出走。我和孩子虽然苦，但他的日子也不会好过。”

总子在她的语气中感觉出有如姐姐对弟弟的关怀之情，后来知道里子的确比丈夫大时，心想果然如此。

总之，里子的丈夫砂川信夫下落不明，失踪至今，却突然变成了东京荒川区高级公寓大楼里的遇害者被登在报纸上，而且和他一起遇害的家人姓名，就是他真正的家人姓名——里子和毅。

“里子没死，阿毅也活蹦乱跳的，这一定弄错了。”

伊泽无视呆呆地指责报道的总子，问里子说：“你婆婆的名字是都梅吗？”

里子点头。“是啊，信夫的妈妈是叫都梅。”

“那这一切不是都很吻合吗？”

“可是明明就不对嘛！”

“你还弄不清楚，就安静一下吧。”伊泽说完，皱着眉头再问里子，“怎么样，砂川太太，你看是不是该好好确认一下？”

里子茫然地睁大眼睛。“确认什么？”

“看这是不是真的。”

“我们再看看别的报纸吧。”总子赶紧提议，“这家报纸常写八卦。看看《朝日》或《读卖》怎么写的吧。”

伊泽也兴奋起来。“去报摊买吧。真想知道得更详细一点。”

“对啦对啦，还有，里子，问一下阿毅吧。快打电话。”

“对，”伊泽也同意，“用这个打！”他取出腰间的手机递给里子。她接过手机，手在发抖，指尖颤抖地按着手机的小按键，却一直按不好。总子看不过去，伸出手。“我帮你打。阿毅已经上班了吧？”

砂川毅在大宫市内的装潢公司上班。

“会不会去工地了？”

“那孩子……也有手机。”里子梦呓似的说出了手机号码。总子按完键，等待接通。这时必须要有耐性，没办法，因为是打给正在上班的人。

铃声响了十遍，毅才接听。总子感觉自己的呼吸差点停顿。她报上姓名后，语气不太耐烦的毅立刻变得热情起来：“啊，阿姨，早上好。”

砂川毅叫伊泽夫妇叔叔阿姨。从那开朗的语气听来，他还没看到报纸，也没看到电视新闻，同事也还没跟他说“你的名字上报了”。

问候完，毅的语气一变：“怎么了，我妈有什么事吗？”

“没有，你妈就在我旁边。”总子赶忙说，同时斜眼看着里子的表情。她还是垂着头坐在那里，视线紧追着《日本日报》的报道。

总子很快地把事情叙述一遍，毅不时提出质疑，他也觉得这不是开玩笑的事。

总子还在跟毅说话时，伊泽抱了一叠报纸回来，还有几本周刊。她心想，现在报亭卖的杂志怎么可能有今天才上报的新闻事件的报道分析呢，这人还真蠢。

“阿毅，公司里还没有人跟你说什么吧？”

“没有啊……我今天是直接到工地的。”他说还没跟公司里交情不错的同事碰面。

“你妈有点吓到了，脸色很差。”

毅的声音里满是担心：“不要紧吧？”

“我们陪着她，没问题的。不过你今天很晚下班吗？能不能提早一点？”

“不行啊……有点难。”

伊泽晃着小肥肚皮探身过来，拿走总子手上的手机。“毅君，是我。”

“叔叔，抱歉。”

“你妈妈和我们在一起，你下班后到我们家来一下。这个报道是不是真的，不确认一下不行。我们会先查证一下，但还是要好好谈一谈。”

砂川毅答应了，还说自己马上去看报纸。伊泽用眼神问里子“要不要听电话”，她伸过还在发抖的手抓住手机。

“哎，是阿毅吗？”

“妈？你不要紧吧？”

“吓坏我了……”

“很可能是老爸，或许是真的，可是把你、我，还有奶奶的名字也登上了，很奇怪吧？或许是天大的误会，或许是警方找到老爸了，就武断地下了结论吧？这样吧，你先和叔叔阿姨好好商量，我有空了立刻赶过去。”

里子频频点头，更加垂头丧气，泪眼朦胧。“遇上这种事真麻烦！可是你爸爸死了，他们总会打电话通知我吧？我还得去认尸，要确认他啊。”

“妈，你不要胡思乱想，或许是报纸弄错了，毕竟我和你都没死啊——对了，打电话到奶奶的医院问问看。那里人更多，恐怕比我们这边闹得还大，护士都会看报纸的。”

里子挂了电话，伊泽坐回驾驶座。“毅君说得没错，但打电话不如直接过去看看。你婆婆住的医院就在附近吗？”

砂川都梅住的是特别养护老人院，从芦边所在的车站前向市区北边开车约三十分钟就到了。对每个周日下午去看婆婆的里子来说，这是条已经走习惯的路。道路很空，伊泽开得很快。

途中他打开了收音机，正好开始播报新闻。新闻报道说荒川一家四口被杀命案的被害者身份已查明，但是没有报出他们的全名，只说警方认为“是砂川信夫，无业，四十五岁，及其家人”。

车上的三人都竖起耳朵，直到新闻转到下一条消息。伊泽总子叹了口气。

“刚才都没有清楚说出身份啊。”

“广播新闻的时间短，省略了吧。”

砂川里子想着伊泽刚才买来的各家报纸的写法也不尽相同。有的清楚写出了一家四口的名字，有的虽然写了四个人的名字，但都加上了“认为是”“推定是”的字眼。有的只写出户主砂川信夫的全名，有的只写出“早川社长认识的无业男性”，连年龄都省略了。

这样众说纷纭的报道，大概是根据警方召开的记者会或是其他渠道发布的消息所写，里面也掺杂了一些推测。

自从砂川信夫失踪以来，对里子来说，“辛苦”就是“生活”，而且每天的生活都处在“相当艰辛”的水平，丝毫没有喘口气的工夫。

然而，里子并不怨恨离家出走踪影全无的信夫，有时还会为他担心。她有时也会气恼他，但真的不曾恨过他。

大概没有人能理解这样的心情，所以她也不跟人提，只是默默过着日子。丈夫走后，她还是继续照顾婆婆、独力扶养儿子，同情她的善意关怀和追根究底的恶意探索隐私，多半都是对她的误解。

对于里子仍和婆婆共同生活的情况，心怀善意的人都说：“里子真了不起，没有抛弃婆婆。”心怀恶意的人则冷笑着说：“一定是觊觎婆婆的财产吧。”

信夫刚失踪的两三年，这类臆测和流言不断传到里子婆媳的耳朵里。每回听到，她们只能苦笑、失笑、大笑、相对而笑、独自发笑，或是为了让替她们不平的朋友发笑而笑。

事实上，是里子和都梅找不到分开居住的理由而继续住在一起。因为少了信夫，她们更需要彼此。里子出去工作时，需要都梅做家事照顾毅。都梅当时刚过七十，身体还很健朗，更怕孤独地独自生活，希望留在里子和毅的身边。

此外，她们两人也合得来。虽然偶尔也会吵架，会互相嫌弃，但基本上关系融洽。比如在食物的调味、打扫的方式、收纳的方式等生活中极其实际的方面，两人的想法都一致。她们都喜欢打扫，擅长整理，尤其注意浴室和厕所的干燥整洁。在做饭方面都不那么上心，像天妇罗和炸猪排等会溅油弄脏厨房的菜色，她们都认为到外面吃或买回来吃更好。女人如果在这些方面好恶一致，资本主义者和社会主义者都可以一起生活了。

对双亲早逝、亲友无几的里子来说，都梅是她唯一可以喊“妈妈”的亲人，都梅的存在当然很有分量。毅虽然是祖母带大的，但其成长没有缺憾。即使信夫不在，里子、毅和都梅三人仍然组织了一个不错的家庭。

照她们的想法，家人就是要住在一起。

都梅常常向里子说抱歉——当然是为了信夫的事。“我怎么养出了这个抛妻弃子的儿子！里子，对不起。”她一边道歉，还不忘咬牙切齿地骂信夫这个不成材的儿子，不是生气始而道歉终，就是道歉始而生气终。

毅上高中时，曾经评论过都梅这种感情爆发的模式：“那已经成了奶奶的嗜好，几乎已经是她的生存价值了。”里子常常觉得都梅很奇怪，但也只能尴尬地笑笑，无法阻止她。

都梅生气时满不在乎地诅咒信夫不得好死，甚至说他要是敢回来就杀了他。

里子并不惊讶，她知道信夫蒸发，也是因为对和这个个性强悍的母亲长年累月产生争执感到累了。

信夫没有留下只字片语，也没打电话，就这么一去不返。只是从他收拾随身物品带着旅行袋出门的举动来看，他是主动离家的。存折也不见了。

那时里子在感到慌乱、愤怒、不安之前，想到的竟是：啊，他真的这么做了！他终于下定决心走了！然后才感到很伤心，眼中泛泪。

差不多有一个月的时间，她晚上都睡不好，老想着沮丧的信夫会不会拎着旅行袋回家。听到一点声音她就醒过来，起床去查看，那时只见穿着睡衣的都梅站在门口回头望着她。

“我好像听到敲玻璃的声音。”都梅露出可怕的神情说道，“信夫是个窝囊废，回来的话一定半夜三更偷偷溜回来。他敢回来，我就把他打出去。里子，你可别袒护他啊。”

“哦，我不会袒护他的。”里子搪塞过去，又回到床上，但总是竖着耳朵直到天亮，看有没有信夫回来的动静。她心里想着要是他回来了，她没比婆婆先发现的话，他就可怜了——他和婆婆都可怜！

这种睡眠很浅的夜晚，随着时间的流逝而渐渐减少，间隔也越来越长。虽然不能说完全没有了，但是不想信夫的日子增加了。她也习惯了。

她从不曾恨过怨过。

砂川信夫死了——而且好像是被谋杀的。里子不只没想过他会比婆婆先死，甚至没想过他会死。她认为，信夫是为了逃避杀死母亲、和母亲一起死、为逃离母亲而自己去死这些毁灭性的结果才离家出走的。因为信夫相信那是最平和安然的路，才蒸发了。抛弃里子和毅，也是为了逃离母亲而不得不这样。里子不恨信夫，是认为信夫对他们母子不是没有爱。

里子曾设想过砂川家未来的样子：都梅寿终正寝，安详过世。她拿出存款，尽可能地帮都梅刊登版面较大的讣闻，希望能让信夫看到，报知他母亲亡故了，也告知他自己的居处。

她这样做，信夫一定会来见她，他们重新开始新的人生和组建新的家庭的时候一定会到来。母亲死后，面对她的牌位，他一定有许多心里话要说。

可是，里子后来又觉得，即使信夫回来，自己也不可能再和他一起生活了，甚至认为他回来的时候就是他们真正要离婚的时候。

三年前的新年过后，她的幻想有一部分破灭了。那是因为都梅病倒了。救护车把她送到医院，医生诊断说是脑中风。虽然性命无碍，但她几乎不能言语，而且右半身瘫痪了。里子听了医生的话后，心想婆婆不会死了。

都梅住院时努力康复，但是八十多岁时发作的脑中风严重影响了身体机能，除了中风前的重听和慢性腰痛外，整天她都喊这里痛那里痛，不久就出现了轻微的老年痴呆现象。住院半年后，主治医生说再接受住院内科治疗已经没有意义，在家里看护也不方便，便建议把她送去专门的养护中心。

里子摇摇头，在内心觉得不忍，而且经济情况也不允许。于是主治医生又建议他们利用市政府的看护资助制度，申请入住特别养护老人院。医生几乎断言，都梅的症状往后既不会恶化，也不会改善。

从都梅出院回家那天开始，里子更忙了。也因为医疗费用的增加，经济上更加拮据。

伊泽夫妻虽然关怀有加，但里子也不能老是依赖他们的善意。当时还是高中生的毅也开始早上送报，放学后到建筑工地或便利店打工，几乎没有休闲时间。有时找到特别好的打工机会，他还会偷偷逃学去上班。他自己一开始就说要放弃念大学，后来又想索性高中也休学去工作。只有在这一点上，里子拼命让他打消念头，因为她不希望儿子将来后悔高中都没毕业。

那时候，看到阿毅在朋友去玩时却忍饿挨困地在建筑工地指挥交通，再看看一天只能睡四个小时的自己下眼眶乌黑的脸，里子忍不住感到颓丧：就我们母子这么辛苦吗？然而最令她伤心的是，必须日日面对曾经心高气傲、克己苛人的婆婆已经完全是个病人的事实。

把害怕独处的婆婆留在家里，自己出去工作，这也让里子感到难过。不论看护多么用心，都梅还是无法轻易接纳她们，她就像孩子寻求母亲般盼着里子的身影。在她身上，早已不见当年厉害婆婆的面貌。

因此，当都梅偶尔以让看护诧异的强烈憎恨语气破口骂人时，里子反而很高兴，这让看护更惊讶。这些巡回各个家庭的协助看护都是社会经验丰富的人，她们都以为里子和都梅是母女，这也让里子觉得很有趣。当她们惊讶地说“啊，你是媳妇啊”时，里子就有一种痛快、得意的感觉。

里子和毅努力维持了两年这种有如走钢索的生活。毅高中毕业后顺利就业，也度过了成人礼。但是都梅的痴呆症状继续恶化，里子如果不辞掉工作回家全天照顾她，已经难以确保她的安全和安乐。

正好这时深谷市郊的特别养护老人院来通知说有床位了。

“这真可以说是奇迹呢。”伊泽总子大大吁了口气，“简直就是有人伸出援手来了。”

里子对这份幸运毫无异议，但是心里百感交集。她和儿子都累了，老实说，现在要把婆婆送去专门的赡养院，不知有多好！可是另一方面，抛弃婆婆的罪恶感也折磨着她。

而且里子想：可能还有比我们更辛苦、更迫切需要特别养护老人院床位的家庭吧……

这想法惹得毅大笑。“妈，别傻了！在别人眼中，你已经是艰辛困苦者中的冠军了。”

他虽然这么说，但也不是笑着赞成把祖母送进赡养院。

“进去以后，痴呆怕会更严重吧？”他不安地说，“如果我日夜兼差，妈妈就可以辞职吗？妈妈如果在家陪奶奶，她就不用进赡养院了吧？”

里子当然斥责他要打消这个念头。毅再年轻，这样日夜工作不好好休息，总有一天会出问题的。到时候，毅也病倒了，里子更不知如何是好。

真的是难得的机会。住进设备完善、随时可以有医疗照护的赡养院，对老人来说比较好——伊泽夫妇这样劝了里子后，她还是花了好几天工夫才下定决心。即使下定决心了，又动不动就想改变主意。

还有，说服都梅也是一件大事。里子认为她一定会说不去赡养院，要留在家里。

里子并没有要把哭闹的婆婆硬送进赡养院的强烈意愿。如果都梅责备她说：“里子，你不要我了？”她会无言以对，因为这是事实。不管以什么方式，不论过去如何尽心尽力了，只要现在把婆婆送进赡养院，就是抛弃她……

然而，出乎意料，都梅很爽快地答应住进赡养院，甚至还催着快去。“要去就越快越好。我想快点治好，就去赡养院吧。”

里子惊讶不已。婆婆知道自己有病，也想快点治好，这让里子有些难过。

赡养院的职员告诉里子，在适当的设施里面接受照护，加上团体生活的刺激，有时候老年痴呆症状可以获得改善，她这才下定决心。她心里还是有一抹罪恶感，但想着以后会尽量常去看望婆婆，这至少可以做些弥补。

幸好，都梅很快就习惯了赡养院的生活。这也因为她有“想要治好”的积极心态。里子来这里看过以后，才发现婆婆过去每天独自关在家里、看家做家事的生活其实很无聊。她的痴呆没有好动、乱走乱吃东西的倾向，而是静静地封闭自我，变得像植物般无感情、无反应。她也不是日复一日真正完全地自我封闭，有时也会说些开朗的话，行动也会突然很敏捷，症状时好时坏，不过她的身体和大脑确实在慢慢老化，把自己关在“静谧的牢笼”里——里子认为：我们家的奶奶是这一型的“痴呆”。

因此，里子会想法子让婆婆高兴，主动给她一些事情做，让她担当些责任，不会亦步亦趋地跟着自己。她家附近也有一位照顾婆婆的主妇，她婆婆是好动型的痴呆，她常常抱怨照顾得很辛苦，很羡慕砂川家的老太太那么安静。里子听了，多少感到一些安慰。

在赡养院里，日常性地受到外面世界的刺激，都梅的意识复苏过来。至少掌控她感情生活的那部分从长眠中苏醒，又开始活动。里子星期天去看望她时，她会生气地说某个护士心地很坏，或是害羞地说几号房的老头子对她很温柔，会推着坐在轮椅上的她到中庭散步，或是流着眼泪说她看到麻雀幼鸟掉到地上摔死了，这都表露出已经消失许久的感情。

但本来可喜的事情，却意外地出现了麻烦问题。

都梅住进赡养院半年后，里子一如往常地在一个星期天的中午前去看她，当时都梅坐在床上看电视。她看得很入迷，都没听见同房老人说的话。究竟在看什么？里子心想，便也好奇地看着电视。

电视播的是个和观众互动的“寻人节目”，画面中有一个三十岁左右的女子，她含泪诉说着想找寻二十年前和她父亲离婚后再也没见过面的母亲。

都梅身体前倾，盯着电视机不放。里子出声喊她：“妈，我来啦。”

都梅没有察觉，嘴里喃喃说着什么。

“啊，怎么，妈，电视那么好看吗？”

都梅突然坐直身子，转头看到里子便抓着她的手臂指着电视。“里子，里子你在干什么？快点写啊！”

里子一头雾水。电视屏幕上，主持人和女明星嘉宾，以及刚才那名寻母的女子都眨着湿润的眼睛。

“写……写什么？”

都梅焦急地手脚乱舞乱挥。“你看到那些字了吗？电话号码在那里，快点写下！打电话过去。”

屏幕下方流过寻人节目的广告字幕：“生离的家人、忘不了的初恋情人、昔日的恩师——我们帮你找到他们，真情相对！”

都梅指着字幕。“里子，快点写下来。请他们帮我们去找。”

“找……要找谁啊，妈？”

都梅露出许久不见的厌恶表情。“找谁？太无情了吧！这么说来，你一点都不想找他了，肯定是这样！”

“我说妈呀……”

“找信夫啊！”都梅揉搓着湿润的双眼，“请电视台帮忙找信夫啊！那孩子一定也很想回家。”

里子太过惊讶，感觉像失去了方向一般，一时之间不知怎么回答。信夫蒸发以来快十五年了，这是都梅第一次提起这事。

“找信夫！”

“那孩子一定也想回家。”

里子不能不怀疑自己的耳朵。都梅直直瞪视她时的厌恶表情，也让她受到莫大的冲击。

在砂川家，婆婆的憎恶、婆婆的焦躁、婆婆的叹息，永远都是针对信夫的。婆婆的口不择言，或许就是信夫自认为人生不幸的原因。她总是公然表示对这“不成材的儿子”的愤怒，以及这“不成材的儿子”不理解她不得不忍辱偷生的委屈。

她从不顾虑信夫的感受，当面这样数落他，甚至像用言语鞭笞信夫般故意说给他听。

里子嫁进来之初，觉得他们是对奇怪的母子。信夫是上司推荐的相亲对象，里子对他的确没有强烈的思慕与爱恋，只是觉得这个男人认真、老实而亲切。

本来应该夸赞儿子，稍有不对便苛责媳妇——至少世间都有这习惯——的婆婆却对里子说：“你能嫁给信夫，我真是感激哪！可是里子啊，看来你也是可怜人，选择了背负辛苦啊。”

不只这样，她还严厉地斥责儿子：“人家肯嫁给你这样的人，你要是不好好对待人家，会有报应的。”

不管母亲说什么，砂川信夫不是装作没听到，就是随口“是、是”敷衍过去。这也让里子很难理解。婚后不久，她忍不住问信夫：“你怎么受得了妈妈那样刻薄的话语？她又为什么要那样说你呢？”

砂川信夫懦弱地笑笑，疲累地撇撇嘴角说：“没办法啊，我就是这种角色。你不用在意我妈说什么。”

“不行呀，你是我丈夫，再怎么样我也不希望妈妈这样说你。”

看里子说得坚决，信夫刚才掩饰脆弱感情的假笑变成了真心的微笑。“真的？我很高兴你站在我这边。”

在里子的记忆中，信夫最好看的表情就是这时的笑容。

在里子的记忆中，还有另一个总是和这个笑容成对比的表情。那是婚后的第一个新年，在砂川的老家——当时是都梅一个人住的木造平房——门前拍的照片中信夫的表情。那天他们拿着相机出门，正好碰到隔壁的一对夫妻经过，就请他们帮忙拍照。都梅、信夫和里子三人并肩而立。

通常这时候会是信夫在中间，都梅和里子站两旁。可是这张照片里，都梅站在中间。这种排列中如果都梅偏离里子而紧紧黏着信夫，别人也很容易理解，这表明母亲钟爱儿子且占有欲极强。可砂川家的情况不一样，都梅是偏离信夫而紧紧靠着里子。

照片中，还穿着和服的新婚少妇里子，被使劲抬高下巴、身材厚实的婆婆挽着，嫩生生地看着镜头。信夫也穿着刚做好的毛料套装，和母亲之间空出半个身子的距离，微微低头，嘴角带着淡淡的笑意。他双手垂在身旁，像是毫无主见的人。他的笑容里也没有一丝主见。那是从小为了无奈地接受无奈、为了欺骗自己——我现在受到的对待不会伤害我，我不在乎——而浮现的笑容。让里子伤心的是，对信夫来说，他面对她时的开朗笑容和他习惯性浮现的空虚笑容，都是真实的。

都梅和信夫的母子关系一直都是这样，里子经过很长时间才习惯。

正因如此，她才受到都梅话语的冲击。都梅刚才认真地说要找信夫，还指责到现在都没去找信夫的里子“无情”。

到底是怎么了?

婆婆不是一时高兴而说的。她也没有精神错乱，是赡养院的生活让她变了一个人。

是什么扭曲了，还是原本扭曲的东西变直了？她接受了什么？长眠于内心的什么苏醒了？狂暴的什么又静静地睡去了？——谁也没法准确获知都梅身上发生了什么事。医生也无法诊断出来，只知道她变了这个事实。她从过去徘徊于爱恨两极之间的都梅，变成了钟爱儿子、怨恨媳妇的普通婆婆都梅。

这虽然很正常，对里子来说却是辛苦日子的开始。

此后，都梅的日常生活是以对里子发泄不满和郁愤为驱动力的。赡养院里的职员、护士和同房的老人，对曾经极度依赖媳妇的都梅突然变成开始抱怨媳妇的恶婆婆，一样感到惊讶。他们有的会安慰都梅，或者附和她也说起自己媳妇的坏话来；有的会责备都梅，或是拉着来探病的里子劝她、安慰她。大家的反应各式各样。

婆婆虽然变了，可是里子自己不能变。不论婆婆用多难堪的话责备她，或是用几近捏造的谎言污蔑她，她都觉得此时此刻更不能抛弃婆婆。

再说，里子也很想知道婆婆的内心究竟发生了什么事，使得她会突然对信夫又爱又怜。她认为信夫突然蒸发是因为和里子不和吗？她觉得从来不去找信夫的里子是铁石心肠的女人？在都梅渐渐衰弱的脑子某处，产生了对她过去苛待儿子的行为的排斥反应吗？她在没有弄清楚这一切以前不能死——即使是用“谎言”和“欺骗”把责任推卸到别人身上，不弄个明白她就无法安心地走——是这个冲动戏剧性地改变了她吗？

信夫蒸发这么久以来，里子头一次盼望他回家。她也真的梦见了信夫在家，梦中的他在笑。

尽管如此……

为什么这么讽刺？信夫死了——不，是被杀死了。

不，他是不是真被杀死了还不知道。没错，被杀非同小可，还不知道他是不是真的卷入那种事情了。

很长一段时间音讯全无的丈夫突然有了消息，不论他是“死了”还是“被杀了”，都很难让人立刻接受，内心也涌不起任何感情。里子怎么也想象不出老实的砂川信夫会死在别人手上。而且，那个荒川一家四口被杀命案好像有复杂的法律纠纷背景，信夫怎么会扯上关系呢？

十五年的岁月，无声无息地从里子身上辗过。因为过得忙累，她无暇倾听时间经过的声音，也无暇注意时间留在身体和精神上的痕迹。结果就是时间消逝了，她却毫无感觉。她太忙了，即使看着镜中老了十五岁的自己，也想不起十五年前她是什么样子——这都是因为太忙了——“啊呀，我都变成了这种老太婆。”甚至连这样苦笑着自嘲的工夫也没有。

里子心想，如果信夫回来了——有一天他回来的话——岁月的痕迹也一定深深刻在了他的脸上……

“车可以停在正门前吗？”伊泽问她，里子回过神来。都梅住的特别养护老人院“黎明园”的三层楼建筑就在眼前。

里子招呼伊泽把车子停到后面的访客停车场。车子一停妥，她就率先下车，也不等伊泽夫妇，便小步跑向正门的接待处。即使可能有天大的误会，信夫或许是荒川区遇害者之一的消息还是让她紧张不已，更何况是婆婆。她怕里面有人不小心告诉了都梅这个消息，或者都梅真的听说了，但她希望都梅最好是仍处在一时会意不过来的茫然状态。

里子和黎明园的职员很熟。尤其是今天守着接待台的中年男职员跟里子颇合得来，每次她来探望时两人都会聊聊。

一看见里子走进自动门，那位中年职员立刻起身。“啊，砂川太太，你来得正好。”

“早上好。”

里子气喘吁吁，一路跑来不知为什么心跳得很厉害，好像有什么事情发生的不好预感。

“刚才山口医生才打电话给你呢。砂川太太，你看到新闻没有？”

这么说，已经在园内成为话题了？

“我丈夫的名字……是荒川一家四口被杀命案的新闻吗？电视新闻也播了吗？我是看报纸知道的。”

那名职员双手撑在接待台上，倾身向前。“是今早的新闻广场。还报出了都梅婆婆的名字，结果引起一阵骚动。都梅婆婆明明在这里住得好好的嘛。”

“我也吓一跳……”

这时伊泽夫妇赶到了。里子连忙对他们说：“这里还是传开了。”

“老婆婆知道了吗？”伊泽总子问道。她的目光和接待台职员对个正着。

“还不知道吧。”职员答道，“她今天早起时就不舒服，早饭也没吃，昏沉沉地躺着，我们以为今天又是那种日子。”

都梅不时会出现“嗜睡”的周期，严重时整天都不吃饭，只是长睡不醒。护士说这样对身体不好，要喂她吃饭，她也是边吃边打瞌睡。

“山口医生呢？”

“我来问医事科，你等一下。”接待台职员正要拿起内线电话时，电话响了。“喂，接待台——啊，山口医生，电话当然没人接，砂川太太现在就在这里。啊？……我知道了。”

“我婆婆怎么了？”

“哦，都梅婆婆没问题，她还在睡。山口医生请你到三楼的护理站去。”

里子一行立刻奔上楼去。

第十五章　回家

——这么一来，黎明园的职员发现荒川一家四口被杀命案的被害者姓名中有砂川都梅的名字，都慌做一团？

“嗯，最先发现的是负责我婆婆那个楼层的护士，她不但知道我婆婆的名字，也知道我丈夫失踪十五年的事情。她看到电视后直嚷着说：‘这不是很奇怪吗？’后来，这话也传到主治医生山口医生的耳朵里了。”

——大家都很惊讶吧？

“这……荒川的命案是个大案子，大家本来就很感兴趣，但都没想到会出现砂川的名字。”

里子的这段采访，是选在她的休假日于深谷市郊的“深谷纪念公园”附设的咖啡厅进行的。时间是荒川一家四口被杀命案被侦破一个月后。

砂川里子身高一米六五，在她那个年纪，个子算是高的。由于她很瘦，看起来更高一些。买衣服时九号的大小还可以，但是袖长和裙长不够，所以她都买十一号的衣服。

“我的衣服都是宽宽大大的，婆婆总嫌我穿衣服邋遢。”

她这天穿着灰色针织套装。精致、得体的套装看起来是新的，但脚上穿的是白色的旧运动鞋。

“已经习惯了。在我照顾婆婆的那段日子，需要穿行动方便的衣服，以及必要时可以快跑的鞋子。衣服虽然可以换，但我的脚已经习惯这种运动鞋，现在根本不会穿高跟鞋了。”她笑着低头说抱歉自己穿得这么邋遢，接着像猛然想起了什么似的，“我那天匆匆跑到黎明园时，也是穿着这双运动鞋。”

——我们还是从那天开始细说吧。你在三楼的护理站见到了山口医生？

“是啊，医生也对砂川家的人的名字出现在那个命案里很惊讶。但他打电话给我不是为了这事。”

——是有什么其他缘由吗？

“如果只是电视、报纸登了砂川家的人的姓名，虽然形成了话题，赡养院这边也不能立刻叫我来处理。就算被害的真的是我丈夫，他们也不能指挥我做什么。”

——是吧。

“话说回来，两三天前，山口医生就在犹豫要不要打电话给我了，是有关——我丈夫的事情。”

——在有关遇害者身份的报道出来以前，黎明园里发生了什么和砂川信夫有关的事吗？

“我婆婆说她梦到了信夫。”

——梦到？

“她说信夫站在她的枕边。”

——什么时候？

“就是报道出来的两三天前。山口医生犹豫着要不要告诉我。”

——的确，只是梦到他和梦到他站在枕边，意义多少有点不同。

“是啊。她毕竟是老人家了，医生起初也不知道她在说什么。但她不只晚上梦到，睡午觉时、打瞌睡时都梦到过信夫，次数很多。那时我婆婆大半的时间都在睡觉，或是躺着看电视，一天都梦到他好几次。”

——砂川信夫都出现了吗？

“嗯，起初医生跟我婆婆说，儿子出现在梦里，这或许是儿子要回来的预兆。可是我婆婆却问医生信夫是不是死了，说他脸色惨白地站在她床边，而且就那样茫然地站着。”

——都梅婆婆确定那是信夫吗？

“她很肯定。但是信夫没有说话。她说信夫垮着双肩，悲伤而愧疚地望着她。”

——山口医生很在意这事吗？

“对。医生说像我婆婆那样的痴呆老人常常编故事，说是梦到或真的看到了失踪的儿子，只是他们自己并不认为那是编的，而相信自己真的梦到、看到了。”

——哦，哦。

“和我婆婆同房的另一位老婆婆就坚持说，夜里地板上开满了美丽的花，可是只开三十秒左右就凋谢了，像梦一样美。其实那本来就是梦。”

——算是一种幻觉吗？

“我不知道。只不过医生说，我婆婆梦到信夫的内容比较阴暗，他有点担心，才通知我。”

——他联络你是因为那个报道吧？

“是啊。即使那是偶然，也太过巧合了。医生说站在婆婆床边的信夫或许真的死了。我听他说这话的时候，浑身直起鸡皮疙瘩。在那之前我还半信半疑，但那一瞬间我也不由得相信信夫死了。”

——于是你就和警方联络？

“是的。山口医生和老板都这样劝我。可是我有点害怕，一直鼓不起勇气。我害怕这只是我们自寻烦恼，会惹警方生气。”

——那天你见到都梅婆婆了吗？

“见到了。我先联络了警方，然后才去看我婆婆。她还在睡觉，我就坐在床边。隔壁床的婆婆告诉我：‘她今天早上跟我说她梦到儿子坐在床边——就是你现在坐的位置。’”

——床边的同一位置？

“对。那是四人房，通道很窄，床边摆满了用来照顾老年人的各种器具，又挤又乱，没有靠背的圆椅勉强放在其间。我婆婆跟她说信夫就坐在圆椅上。”

——你婆婆清楚看见了吗？

“看见了。我想他不会真的回来坐在了这样的圆椅上吧。可是婆婆梦中的他就坐在这里。我在想的时候，婆婆醒来了，问我在干什么，说那天不是我去的日子。她脑筋明白的时候很清楚这些事情。我告诉她我是听说她梦到信夫而去的。”

——你婆婆反应怎样？

“我有心理准备她会责骂我，因为她住院以后，就一直把我当成不去寻找丈夫的冷酷的坏女人。但是她那天一句话也没骂我，心情很平和。她问我：‘信夫来看我了，他有没有去看你？他应该会去看你的。’

“我就问她怎么回事。她说梦见信夫站在床边。然后她清楚地跟我说：‘信夫站在我枕边，他是不是死了？’”

——她真是固执呢。她应该不知道新闻报道吧？

“不知道。老人家嘛！她说信夫死了，总隐隐给人一种绝望的感觉。于是，我立刻下楼去告诉伊泽老板，说直接找警方比打电话好。老板也吓一跳。我想婆婆既然这么清楚地预感到了，就应该跟警方联络。”

——所以，你们就去了荒川北局？

“是的，不过是第二天去的。”砂川里子停下来，眯着眼睛，“即使很多事情都弄清楚了，他终究没来梦中看我。”

——你一个人去荒川北局的？

“怎么会？我一个人哪有勇气去？是老板夫妇和阿毅陪着我去的。”

——警方马上就愿意听你说吗？

“他们客气得让我惊讶。我原以为他们会说我胡说八道，叫我回去，可并非如此。”

——你带了证明身份的文件去了吗?

“我是没想到，不过阿毅带了户口簿和户籍誊本，还有驾照。老板也带了我的履历表，赡养院那边则提供了我婆婆确实住在该院的简单证明。”

——搜查本部的人都很惊讶吧?

“最初有一点，但并没有特别惊讶。跟我们大致谈过后，警方请老板夫妇暂时出去等候，然后个别对我和阿毅问话。我要求看命案中被杀男子的照片。”

——他们立刻给你看了吗?

“警察起初说那是他死亡时拍的照片，头部受到重击，脸部变形，而且我和信夫十五年没见面了，可能无法辨识是不是他，问我是否还要看。我说当然要看。警方又说如果真的是我丈夫，我一定会很难过，而且尸体照片给人的感觉也不好，问我在这种情况下难道还要看。可是说什么我都想确认清楚。”

——有几张照片?

“四张，有对着脸部正面拍的，有全身的，还有从左右侧拍的各一张。”

——怎么样，你能立刻辨识吗?

“……起初，我觉得可能弄错了。就像警察说的，那些照片让人不忍卒睹。那脸比我记忆中信夫的脸大很多，但毕竟是死去的人——被害人的尸体照片，我看了害怕，没办法仔细辨认。不过从右侧拍的那张看，侧面的线条和信夫很像。”

——你认为是砂川信夫?

“我觉得大概是吧，只是死者更胖。”

——你看过照片后，毅也被叫进去了?

“是的。警察叫我去别的房间，嘱咐我在毅看过照片以前不要跟他见面说话，以免把我的想法传递给他。”

——是怕你影响他吧？

“是。可是我很担心。阿毅虽然比我多明白很多事，但是信夫离家时他才六岁。而且信夫走后，我婆婆很生气，把相册全都烧了。他没见过父亲的照片，我认为他无法辨识父亲的面容。”

事实上，砂川毅在荒川北局面对警察看到尸体照片时，就回答说无法判断死者是不是自己的父亲。于是焦点又集中在砂川里子身上了。

“阿毅看了照片后不停地说：‘抱歉，妈，我不知道。’我跟他说这很合理，要是他奶奶没有痴呆的话一定马上能认出来。毕竟是母子嘛！”

——搜查本部都没向都梅婆婆问话吗？

“就是问了，她也无法好好回答。不过，警察去过赡养院几次，也听说了我婆婆做的梦。”

——就是梦到砂川信夫站在枕边的事？

“对，警察也没把这些当笑话听。我觉得很奇怪：如果信夫真的在她的梦中出现了，时间不是应该更早一点吗？可是一名老警察热心听了我婆婆的事后，很认真地告诉我：‘太太，是有这种事的，死去的人会向亲人托梦。’但那已是很多事情都弄明白以后的事了。那名警察还跟我说信夫一定是想回到我们祖孙三代同住的家里。”

——除了遗体照片，还确认了其他随身物品吗？

“对。但都是照片，不是实物，拍得很清晰。”

——有些什么东西？

“遗体上的衬衫、长裤，还有手表。房间里的衣服、鞋子、旧书。信夫住在那栋高级大楼的公寓里是有什么隐情，他完全像在借住，随身衣物都装在纸袋和纸箱里到处散置。衣橱和茶柜都很豪华，可是里面空空的。”

——小糸太太很啰唆，说不能动用家具和其他用品。

“好像是吧，所以他们也拍了纸袋和里面装的东西。”

——你看了感觉怎么样？有记忆中的东西吗？

“完全没有。十五年了，西装都变了。他走时戴的手表是我上司送的结婚礼物，我一看就会知道，可是没发现。”

——笔迹呢？

“我看到一张日历纸，装在塑料袋里，不准触摸的。放在桌上，可以很近地看。那是一大张薄日历纸，通常不好写字，但是上面用圆珠笔清楚地写着‘早川社长2点’‘石田来’等等。毕竟十五年没见过，我不敢肯定是不是信夫的笔迹。我记得他的字很丑，结婚时他曾经在货运公司干过很短的一段时间，公司说完全看不懂他写的货运单，像密码一样，他就气得不干了。不过日历纸上的字很漂亮、很整齐。”

——这么说，只是侧面有点像，但从照片无法确定？

“是……直到看了遗体才弄清楚。”

采访到这里时，砂川里子的眼睛才开始湿润，半晌没有说话。

——遗体是冷冻保存的吗？

“是的，冻得硬邦邦的。”

——搜查本部能借以确认四具尸体身份的资料只有早川社长手边的户口簿，不过他们也觉得不太有把握，所以没有正式公布遇害者的身份。你们当时看到的新闻和报纸很少有明确断言他们身份的，多半加上“推测是”、“认为是”的说法。

“是啊。我们去警局打听时，他们好像也是这么说的。”

——你看到遗体时立刻就知道了？

砂川里子没有马上回答。咖啡厅外是一大片有着鲜绿草坪的庭园，禁止践踏的草坪上有三个小学生在玩颜色鲜艳的沙滩球，她看了他们好一会儿。

“我们的婚姻生活真的很短。”

——结婚七年两个月，信夫就离家出走了？

“对。说真的，我不太了解他，我们不像普通的夫妻。”

——可是你和信夫之间并没有不和。

“我们的感情可以说特别好，从没吵过架。可是他和我婆婆完全处不来，我是嫁进砂川家的人，反而成了他们母子之间的缓冲垫，或许这是我和他根本不会争吵的原因所在吧。

“在我看来，他就像个弟弟，和母亲合不来的话，在家里自然没有立足之地。他身上总有软弱、气息奄奄的味道。我看到冰冻的遗体时，觉得和照片不同，就上前看个仔细，果然气性依旧。啊，这就是信夫。我心里想，即使变成这样了，他还是那副怯弱的样子，像要逃离世人一样。想到他做的事，这也当然。”

砂川里子和毅现在还住在当时住的深谷市出租公寓里，自有房屋对这对母子来说还是遥远的梦想。砂川信夫“所做的事”，就是受雇占住那套超高层大楼的豪华公寓。

——确认信夫的遗体后，你去看过千住北美好新城的西栋吗？

“是的。我心想去看一次也好。不过那距离命案已经很久了，是最近的事。”

——你是想亲眼看看丈夫死亡的地点？

“那也是原因之一，可是我还是无法实际感受他究竟在干什么。占住这种事应该和我们扯不上关系啊。何况是那样高级的公寓大楼，根本就是另一个世界。”

——你去时情况如何？进屋了吗？

“进去了。管理员很亲切，听说是他最先发现我丈夫的。佐野先生尽量不让我感到难堪，告诉我当时人倒在哪里，又是什么状况。”

——很豪华的房子吗？

“是啊……不过我丈夫在里面不能大摇大摆地生活，似乎过得不怎么样。我总觉得他到最后，还是要看某个人的脸色卑微地过活，实在可怜。都说禀性难移，他从小就看我婆婆的脸色长大，终究无法摆脱这种心理。他不就是为了结束这样的人生才离家出走的吗？”

里子再三提到砂川信夫和母亲相处不来，要靠她在他们母子之间折中调停。她也相信信夫蒸发的原因是和母亲的争执。但他们母子两人为什么会这么不和？原因何在？

——信夫和都梅婆婆为什么处不好？能听听你的想法吗？

砂川里子不时犹豫似的眨眼睛。刚才草坪上的那些孩子留下沙滩球，不知跑到哪里去了。咖啡厅里非常安静。

“怎么说呢……我想，是砂川家的复杂背景连累了他，至少信夫这么相信，也这样告诉我的。”

——他本人？

“对。我不是说过了吗，他和婆婆的感情极坏，我觉得奇怪，就问他婆婆为什么要这样对待他。他说：‘因为我长得像百般虐待我妈的爷爷。都是因为很久以前的事情，我根本无能为力。”

这么说，要追究砂川信夫母子感情不和的理由，就有必要追溯一下砂川家的历史。

砂川都梅的娘家姓中村，在深谷市郊务农，生活贫困。母亲在她六岁时病故，都梅是独生女。

“我婆婆的父亲不是本地人，好像是东京人，原来是做生意的，在战前颇得意。后来生意失败，欠了大笔债款，逃到乡下。他有亲戚在深谷，就暂时帮着做农事，但毕竟是生意人，不喜欢农家生活。深谷现在很开放，而且位于首都圈近郊，即使务农收入也不错，但当时完全不是这样。我婆婆的母亲在亲戚的安排下嫁给她父亲，可是她父亲在她母亲死后一走了之，大概是回东京去了。婆婆就留在家里由外公外婆抚养。他们虽然疼爱她，但毕竟年纪已大，六十多了，没有把握可以把她抚养成人，所以在她很小时就把她嫁出去了。”

——多大？

“听说是刚满十三岁时。”

砂川都梅生于一九一〇年，因此这是一九二三年的事。

“即使在那个时代，十三岁时也还是个孩子。她名义上是媳妇，其实是女佣。”

也就是说，事先约定将来把都梅迎娶进砂川家当媳妇，当下则把她当帮佣。

“她嫁过去时砂川家还很有钱，是做运输业的，家里人口多，马匹也多，她就要照顾那些马。”

——也在深谷市内？

“不是，更靠近东京……这也不是什么好事，我想地点还是别写得太清楚。虽然砂川老家已经不在了，但还有亲戚住在那里。”

——明白。只说是富裕的商家就够了。

“砂川家有五个孩子，两男三女。我婆婆和他们家最小的女儿同年，却饱受这个同龄小姑的欺负，她含恨至今。小姑不到十五岁就病死了，死前都是我婆婆照顾她。即使到最后，她还一样使坏，我婆婆对此总是难以释怀。

“另外两个女儿十八岁后相继出嫁，我婆婆对她们没什么记忆。大姑嫁到大阪，在停战前的大轰炸中全家死绝，连尸骨都没找到。二姑嫁给了东京山手区的医生，日子过得很好，但彼此没有往来。

“问题是那两个男孩。老大比我婆婆大五岁，老二比她大三岁。我婆婆好像是要给老二做媳妇的。他们是有钱人，继承家业的长子必须娶门当户对的好人家的女儿。可是这事情并没有说清楚，也许他们只是把这当成找一个不给工钱的女佣的借口罢了。”

——明明那么有钱？

“不是都说吝啬莫如有钱人吗？而且砂川老爷——就是后来我婆婆的公公，更是刻薄吝啬。”

——就是传闻中“虐待”都梅婆婆的公公？

“对，非常厉害。”

昭和元年（一九二六年）以后，都梅的外公外婆相继过世，此后她除了砂川家真的无处可去。

“她外婆听说是一九三一年死的。当时砂川老爷正在家里大肆宴请宾客，热闹得不得了，害得我婆婆没有办法回去参加外婆的葬礼。她哭着求砂川老爷让她回去，他不准，这也是她恨砂川老爷的原因之一。”

不久战争开始，充满硝烟味的时代来临。

“砂川家的老大顺利逃过兵役抽签，只有老二要上战场。我婆婆一直怀疑是砂川老爷到处贿赂，让老大躲过了征兵。在昭和十一年二二六事件时，老大正好有事离开东京，砂川老爷担心得三四天睡不着觉，拼命求神灵保佑。当交通恢复后老大回到家时，砂川老爷高兴得哭着迎接他。我婆婆说起这段往事时语气刻薄地说：‘像个傻瓜似的。’”

砂川里子在说到都梅“生气”“含恨”“语气刻薄”时，表情和这些字眼的含义相反，总是带着微笑。那不是悠然自在的笑，而像是母亲提起倔强、不听话的心爱孩子时带着苦涩的温柔笑容。

——那时都梅婆婆还没正式成为砂川家的媳妇吧？

“是。老二入伍后，她的身份就一直悬在那里，直到昭和二十一年才入户籍。”

——战争结束后？

“嗯，那时我婆婆三十六岁。在当时已是老女人了。”

——她最后嫁给了谁？

“老大。他当时也过四十了。”

——为什么这么费事？

“这个啊……我婆婆最大的恨，其实和昭和十五年砂川老太太的过世有关。她是老大的母亲，公公的太太，真正要当我婆婆的婆婆的人。

“砂川老太太得了盲肠炎，不赶紧治疗就会转成腹膜炎。可是砂川老爷很吝啬，认为女人如同家畜，即使是自己的老婆也一样。肚子痛不必看医生，也不必特别照顾，她于是就这样很快死了，才五十多岁。

“我婆婆要嫁的老二运气也真坏，连续收到三次征兵通知，第三次就一去不回了，死在太平洋战争里。不过砂川老太太死时他是第二次入伍，无法回来奔丧。他很遗憾，还写信说希望快点把我婆婆娶进门，生个孙子告慰母亲之灵。砂川老爷看到信后说，还在守丧期间，这样不合礼数，借故延宕婚期。

“我婆婆说那段时间里，好几次有人催着要她和老二正式结婚，可是砂川老爷总是推托说时机不好。所以我婆婆一直像是包食宿的用人，难免在心里认为是砂川老爷不满意她。

“然而事实不是这样的。恰恰相反！这在砂川老太太去世后，立刻一清二楚。”

——怎么说？

“砂川老爷晚上到我婆婆睡的地方……在葬礼后不出四天。”

——啊……

“我婆婆当然不愿意，却也无可奈何。要是被赶出砂川家，她实在无处可去。当然，她对这事一直很后悔，临终前还含泪懊悔地说，如果那时候就离开砂川家去东京工作，她的人生就会不一样了。

“我也是女人，非常理解我婆婆的悔恨。父母早逝，名义上是嫁做媳妇，其实是当女佣。如果真的是当女佣，还有工钱可拿，她却一无所得，整个青春就被禁锢在砂川家。不过，她名义上的未婚夫，砂川家的老二，倒是个很好的人。

“因为他人很好，我婆婆是有点盼望将来能和他在一起，也就尽量忍耐下去。可是他被征召入伍后没再回来，家里就剩下砂川老爷和大儿子，我婆婆也只能照他们的安排生活。

“其实……按老套的说法，我婆婆憾恨的事也不是完全没法解决，只是时代太坏了。”

——住在一起的老大都没说什么吗？

“他是个老实人，很怯弱。讽刺的是，信夫倒遗传了他这点。”

砂川都梅的不安定生活一直持续到战争结束。随着日本的败象日益明显，国内物资也愈趋匮乏，砂川家几乎处于歇业状态。

“战争结束前老实的老大曾想去当兵——当时人们还不知道战争在昭和二十年八月就会结束，当然也没意识到那时已临近战争结束——突然说要参加特攻队。当时这样的年轻人很多，可是飞机不够，连送他们去机场的运输工具都没有。他没能加入特攻队，心里难免留下愧疚。个性本来就怯弱的他，战争结束时变得更意气消沉，承接不起家业，昭和二十二年春天终于关门歇业，不到一年我婆婆就正式和他结婚了。

“这段婚姻也很奇怪。砂川老爷坚持说我婆婆的未婚夫老二已经战死，她不再是砂川家的媳妇。其实，他是想拿这个借口纳我婆婆为妾。可是就连亲戚街坊都看不过去了，觉得我婆婆太可怜，加上社会渐渐步入进驻美军倡言的民主时代，事情做得太绝，恐怕会落得被逮捕的下场。在众人的劝说下，砂川老爷终于让步，让我婆婆和老大结婚了。然而，这并非好事，因为生活毫无改变。”

——即使嫁给老大了，和公公的关系也没断吗？

“是呀，那当然。”

——老大都保持沉默？

“我不是说过了吗，他是个懦弱又无能的人。”砂川里子的口气首次带有怒气，“他大概很畏惧父亲。砂川老爷是个自私放纵的人，明明自己走后门让长子躲过了征兵，战后喝醉时却常常斥骂儿子没有去当兵。对了，听邻居说，他们会家道中落也是因为砂川老爷的酒后乱性。他在战后突然严重酗酒，陷入酒精中毒的状态，死于肝硬化。”

——那么都梅婆婆是在一九五〇年四十岁时生下信夫的？

“没错，那时已经不开店了，他们夫妻和公公三个人住在大宫市。当时是复兴时代，只要身体健康，要多少工作都有，只是生活依然贫困。她没有奶水，信夫发育不良。而且她高龄生产，差点死于难产，产后又没有好好补身体，体质一直很差。她自己都说战后的育儿时期比战争时期还苦。”

——多多少少有点难以启齿，不过还有一件事想请教你……

“砂川家和我婆婆身上，都是难以启齿的事啊。”

——都梅婆婆除了信夫，还有其他的孩子吗？

砂川里子几乎毫不犹豫地回答了，脸上更闪过一抹怒气：“我婆婆没有明说过，但是我听信夫说好像有。”

——是老大的孩子吗？

“不是，是她和公公生的。信夫听到他父母私下谈过。好像有两个，都是我婆婆三十多岁时生的。一个死产，另一个偷偷送去给别人养了。第一个说是死产，也可能只是表面上这么说，其实是产婆处理掉了吧。”

——一段伤心事啊。

“就是啊。日本以前——说以前，也不过百年前——就是有女人、小孩被这样对待的时代！”

——不过信夫是老大的孩子，倒是平安无事地长大了。

“话是如此，但讽刺的是，这也是信夫可怜的地方。信夫越大越像祖父，不但相貌一模一样，身材也相仿。在一般人家里，孙子长得像祖父，不会有人多心。可是我婆婆有那段不可告人的隐私，心中自然无法坦然。信夫上小学时，砂川老爷虽然不再碰她，却把所有的情感倾注在信夫身上。他无视信夫的双亲，也就是我婆婆他们夫妻俩的存在，和信夫一起洗澡、一起睡觉，完全按照自己的方式养育他。

“这种状况一直持续到砂川老爷去世。我婆婆跟我说，她明知有些话说了，来生一定会有报应，但是她无法不说。她就像叙述昨天才发生的事情一样告诉我：‘信夫十岁时公公死了，我听到消息时暗自拍手叫好，葬礼期间也高兴得不得了。在火葬场时我也没待在等候室，反而跑到外面看那烟囱冒出的浓浓黑烟，心里一直念着：啊，你真的死了，现在正那样烧着。你已经不在家里了。’”

砂川里子在这里稍微停顿了一下，环顾四周。“这话有些不好说，不过也是她告诉我的。她说在火葬场仰头看着烟囱时，原本从高高耸立的烟囱口升入云间的浓烟仿佛在慢慢往下飘向她。当她抱着骨灰坛回家时，感觉身上烟臭味弥漫。那本是她仿佛看到的，或许是错觉吧，可是我听她说起时，感觉汗毛直竖。现在想起来背脊仍发凉。”

——信夫什么时候发现自己长得像祖父的？

“从小我婆婆就这样跟他说。”

——你不恨信夫抛弃家庭出走，是因为知道这段旧事？

“是啊……这也难怪。”

是说太久感到累了吧，砂川里子伸手拍拍脖子。“这里是很漂亮的墓地。纪念公园总让人想到坟墓。”

砂川家的新坟就在这里。

“我把信夫的遗体接回家，不到一个星期就办完了丧事。我婆婆情况不好，心脏又弱，加上衰老，就完全瘫在床上了，整天昏昏沉沉的，半个月后也过世了。她好像就是在等着儿子回来才死的。果然是母亲！”

——把都梅婆婆和信夫母子葬在一起，是你的想法吗？

“是。因为我婆婆不愿进有她公公在的祖坟。虽然老家那边反对，但反正我已经是失格的媳妇，别人怎么说我都不会难过。”

——这样，信夫和都梅婆婆终于能够百分百地母子团聚了。

“偶尔也吵个架吧。”说着，砂川里子笑了。笑意还留在嘴角，她继续说道：“砂川家的事情，还有我婆婆的遭遇，跟现在的年轻人说起，他们大概都不太相信。他们会说日本又不是文化落后的国家，不可能有那样的事情。我虽然没有亲眼看见，但我不认为婆婆说谎了，我相信她。信夫下葬后，我又去那个西栋看了看，总觉得……有种不真实的诡异感，很难想象死在那样高的——像好莱坞电影里的摩天大楼里的人，整个人生都因为家庭悲剧而被扭曲了。可是，现实不就是这样吗？时代继续向前，不会到了某个阶段就重来一遍，重新开始。

“像我婆婆那样的媳妇——不，应该说是女人必须这样受苦的时代，还存在于不久以前，现在却好像什么都没存在过似的。看待过去时我们日本人个个都一脸正经。

“我站在楼下仰望着那栋大楼的窗户时，心里想着，住在里面的人有钱、时髦、有教养，过着以前日本人想象不到的生活，但那或许只是虚浮的幻象。当然，现实中是有过着电影般人生的日本人，虚浮的幻象可能渐渐变成真实的生活。可是在整个日本到达这个阶段以前，还有很长一段时间，要继续上演这有如盖上一层薄膜但随时会破膜而出的落后又危险的戏码。大家都说现代社会小家庭化，可是在我周遭的狭窄世界里，没有一户真正的小家庭。他们不是接来年迈的父母一起生活，就是自己往返老家照顾父母；孩子结婚生了孙子后，又担心自己成了要人早晚惦念的讨厌东西。这种事情说都说不尽。

“我仰望西栋时，突然生气起来。什么嘛！它根本不为住在里面的人着想，自顾自昂然地耸立着。人们要是住在里面就会完蛋，因为他们为了配合建筑物的体面，会变得不对劲。想想看，信夫会住进那里——虽然他也做得不对——不就是因为原房主买了和身份不相称的房子而缴不起贷款吗？

“就算信夫他们做出了占住的不法勾当，但如果占住的不是那种大楼豪宅，只是普通的商品房，或许不会惹来杀身之祸。他们四个人遇害，都是因为那栋大楼。要是在别的地方，就不会落得那样凄惨的下场。”

第十六章　不在场的人

砂川里子确认了砂川信夫的身份。那么，另外三个死在二〇二五号被宣称是砂川信夫的“母亲都梅、太太里子、儿子毅”的人究竟是什么来历？

对此，早川社长也大感惊讶。

“砂川信夫就是砂川信夫，我认识他啊。当我想找人做那件事时，就想到了砂川不正为钱烦恼吗？所以我就交给他做了。他说他的家人也可以帮忙，我便见了他老婆。自称是他老婆的那个女人说，家里有个身体孱弱的婆婆，他们很需要钱，她会好好做的。她还说儿子忙他自己的工作，不太回家，但是不会有问题。那个时候，谁会怀疑她不是他真正的老婆？而且连母亲都是假的，不知是从哪里捡来的陌生老太婆。甚至儿子都是外人呢。如果有人会怀疑，我倒想见见他。制作租约时我叫他拿户口簿来，他也立刻拿来了。我只是觉得深谷市很远，可是我们做的原就不是正当的事，没什么好挑剔的。当然也不能说我们就是黑道，只是因为某些原因，不做需要证明身份的工作罢了。其实砂川为人很认真。我向来是疑人不用，从没问过他详情，只是觉得他可能是生意失败而到处躲债，或者是因为为人好，糊里糊涂做了别人的连带保证人，结果别人遭殃了，他也只好到处躲避。我是不知道他家人的情况，我只是想帮助诉苦说自己没地方住的人罢了。”

确定砂川信夫的身份后，搜查本部公布了其他三人的身体特征，请民众提供信息。同一时期，有几家周刊也登出了这三人的画像。但这不是搜查本部正式公布的画像，而是周刊记者访问西栋邻居，根据他们的描述画出来的。现在看来，这三个人画得一点也不像。“推轮椅的女人”画得反而像小糸静子。目击者的证词靠不住，可见一斑。

不过对千住北美好新城小区的居民来说，这时有个比查明那三人真实身份更麻烦的问题，那就是应该如何阻止媒体对小区发动的采访攻势。

前面提过，关于千住北美好新城小区是否应对外开放，内部意见对立。小区入口的栅栏时而开放，时而关闭。为了避免记者没日没夜地在小区内采访拍照，命案发生后小区采取了“暂时关闭”的措施。

但还是有住户或个人接受采访。应邀而来的媒体人士被视为来宾，可以在小区内自由拍照，这又引起小区内部的严重对立。

发生骇人听闻的案件后，住在现场附近的人不管愿不愿意，都受到了全国的关注。二〇二五号的命案不是强盗或凶残的年轻人犯下的连环杀人案，而是关涉法拍屋和占住人的少见案子，即使凶手没被抓到，小区居民的心理负担也不大。但是全天候受到外界关注，这仍然给日常生活带来意想不到的负面影响。

小区里有陌生人徘徊，孩童就无法安心地在绿地上玩耍，这引起母亲们的不满，这些不满集中在随意邀来媒体的住户身上。但是接受采访的人也有他们的理由，比如“希望早日破案啦”“尽一些住户的义务啦”……

神经紧绷的反对采访派却有如下的说法。

“某某号的太太在电视节目上乱扯子虚乌有的事情。”

“那家人说听到惨叫声，根本就没有嘛。”

这种背后嚼舌根的情形，使得这个绿地宽敞、设备先进的超高层公寓大楼小区，不能说住得很愉快。

这对查明那三个人的身份也不无影响。因为拥有最多线索的千住北美好新城小区住户的说辞，让真相本身朝着自我繁殖的虚构故事发展。

这方面的例子，真是数也数不清。在住户管理委员会的理事会会议上，查明三人的身份已成为最大的讨论“主题”。我们举两个例子来看看。

一个例子是二〇二五号的买方石田直澄出现的情形。在媒体登出他的名字而他本人却消失后，千住北美好新城小区内到处传出命案前“看到过”他或和他“接触过”的证词。大部分证词都不足取。

“明明西栋就在眼前，他却问在草坪上玩耍的小孩西栋是哪一栋。真是怪人！”

“我半夜回来时，看到禁止车辆入内的小区步道上停着一辆白色轿车，一个男人坐在驾驶座上，我想是石田直澄。”

“有个可疑的男子半夜在地下停车场大声用手机打电话，我猜是石田直澄。”

这些搜查本部收到、逐一查证后又放弃的证词，在查知二〇二五号的“砂川一家四口”是“砂川信夫和身份不明的三个人”后，突然变得更加丰富精彩。

“我听到二〇二五号被杀的女人——我以为是砂川里子，但好像不是——半夜在垃圾堆置场和像是石田直澄的男人窃窃私语，我不知道他们在说什么，但样子很亲密。”

“二〇二五号的太太和儿子——他们不是真的母子吧？就是嘛，我看到他们一起从车站后面的宾馆走出来。以前大家都说他们是母子，我要是把这事说出来，没有人会相信，所以我也沉默不语。现在说出来就爽快多了。”

“他们之间怕是三角关系吧。我看见砂川信夫和二〇二五号的年轻人在电梯前面大吵，石田直澄在劝架。没错，我的视力很好。什么时候啊？就在命案发生前一个星期吧。”

这些证词有的经日后确认是事实，有的经石田直澄自己确认属实。

但是也有毫无根据的误认，和虽然不是故意所为，但明显是捏造和空想出来的。其中特别有问题的，是那个说看到“母子一起从车站后面的宾馆走出来”的主妇的证词。

我们暂且称这位主妇为A太太，如果她的目击之谈为真，那很可能是了解二〇二五号四个人的关系以及查明其他三名被害者身份的重要线索。因此搜查本部极感兴趣，数度前往A太太的住处，听取更详细的证词。

A太太的房子在东栋，丈夫是上班族，有个儿子在读小学。她是专职主妇，平常多半在家，但有时会去朋友经营的进口化妆品邮购公司帮忙。目击那两人从宾馆出来，是在她离开朋友公司回家的途中。

A太太的记忆非常清楚，谈吐也流畅。但是住在东栋的人如何一眼就能分辨出西栋二〇二五号住户，这有点令人生疑。不过，她所说的宾馆的名字、地点、建筑样式等细节都和事实符合。

搜查本部内有人质疑，A太太对“偶然经过”的宾馆记得格外清楚，这情况值得好好研究。她的目击时间究竟是什么时候？她是否频繁经过该宾馆附近？另外，她是不是经常出入宾馆街？

A太太的证词早已传遍小区，有可能是采访记者泄漏的，也有可能是她自己向邻居透露的。听到的人当中，也有人抱着和搜查本部刑警同样的疑问。

对搜查本部来说，重要的是A太太的证词是否可信。他们并不需要去评断A太太的个人行为如何。但是对A太太及其家庭来说，情形正好相反。A先生听到编派自己老婆行为的流言，就向理事会投诉说这是妨碍侦查，也是对协助侦查的住户的伤害。这时协助采访派——或称欢迎派——和拒绝采访派的对立愈趋严重。A先生夫妻向理事会的投诉，可涵括在这对立的延长线上。

管理委员会也很苦恼。说两派对立有碍侦查，未免夸张。A太太的目击之谈万一是捏造的，那才是夸张。站在委员会的立场，他们也没有义务挺身而出阻止有关A太太的流言的散布。

A太太的目击之谈也被部分民营电视台转述，形成更多二〇二五号“一家四口”其实各不相干，而且关系异乎寻常的说法。A太太频繁接受采访后，东栋住户中也冒出看到二〇二五号同住的中年女人和年轻男人“有类似男女关系的举动”的证词。

关于这件事，搜查本部担心的只有一点，那就是这些乱七八糟的信息会打消真正知道那三人身份的人，尤其是他们的家人出面协助查案的意愿。当那三人的身份探查回归白纸状态时，警方也开始重新检视首都圈内申报的失踪案件。搜查本部虽然接到了不少询问电话，但当这四人之间是外界想象不到的复杂男女关系的信息乱窜时，他们真正的家人可能会忌讳世人的眼光而选择沉默。

搜查本部确定砂川信夫的身份一个星期后，公开了其他三人的身高、体重和推定年龄等信息。那时警方还没发现他们的照片，公开的均是画像。本部内设置了专用窗口和专线电话，呼吁民众积极提供线索。这时也根据二〇二五号内的遗物、室内情况、早川社长和小糸夫妻的证词进行推测，尽可能说明砂川信夫为“户主”的“一家四口”的生活情形。这一切都是因为顾虑到可能露面的真正“家人”的感受而采取的措施，其结果多少中和了那些不负责任的臆测和推测（或许可以说是妄想、捏造）的影响，但还是花费了两个多月的时间。

在说明另一个证词复杂到可以扭曲命案调查的例子前，需要进行一番追溯。

命案发生当晚，从千住北美好新城打出两个报案电话，其中一个是西栋管理员佐野请中栋管理员岛崎的太太房江打给一一〇的。

另一个则早九分钟，一名女子报案说：“有人打架受伤倒地，几个人打一个，我看到有人逃离现场。”她只报出千住北美好新城的名字，没有说出自己的姓名和住址。

这个电话是从哪里打出的？无法查知。好像是用手机报的案。当天晚上狂风暴雨，很难想象有人会待在小区的绿地庭园里。如果这个电话不是恶作剧，而是出于某些事实根据打出的，那么这个女子大概是千住北美好新城的住户，打电话时可能在室内。而通讯室的警察也说，她的声音非常小，听不清楚，但是没有夹杂风雨声。

然而，实际发生的事情和这名女子报案的内容天差地别，几乎让人以为她可能是在蓄意制造恶作剧。如果这是有意的行为，那么目的何在？是为了扰乱现场、妨碍初步调查吗？这个可能性也不是没有。

于是，搜查本部锁定了这名女子。为了确认这个报案电话可能不是在乱讲，只是报案人误认事实所为，警方又请管理员佐野和最先发现地面上的尸体的住户佐藤义男协助，尽量重现当晚的经过。

这名女子和岛崎房江拨打的报案电话前后相差九分钟。搜查本部推测，当晚佐野和佐藤围着年轻人的尸体查看、呼叫岛崎，而佐藤义男的儿子博史也下到现场一探究竟，这一连串动作如果从远处看，是很像几个人围住一个人在吵架。也就是说，在佐野他们掌握了事实打一一〇报案以前，有个在远处（可能是高处）发现他们动静的女子看错了，抢在他们前面报了案。

佐藤义男知道有人从上面的楼层摔下，独自下楼去查看，佐藤太太同时打电话通知管理员佐野，接着两个男人在西栋大楼下会合，看到了年轻人的尸体，这整个过程大约有五分钟。

当天晚上风强雨急，照佐野的说法是“走两三步都很吃力”。在那种恶劣的天候下，他们花时间弄清状况、为眼前的尸体惊慌奔走，旁人从远处看到这种情形，是很难分辨他们究竟是要忙着善后，还是因为发生了命案而慌乱。

警方做了个实验，重现当晚的情形，发现能看到佐野和佐藤义男在尸体旁边走动的，是东栋十楼以上朝西房间里的人，九楼以下的视线会被树木遮挡。锁定这些住户逐一查访后，他们很快就找到了报案的女子。她是独居在东栋一三二〇号的二十二岁上班族，我们暂时称她 B 小姐。

B 小姐立刻向警方承认是她报的案。当时她并不知道二〇二五号的命案，以为自己报的案和那件命案完全无关。

警方得到她的同意后，请佐野他们再次重现当晚的情形，同时从她房间的窗户俯视现场。结果证实了搜查本部的推测，B 小姐是弄错了状况。

但是她一口咬定有个男子逃离现场。她说那人从西栋的大门跑出来，奔向西侧的小区入口栅栏。

当天晚上，西栋管理员佐野是曾跑向小区西侧的入口栅栏，查看救护车是否到了。同一时间，中栋的管理员岛崎也跑向东侧入口的栅栏查看。

可是，B 小姐记忆中的“逃跑男子”，好像不是佐野。她说：“我仔细想了想，记起那人逃走时，其他人好像都集中在西栋下面。”

那么，B 小姐看到的是谁？可能性最高的是西栋电梯内摄像头拍到的可疑中年男子石田直澄。如果是他，跑向离他最近的西侧出口，并无不合理之处。

B 小姐证词中的疑问暂时解决了。但当二〇二五号三个人的身份调查又回归白纸状态时，她再度引出问题。“我再仔细回想那天晚上的情形，觉得好像还看到了另一个人逃走。”B 小姐通知警方后，警方再度找她问话。“我看到一个人影跑向西侧入口，看起来像是女的，身体向前屈，似乎抱着什么东西。”

她说看到那个人影时救护车已抵达东侧入口，警笛声听得很清楚。

“我本来觉得那个人影没什么问题，那可能是听到骚动去看热闹的人。可是他们重现那晚的场景后，我仔细回忆，觉得那个女人的影子很奇怪……”

如果 B 小姐说的这个女性人影是实际存在的人，那么命案当晚，可能还有一个人继石田直澄之后离开现场。这里就让人想起了葛西美枝子当晚经过二〇二五号门前，看见半开的门内“好像有人走过”的证词。

“我确实看到房间里面有人影闪过，也感受到了有人在里面的气息。可是警方没有仔细追究，好像不想理会，所以我也怀疑是不是自己弄错了……虽然我心里一直无法释怀。”

事实上，搜查本部并未忽视葛西美枝子的目击证词。命案发生前后的这段时间里，西栋所有电梯内摄像头拍摄到的影像中，除了石田直澄，还有一个不是西栋住户的人。但是警方没有对外透露这个信息，当然也没有告知葛西美枝子。

关于石田直澄，除了负伤逃走的影像外，他坐电梯上二十楼的影像也已确认。根据影像和记录，石田直澄乘电梯上了二十楼，三十八分钟后又乘同一部电梯下楼。在此期间，电梯摄像头拍到的其他人，包括葛西美枝子共有三人，都是西栋住户，另外两人只是下楼去停车场旁边的垃圾场倒垃圾。

但是石田直澄乘电梯上二十楼大约十五分钟后，一个抱着婴儿的年轻女人也从一楼乘电梯上了二十楼。她明显是从外面来的，摄像头拍到的影像里可以清楚看见她手上的雨伞和湿漉漉的外套肩膀部分。

可是摄像头并没有拍到这个抱着婴儿的女人下楼的情形。她是一直留在二十楼的某个房间里，还是走楼梯下来了？

搜查本部放大了这个年轻女人的照片，询问二十楼的住户。大家一致说她不是这一层的住户，命案发生以前也没见过她出入该楼层，当天晚上也没有住户有带着婴儿的年轻女人造访。

带着婴儿的年轻女人不会只为好奇心或一时兴起而在暴风雨的夜晚来访西栋，二十楼的其他住户对她又没有印象，那么她来拜访二〇二五号的可能性就很大了。她是命案的关系人吗？她离开时没有留下影像，反而启人疑窦。这个离开二〇二五号时比石田直澄还要冷静的女人，是否想到了电梯内有摄像头，才避开电梯而走楼梯的？

照此情况，可以推测出两种模式。

1．石田直澄到二〇二五号。

2．年轻女人到二〇二五号。

3．年轻女人走楼梯下楼（逃逸）。

4．石田乘电梯逃逸。之前不久，“砂川毅”坠楼身亡。

Ⅰ 石田直澄到二〇二五号。

Ⅱ 年轻女人到二〇二五号。

Ⅲ 石田负伤乘电梯逃逸。

Ⅳ 年轻女人紧跟在石田之后，走楼梯离去（逃逸）。那么，是她离开二〇二五号在前，还是“砂川毅”从阳台摔落在前？这是个非常微妙的时间问题。

假设B小姐目击的女性人影就是这个身份不明的年轻女人，那么可能性最大的是第二种模式。抱着婴儿的女人比石田晚来，也比石田晚走，因为葛西美枝子上到二十楼听到救护车的警笛声前，石田已乘电梯下楼。

这么一来，“砂川毅”的坠楼和这个年轻女人之间的联系突然变成问题了。B小姐看到的女性人影“身体向前屈、好像抱着东西”，这也和抱着婴儿的姿势符合。

不过，这时媒体的目光只集中在石田直澄一个人身上。想想他和二〇二五号的关系，这也是合理的现象，他是有值得怀疑的背景因素。而且，抱着婴儿的年轻女人和遇害者有什么关系，实在很难想象，就像她非要在那样的暴风雨午夜来拜访西栋某个住户的理由一样难以想象。

搜查本部内部对是否要公开这个女人的存在意见分歧，因为她是命案关系人的可能性相当大。最后，认为应更详细调查石田周边情况、确认这个女人是否与石田有关，最重要的是先找到石田直澄的慎重论派占了上风。他们在心理上大概受这个女人怀中婴儿的影响很大。表面上，命案的重要关系人只有石田一个，而葛西美枝子对自己的证词不被理会感到不悦，都是因为这个缘故。

而且，B小姐的证词中也有含糊不清的部分。B小姐说的真的是当晚她亲眼看见的事情吗？

警察在查访东栋住户时，频频听到其他住户批判 B 小姐。

“那些话恐怕是为了想出名而捏造的。”

“单身年轻女性独自住在那样的房子里，本身就很奇怪。她好像是某个电影公司社长的情妇呢。也有人说她是女明星，还是社长秘书什么的。”

的确，B 小姐的经济条件非常优渥，也有一个中年男人经常出入她的住处。她登记就职的市中心金融公司里是有她的职位，确实是社长秘书。她家在岐阜市内，父亲经营着衣料公司，给她的生活费很多，所以她可以过得很奢侈。她住的东栋一三二〇号的所有人，是她父亲。

本来在剔除对 B 小姐个人的偏见后，已无怀疑她证词的必要。但是搜查本部公布有关二〇二五号三人的信息的翌日，B 小姐接受了某家晚报的专访。她“含泪激动地告诉本报记者”，说她曾和死在西栋中庭绿地上的二〇二五号年轻男子交往，那人还跟她说“我有一天会被干掉”、“和我扯上关系就会卷入麻烦，所以不论发生什么事，你都要假装不认识我”。

这段专访当然引起了关注。在警方查访时完全没说出来的这些证词，令搜查本部大惊，他们急忙联络 B 小姐。可是她不见了，连她的家人都不知道她的去向。

“邻居虽对她有各种批评，但我都不相信。”东栋管理员佐佐木茂说，“这是我第一次做大楼管理员，很多地方很不习惯。我以前当过老师，教过高中生——都是些处于敏感年龄的家伙。像她那种女孩——啊，说女孩或许失礼——应该说是会胡乱开口的人。我对他们说的话都不会惊讶。他们只是孩子气，想得到周围大人的注意。别人一吹捧就高兴，偏偏旁边又都有教唆的人。别人一起哄，就当了真，说出根本不存在的事。”

安排 B 小姐和晚报记者见面的，是“创映经纪公司”的社长高野英男。二〇二五号命案发生以前，出入 B 小姐住处的也是他。就是说，他和B小姐个人过从甚密。

我们不知道B小姐是否如佐佐木茂所说的受到了教唆，但策划向媒体提供证词这一连串事的确实是高野社长。B小姐向晚报“激动告白”一个星期后，也由他陪同现身于民营电视台的新闻综艺节目，就像经纪人陪同旗下的艺人一般。

“这算什么事！我老婆笑个不停。她那态度就像名人一样。看到高野社长，就知道他果然是B小姐的男人。不知她父母有什么感受。不过她本人觉得好就好。”

后来，创映以二〇二五号的命案为底本，拍了电视剧。电视剧在全国播映后，因为剧情涉嫌剽窃某知名推理作家早期的作品，公司吃上了官司。

至于B小姐引起的骚动，几乎不值一提。她现身后，搜查本部终于能直接确认她的证词内容了。她和二〇二五号的年轻男人交往，以及对方透露过自身的危险等漏洞百出的“故事”，都毫无可信度。这场独角戏因为太过拙劣，一时还令人怀疑她“看到有人逃离现场”的证词。她自己也牺牲了宝贵的隐私，却什么也没得到。

但是发生了能引起耸人听闻的话题的大事件时，必定会出现像B小姐这样的人。她是一个典型，不是特例。千住北美好新城小区内一时交相出现呼应B小姐说法的证词，也印证了这一点。

我们可以理解，对生活平凡无奇的人来说，“一家四口遇害”的事件确实具有某种异样的吸引力。对任何人来说，隔岸观火都很有趣。这虽然很丑陋，却是事实。只是，人们宁可捏造故事也要“参与”事件的冲动，究竟来自哪里呢？

捏造的故事四处传播，周围产生共鸣的人又制造出别的故事。结果，不在场的人却身历其境，没有交谈过的对话却娓娓道来。即使想关闭大门，隔绝外面的世界，坚决守护自己期望的气氛和环境，却依然无法战胜幻影，赶走幻影。大部分有关石田直澄和二〇二五号中年女人的目击证词，都是这种幻影。在述说这些证词的瞬间，对说者而言，那些都是真实的——不在场的人当时确实在场。在那三个人的身份依旧不明朗的情况下，人们想把“一家四口遇害”的事件留为自己日常话题的企图，催生了无数没有根据的“记忆”，触发了“现在想起来，那时候怎样怎样”的推测，唤起了“说起来，那时看到的那个人……”的追想。故事的幽灵就这样游荡不去。

第十七章　离家出走的人

“要不要出面说明？我真的……很困惑。去东京也麻烦！这听起来或许很无情，可我就是怕和警察扯上关系。我是嫌这个麻烦，而不是嫌要领回尸体、要埋葬麻烦。我们一直很在意胜子的事情呀。”

群马县吾妻郡草津町。从 JR 吾妻线的长野原草津口车站往白根山方向，车行约十分钟，在左手边就可以看到一栋洒脱的小木屋。在“原味咖啡和手工意大利面”的大招牌下面，还加上了手写的“也有特产礼品”字眼。这家餐厅是秋吉克之的“早苗餐厅”。

“早苗是我老婆的名字，她一直在东京工作，有缘和我在一起后就搬到了这里。这家店的基本构想都出自我老婆，便用她的名字当店名了，生意果然大好。她来以前，这是一家乡下味道十足的旧式餐馆，是我继承自父母的家业。”

秋吉克之现年五十二岁，在草津町土生土长，三十五岁以前在东京当厨师并认识了太太早苗。婚后两人就一起回乡打拼，接下了父母的餐馆。

“胜子是我的小妹妹，小我一岁的大妹妹嫁到了埼玉。我们三兄妹里，胜子最懒散，她在离家出走以前从没离开过草津，没想到最后却死在东京，真是令人感慨。”

他说在荒川一家四口被杀命案的搜查行动急速展开后，听到遇害的中年女子身份不明的新闻，起初还没留意。

“后来越来越多的信息被公布，包括她的身材、年龄、长相等，那时我也只觉得年龄和胜子差不多。当然也不是没有不好的预感，但总觉得不可能是胜子，我也是这么告诉我老婆的。我偶尔又怀疑可能是胜子时，老婆还笑我想得太多了。”

没多久，东栋B小姐的“激动告白”出现后，外界开始冒出流言，说二〇二五号的“一家四口”其实不是一家人，他们之间是淫乱的男女关系。

“周刊写的，我都看了。都是有关那个一起被杀——从窗户摔下去死掉的年轻人的事情。大楼里的人还说，看到胜子和那个年轻人手挽手走在一起。”

——但这好像是误认，不是事实。

“哦。如果真的是，就太胡来了。我看了吓一跳，那不就是胜子吗？我不是要说死人，而且是我亲人的坏话，可是我想胜子会原谅我的，因为她自己清楚得很。我和大妹妹老是为她和男人纠缠不清而烦恼，她就是那样的女人。不过，她也不是为情欲而动。不知是因为太多情，还是太热情，她很容易对男人动心。一旦动了心，就不考虑后果，不论对方是多随便的男人，她都会对他死心塌地。她尤其喜欢长相好看的男人，也喜欢年轻小伙子，所以我有点认真地跟我老婆说荒川的那个女人可能是胜子。我老婆说她不那么认为，但如果我很在意的话，就去确认一下也好。我们也在电视上看到，家里有年龄差不多的失踪人口的人都去了荒川警察局，确认死在那栋大楼里的是不是自己正在寻找的亲人。”

秋吉克之说了声“请等一下”，暂时离开了座位。此次会面的地点选在他的早苗餐厅后面的办公室。半开的门外传来店内播放的古典音乐声。

“这个你拿去。”秋吉克之拿出一张照片，装在小小的相框里，平常好像是挂在墙上的。“胜子离家出走前不久照的，十年前的事了，在店里照的。那时店里重新装潢完毕，只有亲戚一起庆祝。站在我老婆旁边的就是她。”

——十年前，那是她三十九岁时。

“是啊。她爱打扮，你看，妆也浓。”

她脸颊略显丰腴，五官端正，鬈发染成褐色，穿着颜色鲜艳的毛衣，乍看像是风尘女子。

“拍完这张照片，她就和当时交往的男人分手，离家出走了。这是她在家里的最后一张照片，我只能提供这点线索。”

——这时的胜子和在东京荒川区遇害的女人给人的印象完全不一样，这点你没注意到吗？只是凭着“和年轻男人手挽手”这样的说法就认为那是胜子，这依据不是很薄弱吗？

“现在看起来的确是这样。我不是要偏袒胜子，她的确很温柔。刚刚我也说了，她很容易对男人动心，一旦迷恋上某个人，真的会为对方挖心掏肺，讨对方的欢心。不但服饰妆容，连在饮食上也会迎合对方。拍这张照片时，胜子交往的是从东京来的酒廊老板。听人家说那人年轻时当过酒店服务员，很爱打扮，所以胜子也是这副酒店小姐的装扮。

“我和老婆去了荒川北局。看到遗体时我肯定就是胜子——指纹和血型也都符合。那时我听说了许多她在那栋大楼里生活的情况，她似乎不是那么幸福，还要照顾坐轮椅的老太婆。你看这张照片，可能不相信这样的女人会亲切照顾几乎痴呆的老人。但这只是胜子以前的模样，我想她在东京和那个砂川过着完全不同于过去的生活，可能完全变了个人。

“我们不清楚砂川信夫是个什么样的男人。我在意的是，我老婆说的是否要去见见真正的砂川太太。我还没决定。砂川不是因为有胜子才抛弃家庭出走的，她认识他是在砂川蒸发很久以后，所以我没什么好顾虑的，只是感到有些歉意。

“我和老婆不能不觉得，胜子如同被那个人杀了一样，因为她是为了迎合他那种生活方式而遇害的。可是我又觉得，胜子打扮朴素，推着老太太的轮椅和她一起买东西、散步的样子是那么幸福。我内心的感觉很复杂。”

就这样，和砂川信夫一起遇害的中年女人，被确定是草津的秋吉胜子。她是三人之中最早被确定身份的一个。

搜查本部认为，身份最难确定的是那个老太太。因为她的年龄可能超过八十岁了，是否还有能提供确定她身份线索的亲人都是问题。事实上也很难想象一个有子女的老人却让不相干的外人来照顾。这位老太太本来有丈夫相伴，老先生去世后留下她独自生活？还是她本来就是独居老人？她是哪里人，又是在什么情形下认识砂川信夫和秋吉胜子，和他们像家人般住在一起的？这一切只有她自己知道。她的生与死，连同她的真实姓名和来历，都隐匿在黑暗中。

不过搜查本部内部也有稍具讽刺意味的看法，认为即使有人知道她的身份，或是她有家人，那些人也可能因为害怕丢脸而不愿露面。因为在发生这件事以前就将这个需要看护的老人弃之不顾，不积极找寻，这会遭到世人的谴责。

再说，老年人未必就不会离家出走。她和砂川信夫他们开始同住时可能还没有痴呆。她也可能原来是和女儿或媳妇住在一起的，因为合不来便离家出走，后来遇到砂川信夫或砂川信夫和秋吉胜子，就一起生活了。在这样的情况下，放弃走失老人不管的家人现在也很难主动露面。

实际的答案却是这两种推测的中和。警方公开二〇二五号这位老太太的相关资料后，静冈县滨松市郊外的自费赡养院“飞鸟园”的事务科一看到相关报道，就主动和他们联系了，说她好像是五年前住在该园的老人。

飞鸟园是入园时必须先缴交几千万元保证金的高级赡养院，成立才八年，目前有五十七位老人住在这里。其中三分之一是独居老人，其他是一起住进来的夫妻或姐妹。

飞鸟园事务科认为，二〇二五号的老太太可能是一九九一年四月一日外出迄今未归的三田初枝，当时八十二岁，除了血压高，其他方面都很健康，看起来比实际年龄年轻十岁。失踪那天她身穿和服，并告知管理员她要去百货公司买东西。

三田初枝个性开朗豁达，在园内很活跃，广受同园男性欢迎。丈夫在她入园前十四年去世了，有两个女儿，都没有和她同住。

初枝的丈夫在滨松市内销售汽车，生活非常富裕。她丈夫死后，汽车公司虽然没了，但她还有土地和出租大楼等资产，老来经济情况依旧宽裕。

根据园方的说法，决定入园是初枝自己的意思。她是独自来参加说明会的，负责接待她的职员听到她说："我不想再看到女儿为钱争斗的样子了。"

她还说："我听说飞鸟园不像一般的老人院，反而像是让孤独的老人安心生活的小区，便决定住进来。"

事实上，失踪以前她都自理日常生活，不需要看护。

正因如此，一九九一年四月一日她外出后没有在规定时间回来时，园方还没感到惊慌。园方要求入园的老人严格遵守规定，但是规定的关门时间是晚上七点，很多健康的老人都频频抗议这个时间太早了。

到了晚上九点，夜班职员上班后才发现有点问题，但还不觉得严重，只是担心而已。园方打电话给初枝的紧急联系人，就是那两个女儿，确定她不在她们那里后，便要求她们如果有消息要立刻通知园方，之后就只能等待。

但是，初枝一直没有回来。午夜一点过后，园方就近向派出所通报了。初枝住的那栋楼的管理员，也就是和初枝私交不错的皆川康子，一夜没睡。

"初枝虽然很健康，毕竟年纪大了，不知道什么时候会怎么样，尤其她有高血压……"

有高血压的老人最担心的是中风，还有车祸。

"我们担心她是不是在外面晕倒被送进医院了，还打电话到市内的各个急救医院询问，可是都没有她的踪影。难道她不在市内吗？我们真是百般担心！"

飞鸟园有为入园老人制作的专用身份证明兼紧急联系卡片，要求高龄者外出时必须随身携带。卡片后面还特别注明了持卡人的病历和服用药物的名称，作为有病之人在外接受紧急治疗时的参考。

初枝带了那张卡片出去。如果她突然发病或发生意外了，收留她的医疗机构一定会注意到，并和飞鸟园联系。园方也只能这样相信，并且继续等待。

然而，园方一直没有接到通知，三田初枝也没有回去。她外出超过四十八小时后，飞鸟园决定报案。警方询问了滨松市内的所有百货公司和超市，也派巡逻车用广播呼吁民众提供消息，并请当地的消防局协助搜索附近的河川、山林，结果一无所获。三田初枝就这样神秘失踪了。

皆川康子具有护士资格，在静冈市内的市立医院当过护理长。飞鸟园看中了她的个性和能力，聘请她来工作。在以高龄者的安心与舒适为卖点的飞鸟园里，她以"没有不幸的病人，也没有寂寞的独居者"为理想，认真工作。可是整天近在眼前的三田初枝不见了，也不知道她的安危，她因为园方寄予厚望的专业素养加上个人的担心，烦恼得甚至梦见初枝。

"在梦里，初枝表情非常怯弱地站着。我看得到她，她却看不见我。我一直叫她，她也听不见，最后越走越远。那地方漆黑一片，我喊着'不能过去啊'，喊着喊着就醒了。"

警方搜索两天后，在滨松车站附近购物中心的垃圾箱里发现了一个老年女性用的皮包。皆川康子接到消息后赶去一看，那的确是初枝的东西。里面有手帕、粉盒，还有飞鸟园的专用卡片，只有钱包不见了。初枝的皮包可能是在这个购物中心或附近被偷的。

"按理说，初枝若是遭到扒窃，应该知道怎么处理，不是去派出所报案就是和园方联系。在这点上，她比不晓世事的年轻女孩能干多了。她不是那种会呆坐在原地，茫然无所适从的孱弱老人。”

正因为这样，皆川康子才感到不安。

“我担心的是她在皮包被偷的同时遭到殴打或推撞而受伤，或是因为太过惊吓而记忆混乱或行为失常。一般人以为中风就是突然倒地不起，其实是脑部的毛细血管断裂或是堵塞，在极短的时间内脑部缺氧，产生意识障碍。有时候心理打击会引发脑部缺氧，人因此重心不稳而摇晃跌撞，此时没有旁人亲切协助或是受到警察保护，很可能卷入下一个麻烦。”

找到她皮包的那个购物中心，半年前也发生过锁定落单老人和妇女的抢劫案。罪犯是一伙年轻男女，他们先派一个女人接近被害人，假装问路或是说有个可疑男子跟踪她，请被害人陪她走一段路等等，把被害人诱骗到人少的地方，这时一群人再一哄而上行抢。

除了钱夹、皮包，身上的首饰、手表、鞋子等他们也抢。被害人是年轻女性时，为了不让她立刻报案，他们还会故意脱掉并拿走她的外衣，只让她穿着内衣内裤。被害人意图反抗时，他们也会集体暴力相向。

“我猜初枝可能碰上那个抢劫团伙了。警方也循线追查，可是一直没抓到歹徒……”

这个抢劫团伙不只活跃于滨松市内，他们还利用新干线在静冈、名古屋一带作案。警方虽然展开了跨县市合作搜索，但没有成果，这也是被害人迟疑于检举报案的原因之一。

“如果抓到了那帮歹徒，就可以问出初枝怎么了，知道她被抢劫以后是什么状态。园方也努力搜寻初枝的消息，只要听说有相像的老人出现，一定派人去确认，然而总是没有进展。警方说现在抢劫团伙的犯罪手段越来越凶恶，初枝可能凶多吉少，因此我们多少也有点心理准备了。”

皆川康子为初枝担心得心力交瘁，却惊讶地发现初枝的女儿反应冷淡。初枝失踪不到半个月，她的两个女儿就一起来园里，要求解除初枝的入住契约并退还保证金。

“我很惊讶，她们好像认定初枝不会回来了。保证金是笔大钱，而在本人安危未定前，园方不能擅自解约。而且刚过半个月，母亲可能遭到凶残的抢劫团伙的毒手，她们却毫不担心，像在公事公办。我这才明白，初枝为什么看破了女儿的心思，宁愿住进飞鸟园来。”

初枝失踪十个月后，警方终于捕获了肆虐滨松、静冈、名古屋、丰桥等新干线沿线城市的抢劫团伙。立下功劳的是滨松警察局刑事科，他们根据销赃渠道顺藤摸瓜，抓到了这帮罪犯。团伙共有八人，其中三人是女性，有五个未成年人。

警方侦讯罪犯后不久，果然如皆川康子期待——令人非常煎熬的期待——的那样得到了有关三田初枝的消息。

“一个女孩坦承去年初春在滨松的购物中心抢劫过一个老太太，说因为她穿着和服，看起来很有钱，便找上了她。初枝那天确实穿着花色漂亮、质感极佳的和服。女孩还记得她头发梳得很整齐，白发虽多，但有一小撮染成了紫色。我想是初枝无疑了。”

供述的女孩说，那天她是第一次诱骗被害人到人少的地方，所以记得很清楚。

“那女孩跟初枝说有个奇怪的男人跟踪她，她很害怕，请初枝陪她走一段路。初枝以为是真的，还跟她说：‘不得了，我们去警察局报案。’”

女孩当然顾左右而言他，拒绝去警察局。

“初枝就要叫出租车送她回家。她是个和蔼的人，不会将有麻烦的女孩弃之不顾。”

女孩和初枝坐上出租车，到了同伙等待的犯案现场。

“那地方好像是车站后面的大楼巷道，大楼里面都是酒廊和酒吧，白天少有人迹。大楼之间也夹杂着几栋公寓，所以初枝没有怀疑女孩说的话。”

抢劫团伙威胁三田初枝，抢走了她的皮包和手表。女孩说初枝内心可能很害怕，可是表现得很刚毅。

“那个女孩说初枝很生气，教训他们说：‘你们做这种事情将来怎么会有出息！’他们当然不听，还嬉皮笑脸的。初枝没气馁，继续教训他们，于是有人动手殴打她。”

初枝倒在地上，另一个人踢了她的头。他们看到她瘫软不动了才感到害怕。

“那女孩还问初枝：‘老婆婆，你不要紧吧？’可是初枝一动也不动，一伙人就赶紧逃开了。以后的事情女孩就不知道了。”

就这样，园方知道了三田初枝在购物中心出了什么事。但是她被抢劫后去了哪里，这才是问题。

“初枝失踪一年时，园方和她女儿之间的对立很严重。在她生死未卜的情形下，园方当然不能退还保证金。园方收不到每个月的管理费也麻烦，可是现况就是无法催缴，结果对方也一直没缴。不过，她女儿还是擅自拿走了她的私人家具和物品。”

接着，三田初枝的两个女儿通知园方，说她们对母亲失踪一事要追究园方的管理责任，并向法院提起诉讼，要求赔偿。

“我听了，真的很内疚……初枝住的那栋楼是我负责的，于是我写了辞呈给当时的园长。但是园长没有接受，他说……哪天初枝回来了，我如果不在，她会感到寂寞的。我只好继续留在这里，一边好好工作，一边继续努力找寻她。”

三田初枝的女儿最后并没有打那桩官司。飞鸟园和她们再三协调，支付了若干“慰问金”后，她们才打消念头。园方坚称初枝外出是她本人的意思，而完全按照园方的规定，他们不可能预测到她在外面会遭到抢劫，因此对这事没有责任。

“可是我一直觉得自己有责任。”皆川康子说。

“这五年里也有种种事情发生，可是我没有一天忘记初枝。她现在在哪里？在做什么？或许她遭殴打受到惊吓而记忆混乱，但得到了善心人的帮助，此刻正和那人一起生活。或者她想不起自己的姓名、住址了，正受到某个公家老人院的照顾。看样子她或许已经不在滨松或静冈了。我也想过拿着电话簿，打电话给全国每一家老人院和医院询问。虽然很花时间，但这样一家家去找，总有一天会找到。”

滨松警察局内部也有人认为三田初枝已经被那个抢劫团伙杀害，弃尸于某个地方，因为被捕的罪犯中有人杀了人还假装没事。

“我听警察这么说，又忍不住去找最先认罪的那个女孩。她在那个团伙里面罪行较轻，不到一年就回家了。我去找她，希望她告诉我是不是还有什么事情隐瞒着没说。我还跟她说，如果初枝被杀了，我得知这消息虽然真的会很痛心，但也强过不知道她究竟怎么了、人又在哪里。”

那个女孩坚称初枝没有死，至少他们没有杀她。她最后看到的是初枝瘫倒在垃圾满地的马路边，以后的事情就不知道了。

“我很想相信她，但是可以相信她吗？我真的很难过。我离开时她父亲走到门口跟我说：‘你问我女儿那么多，可是都没有用，她不会说真话的。如果他们杀了人，只要尸体没被找到，他们不会主动招供的。你还这样恳切地求她，我看你也够傻的了。你以为我们这是什么家庭？’”

笔者问过一些失踪者的家人和朋友，他们的说法都和皆川康子的一样：知道人死了，虽然伤心，但总比不知道他凭空消失去哪里了要好。

“五年的时间很长啊！”皆川康子说，“就连我都心灰意冷地以为永远也找不到初枝了。那天报纸说东京荒川一家四口被杀命案里的被害人身份依旧不明确，大家虽然在园里也聊过这个新闻，但没有立刻联想到初枝。”

几天后，那三个人的年龄和身体特征等详细信息又公布后，皆川康子还是没想到初枝。

“我们认识的初枝是个健康、开朗、漂亮的老太太。虽然知道她被抢劫后身心可能起了变化，但我还是很难具体地想象出那个样子。”

荒川遇害的老妇人乘坐轮椅，日常无法独自行动，虽然没有老人痴呆的样子，却给人年老多病的强烈印象，这和活泼健朗的三田初枝模样不符。报纸和电视新闻报道都说那是孱弱的老妇人，皆川康子很难把她和三田初枝联系起来。

“我是这么想，所以报纸看看就算了。两三天后园里有人问那会不会是初枝。”

皆川康子吓一跳，赶紧探问。

“她是和初枝同时住进来的老太太，比初枝小十岁，但身体有病，要人看护。我那天帮她洗澡时，她跟我说：‘医生——她都叫我医生——报上登了荒川死掉的那个老太太的身体特征，说她的侧腹部有浅咖啡色的痣，你记不记得初枝也有一样的痣？’”

皆川康子不但不记得，甚至不知道三田初枝有那样的一颗痣。

“她身体很好，换衣服和洗澡时都不需要人帮忙。我说我不知道。可是那位老太太又说：‘医生，真的有呢。我记得很清楚，有一次初枝帮我洗澡时，我把她的衣服溅湿了，她哈哈大笑着说陪我一起洗。她脱下衣服时我看到了那颗痣。’老太太还说，那时在一旁看护的职员也记得；那个职员虽然离职了，但是她一定记得，可以去问她。”

可是那个职员并不记得三田初枝身上的痣，但她记得在帮需要看护的老人洗澡时常请初枝帮忙。通常这不是什么费力的工作，只是洗洗头发、递递毛巾而已。

“我真的很惊讶，向园长申请立刻去东京。当天我就带着初枝的照片、病历卡、入园记录等乘新干线赶去了。一路上我不停地掉泪。虽然还没有确定，但我就是忍不住想哭。”

最后，证实千住北美好新城西栋二〇二五号的老太太就是三田初枝的，是医学证据——初枝的牙齿治疗情况和那位老太太的一致。

“看到尸体的照片时，我也不知道那是不是初枝。”直到现在，皆川康子谈到这件事时依然感到沮丧，“照片中的肤色看起来虽然接近她活着时的状态，但是乍看之下还是无法确认。因为面貌改变太多了。如果能听到声音或是看到动作，可能感觉完全不一样……

“初枝的女儿领回了遗体。她们果然如我猜想的一样，不太伤心，反而因为母亲已被确定死亡，总算可以开始办继承手续了而松了口气。

“安葬骨灰的时候我去了她家，她的大女儿口气哀切地对我说：‘我母亲是个很可怕的人，脑筋很好，很能干，称得上称职的企业家夫人，但是她很爱控制别人，因此对我们的要求也多。她喜欢干涉我们的生活，评论我们男友和朋友的高低。如果看不上眼，就叫我们不要再和对方来往。我们不听的话，就会大吵，然后她会直接找到对方，明白告诉对方她不希望他们和我们继续交往。由一知百，她做每一件事都这样，我们也决定彻底反抗，凡事都和她对立。我和妹妹不是不爱母亲，可是为了守护自己的生活，我们不得不这样……’我认识的初枝优点很多，我没有办法完全接受她大女儿的说法。但是她大女儿跟我说这些，至少表明了她对她们这样对待母亲的愧疚，这让我觉得好过些。

“尽管如此，过去的五年里，初枝到底过着什么样的生活？她坐轮椅是因为那次抢劫造成了伤害吗？她也真的记忆模糊了吗？她如果能想起任何一点事情，应该不会和那种人住在一起啊。”

这下，身份不明的被害人只剩下一个了，就是那个从阳台坠楼身亡的年轻人。

讽刺的是，他也是三人之中民众询问或提供消息最多的一个。看看这些来自各地的询问与消息，不禁悚然而惊。现在杳无音讯的离家年轻人何其多啊！

自从东栋的B小姐爆料和他有关系，以及他和秋吉胜子关系暧昧的流言传出后，有关他的各种臆测接连不断。一时之间，“声称”知道他的人在打上马赛克的屏幕上侃侃而谈的画面，充斥着各家民营电视台的新闻与谈话类节目。有人说他是大阪某家星期五餐厅卷款逃逸的当红牛郎；有人怀疑他是赴任才三个月，就让女学生怀孕而被辞退教职的某著名私立女高日语老师；也有计算机公司怀疑他是在计算机程序里动手脚盗领大笔公款，而后逃亡的新进程序设计师……

但是，这些说法都无法说明这个年轻人为何要在这个互不相干的团体里扮演儿子的角色，和他人一起生活。搜查本部起先怀疑他会用砂川信夫亲生儿子砂川毅的名义就业，但仔细查访首都圈后，并未发现相关事实。目击他出入二〇二五号的人的少数可信证词指出，他像是有职业的人。也就是说，他不论是上班还是上学，都有一个被正式场所接纳的固定身份，只是没有公开而已。一般卷款潜逃的罪犯无法这样自在。

早川社长的说法也强化了这一点。他虽然看过砂川信夫的户口簿，但从没听过他叫那些家人户口簿上的名字。看来，这个户口簿是为了应付早川社长的要求而假造的，砂川信夫、秋吉胜子、三田初枝和这个年轻人在日常生活中可能还是互叫“本名”。除了记忆可能丧失或部分丧失的初枝外，其他三人应该都是这样。

砂川信夫和秋吉胜子的组合是男和女，他们不管是同居还是姘居，住在一起不奇怪。然后加上三田初枝。是砂川信夫发现并救助了这个在滨松遭劫受伤而失忆的老太太，还是秋吉胜子？从生前的生活情形推测，他们安慰并保护了这位老太太不容置疑。

但是，年轻人是以什么形式加入他们的生活的？他是最早和砂川信夫住在一起的，还是和胜子同居？多大时开始过这样的生活的？真正的家人在哪里？人只要不是从石头里蹦出来的，必定有生物学上的父母存在于某处，这个年轻人的亲兄弟姐妹也应该正处于生龙活虎的年龄。

但是警方搜集的所有信息中，没有一个符合他。亲自来搜查本部想找失踪儿子的父母们，也都摇着头失望而去。

奇怪的是，关于年轻人工作的地方也没有任何消息。西栋的邻居看到年轻人几次穿着西装乘电梯，也有人在管理室前面和像是下班回家的年轻人擦身而过。虽然不能断定他穿西装就是在公司上班，但是他对这个社会一定有他个人的参与方式，也形成了他个人的人际关系，诡异的是这些都没有浮现出来。

针对这点，搜查本部产生了一个推测：他是在游走于法律边缘的老鼠会[①] 或地下钱庄等基本上会回避警方的公司或事务所就职。公司对员工的突然不告而别，应该会觉得不对劲，即使不报警求助也会联系员工的家属，可是西栋二〇二五号完全没有类似的来访者或接到相关询问电话，可见公司本身可能就不正规，不愿意报警求助，以免自动招来警方摸底的麻烦。而在首都圈，这类游走于法律边缘的“公司”不可胜数……

总之，只要真相大白，这些推测和疑问都会消失。事实上，也真的有人掌握了这个真相，他正屏息躲在东京的某个角落里。

① “金字塔销售计划”的俗称，实质为多层次传销组织。

第十八章　绫子

绫子出院回家后，宝井康隆每天都惴惴不安。

不管他愿不愿意，有关荒川一家四口被杀命案的后续报道不断地传进他的耳朵。对真相还一无所知的父母和社会上的大多数人一样，对事件的发展非常关心，这让康隆更感惶惑。每当父母谈到命案调查出现意外的发展时，他即使已经听绫子说过了，也不得不装出惊讶的样子。即使报道有错，他也不能更正，因为绝对不能让父母反问他："你怎么知道？"每一天都是刺激的延续。

康隆觉得很不可思议，当事人绫子看起来像是轻松地走在危险的空中钢索上。是身处轰炸中心区反而大胆了吗？也说不定她把秘密向康隆吐露后，就把心理重担移到他的肩上，自己倒落得轻松自在了。

可是康隆几乎要被知道绫子的秘密，以及要告知父母这个秘密的重担压垮了。绫子什么也不说，只是不时地投给他一道颇具意味的目光——还没告诉爸妈吗？还没说吗？很好。她似乎想都没想到，康隆烦恼到了晚上睡不着觉的地步。

一股脑地把秘密全盘托出，一时是轻松愉快，可是康隆想到以后的情形就忍不住害怕。幸好警方的侦查方向好像错了，还没有人注意到绫子的存在。如果保持缄默，事情可能就这样结束了。但这还是不对吧？

只要那个代替绫子背负着嫌疑逃匿的石田直澄还在的话……

康隆保守秘密憋得难过，就想对悠然且一无所知的父母发脾气。他们曾经那么担心暴风雨之夜绫子跑去哪里了，为什么浑身湿透染上了肺炎，又为什么要带佑介出去，可是等她一恢复健康，就全都忘了，不再追问她那些问题，自顾自地回到正常的生活里。他们是不是过分轻松了些？

他也忘不了在医院和绫子争执时她说的话。“整天窝在家里的你根本不理解我的心情，你这个没真正和女孩交往过的笨蛋根本不懂。”这些话让他严重受伤，因为这揭露了他所害怕的事情——这的确是事实。

绫子紧急住院那天，他想赶在截稿期限前交稿而奋笔疾书的稿子终究没有写完，因此社团同仁一起对他施压，除了要他担任夏季集训营的干事外，还要他供给《织网人》秋季特刊相当于该次拖稿量两倍的稿子。

一进入七月，学校很快就放暑假了。即使守着秘密重新过平静的生活，康隆的稿子依然没有进展。他自己也想过，是题材选得不好。现实与非现实。真实与虚拟。这正是康隆现在的处境。

电视、报纸没有一天不发布荒川命案的后续报道。影像里事件就像电影剧情般遥远而曲折离奇，康隆听了专家、论者的分析后，不知不觉陷入其中。

接下来的瞬间，他又会像是被泼了一盆冷水般清醒过来，眨着眼睛思索：这桩命案的凶手是我姐姐——遇害的人里面我至少知道一个——我知道八代佑司——我知道他跨过我们家的门槛坐在那张沙发上——我清楚记得和他视线相对时他眼神的空洞。

一瞬间，康隆的心思又一转，觉得电视这样大肆报道的事件，不可能和宝食堂、和他们这个家有关。电视里发生的事情虽然就在客厅的电视画面上，但实际上是距离很远的“故事”。或许是电视收录了绫子说的“故事”，而真的绫子和真的宝井家都不可能走到电视里面。

他这样东想西想，无法作出判断。到底哪个是真的？是姐姐的经历，还是电视报道？此刻坐在这里看电视的我，是那个听过姐姐坦白的我吗？

康隆通过电视和报纸，一路追踪遇害者中有三个人的身份调查回归白纸状态、必须重新辨认的过程。这其中有绫子说得不够清楚的部分，也有她说得比较详细的部分。到了最后，只剩下宝井家知道是“八代佑司”的年轻人身份不明时，他才真正感到害怕。

看来只是时间问题，八代佑司的真正亲人迟早会现身。警方公布这些信息后，家中有儿子外出未归的人必会露面查询。

他自己都很意外会感到这样强烈的恐惧。

八代佑司虽然只到过宝井家一次，但他确实在康隆眼前说话、呼吸、走路，是活生生的人，不是只住在姐姐想象世界里的情人。但他还是无法和康隆心里的那个八代佑司血脉相通。那个他没有体温。母亲以一种文学性的咒骂方式，痛斥过那个让自己女儿怀孕又甩掉了她的冷血的人没有体温，但康隆想的不是这个意思。

康隆觉得八代佑司这个“人”就像劣质动画的主角般，活在二维空间里，没有过去，也没有任何经历。画得像真人，却终究只是画。他看起来在动，那不过是观者的错觉罢了。

绫子听八代佑司说过许多学生时代的事情、工作经历等，她也跟康隆说了。可是不论听了多少，康隆依旧觉得他的存在像卡通动画。动画主角都有编剧群编造出来的身世和经历，这和凭空捏造的没什么不同。

这种奇妙的感觉在某种程度上也让康隆感到释然。因为感觉八代佑司像动画角色，他就无法鲜明地想象绫子把他从二十楼阳台推下去的情景。听到绫子坦承“我杀了那个人”，他即使知道这是真的，仍无法从心里接受杀人的沉重和绫子手染血污的事实。再往回想，他也无法想象绫子和八代佑司谈情说爱、相拥共眠的样子。

绫子和康隆姐弟感情甚好，但气质相差很大。康隆念中学时就已确信，姐姐虽然可爱开朗，但是他会选择和姐姐完全不同的女孩当女朋友。同样，绫子也一定会选择和康隆完全不同的男孩当情人或丈夫。

那时康隆也确信，将来伴在姐姐身旁的人，自己绝对和他合不来，感情不会好。因此，他很难想象绫子和那个男人在一起的生动画面。

结果事实不只是那样，绫子的生活里不但真的出现了八代佑司那样的男人，她还生下了他的孩子，最后还杀了他。然而，对这一切康隆都没有真实感，总觉得有“无所谓”的部分。那不过是动画角色消失了……或许就因为这样，他没有向父母说出事实，只是旁观时间的消逝。

康隆突然想到，不是只有他有这种感觉，说不定姐姐也如此。当然，绫子坦承杀了人时的激动模样不是假装的，她真的爱过八代佑司，全心全意地爱过。但是她能在多大程度上承受自己亲手杀了那个拥有真正血肉之躯的八代佑司——即使是为了自卫——的心理负荷呢？

她可能感觉不到吧？至少，可能感觉不到道义上的沉重负荷吧？但即使她的人格有缺陷，也不可能对人的生死无动于衷，因为康隆至今也忘不了她在外公猝死时的反应。

康隆心想，对姐姐来说，八代佑司可能也是二维空间里的人。她爱恋他时，以及亲手杀死他的瞬间，还存在着令她激动的感情。但是二维空间里的人，切掉开关就消失了。而在绫子的手中，确确实实有一个有实际存在感的三维空间的“生命”——婴儿佑介。此刻，她的心思都在佑介身上。

旁人看来，大概难以谅解他们姐弟俩的这种心思。康隆希望现状不变，希望事情就此结束。

但如果八代佑司的生身父母和家人露面了，或是抱着他被冷冻保存的尸体痛哭的母亲出现了，康隆姐弟此刻安然居住的世界就会被击得粉碎。八代佑司不是动画角色，而是活生生的人。他也有怀胎十月将他生下、帮他换洗尿布、带他去打预防针、替他膝盖擦伤时涂红药水、为他缝补制服的母亲。这些事实摆在眼前的瞬间，绫子就成了真正的杀人凶手，康隆也成了掩护姐姐的共犯。

康隆发现，能让人以人的形式存在于这世上的是“过去”。这个“过去”不是经历、生活等表层事物，而是“血缘”。你在哪里出生的，被谁养大，和谁一起生活，这些都是过去，能让人从二维空间跨入三维空间而“存在”。割舍这些的人几乎如同影子，因为本体和被割舍掉的东西一起消失了。

八代佑司家人的出现，就是他本体的出现。绫子承受得了吗？至少，康隆承受不了。他太害怕看到那家伙的母亲伤心痛哭的样子了。

与命案有关而害怕真相被发现，不相干的人大概无法理解这种心理，或许还会觉得那是一堆歪理。但是康隆夜里噩梦中出现的，不再是登门造访的表情肃穆的警察，或八代佑司惨白的脸，而是八代悲伤地要安葬骨灰的母亲。

但八代佑司的身份一直没有查明，康隆噩梦中的情景也一直止于梦境。搜查本部没有停止辨认身份，只是一直没有找到符合的人。

会有这样的事吗？这不就像八代佑司真的是凭空塑造出来的角色吗？……

“这社会真的有很多失踪的儿子呢！我很诧异。”绫子抱着佑介，额头冒汗。虽然已进入九月，阳光还是很烈。

康隆和她并肩走着，把阳伞遮在佑介头上。佑介的痱子很严重，绫子要康隆陪她一起去看医生。他正有话要和姐姐说，觉得正好。

出门时敏子还笑他们：“康隆变成好舅舅了，只要是佑介的事，他都毫无怨言地帮绫子做。”

那家医院也为佑介做过新生儿健康诊查，医生和护士都认识绫子，和她不停地说笑，还提供纸尿布的试用品，气氛很热闹。康隆独自坐在候诊室里，庆幸那里没摆电视机。在回家的路上，他主动说道：“他的身份还没查出来……”

绫子一边逗弄佑介一边说：“很多人去询问，都是家里有人出走的人。将来我绝对不会让佑介离家出走，我会好好养他。”

康隆咽回想问的“姐，你都不怕吗”这句话。他们停下来等绿灯，绫子用鼻头轻轻顶着佑介的小鼻子，脸上没有一丝恐惧感和罪恶感。

“事情会怎样呢？”他没头没脑地说了一句。这时绿灯亮了，绫子跨出步伐。

“会怎样呢？阿康，你不是没跟任何人说吗？”她最近很少叫康隆“阿康”，语气虽轻，但嘴角有一丝怒意。

康隆也有点不高兴。刹那间，他有点气恼把重担移到他肩上、抱着佑介，一脸母亲的温柔笑容的绫子。“我想过报警。”

绫子突然停下脚步，康隆撑着的阳伞钩住了她的头发。她瞪着康隆。“干吗要这样威胁我？”

“我没有威胁你。”康隆憋屈得语无伦次。他过去和她吵过几百次架，气势被她压过这还是第一次。

“阿康，你不想帮我和佑介啦？你不是答应过我吗？”

“我……”

“我不想站在这么热的地方说话，对佑介太残忍。我要走了。”

她噔噔噔大步前行，康隆赶忙追上去帮他们打伞。他们拐过转角时碰到了附近香烟店的老板娘，她轮流看看康隆、绫子和佑介，调侃康隆说：“啊呀，好年轻的爸爸啊。”

绫子笑开了脸说着“你好”，脚步也放慢了一些。姐弟俩又并肩而行。看不到老板娘的身影后，绫子又嘟着嘴说：“那个老板娘很多嘴，可要小心她！就是她说我是养私生子的坏女孩，把妈气死了。”她用棉纱手帕擦擦佑介微微冒汗的小额头，又笑开了脸，“我是无所谓，只要有佑介，我就是幸福的人，什么都不怕。”

即使八代佑司不在也一样？康隆在心中问着：即使他死了——把他杀了也一样吗？

几天后的晚上，康隆坐在自己房间的书桌前，绫子在门外叫他。

“阿康，我可以进来吗？”

因为第二天是餐馆公休日，晚饭后难得父母一起出去了。康隆看到门缝外的绫子，立刻明白姐姐也在等待他们独处交谈的难得机会。

“佑介呢？”

“睡了。不要紧，门开着，他一哭我马上会听到。好热，开冷气吧。”绫子说着走到窗边。在她按冷气的遥控器、关窗的时候，康隆沉默不语。他想先听听绫子会说什么。

绫子坐在康隆的床上，仔细扯平纯棉连衣裙上的皱褶，然后抬起脸问道：“你还记得中学时的常盘老师吗？”

康隆对此没有记忆。“你的班主任老师？”

“不是，他是我的升学指导老师。他好像是主任，教社会学的老师。”

“我入学的时候他已经不在那里了。”

“大概是调到别的学校了。你……很幸运。”

康隆猜不出姐姐要说什么，只好微笑。

“常盘老师听我说不想升高中、讨厌上学时很生气，他说我将来一定没出息。我也脾气冲，顶嘴说：‘不上学怎么就会没出息？我就不读高中，做个有出息的人给你看！’”

绫子又在扯平连衣裙上的皱褶。是因为这样才可以低着头吧。“可是我真的如同老师说的，成了没出息的人。”

康隆还是耐着性子保持沉默。

“很奇怪吧。我一想到警察就害怕。我不想离开佑介，不想被抓。可是我最不想的是：当我被抓了，人家都知道我是杀人凶手时，常盘老师会说：‘宝井绫子果然像我说的没有出息。’我讨厌这样，可是没有办法。我可以想象得到常盘老师知道他说对了时的得意表情。”绫子双手乱搔着脑袋，“我就是无法忍受这个！我最讨厌那个老师了。”

康隆很理解这种心情，于是说：“早稻田和东京大学毕业的也有没出息的人啊。”

绫子使劲摇头。“我说的不是这个。你脑筋好，知道我的意思。可是单单知道，还是不一样。”这时她终于正面看着康隆，“我该怎么办？我不能这样沉默着躲下去吧？我……我杀了人。”

她说话的方式太过颓丧，声音也沙哑，康隆不由得胸口一紧，一时说不出话来。刹那间，他从心里对自己生姐姐的气感到惭愧。

“我被抓了会判什么刑？会坐牢吗？佑介……佑介会说话以前我回得来吗？”

康隆振作精神，故意开朗地对两眼湿润的姐姐说道：“那家伙的身份不会查明的。”

绫子点点头。

“我想那家伙跟姐姐说的‘八代佑司’不是真名吧。”

“怎么会？那是他的真名。他爸妈帮他取的名字。”

“他只跟你说真话吗？”

“也不是。你有点不怀好意嘛。”绫子责备似的瞪着他，但立刻笑了，“我看过他的户籍誊本，知道那是真名。”

康隆睁大了眼睛。“在哪里？什么时候？他是哪里人？”

“开始交往半年后吧。他跟我提到了他的家人——很可怕的家庭。他很气恼他父母。他爸爸酒精中毒，他说他已经五六年没回家了，可能早就死了——死了倒好。”

“他是为了确定这个才去拿户籍誊本的？”

“嗯。他只是想知道情况，可又不愿意回家，我说去拿户籍誊本不就知道了。”绫子长长叹了口气，“我只是开玩笑罢了，可是他当真要去拿户籍誊本。在埼玉县的田山市。你知道吗？”

田山市在可以轻松往返东京市中心的通勤圈内。乘京滨东北线，从秋叶原站坐到田山站只要一个多小时。那家伙是那么近的地方的人，康隆感到很意外。

“你们去了田山市公所？”

“对呀，我们开车去的，停车场没有空位，真惨……他嘴里一直抱怨不停。谁叫他讨厌坐电车！连公交车那种大众交通工具他都嫌弃。”

康隆有点冷冷地想，我也不喜欢多人共乘的交通工具。

“专程开车去拿户籍誊本，还不如直接到他家看看……”

“我说了，他讨厌回家嘛。”

从刚才到现在，绫子一直叫八代佑司为“他”，像是害怕一不小心说出那个名字，会让死者听到。

“拿到誊本了吗？”

“当然拿到了。”

就誊本上所见，八代佑司的父母都还健在。

“他还有一个弟弟，年龄差很多，小他十岁吧。我问他：‘小弟怎么了？你不担心吗？哥哥不在，他或许会感到寂寞吧。’他听了就说：‘怎么可能？’好像我的话很蠢似的。他说：‘我弟弟和我虽然属于同一户籍，但彼此没有关系。我妈很淫乱，老和不同的男人胡来，生了好几个孩子。现在户籍里只有我和弟弟，另外还有多少我都弄不清楚。我连自己是不是父母所生都不知道。老爸有事没事就打我，老妈也不会维护我。”

他由此才离家出走，再也不回去了？

“他多大离家的？”

“中学一毕业，十五岁吧。”

比现在的康隆还小。如果他跟绫子说的家庭情况全都是真的，他的十五岁一定比康隆现在的日子更混乱、更令人愤怒，也更艰苦。

“他母亲是做什么的？”

绫子耸耸肩。“我问过，他只说是做生意的，没有详说。他提到母亲时整张脸都扭曲了，嘴唇紧闭，目露凶光，样子很可怕。”绫子转动一下眼睛，突然站起来说，“佑介哭了。”

康隆竖起耳朵，没有听到哭声。隔了一会儿，他听到了姐姐在她的房间里叫佑介的声音，随即又有佑介响应似的哭声。

这种事情常有。绫子的耳朵可以捕捉到别人都听不到的佑介的呜咽声，那种敏感度和精确的指向性，连军用雷达都比不上。

康隆对此感到佩服，敏子则得意地说“那是母亲的本能”。他虽然觉得自己确实比不上，但对那种炫耀态度不以为然。尤其是看到母亲在没有子女而感到寂寞的姑妈面前，表露出“这世上最伟大的就是生了孩子的女人”的得意表情时，他更是感觉如鲠在喉。

母亲若是知道八代佑司的母亲——如果相信他的话——生性淫乱，生了一大堆不知父亲是谁的孩子，任凭这些孩子被户籍上的父亲虐待，会说什么？康隆心想，她一定会说“那种女人没有做母亲的资格”。

可是不管你同不同意，女人只要怀孕生下孩子，就是母亲。妇产科医生、社会福利局、民生委员、各路神灵等，不论是谁，在那个女人成为母亲之时都不能否定她的母亲资格。

唯一有权否定的是被生下来的孩子。只有孩子有那个机会和权利。按照八代佑司的说法，他是在摆脱了义务教育的束缚后立刻行使那个权利的，但他因此变得幸福了吗？离家出走六年后的今天，他成了遇害者之一。生下他不管的母亲和虐待他的父亲，或许还安稳地活在世上。

康隆并不知道。八代佑司抛舍了他的至亲后，得到了自由，可是他的人生并没有走向稍微好一点的方向。为什么会这样呢？

绫子脚步很轻地回来了，小心地半开着房门，笑了笑。“不要紧，他又睡了。小孩整天都在睡。他会做梦吗？”一副满足快乐的母亲表情。

“姐，你什么时候知道他和不相干的外人住在一起的？”

绫子本来坐回床上了，立刻又站起来。“什么时候？”她不时注意刚刚才哄睡的佑介那边。

“佑介不要紧吧？我们好好谈一下吧，你不就是要找我商量的吗？”

康隆知道，她刚才回房看过佑介的睡脸后，又恢复了防卫的心态。她先前走进这个房间时，心里充满了不能再这样下去、不能再假装不知道而抱持沉默的想法。可是看过婴儿的睡脸后，她又强烈地觉得不想和孩子分离，觉得让孩子变成杀人凶手的儿子太可怜。她一直在这两种感情之间摇摆。但是康隆也跟着一起摇摆就不妥了。

“谈什么？”绫子沉沉坐下，“我向警方自首就好了，是吧？”

“是！现在就去。趁你还没改变心意，我陪你去。换衣服吧。”

绫子瞪着康隆。康隆毫不退缩地回看她。

“姐姐，你太任性了。”他平静地说，“明明知道那家伙是那种人，还跟他生小孩。明明家里人都说跟那家伙分手更好，你就是不听，一直追着他不放，最后事情变成这样。都是因为你做的好事，那无辜的石田直澄不得不逃匿。你多任性自私啊……”

绫子激动地打断他的话：“不是这样的！是他说要掩护我的！我不是跟你说过了吗！你既然知道，为什么还要这样说？”她快要哭出来了，“石田先生要掩护我和佑介。是他跟我说：‘外界一定都会怀疑我的，你就假装什么都不知道，忘掉这件事。孩子需要母亲……大家都会认为那是意外。反正我已无家可归，不要紧。’”

康隆凝视着姐姐的眼睛。绫子低下头，他还是追着窥看她的眼睛。

“知道了吧！你都听到了，明白了吧！”绫子双手猛搓着脸。

“可是这样做对吗？你因为无法假装不知道，无法忘记，才向我吐露实情吧？你自己也很茫然吧？这样一直让石田先生掩护下去行吗？”

“是石田先生说孩子很可怜，要我千万别去自首。”绫子顽固地耸着肩膀说，“我答应了他。他说孩子无辜，我这个做母亲的不能离开他。”

“石田先生是为姐姐着想。可是我觉得这样做不对。你让别人背黑锅，他不是更难受吗？”

绫子猛然抬起脸。“石田先生说他不是为了我而掩护我，是为了孩子而掩护我。所以即使难过，为了佑介，我……”

这不变成兜圈子了？绫子心里的纠结成为两人对话之间来来去去的内容。

康隆只好打开全新的另一扇门：“姐，八代佑司哪一点好？”

“现在怎么还问这个？”

“你是知道那家伙的成长经历而同情他吗？”

“不是。”她用力摇头，“我在怀佑介以前，不知道他的童年是那样的，也不知道他现在和别人住在一起。我怀孕后，告诉他我要生下孩子，想和他住在一起。可他说他没有做父亲的资格，也不想要家庭。那时他才告诉我一切。”

很好，她终于回答了康隆最初的问题。绫子恋爱以后，康隆也忘了他最熟悉的“操纵姐姐法”。

“他离家出走后，就立刻和……砂川以及秋吉胜子他们住在一起了吗？”

“不是……他们住在一起差不多四年，从佑司十七岁时开始。他们也说好不是像家人一样住在一起，算是分租房间。佑司也希望这样。每个月固定付一些钱，有免费的三餐，有人做清洁打扫工作。因为有那个户口簿，佑司他们看起来像和乐融融的家庭，其实不是。”

“他为什么要——租房子住？他已经十七岁了，不是可以独立生活了吗？”

“事情没有那么顺利。经济形势不好，供吃供住的工作也少，超市的工作也不供食宿。他原来工作的小钢珠店提供住宿，但是他被裁员了。他真的没有地方可去。砂川先生就邀他暂时住到他家，砂川先生那时也在小钢珠店工作。”

砂川告诉他可以先住到他家，找到新工作、存够租房子的钱再搬走。当时砂川和秋吉胜子已经同居，住在东京下落合的老旧出租公寓里。

“他去看过，那里虽然又破又旧，但是很宽敞。那房子因为遗产纠纷，要拆不拆的，砂川就以帮忙管理和打扫为条件，用极低的价钱租了下来。”

“他从那时开始就和有纠纷的不动产扯上关系了。”康隆不觉嘀咕道。难怪后来更干脆地接下了类似占住的工作。

“那时候那个老太太也和他们住一起吗？”

绫子点点头。“对。她总是笑嘻嘻的，可是话都说不明白。砂川先生说她是两年前他还开卡车时在滨松捡回来的。当时砂川看到她茫然地坐在火车站的停车场里，招呼她时她哭着说要回家。砂川要送她去派出所，她害怕地说不去，像孩子一样闹着。砂川先生也是好人……换了你和我，一定安慰老婆婆后就把她交给了警察，因为不知道她是什么来历，不可能带回自己家去。可是砂川先生不一样，他觉得老太太很可怜，也不知道警察会怎么处理，于是让她坐上了卡车，把她带回自己家里。同居的秋吉胜子人也很好，不但没生气，还帮着照顾老太太，还说好像多了个妈妈。佑司第一次见到她时，就察觉她好像受伤了，记忆力不对劲……”

总之，八代佑司就租住在了这个三人之家，三年后遇到了绫子。

“因为住得还不错，就一直住在一起，还一起搬到了那栋荒川公寓大楼里。”

绫子摇着头说：“我不知道。佑司住在下落合的时候我没见过砂川，他也没带我去他住的地方看过。电话联系时也都是打手机。”

“那家伙做什么工作？我一直听你说他在上班，究竟是做什么的？”

绫子移开视线。“我劝过他别做了。”

哼……康隆心想。

“好像是金融方面的。工作很累，收入不多，一天到晚发脾气。”

肯定不是什么光明正大的工作。就职的公司确实对他突然没去上班或失踪了也没觉得奇怪。

“姐，你是在酒廊认识他的？”

“酒廊！”绫子露出久已不见的笑容，“哪有那么老气！他在新宿的保龄球馆跟我搭讪。他们一堆人，我们也一堆人。他好像和公司的人一起去的。”

即使在现在的状况下，想起当时的情景，绫子一样感到甜蜜、快乐。

“你们因此谈恋爱，有了佑介。”康隆轻轻地说，“太快了，真的。”

绫子的笑容消失了。“是我不好，但我是真心的。”

康隆急忙说：“我无意说你轻率。”

他在心里想：其实我根本不知道这是不是轻率，因为我还没真正恋爱过。说真的，我也没有资格责备你一直不放弃那家伙，对他紧追不放。我如果处在同样的立场，或许会做同样的事。

但最可怕的，或许是我一次恋爱都不曾体验就老了。我可能无法和任何人恋爱。我可能一辈子都不会知道恋爱是什么。虽然我的大脑知道念念不忘某个人并为他哭泣、痛苦的感觉，比什么都不知道的要好，可是我的大脑并没有教我如何才能恋爱。

“有了佑介时……”绫子的声音让康隆回过神来，“佑司就和我谈过，说他不会和我结婚，有孩子是个错误。可是我说要生下来，便求他来我们家一趟，让家人看看孩子的爸爸是什么样的人。他这才到我们家来的。”

就是八代佑司来访的那次。

“如果佑司那天爽约没来我们家，或许我就死心了，知道永远拿他没办法了。可是他来了，和爸妈见了面，挨了骂后默默地回去了。我忍不住难过。他不是和我玩玩就要甩掉我，他只是害怕拥有家庭，害怕做父亲。真的！他没有骗我。我忘不了他。我心想，我一定要和他组织家庭，给他小时候没有得到的家庭温暖。我要做他的太太，也要做他的妈妈。”

康隆想起了母亲说的话：绫子如果以为自己可以帮助、拯救像八代佑司那样的男人，麻烦就大了，因为那比对他依恋不舍还要难解决。

康隆凝视着姐姐，忍不住想，这事本来可以有好结果的——只要再多一点时间，只要事情发展的顺序稍微不同。

“所以我生下佑介后，又和他联系上了。”

八代佑司从下落合搬到荒川的千住北美好新城，过着占住的生活。

“砂川他们做了这种奇怪的工作后，佑司很生气，不想再和他们交往，要搬出去住。可是砂川他们缺钱，劝阻佑司搬出去。他们要靠他的薪水过活。搬到荒川后，砂川和胜子常常跟佑司拿钱。”

他们没有正式工作，又带着需要看护的老人，经济拮据也是当然。

对砂川信夫和秋吉胜子来说，依赖他们过去照顾过的八代佑司，也很理所当然。虽然没有血缘，但是彼此相处得像家人……然而这种亲密关系在八代佑司身上行不通，这是他最厌恶的“家庭”亲密关系。

“他本来就是讨厌家庭才离家出走的，砂川他们却像依靠家人般依靠他，让他又气恼又害怕。就是啊！他害怕极了，这样下去他会被砂川他们牢牢抓着不放。”

让我独立！给我自由！

“我叫他只带一包衣服离开那里到我们家，说爸妈一定会谅解的。可是，不行。”

当然不行！这样的话又被另一个“家庭”套住了。康隆很理解八代佑司那时的恐惧。

他心想，姐姐看起来像是和八代佑司心意相通，其实完全不理解他的感受，否则不会叫他离开砂川到我们家来。

说来奇怪，渴望逃离家庭桎梏、努力独立自主的明明应该是“女人”，可是想要回归血缘和亲子关系的也是“女人”。男人呢……却只是一个劲儿地想逃，像我一样。

“我现在才知道我把他逼得走投无路了。”绫子继续说。她眼神空洞，脸色惨白。“我问他：‘那要怎么办？要离开砂川他们就走！你是男人，快点做个决定！’他就说没有钱，如果有足够的钱，去哪里都行，或许可以和我们共度像样的人生。”

我们。佑司、绫子和佑介。

“佑司说他也不想和我分手，说他喜欢我，和我在一起就感到安心，还说可以和我在一起组织家庭。他看到佑介，又想和我在一起了。真的！那时候是个机会。”

但那样做需要钱……

“我觉得有没有钱无所谓，只要回我们家就好。可是佑司做不出那种没面子的事。”

康隆心想，那也是。说没面子还轻了点，心里的感受其实更深。

为什么绫子不明白呢？

“我们烦恼了好几个星期。就在五月连续假期结束的时候，他很兴奋地说想到弄到大钱的方法了。但他没告诉我是什么方法。”绫子一时停顿不语，然后像鼓起勇气似的叹了口气，“所以我不知道佑司去骗石田说，只要付一千万元，他们就搬出二〇二五号。可是我有不祥的预感，神经绷得很紧。那天，就是下大雨那天，我们约好中午见面，可是他爽约了。我一直打他的手机，他都不回。我很不安，按捺不住就跑去找他了。”

“你带着佑介？”

“对啊，我和他见面时都带着佑介。他要发怒的时候，看到佑介的脸就会平静下来。”

至少，绫子这么相信。

康隆看着闭嘴不语的绫子。屋里一片寂静，只听见闹钟的滴答声。“你去二〇二五号的时候，砂川他们三个已经被杀了？”

绫子茫然地看着自己的脚边。康隆继续问：“他想瞒着砂川他们向石田直澄骗取一千万元的搬迁费？如果顺利拿到，确实很棒。但终究是没有策划好的计划。”

“石田先生觉得很奇怪，去找砂川谈，事情便穿帮了。砂川先生，”绫子低下头喃喃说，“果然……”

于是，就做了死亡的清算。

“我进去后——差点瘫在那里。”绫子的语气平板得没有高低起伏，“他像着了魔似的在阳台上割塑料布。狂风暴雨中，他湿透了的头发飞舞乱扬。他想把尸体包起来扔掉。”

绫子双手按在嘴边，像要呕吐。康隆猜那天晚上的情景已烙刻在她的眼睛里，永远不会消失。

可是康隆怎么也想象不出，那个感觉不到体温的八代佑司像恶魔般双眼斜吊、疯狂挥舞着利刀切割要包裹尸体的塑料布的样子。他可以想象绫子尝到的恐惧，但是很难去感受那天晚上笼罩在八代佑司身上的高亢气氛、迫切感、胜利感和焦躁感。几乎不可能。是因为康隆有八代佑司没有的东西，还是因为康隆没有八代佑司有的东西？到底是哪一种，他不知道。康隆像忘掉了所有语言似的丢出他唯一的问题："姐姐，你当时为什么不跑？"

绫子无力地摇摇头。"我不知道，我不相信自己的眼睛……"

其实，她还是觉得八代佑司可怜。她无法丢下他不管。

"石田先生已经在那里了？"

"他是有事来的。"绫子哽咽着说，"他人很好，担心砂川知道那一千万元的事后，和佑司会起什么冲突。他那天也是一直打电话到二〇二五号和佑司的手机上，但一直没人接。和我一样，他有不祥的预感，便赶去……"

第十九章　信子

石田直澄在九月二十日清晨来到了片仓屋。片仓信子正给那段时间常常睡在旅馆里的父亲送早饭过来，在门口遇到了杵在那里的他。

信子向来不和住宿的客人寒暄。她丝毫不想继承这份家业，也就觉得没有必要学习任何技巧，更不需要累积待客经验。母亲也严格叮嘱过她，不许在住宿的男客面前徘徊。所以她弓着背，迅速闪过正仰望着“片仓屋尚有空床”招牌的石田身边。

送早饭本来是母亲的事。但家里要是平静无事，父亲也不用睡在旅馆这边了。

距离祖母多惠子那次病倒住院已经三个月了。祖母说她肚子疼、眼睛模糊、手脚麻痹，家人和医生从食物中毒怀疑到是否罹患了严重的肝病，担心不已。幸好医生为她止痛后，腹痛停止了，她虽然又发烧了几天，但身体渐渐康复。这段时间做的各种健康检查也都正常，除了血糖较高外，她或许比儿子义文还健康。

“大概是吃坏了肚子。”多惠子愉快地对信子说。既然是吃坏了肚子，生病就不是她自身的问题了，而是媳妇幸惠的错，所以她很高兴。

“片仓多惠子女士，你才六十八岁哪。现在这时代，不到七十岁还不能算是老人家。今后你要好好注意身体，努力活到一百岁哦。”主治医生夸张地说完，多惠子欢天喜地地出院了。婆媳战争也从那天开始了。

“我是吃坏了肚子才住院的，很难过哦，你不知道我吃了多少苦头！”多惠子到处这么跟邻居说，由此惹恼了幸惠。信子好几次听到母亲抱怨：“哼，好像我故意拿坏了的东西给她吃似的。我们不都吃一样的东西吗？只有她不舒服，怎么会是吃坏了肚子呢？”

多惠子越是向邻居诉苦，幸惠的不满就越深，她最后甚至说：“妈是为了毁谤我而故意装病的，她根本在说谎！”

义文夹在母亲和妻子之间，越来越难办。以前老是充当和事佬的他，这次居然勃然大怒，痛骂了幸惠一顿。

挨了骂的幸惠看到丈夫做出不同以往的举动，内心觉得受到了莫大的打击。“你要帮妈撑腰是吗？你那么袒护妈，好，那我走！”幸惠胡乱一气地说完，真的冲出了家门，身上还套着围裙、穿着凉鞋。

信子那天放学后还要参加社团活动，慢跑训练后回家一看，厨房里没有烧水，母亲也不见踪影。她问了待在旅馆柜台后的父亲，才知道父母吵架了。“别管她，等她头脑清醒后就会回来的，反正她也没有地方可去。”

信子心想：的确，母亲的娘家在福岛，距离很远。就算有钱坐电车回去，也无法长久待在哥哥嫂嫂当家的娘家。真的是惨到如父亲说的没有地方可去了，她一时觉得母亲很可怜。

同时她也觉得饿坏了。随后从补习班回来的弟弟春树，也像饿鬼般肚子扁扁的。可是祖母和父亲都没有要动手做饭的意思，姐弟俩只好随便炒些剩饭。他们吃完炒饭洗好盘子时，幸惠回来了，一脸疲累。她没问孩子吃过晚饭没有，也没为她不在家而抱歉，直接钻进房间睡觉了。不久，义文在旅馆打烊后回来，知道幸惠已经回家在屋里睡觉，又立刻折返旅馆了。

多惠子心情愉快，那天晚上看电视到深夜。第二天早上起来时她斜眼看着幸惠，什么也没说，只在吃早饭时对信子和春树说：“昨天你们妈妈不在，吃晚饭很麻烦吧。”然后各给他们一千元零用钱。信子起初说不要，但她硬塞给了信子。春树则高高兴兴地收下了，事后信子打了他一下，说男孩都是蠢蛋。

战端就是这样开启的。幸惠和多惠子为一点芝麻小事就会发生正面冲突。幸惠自认多年来的忍耐已达极限，而多惠子认为：“我会先死，你就不能先听我的吗？”两人之间毫无妥协的余地。每次发生冲突，不是有人摔门而出，就是有人绝食，窝在屋里蒙头大睡。

七月初又发生冲突时，多惠子喊着“既然我那么累赘，死了算啦”，又摔门而出，家人还请附近的派出所把她找了回来。信子第二天上学时很尴尬。祖母是在一站之隔的小钢珠店里想中头奖时被警方找到并送回家的，偏偏那家小钢珠店是同学的父亲开的。

“片仓家的老太太？以前就常来啊。珠子不出来的时候还会气得敲打机台，真让人伤脑筋。”

就连平常经常亲切探访他们家的派出所警察石川的关切，她现在也觉得很烦。每次他在路上招呼她“哟，信子，奶奶后来怎么样了”时，她都觉得丢脸极了。

母亲和妻子一产生激烈冲突，义文就会躲到旅馆去。有时候还会回家吃饭，而如果她们吵得太厉害，他就干脆躲在旅馆不回家，三餐都在店里解决，还和醉酒了的失业住宿客下棋。信子一埋怨，他就说他支持哪一边都不对，只能干脆保持沉默。信子觉得父亲一点也不像成熟的成年人。

春树只要有吃的就什么都不管，对家里的事毫不在意。信子挂虑盘踞在母亲心里的阴影，却无能为力。家庭不和似乎也影响了生意，加上经济不景气的气氛也笼罩在老旧的市区一带，那些固定投宿片仓屋旅馆的劳工接连失业，旅馆里客人稀少的日子越来越多。

但是黑夜过去，黎明依然会来，每天的生活还是要继续下去。婆媳前天晚上又发生了小规模的冲突，义文照例躲到了旅馆里，昨天一整天都不理会家人。幸惠觉得有些内疚，这天早上特地做好了早饭，叫信子给父亲送过去。

白饭、大酱汤和纳豆。信子快步走向旅馆柜台，无视那个茫然伫立的人。那人却出声喃喃自语：“啊，大酱汤啊！”

信子不觉停下脚步，回头看他。五十岁左右的中年人——信子只觉得他就是劳动阶层的大叔——满脸风霜，穿着短袖白衬衫、宽松的棉裤，虽然系着皮带，脚上却是肮脏的木屐。

他说到“大酱汤”时，声音里充满了期待和怀念。信子霎时忘记了对客人的警戒，正眼打量他。

他看起来相当疲累，至少是饿极了的样子。一时间，她觉得好像在哪里见过这个人，但是他看起来很像那些投宿片仓屋的客人，于是她以为刚才那是自己的错觉。

“我们不供应早饭。”看到那人饥渴地盯着饭盒，信子赶紧说，“这是自家吃的。”

这时义文在柜台那边喊：“信子，有客人吗？”

信子经过这寒酸的中年人身边，奔向义文。因为跑得太快，大酱汤洒出了一半。

那人跟在她后面进来了。她把早饭放在柜台后面的茶几上时，义文帮他办了入住手续。不用登记也不给房间钥匙，只是告诉他空房间（正确来说是空床位）和共用的盥洗室在哪里，预收了部分房钱。可是那人磨磨蹭蹭地耗费了不少时间。他搜遍口袋，凑足了零钱，动作迟缓，手指有点奇怪。

目送他走上通往二楼房间的楼梯时，信子对父亲说：“看来又是酒精中毒的人。”

然而义文一边数钱一边摇头：“不一样，他只是脸晒坏了，眼白部分还很清澈。”说完他抬起脸，看着空空的楼梯，“他是营养失调。大概是这一阵经济不景气，他没有工作，刚过这种生活还不习惯吧。”语气中并没有特别的感情。不论是对待生疏的新客人还是熟稔的老顾客，义文既不同情也不轻视。信子从不曾听过父亲数落客人什么。他只有在客人不遵守规定——弄脏厕所、打架争吵、破坏用品、带女人进来，或是只付一个人的钱却一堆人轮流住——的时候才生气，除此之外，不管他们做什么，比如喝酒与赌博，他都视若无睹。

“爸，你觉不觉得在哪里见过这人？”

信子一说，义文的视线本能地落到压在柜台办公桌塑料桌垫下的警方通缉单上。单子上列着一个二十三岁的抢劫杀人犯，以及在千叶制造炸弹恐怖事件的嫌疑团伙的照片，其中并没有符合那个身体情况不好的中年人的照片。义文确定以后说：“我不觉得。”

信子那天上学后，数学抽考分数特别差，在篮球队做练习时也备受屈辱。等到一天结束回家时，她已经忘了那个看到大酱汤时露出怀念之情的客人。

暑气犹盛的九月，日子很平静。信子常常给父亲送早饭和晚饭，但都没有见到旅馆里的客人。他们都是一大早出去，运气好的话能找到工作，忙个一整天。即使没有工作，白天他们也不会回旅馆。

大约在发生大酱汤事件的十天后，下午四点时信子有事到旅馆找父亲。她看到那个大酱汤大叔坐在门口茫然地抽烟，有点惊讶。他看起来好像比上次看到时更衰弱了。信子心想，是因为生病不能工作吗？他付得出房钱吗？

义文不在柜台里，也不在后面的房间里。保险公司的人来办理火险更新了，需要用印鉴，这是义文在管。信子想叫父亲，但是看到大酱汤大叔就在旁边，不好意思大声呼喊。

这时，手上拿着香烟的大叔突然转头柔声对信子说：“老板去买香烟了。”

信子想起日语老师曾经说过，人无法做“看”这个单纯的动作，人能够做的是“观察”“贬抑”“评价”“瞪”“凝视”等带有某种意义的眼球转动活动，而不能单纯地“看”。事实上，大酱汤大叔的眼球也是捉住了信子，进行了只有他了解的某种活动。

“哦。”信子往前努努下巴致意，转身走出旅馆。

“小姑娘，你是老板的女儿吧？”

信子再次努努下巴点点头。母亲要是看见她这没礼貌的样子，肯定会骂她。可是她不想看见大叔的眼睛，也不想不看他的眼睛，只好这样做。

“就是呢。”大叔说。他像是很珍惜地抽着快抽完的烟，指头都快烧焦了。信子趁着他满口烟雾、来不及说话，迅速往外走去。

她还是觉得在哪里见过他。到底是在哪里？而且此人身体情况很糟，脸色黄中带黑，肝大概很差。

信子每天都像普通的初中一年级少女那样忙碌。因为年轻，她的脑中和心里甚至没有永远保鲜的记忆冰箱，有的只是一时的保管架，来自外面的信息很快就会被新的信息取代。刚刚发生的事情，才一天工夫就会变成很久以前的事情。因此荒川发生一家四口被杀命案、关系人石田直澄逃匿等消息，一时充斥于电视新闻节目，这时她却无法立刻想起，也是理所当然。

尽管如此，她还是很留意，总觉得此人很眼熟，好像在哪里见过。从父亲的应对方式，还有那人动作迟缓的样子来看，他都不像片仓屋或高桥附近其他简易旅馆的常客。为什么觉得这张脸眼熟呢？

那个星期天，信子去了附近的美容院剪头发。她是想去时髦的美发沙龙，可是这家美容院就在家的附近，师傅和母亲很熟，她不能随便换地方。这里的客人都是大妈，供客人阅读的杂志也不是《侬侬》或《安安》，都是些不入流的八卦周刊。老板还很小气，不舍得买新的，摆的都是旧杂志。信子觉得无聊，所以每次都带着自己的书去看。师傅就有点不高兴地边说“阿信好用功呀”，边让剪下的发丝掉在书页之间，把书弄脏，这让信子很无奈。

这天美容院里人很多，信子坐在角落的圆板凳上翻着过期的周刊。大概要等一个小时吧，她挑着内容东翻西看地等待，突然看到了——

那个大叔的脸。

结果，信子那天没剪头发就回家了。在美容院师傅和其他客人的大声说笑中，她冷汗直冒地坐了一段时间，然后拿着杂志离开了。六月出版的写真周刊上，清楚地登着那个大叔的照片。照片上的他看起来比现在健康很多，也显得年轻一些，但是严肃的长相和眼鼻的特征是一样的。

信子不敢去旅馆。她害怕看到他又坐在旅馆门口。如果她糊里糊涂地带着杂志去旅馆找父亲，搞不好父女两人都有杀身之祸。这时的信子认定石田便是杀害了那四个人的凶手。她只是看到了杂志上的照片，并没有详细阅读报道，不知石田直澄不是“凶案嫌疑人”，而是只清楚命案详情但隐匿行踪的关系人。

信子跑回家，看到母亲在厨房抱头痛哭。水龙头开着没关，平底锅里是刚煎好的锅贴，桌上和地板上洒满了面粉。

祖母坐在厨房对面的走廊上，脸上也沾着面粉。信子走近时，幸惠只是哭。多惠子则望着信子。“信子，你妈打我。”她像个孩子似的说。

信子转头看母亲。母亲垂着双手，眨着哭红的眼睛，没看信子就直直走出了厨房。

“干吗吵架？这次又为了什么？”信子伤心地哑声问。

多惠子一副准备细说从头的样子，清清喉咙，站起身来扶着椅子坐下，开始诉苦。“你妈又要做锅贴！昨天不是才吃过吗？油腻的东西对老年人不好。可是她老是做，就是想要我早点死嘛！我这样说，你妈就打我啦。”

信子感到厌倦极了。刚煎好的锅贴傻瓜似的排得整整齐齐，她真想一把抓起朝墙壁摔过去，但是她使劲用右手握紧左手里的杂志，忍耐下来了。

“我们可能都要被人杀了，你们还吵什么！”信子向祖母吼完，走出厨房。

祖母叫她，不知说了什么，信子自己都快哭出来了，没听清楚。

片仓屋没有后门，出入一定要从前门。信子感到心脏快要蹦到嘴边了，跳动声很大。她停下来，伸直背脊探看，门口没有人。里面的电视开着，她看到了坐在椅子上看电视的父亲的后脑勺，于是一口气跑过去。

义文一开始不太明白信子说的话，她又急又委屈。等到义文弄懂了，脸色比信子的还苍白。

“爸，怎么办？要去报警吗？”

“不，你待在这里。”义文绷着脸，说他先去看看情况。

“不，我不想一个人待在这里！我跟你一起去，必要时我还可以大声呼救。”

“蠢话！”

义文蹑手蹑脚地上了楼。信子看看柜台四周，抄起放在旁边的塑料伞，紧跟在父亲后面。

义文弯腰弓背地站在二楼的客房门口，一下子伸头、一下子弯腰，查看上下铺并列排着的房间里面。

“这里吗？”信子悄悄凑到他背后说，他吓得往前跳出半步。

大概是察觉到了这个动静，睡在最里面那张床的下铺的客人，窸窸窣窣地翻动毯子望向他们——是那个大酱汤大叔，他一脸憔悴。简陋的客房里一时弥漫着病房的味道。

信子听到父亲的喉咙咕嘟一声。“啊，先生。”

他应该知道旅馆老板是在叫他，可是他的眼睛不是看着义文，而是看着信子。如果按照那位日语老师的说法，他的眼睛不只是看，还在等待信子，等待信子手上的伞。

“你是石田直澄吧？我在周刊上看到了你的照片。”

他沉默不语，等待的眼神又投向信子的伞。信子闪电般想到：我不能让他抢走这把伞打我。我的臂力很强，和班上软弱的男生比腕力时从没输过，我怎么会输给他？

他在扁扁的枕头上动动脑袋，看起来像是在点头。“对，我是石田直澄。”

他病了，一副努力想要爬起来的样子。义文出人意料地伸手过去，帮助想从又硬又薄的被子里起身的他，弯下腰用力撑起他的上身。

“你病了。”义文说着，仔细打量这个自称是石田直澄的人。信子还紧紧握着塑料伞，紧张得手心湿黏。

石田直澄还是看着信子手中的伞，但眼神不再“等待”。“别担心，我不会乱来，我不会那样做。”他无力地说。

但是怎能相信涉嫌杀害了四个人的凶手的话？信子反而更加戒备。

石田直澄露出苦笑，对义文说：“老板，抱歉，给你添麻烦了。”

“你哪里不舒服？”义文问。

“我也不知道。以前肝就不好，六月逃出来以后就一直没好好过日子，得了更多毛病。”

“爸，”信子很焦虑，“我去打一一〇。”

没想到义文背对着她，继续问石田直澄：“你到现在都没被发现？”

“没有。至今一次也没有。”

“真的？”

“我自己老早就希望被发现，但奇怪得很，就是没被发现，也没被怀疑。”

“爸，”信子一只手放开伞，拍拍父亲的后背，“我去派出所吧？”

石田直澄伸着脖子看她。“是小姑娘记得我的面目？”

义文快得惊人地立刻否认：“不，是我发现的。你第一天来时，我就觉得好像在哪里见过你。可是你那时身体情况很糟，我怕认错人，就决定观察一阵再说。”

“这样啊。”石田直澄说着把头倒回到枕头上。

信子很惊讶。爸爸是想抢功吗？明明是我先发现这人的。可是看到父亲的脸色相当阴沉、严肃，她不敢当场争辩。她是第一次看到父亲的表情这么可怕，就连母亲和祖母吵架时，他也没以这么凝重的表情斥责过她们。

“我看不报警不行。”信子坐立不安地说。

“是啊，石田先生，我们要报警，你不要恨我们啊。”义文终于说，“你真的是石田直澄吗？告诉我实话，你是杀了他们才逃的吗？如果是这样，被逮捕也是没办法的事了。”

“爸，你说够了没有？别再磨磨蹭蹭啦！”信子很生气。到了这个地步，爸爸还担心认错人。怎么会弄错呢？他本人都承认了。而且，万一这人撒了弥天大谎，在没弄清楚情况以前，报警还是比不报警好。这是公民的义务。“如果认错了，出丑也没关系。现在不是考虑这些的时候！”

“闭嘴！到一边去！”义文厉声呵斥。信子吓一跳，乖乖沉默下来。

石田直澄看看义文又看看信子，因发烧而朦胧的眼神清亮了些许。“我真的是石田直澄。老板，你们没有认错人。我也不会因为被你们发现而恨你们，请放心。”

义文微微垂下眼睛。信子终于明白，父亲这么慎重，不只是怕认错人，还担心报警会惹来石田直澄的怨恨。真是没用！干吗害怕那种蠢事呢？一旦被警察逮捕了，这个叫石田的人还能做什么？

信子脑子涨得发热，没听到石田直澄细碎、模糊的话语。当她看到父亲突然坐到床边时，惊声大喊：“爸！你干什么？快走呀！”

义文看了信子一眼，再度俯视着石田。他压低嗓子问：“你说的是真的？”

“我知道你不会信，可是……”

“怎么啦，爸！”信子拍着父亲的后背。父亲转头看着她说：“他说他没有杀任何人。”

信子抱着脑袋。这种时候，即将被逮捕的人都会这样说，不是吗？

但义文不这么想。他很严肃地问石田：“那你为什么要逃？你不逃，事情也不会变成这样。”

石田直澄眨着眼睛，舔着干皴嘴唇的舌尖几乎泛灰。

“警察一开始也没说你是凶手，不是吗？”义文又说，“而且你不是也受伤了？那栋大楼里的摄像头拍到的你，看起来好像受伤了。”

石田从薄薄的被子里伸出右手。他的手掌内侧有被利刃划过的丑陋伤疤。义文抓住他的手指仔细检查伤势。

“说真的，这伤不缝合可不行啊。”

“我不能去看医生，所以伤口一直好不了。”

“是被谁划伤的，还是自己弄的？”

石田没有回答。他垂下眼睛，既迷惘又困惑，一脸战战兢兢的表情。他的脸颊瘦削，信子可以清楚看见他的眼珠在半开的眼皮下转动的样子。

他终于抬起眼睛，问了一个意外的问题：“老板或许很清楚。请你告诉我，要骗警察很难吗？”

义文有点诧异，坐在床边抱着双臂，微微偏着头。

“这个啊，我对警察不是很了解，因为我们这里不曾有客人被警方带走过。”

“这样啊……”

义文稳稳地坐在那里，信子觉得好像只有自己身处状况之外。

“你……是不是在掩护某个人？”义文说，“你因此才要逃的，是不是？我总觉得是这样。”

“爸……”

“等一下。”义文阻止了信子，“他不会再逃了，他的身体太差了。”

“这不是逃不逃的问题，而是我们知道多少都没有用。我们听了又能怎样？”

“是啊，小姑娘说得对。”石田直澄平静地说，“老板，我可以拜托你一件事吗？”他从枕边抽出揉成一团的衬衫，掏出一个小小的记事本，颤抖地翻找着，然后递给义文。“你能帮我打这个电话吗？我打的话会显得很怪，因为过去一直没打过。”

记事本上有写着人名和电话号码的脏脏的字迹。

“对方是有个小婴儿的女人，她要是接了电话，你就告诉她说石田被逮捕了。”

“只要这样说就行了？你不跟她说话行吗？”

“我什么也不能说，只能道歉。老板，我也累了。说真的，我是想被人发现报警，可是这样做等于是背叛了我的承诺，当时我可是那么承诺的。”石田一口气说完，差点喘不过气来。

“这是你的家人吗？”

“不是。”

“我通知你的家人来接你，好吗？由他们陪你去投案。”

“不会有人来的。”

义文想说什么，但只是摇摇头。

“那么，打这个电话就够了？”

“拜托了。”

义文站起来，这时才发现自己面临着困难的抉择。信子想笑：爸爸人再好，也不会把石田一个人留在这里吧？总要派人监视他。但是派谁呢？我可不能独自留下来。

“我去打。”信子伸手接过父亲手上的记事本。

义文神情凝重地说：“去跟妈妈说一声，就说我在这里。”

信子跑下楼，柜台和大厅里都没有人影。柜台旁边虽然有一部粉红色的电话，但她觉得还是应该先去告诉母亲，于是跑回家去了。

然而母亲不在家。厨房已经收拾干净，煎好的锅贴不在桌上。祖母也不在。她听到祖母的房间里有低低的电视声响，就跑进去了。

“你妈回娘家了。”信子刚要开口问时，祖母很干脆地告诉她，“可能不再回来了。”

信子呆呆地张着嘴，望着祖母。“奶奶，你知道这是怎么回事吗？”

多惠子回头看着电视，没有回答。画面上是回放的电视剧，女主角在嘶声哭喊。

“妈妈真的走了？”

不可能！妈妈不会回福岛的。至少不会不跟我们姐弟说一声就回去。她只是出去冷静一下，奶奶不怀好意，才故意这么说的。

信子突然觉得很累。旅馆那边发生了那么大的事，家里这边都在做什么啊！她回到厨房，叹了口气，忽然想起了该做的事情，又看着手中的记事本。

上面写着“宝井绫子”，电话号码是〇三开头。她拿起电话，按下号码，感到手指在颤抖。

铃声响了好几遍，一直没人接听。果然被骗了！强烈的疑惑猛然向信子袭来。那个大叔说谎了，他是杀人凶手。他利用打电话当借口支开我，然后趁机杀死我爸爸，说不定这一刻正要逃走……

就在她要挂断电话折返旅馆的瞬间，听到了话筒里传来咔嚓一声，还有人的声音。

“喂？”

是女人的声音。信子的心脏仿佛要从嘴里蹦出来。通了！真的通了！

“喂，是哪位？”

很可爱的声音。石田说是“有个小婴儿的女人”，可是从这声音听起来对方还像个高中女学生。

“呃，呃……”信子说不出话来，对方又“喂”了一声。“你是宝井绫子小姐吗？”她勉勉强强挤出了这句话。

“是，请问你有什么事？”

信子听到电话中传来婴儿的哭声，怔然一惊。确实有个婴儿，他没有说谎。“你是宝井绫子小姐吧？”她的声音比刚才更坚定，念出了记事本上的电话号码，“这个号码没错吧？”

对方的声音带着警戒："是的，有什么事？"

"你认识石田直澄吗？"

电话那边突然一片漆黑。虽然信子不可能看到，但她就是看到了。就像保险丝突然烧坏了，光亮消失，黑暗袭来，对方的沉默是那么突然、深沉。

"他托我打这个电话。"信子像要穿透这片黑暗，尽量清楚地大声说，"他就要被警方逮捕了。就……这样……"信子犹豫着要不要说自己家是片仓屋旅馆，石田就住在这里。她本能地涌起不想暴露身份的警戒，以致有点不知所云。"我不是要搞恶作剧，是石田先生托我打这个电话的。他叫我告诉宝井小姐，说他被逮捕了。"

"你等一下。"一阵刺耳的声音，宝井绫子好像放下了听筒。电话中远远传来婴儿的哭声，她似乎还在尖声呼唤什么人。

信子不是只等了一下。她看着挂在墙上的钟，整整等了三分钟。

"喂？"换了一个男孩的声音，好像也是高中生，"喂，你是哪一位？"

信子不想回答。"是石田直澄先生托我打这个电话的。"她固执地重复了一遍。

"真的吗？"

"真的！他就要被警察逮捕了。"

"他因为自己要被逮捕，才叫你通知这边吗？"

"是的。"

"为什么？自己既然要被逮捕了，不会先逃跑吗？"

"我不知道，我只是受托。"

信子想挂断电话，不想再卷入这件事。妈妈离家出走了，我自己都不知道该怎么办呢！真想快点报警。

"石田先生现在在哪里？"

"我不能说。"

男孩旁边好像站着刚才那个女人——宝井绫子，她似乎在哭着说：

“怎么办？他明明说过不会打电话的。”

“我想见石田先生。”

“这个我可不知道。反正我打了电话就好。”信子说完就挂断了电话，觉得话筒好像拖着什么似的很沉重。她把手掌贴在牛仔裤上擦掉了汗水。

第二十章　逃匿者

能够采访石田直澄本人，是在命案的调查正式结束后一年多，他是所有采访对象中笔者等候得最久的一个。

石田不相信媒体。这也难怪，他逃匿了将近四个月，所有媒体都报道了他的消息。尽管他已有心理准备，但得知这些报道以夸大且各不相同的方式描述“石田直澄”这个人时，他仍然难以接受。他因此得到了一个教训：一旦通过“媒体”这个介质，“真相”便无法传达，它传达的只是“看起来像是真相的事”。而这些“看起来像是真相”的报道，常常都是凭“空”捏造的。

因此，命案真相明朗以后，他依然躲避着媒体。到处都有人要求采访他，但他一概拒绝。只是拒绝采访这事也相当耗神，案件被侦破后还折腾了他三个月，之后大家的注意力才逐渐转移到后来发生的新事件上面。

又经过了半年，换上一批想帮他写手记或纪实小说的作家与出版社请求采访。建议他出手记的出版社过去出过几本同类书，那位兼任总编辑的社长说：“石田先生经历了这样残酷的遭遇，当然有写书畅销赚钱的权利。至于内容，也不必由他亲自执笔，他只要口述就行，我们录音后再由写手写出来。大家不都这么做吗？”

石田对这个建议确实有点心动。他逃匿的那些日子，公司一律以“病假”处理，而当事件一解决，上司对他复职一事就面露难色，结果他自动辞职离开了公司。他因为这件事大大出名，浦安的公寓也无法安稳地住下去了，房东暗示他们搬家。没有了收入来源，支出又增加了，他确实很需要钱。他想，如果真如那位社长说的能出书赚钱，试一下也无妨，反正不用自己动笔，挺轻松的。

石田和母亲绢江商量这事，她表示反对，说他要是写了那本书出售，一定会后悔。

“你千万别想靠那种事情赚钱呀！靠那种事赚了大钱，别人看了眼红的话，你又会惹麻烦上身。这社会就是这样。”

石田听了更觉得刺耳的是下面这段话。

“你总以为自己比别人机灵，去折腾什么法拍屋，结果弄成这样。出书赚钱不是又一样吗？”

于是，石田拒绝了出版社的要求。但是这家出版社后来还是在没有采访石田和确认事实的情形下，出版了有关荒川一家四口被杀命案的纪实小说。石田没有看过，完全不知里面写些什么。

至于石田为什么只接受这个采访，也很微妙。

——我首先想问的是，你为什么愿意接受这次采访？

“这个啊……最重要的是已经事隔很久了，大家对这件事的兴奋劲大概都冷却了。这时候有人愿意好好问我，写出事实，我也愿意说出来。不过现在已经不算是讲我的故事，因为荒川这案子已经是往事了。”

这次采访按照石田的希望，选在可以眺望千住北美好新城东西双塔的一家大饭店的房间里进行。石田还有另外一个条件，就是不能透露他现在的居处和工作地点。

“你的采访对象恐怕不只是我，你也和其他相关的人谈过吧？”

——是的。

“这样很好，如果只是我一个人说一大堆，必然有失偏颇。你若能忠实写下每个人说的话，写出事件的真相，我就愿意说。”

——你的家人有没有意见？

“他们都赞成。孩子们尤其认为忠实地留下一段记录是对的。”

——留下这段记录不会有高额的谢仪和版税。

石田直澄腼腆地笑笑。“是啊，要不然我母亲会嘀咕个没完。不过我现在有了工作，也有薪水，一切都安定下来了。”

这段采访前前后后进行了四十多个小时，都是在石田下班后或休假时，每次大约谈两小时。石田不善言辞，有时前后颠倒，有时会跑题，他的述说必须经过适度的修饰才能形成文章，但修饰都得到了他本人的同意。因此以下的问答，可以让读者完全了解石田的心声。

——身体已经康复了吗？

“托你的福，大致都好了。有时候会比那件事发生以前还没劲，毕竟岁数大了。”

——是肝的问题吗？

“我一直在服药。酒也戒了。在片仓屋被逮捕后警方送我去的那家医院，我现在还去。”

警方在片仓屋确认了石田直澄的身份后，先送他去医院，他住院住了两个星期。

“我的肝是不好，但那时最糟的是营养失调，没吃到什么好东西。警察还骂我会营养失调而死掉呢。”

——片仓屋的老板起初以为你是病人。

石田直澄抬起骨骼粗壮的大手搔头，可以看见他右手掌的中央有被划伤的疤痕。他并没有做缝合手术，而是让伤口自然愈合。伤口看起来格外鲜明，好像随便用力戳碰一下就会裂开，汩汩流出鲜血似的。

“片仓先生是个好人，不然，很多事情可能就不同了。你问过片仓先生没有？”

——问过了，那家旅馆也因为看热闹的人多，忙乱了好一阵。

“哦。你说片仓先生起初以为我是病人？”

——因为你那时脸色很差。

“他没发现我是石田直澄啊！”

——对，发现你的是他的女儿信子。

“那个女孩啊。片仓先生上楼看我时，她拿着塑料伞，就是这个样子，表情认真、紧张。她是要保护父亲。那样子让我受不了，我想起了家里的女儿，想起了我的家。如果那时信子不在，我未必有立刻说实话的决心。真的，我看到她的脸，就不想让这家人把我当成杀人凶手。我虽然早就疲于东逃西躲了，但真正认输、想说自己不是杀人凶手，是在见了片仓家的人以后。”

——片仓先生知道你是石田直澄，你也坦承没有杀人后，他立刻问你是不是在掩护某个人？

“对，真是一语中的。”

——他真敏锐，为什么马上就会想到呢？他告诉过你理由吗？

“没有，我没问他。”

——听说在他还不知道你的事情而命案已成为话题的时候，他就好像跟他太太提到过你逃匿是为了掩护真正的凶手。

“哦！是吗？这真是……”

——片仓先生记得有位新闻评论员提出过这样的说法。

“哈哈……”

——他好像也认为，如果你真的是凶手，警方一定会发布通缉令。可是警方迟迟没有通缉你，所以你很可能不是凶手。他一直这么想。实际上他看到你时，你像个随时会死的虚弱病人，也做不出什么残酷的事来。

“可是他见到我时还是很害怕。起初他表情紧绷，这是因为信子也在旁边，他怕万一信子有什么事就糟了。”

——听说片仓先生后来挨了老婆痛骂，说他知道你是石田直澄以后的应对方式太善良。

“真不好意思。”石田直澄像翻阅写在眼睛里面的日记般不停地眨眼，“我拜托片仓先生帮着做一件麻烦事……”

信子挂掉电话，跑回旅馆。父亲还是以相同的姿势坐在石田直澄的床边，不停地和他说话。

“怎么样？”石田问气喘不停的信子，表情有点愧疚。信子突然想起上个星期天和母亲去日本桥买东西时，在地铁里趁着车厢晃动摸她胸部的色狼的表情。他当然是故意摸的，他自己也知道，但还对你因此而露出复杂的表情感到诧异。

“一个女人接了电话。”信子不是对石田，而是对父亲说。

“你照实说了吗？”父亲问。那口气让信子听了真想问他：爸，你到底站在哪一边啊？

“说了。我说石田先生快要被逮捕了。”

石田直澄坐了起来。“她有什么反应？”

“不知道。因为中间换了一个男孩接电话，还有婴儿在哭。”

石田听了，裹在皱巴巴的衬衫里的肩膀颓然垂下。信子看着父亲仔细观察石田的样子，觉得他似乎不再害怕了。她心想：怎么这么容易就放松警戒呢？真是没心机。

“你在掩护那个有婴儿的女人吗？”片仓义文问道。

石田没有立刻回答，垂头呆坐，浑身散发出病人的气息。

“电话已经打了，你如果没有了牵挂的话，我们就报警了。”义文紧追着问。

信子这才松了一口气：这种人必须尽快弄走，我们这些外行人是处理不来的。

“再打一次……”石田嘟嘟囔囔地说，“再打一次电话好吗？”

“再打？”

“这次，我自己来打。对不起，老板，可以送我到楼下的电话那边吗？”

义文从床上站起来。“打完这次真的就心安了？”

“老板，我……”

“即使打了，对你也没好处。你已经忍受到了极限，不是吗？还是早点到警察局把事情说清楚的好。我想你也无意再逃了吧？”

“我已经精疲力竭了。”

“你的家人也会担心吧，这也当然。”

信子的脑中虽有种种念头，唯独那个念头乍然闪现，而且鲜明得让她不禁脱口而出：“大叔，那个婴儿是你的孩子吗？”

石田直澄呆呆地看着信子，义文也转头看着女儿。

“你说什么？”

“不是吗？”

信子问完，义文也跟着问：“是吗？”

石田扭扭捏捏地说：“看起来是那样吗？”

“难道不是？”

“不是。”

“可是你在掩护她，不是吗？”信子嘟着嘴说。

义文敲敲她的脑袋。“你到那边去！”

信子无意走开。她心里想：如果一切交给爸爸处理，这个石田可能会逃掉。爸爸被那种人耍得团团转，真是笨好人。男人应该更坚决一点。他如果老是这样懦弱怕事，当然也无法介入奶奶和妈妈之间的争执。

“那就去打电话吧。”义文说着，伸手扶起石田直澄，“就这一次。打完了就要报警啦。”

“我知道，老板。”

信子跟在步履蹒跚的两个大人后面下楼。电话旁边没有人影。大白天里其他房客都出去了。常来看一看聊一聊的巡警石川偏偏今天没来，信子暗自惋惜。警察总是没事的时候才上门。

石田缓缓从裤袋里掏出皮夹，数着零钱。义文帮他拨了电话。信子站在旁边看着，调匀呼吸，准备万一有不对劲时立刻大声呼救。

电话很快接通了。或许对方正在等候再有电话打去。

石田直澄勉强报出自己的名字后就说不出话来了。他紧握着听筒，弯腰向前，看起来像突然老了二十岁。片仓义文看不过去，伸手要接听筒。石田根本没反抗，反倒像得救了似的乖乖交出听筒。

“喂，请问你是哪一位？这个电话打的是哪里？”

信子听着父亲的问话，深深觉得他真蠢。如果石田说的是真话，他是在掩护电话那端的女人，对方会老实承认吗？

“我？这里是简易旅馆。石田先生住在我们这里。我发现他是石田先生。”

又来了！又要抢人家的功劳了！明明是我发现的嘛！信子赌气地想。

“我不知道是怎么回事，石田先生说在荒川那个案子里他没杀人。既然这样，我就劝他早点去警察局说清楚。石田先生的身体很虚弱，他说去警察局前要先打这个电话……”

义文偏着脑袋，聆听了一会儿对方的话后又反问道：“你是这个家里的人吗？声音听起来很年轻，是少爷吗？哦，这样啊。”

信子听了心想，爸爸现在对话的人大概又是刚才那个男孩吧。

好奇怪啊，那边只有婴儿和声音稚嫩如高中生的年轻女人，以及比她更年轻的“少爷”吗？这个“少爷”和那年轻女人及婴儿是什么关系？婴儿是年轻女人和“少爷”的小孩吗？信子年轻的想象力恣意驰骋。

“我们也很苦恼啊。不能放下石田先生不管，对吧？我不知道你们有什么关系……嗯？石田先生什么也没说，我们什么都不知道。他只是说他没有杀人。”义文的口气没有应对眼下状况的迫切感。就像只是报纸送晚了，你如果不用稍微强硬一点的语气，好像就无法对对方传达自己的不满似的。信子听了觉得快受不了了。

“啊？啊？怎么说呢，嗯？”义文提高声音反问，“要等吗？等到明天？这有点……嗯？换人说？”义文把听筒递给了石田直澄，“对方的少爷要和你说。”

石田把听筒贴近耳朵，缩着身体聆听。对方像是说个不停，他半闭着眼睛，仔细听着。不久，他终于开口说：“既然这样，我就等到明天这个时候，可以吗？”

信子大惊。等？等什么？

“可是我不知道片仓先生的家人答不答应呢。”石田直澄说。

他终于跟对方说出我们家的姓氏了！信子更惊讶了。再不制止他，恐怕连我们家的地址都会说出来。说不定石田掩护的那个女人为了不暴露秘密，会冲到我们家来把我们杀光。

石田直澄抬眼看着片仓义文。那张筋疲力尽的脸严重扭曲，看起来像是哭累了还找不到掉泪的原因。

“能等到明天这个时候再报警吗？”石田说，“到时，我二话不说就去警察局。只要等我一天，好吗？她要和她爸妈商量，或许她先向警方投案比我先去警察局要妥当。”

信子那靠不住的父亲依旧茫然地看着石田。“不了解情况的话，我不能答应。”他又是那种没有迫切感的口气。

“我来告诉你。”

“好吧。”

“爸爸！”信子怒吼一声。

义文吓一跳。“你怎么还在这里？”

“你是怎么搞的！你怎能听他的呢？”

“小孩子闭嘴！”

“我才不闭嘴！”

父女争执之时，石田又和对方简短交谈了几句，之后又把听筒交给了片仓义文。信子看到父亲挺直脊背，通告对方似的说：“我们现在要听石田先生细说内情。如果说得通，就等一天。如果说不通，立刻去派出所。就这样！”

父亲说完挂断了电话，粉红色的电话发出咔的一声。

紧接着门口有人喊道：“干什么？信子。”

信子回头一看，发现母亲站在门口。她瑟缩着把双手塞在外套口袋里，愣愣地看着他们。

“你来得还真巧，”父亲对母亲说，“正好有麻烦事。”

石田直澄说：“是你太太吗？”随即深深弯腰鞠了个躬，“抱歉，给你们添麻烦了。”

“这位是石田直澄。”父亲介绍道，“知道吗，荒川那个命案里的石田。”

信子怕母亲会昏倒，光着脚丫冲下水泥地板，站到她身边。

“不要摆出那个脸，他又不会咬人。我们还有很多事情要问他呢。”

就这样，石田直澄开始叙述。

——这时你才跟片仓夫妇说明一切经过？

“是的。我担心他们能不能听明白，因为我不善言谈，没受过什么教育。”

石田这时讲述的长长的故事，是石田这边看到的“荒川一家四口被杀命案”真相。

“我本来就像我妈说的，没有本事却自以为机灵，所以才会去买法拍屋，结果失败了。那种事情应该是更了解法律和社会形势的聪明人去做的。”

——你儿子说你对他有对抗意识。

“是吗？是这样……不好意思，被看穿了。我儿子脑筋比我好，觉得我笨。有一段时间确实是这样，我确实很想为自己出一口气，让他瞧瞧，让他知道他老爸也很厉害，能做出他意想不到的复杂事情。”

——你自己也很努力。事实上一开始也很顺利，不是吗？

“也是啊。在标下二〇二五号以前，为了筹钱，我拼命张罗，很快就达到了目标。

“知道砂川那帮人住在里面以后，我几度跟他们交涉。我从书上知道了他们是职业占住人，不过那时我把事情看得太天真了。我觉得他们一点也不可怕，他们也没威胁我，只是一再地诉苦说他们有房屋租约啦，搬家要花钱啦，家里还有坐轮椅的老人啦等等，一时也没有地方可去。我只要稍微强硬一点，他们就说会想办法搬走。可是我太软弱了，他们便一直赖着没走。”

——因为早川社长在这方面是老手。

“就是啊。拖了三四个月还没有收房，而借款必须还，我开始着急，但又不知能找谁商量。我去问认识的不动产公司，他们都说没办法，叫我去找律师。律师也是个中老手，可以很快地解决这种事情。我是有这个打算，可是我又去了二〇二五号一趟，和砂川先生谈过，也和他太太——虽然不是真的砂川太太——谈了。对方自知理亏，我便以为只要再加把劲，或许可以成事。专程去找律师又要花钱。我最不愿意的，是等到收房后细算下来，才发现比买普通预售房还费工夫又花钱。说起来好像很小气，但在那个阶段，我满脑子想的都是尽量简单、省钱地办好事情。见过砂川后，发现他们姿态很低，这更强化了我的这个想法。我以为只要我态度稍微再强硬一点，他们就不会那么难对付。那对夫妻就是有本事让我产生这种错觉，而且他们家还有一个老太婆，更是如虎添翼。我说得很怪，你明白吧？”

——你是说二〇二五号的“砂川家”减弱了你采取强硬手段的打算？

“就是啊！谁知道他们的弱势根本就是强势。”

——那家人其实不是“一家人”。除了砂川信夫，其他人的名字都不对，你知道吗？

“那时我完全不清楚，也没注意到，更不知道有早川社长这个人。”

——没错，小糸孝弘也说不知道自称“砂川里子”的阿姨的本名不是这个。

“他们倒是很忠实的伙伴，有外人在的时候都努力装出是一家人。他们也是怕我发现他们不是一家人而节外生枝吧。”

——你知道小糸孝弘出入过二〇二五号吗？

“我不知道。他是原房主的儿子吧？”

——是。他还是中学生，自然不知道详细情况。

“我要上班，不能常去那边交涉，这也是我的苦恼。”

——你是什么时候见到那个自称“砂川毅”的八代佑司的？

“那是……我记不清楚了。我去交涉的时候见过他一两次……第一次见到大概是春初吧。”

——在二〇二五号吗？

“是的，我和砂川夫妇交谈的时候他回来了。他……那个八代佑司啊，砂川太太跟他说‘你回来啦’，他却闷不吭声地走过去，很快又出去了。我问是不是她儿子，她说是。我记得我说：‘你们有这么好的儿子，应该也不想妨碍他的将来，那就想办法圆满解决这房子的事情吧。’我是想让他们觉得这种占住的行为很丢脸，做父母的要为孩子着想，可是没效。这也难怪，他们不是真正的母子嘛，可惜当时我并不知道。”

——你后来和他单独见面谈过？

“对。他给我的感觉是不太想回那栋公寓大楼，即便回去也只是睡觉而已。”

——实际上好像就是这个情况。

“一般家庭的男孩都是那样，我根本没有起疑。”

——你当时还不知道八代佑司做什么工作，在哪里上班？

“对。他穿着非常光鲜的西装，因为他太年轻，我想他做的可能是那种赚钱多也不能大声嚷嚷的工作吧。也不是黑道。现在有很多这种行业，像地下钱庄之类。”

——他或许常常换工作，都没有雇用保险记录。

"哦。人如果想那样过活，是可以过下去。老实说，我还是无法完全理解他——砂川夫妇我还能理解，只有他我不理解。我想以后也不会吧。"

——八代佑司什么时候和你联系的？

"那是……我记得是五月的连续假期过后吧。日期我记不清楚了。警察也要我努力想想，可是很抱歉。"

——他打过电话到你家吗？

"没有，他打了我的手机。收房有纠纷的事情我瞒着家人，所以都用手机和他们联系。我当时吓一跳，怎么是砂川的儿子？他说要私下见我谈事情，我想应该不是坏事。"

——你立刻跟他见面了？

"是。也不是坏事嘛。我太想快点顺利收房了。"

——在哪里？

"新桥的酒馆，是我选的地方。现在想起来，他是不愿意让我知道他常去的店，才让我选地点。"

——一开始谈些什么？

"我让他直说，他就告诉了我很多事情。虽然没有提到早川社长，但是他把砂川他们都是受雇住在那里的事告诉了我，而且说砂川他们不是真正的一家人。"

——你很惊讶吧？

"我真是吓呆了。男女同居不算什么，竟然还有假儿子、假母亲住在一起！"

——八代佑司说了他为什么和砂川信夫他们住在一起吗？

"我问他那种生活会不会不自由，他说砂川一直很照顾他。他还说砂川不是亲生父亲，反而更好。我又问他：'你真正的家人不担心你吗？还有那个老婆婆——三田初枝，她的家人没找她吗？'

"他听了笑笑说他父母不会找他，至于三田初枝的家人，他们看到别人突然把那样痴呆的老太婆送回去，恐怕还觉得麻烦呢，老人就这样让砂川他们照顾或许更好。”

——他的口气怎么样？

“很干脆，很洒脱。所以我那时觉得，即使不相干的人住在一起，只要相处得来，也不坏。事实上，那时我和儿子吵了架，女儿也不理我，心情真是一团糟。”

——八代佑司那样跟你坦白后，又说了什么？

“这个……他问我能不能给他一笔钱，然后由他去说服砂川，让他们悄悄搬出二〇二五号。他说砂川他们自己也希望快点结束这为了一点小钱的违法勾当。”

——可是他们不会免费搬走，他们要钱，对吗？

“是。”

——要多少？

“一千万。”

——一大笔啊！

“就是啊。我说没这么多钱，要给那么多钱的话，还不如去找律师。”

——他有什么反应？

“他让我仔细考虑一下贵不贵，好像很有自信。”

——可是你们没谈成。

“嗯，当然！我不能接受，而且他是瞒着砂川跟我提这件事的。

“我想他是临时起意才这样说的。少不更事嘛。动点歪脑筋，以为会顺利成事就说出了口，可是说了就忘。倒是我因为他这番话，犹豫着要不要请律师。后来他又打了几个电话给我，问我有没有改变想法。他还真固执。我有些生气了，怒骂他，让他别打歪主意。他却嘿嘿笑着说我出钱是为我自己好。为什么是为我好？我问他……我问他……”

“抱歉，一想起来我还是很难过。”

——不要紧吧？

“嗯，没事了。”

——八代佑司说了什么？

“他说他根本不在乎砂川他们三个，说他们又不是真正的家人，过去他虽然受他们照顾，但也是彼此彼此。可是最近他们好像当他是真正的家人一样，对他发号施令，还说老了以后要依靠他。他说这真是开玩笑。实际情况如何我不知道。砂川他们真的这样要求他吗，还是他自己这么认为？我不知道。但他确实这么说了。”

——对八代佑司来说，“父母”好像是控制自己、剥夺自己自由的恐怖怪物。不只是对亲生父母，对“以父母立场存在的人”他都这么认为。

“是这样吗？太难理解了，我不懂。我只是感觉他对砂川他们没什么感情，好像只当他们是好使唤的用人。所以，当他们一让他感到麻烦时，他就要和他们一刀两断。

“他还若无其事地说：‘我可以不吭一声地抛下砂川他们一走了之，可是那些家伙很固执，可能会追着我不放，说什么当初收留了离家出走的我，现在硬要我报恩。我索性一起收拾掉他们三个。现在正是最好的时机，我杀了他们，人家会认为凶手是你。’”

——弄得像是你气恼砂川他们不肯交房，才杀了他们？

“没错。我听了毛骨悚然，心想这小子的脑子有毛病。于是我只好说我们再见面谈谈，便又约在新桥的酒馆见面。”

——情况如何？

“他很得意地说：‘怎么样？低头了吧？你如果不想被当成杀人嫌疑人，就付一千万。’我说让我考虑考虑，然后就脸色苍白地回家了。

“那时我还不认为八代佑司真的会去杀那三个人。他说要把杀掉那三个人的罪行嫁祸给我，我想他大概只是为了吓我、让我乖乖给钱而已。他们好歹是住在一起的人。虽然没有血缘，但砂川他们收留了离家出走的他，供他住又照顾他。砂川或许不是正经的人，但至少为人亲切。我想八代佑司不会真的在自己长大后不再需要他们时，只因为他们会妨碍自己就把他们杀掉。我真的以为他只是为了钱才这样威胁我。我真的这么以为。”

——然后呢？

“我跟砂川说了。我告诉他跟他们一起生活的八代佑司对我说了那些话。他表情惶恐之极，不过也没当真，只说八代佑司如果对他们不满，搬出去也没关系。

“我觉得他把不相干的人当母亲、儿子拉来同住很奇怪。他说确实是很奇怪，但是他们一直过得很和乐。我问他应该有真的太太和儿子在别的地方，他嗫嚅地说确实是有，但是他回不去，就是回去了也处不来，好像不太想提起他们。”

——你跟砂川信夫说清楚后还是很担心吧？

“是很担心啊。可是我也没办法。好像是他们起内讧了。我想还是尽早跟他们断绝关系为好，于是想找个好律师，就跟朋友商量。可是这件事被我儿子知道了，他一脸错愕，像是在说我就是没有一件事能做得好。儿子瞧不起我，我还受得了，因为这是事实嘛。可是家里的气氛太沉闷了，我也赌气，大多数时候都在酒馆或小钢珠店里混到快天亮才回家。那天晚上——出事的那晚，八代佑司打电话来时我也在酒馆里。那是浦安一家新开的连锁酒馆，我是第一次去。我才喝了一杯，手机就响了。”

——暴风雨那晚？

“是。我不想回家，在那里慢慢喝酒。我接起手机，就听到那小子说：‘石田，能不能马上来我家一趟？你告诉砂川了，是吧？你做的好事，我们大吵了一场，这样下去不得了，你过来负责吧。’我不明白为什么我必须负责，不过那事确实是我告诉砂川的……我也有点理亏。我问：‘砂川他们没事吧？你没对他们做什么吧？’他都不回答，只说我去了就好，让我赶紧。没办法，我只好过去。虽然赶上了到那边的末班电车，但是车站前没有出租车，我只好浑身湿答答地走到那里。

“可是，到了那里一看……太迟了……他们都已经……”

第二十一章　投案

——八代佑司叫你过去干什么？

“唉……善后……他要我帮忙一起善后。”

——你要休息一下吗？

“不用，我没事。对不起。”

——回想过去很难受吧？

“还好。我和砂川他们不熟。他们被杀，老实说，我没有太悲伤的感觉。砂川信夫是有种种苦衷，可是我呢，就算和母亲相处不好，也不会抛弃老婆和孩子一走了之。我不喜欢他的生活方式。可他们是因为我才落得那样下场，这是我最难过的事。”

——但人并不是石田先生你杀的。

“话是这样，我也知道。可是想一想，八代佑司总有一天会离开砂川他们，他又不是求他们扶养他的，所以感觉他们碍事时就会说再见。但这终究只是说再见而已，他不在的话，砂川他们也不至于住不下去。虽然按照那种生活方式，他将来在某个地方一定会出问题，可是他只是说再见的话，砂川他们也会平安无事吧。

“就因为我和砂川不断交涉二〇二五号的交房问题……八代佑司才以为能从我这里弄到钱。是这个想法导致他疯狂的。他或许只是一个任性而奇怪的人，但在起了可以弄到一笔大钱的念头的瞬间，就会做出难以想象的可怕事情。

“我后悔没早点去找律师处理。就是因为我这个傻瓜，八代佑司才生出了邪念。他威胁说如果他杀了砂川他们，别人一定当我是凶手。我听了这话真的惊慌到了极点，那小子当时以为有了可乘之机也就不无道理。真惨！

“那晚我走进二〇二五号，最先映入眼帘的是砂川的脚掌，穿着袜子横在那里。乍看之下，他像是在睡午觉。他的袜子是新的——像是刚买的新袜子，还浆挺发亮。那东西洗一遍就会脱掉，所以一看就知道袜子是新的。其实那也没什么特别的意思，只是我记得格外清楚，比流血的样子还清楚。”

——你做过噩梦吗？

“我可能很迟钝，很少做梦。不过在家里看到有人躺在客厅里睡午觉时，我还是会吓一跳。所以，我告诉过家人别随便躺在我看得到的地方。”

——八代佑司那时在哪里？

“和我一起在客厅里。他的眼睛里布满血丝，情绪亢奋，但没有发抖，也没有语无伦次。他只是不停地说：‘到如今都是你的责任。把这些家伙的尸体处理掉后，你就能搬进这套房子了，应该很庆幸吧！’”

——要你帮忙？

“对，好像我是雇主，他是杀手一般。他说，那个雇用砂川他们的早川社长会以为他们胆小做不下去，偷偷跑了，我们只要把尸体处理干净就行。他还说他会闭嘴不说，要我给他一千万。”

——的确，你如果想坏人做到底，和八代佑司联手，这个计谋或许可以得逞。因为早川社长不会追查砂川他们的行踪，他以为砂川他们是真正的一家人。

“是啊。姑且不论对错，这计划是不差，虽然我这样说太轻率了。”

——你当时怎么没大喊着逃出屋外呢?

“我做不……我做不到。我浑身发抖。三个人被杀，尸体就在我的脚边，而我一想到凶案嫌疑人可能逼向我，更是吓得直不起腰来，不知道该做什么。如果我那时报警，八代佑司却跑了，警察来了或许会完全不相信我说的话。我因为交房纠纷和砂川他们起摩擦而杀了他们，这还更像是实际发生的事情。最重要的是，我人在命案现场，我不认为警方会相信我是被凶手叫来的。

“现在想起来，我还真傻，怎么会问八代佑司那个问题！我问他：‘你到底打算怎么处理这三个人的尸体？’其实我的意思是他到底怎么打算的。可是当时我的思绪太混乱，便那样问了他。他听了以为我是打算帮他，以为我对他的计划有兴趣，于是跟我说：‘不管怎么样，我们算是共犯，钱的事以后再说。要不，卖了这房子拿钱如何？你也不想再住在这里了吧。’

“他还说他准备了包裹尸体的塑料布。他推开阳台的落地窗说：‘在房间里处理的话，事后清理起来太麻烦。浴室又太小，就到阳台上来吧，虽然会淋湿，但事后再换衣服就好。’说得好爽快。”

——他打算肢解尸体?

“大概吧，搬运全尸很麻烦。可是他还没有动手，门铃就响了。

“那一瞬间——就在那一瞬间，我确实感到我成了八代佑司的共犯。我和那家伙都僵住了。有人来了，被看到就糟了！我心里这么想。而且，我想到我进来时忘了锁门。在咔嚓声中，门开了。客厅和走廊之间的拉门也是开着的，来人从门口虽然看不到我们，我在所处的位置却可以清楚地看见对方。

“一位年轻的小姐，抱着婴儿，拿着湿答答的伞站在那里……怯生生地说了声‘晚上好’。她脸色苍白，不是因为寒冷，而是因为不安和恐惧。八代佑司表情怪异地冲了过去。接下来的事情大家后来都听说了……”

——那是你第一次见到宝井绫子?

“是的。但她知道我是谁、我的处境，她以前来时见过我和砂川争吵。”

——她进屋看到尸体了？

“八代佑司要赶她出去。她可能因为女人的直觉，有不祥的预感，就抱着婴儿匆匆赶来了，结果看到了尸体……她虽然有不祥的预感，但没想到会是这样。她双腿发软，颤抖地退到墙边。

“‘怎么会这样？怎么会这样？’她的声音越来越尖。八代佑司突然冲过去甩了她一巴掌说：‘吵死啦！我是为你才做的，你干吗来碍事？’

“不可思议的是，婴儿一直睡得很甜，根本没哭。倒是做母亲的绫子小姐哭得很凄惨。

“她被打了一巴掌后，身体往下蹲，手上的婴儿差点掉下去。我赶紧靠过去帮她抱住。她没穿雨衣，婴儿的帽子都湿透了。

“我要把婴儿抱过来，她像清醒了似的把婴儿抢了回去。她可能以为我也是凶手。我语无伦次地说我不是，八代佑司也疯言疯语的。绫子小姐看看我又看看他，目光炯炯。她问八代佑司：‘你说是为了我才做的，究竟是什么意思？’

“之后，他们开始吵架。绫子小姐猛然站起来，那样子就好像要把婴儿交给我。我只能战战兢兢地接过来——不能让孩子有什么差池。

“八代佑司不想理会绫子小姐，他走到阳台上，摊开放在角落里的一捆塑料布，开始用刀子切割。他用的不是长刀，而是工作时用的约十五厘米长的小刀。他打算切割塑料布来包裹尸体。

“绫子小姐嘴里念念有词，我听出来我怀里抱的这婴儿是她和八代佑司生的。

“八代佑司一边骂绫子小姐太吵，要她别那么大声，说不能让邻居听到，一边继续切割塑料布。他毫不慌乱，但在狂风暴雨中，他的头发湿淋淋地贴在脸上，雨水打进眼里，那样子看起来很是可怕。我不记得他们所有的对话，依稀听到好像是八代佑司为了绫子小姐决定改变自己的人生，但是砂川他们阻碍他，而他也需要钱，就觉得这样做最好，于是下手去做了。

“绫子小姐好几次说她期望的不是这个。她边哭边说：‘你有问题，你不能正经一点吗？’八代凄厉地笑着问她：‘你说我疯了，你就正常吗？’

“没多久，绫子小姐说要报警，八代便拿刀指着她。他呼地站起来，很认真地对她说：‘啰唆，你照我的话去做就好了。’现在想起来，那时八代佑司完全没有料到绫子小姐会来现场，有些惊慌。他想在她面前装阔，便想弄到一笔大钱，偏偏绫子小姐掀了他的底，他只好用暴力排除障碍。

“那时我还抱着婴儿，我立刻伸手推开八代拿着刀的手。我的手掌被划到了，血喷了出来，绫子小姐尖叫起来，我也很害怕。这样下去，恐怕连我也要被他杀了，我遂跑向大门口。绫子小姐却反而跑向阳台。

“那都是一瞬间发生的事。那一瞬间我背对着阳台，没有亲眼看见。我听到哇的一声，回头一看，发现八代已不在阳台上，绫子小姐瘫在塑料布旁。我跑过去，她说他掉下去了，说完就放声大哭。

“我没时间多说什么。我只想到八代死了，屋里还有砂川他们的尸体。八代死了，这比他逃走了还糟糕。这下杀人的嫌疑全都落到我头上了。

“绫子小姐像抓住了救命绳索似的从我手上抢走婴儿，连我的手臂都一起抢过去了。那也难怪，她并不知道我不是八代的共犯。要是她以为我和八代一起杀了砂川，那也没办法。

“我不想辩解。她把婴儿抢回去的瞬间，我就知道我已无路可逃。

“我蹲在她身边……她缩着身体，全心全意守护着婴儿……我跟她说：‘你虽然不相信，但我真的没有杀人。我没有杀害砂川他们，不过别人一定会怀疑我，我只能逃走。可是我真的没有做坏事，希望你相信我。即使你报警，我也不会恨你。但如果你相信我，默默离开这里的话，我也不会对任何人透露这件事。”

——宝井绫子说了什么？

"'你要掩护我吗？我把他推下去的。他说都是为了我闯下这个大祸的。所有这些你都要帮我瞒着吗？'她好像害怕沉默似的，一股脑地说出了她和八代的事情。她情绪慌乱，说得很快，内容颠三倒四，但是我仍然听出了她和八代没有正式结婚，婴儿也没有认父亲。于是我说我会掩护她，让她就当那晚什么事也没发生。"

——你们做了约定？

"对，我们做了约定。

"当时我想，警方和社会大众一定会怀疑我，家人也会责备我，恐怕还会完全放弃我不管了。儿子和女儿一定会恨我害他们陷入这种窘境。不久前我找律师时，还因为儿子的惊讶和嘲笑跟他大吵了一场。我已经没有地方可以回去，也就觉得无所谓了。而绫子小姐有个婴儿，孩子真的很可爱，也需要母亲，我就告诉她：'我跟谁也不说，我会一直躲着，绝不让人抓到。你也不能跟任何人说出今晚的事情，要把它全部忘掉。"

——石田先生，你没有不得不掩护宝井绫子的理由吧？

"嗯，确实是这样。只是那时候……我已放弃自己了，也知道她只是被八代佑司连累了，所以……但最主要的还是婴儿吧。如果她只是一个人，或许情况就不一样了。"

——宝井绫子说不论八代佑司想做什么极端的事情，只要看到孩子的脸，就会打消念头，所以那晚她就带着孩子跑去了。

"唉，即使可以阻止八代佑司，也不可能改变那家伙。倒是这点对我很有效。

"我只问了绫子小姐的手机号码，以备万一。这时她说：'刀子，捡起那把刀子！他是从阳台摔下去了，但是我摸过那把刀子，上面有我的指纹，不能被查出来。'她要我把刀子扔掉。我以为那是杀死砂川他们的凶器，感觉有些恐怖，不太情愿去捡，但还是捡了起来。"

——其实，那并不是凶器。

"是啊。我在逃匿途中把它扔到附近的河里了，一直没被发现。

“我逃出那房子后已神志模糊。我身上没有多少钱，于是去找了一个老同事。我年轻时他就很照顾我，当时他独居在日暮里的公寓里，老婆很早就死了。我半夜三更把他吵醒，没有详说情形，只是问他能不能借点钱给我。我的模样很不寻常，但是他二话没说就借了钱给我，让我换了一套干净的衣服，还拿了伞给我。我真的很感谢他。他第二天早上大概就知道我为什么要逃走了，但是他一直为我保持沉默。

“我只打了一个电话回家告诉了母亲一声。之后将近四个月的时间，我过着半游民的生活，一路逃匿，最后落脚于片仓屋。

“对了，我还不知道绫子小姐的婴儿的名字。是男孩还是女孩？”

——男孩，名字和爸爸的只差一个字。

“哦，这样啊……是男孩啊。”

听完石田直澄长长的叙述，片仓义文依照他的要求，等了一晚。

“因为宝井先生认为让他女儿先去投案更好。”

义文根据自己的判断，又打了电话给宝井绫子。电话是她的父亲接的。他这才知道他们经营着一家小餐馆，绫子是他的独女，而帮绫子接电话的那个“少爷”是她读高中的弟弟，叫康隆。

宝井家的双亲说那晚是第一次听绫子说起这件事。起初他们完全不相信，但很快就明白了这不是捏造的故事，也知道绫子已经向康隆透露并和他秘密商量过了。他们这才决定正视这个问题。

义文感受到了对方的诚意，就坦然地说出了自己的地址和电话号码，还说有事的话可以打电话商量。

信子还是无法百分之百相信石田，认为这是精心编造的故事。

那晚，义文留在旅馆里陪石田直澄。信子和母亲一起回家了。义文有点没好气地跟她们说：“你们如果还怕石田先生，我也没办法，今晚就都住到饭店去也行。”

幸惠不像信子所想的那样惊慌失措，她和义文商量了一下，好像要尽量平静地度过那一晚。在信子的眼中，最蠢的是春树，他说第二天大概会有很多电视台的人拥到片仓屋，他得先去美容院收拾一下。信子一脚把弟弟踹下了椅子。

多惠子对不同程度的大事发生在片仓屋，感到有点不是滋味。旅馆的负责人是义文，家里的主妇是幸惠，一家里里外外都由这两人指挥，她觉得很无趣。可是幸惠根本不理会存心找碴的多惠子。

上了床，信子还是睡不着。她想上厕所，下楼时看见客厅还亮着灯，母亲在桌上记账。

“妈，还没睡？”

母亲睁着困倦的眼睛：“你不也没睡？”

“太亢奋了，睡不着。”

信子上完厕所回来，母亲问她要不要喝热可可。信子说她去泡。母女就面对面坐着喝温热的可可。

“爸没事吧？”信子说。

“没事。”

“那样相信石田先生可以吗？”

“只是这一晚嘛！而且你爸看人的眼光很精准，他做这一行长年累月练出来了。”

信子生气地说：“是我发现那人是石田直澄的，可是爸还跟那人说是他发现的。”

母亲笑笑。“那是因为你爸刚开始时还认为石田那人很危险。如果说是你发现的，万一他记恨你，不就糟了？你爸才说是他发现的。”

有这么深的顾虑吗？

“电视上不是有人说石田先生并不是荒川命案的真正凶手吗？所以你爸不怕，真心想解决问题。”

“电视都是乱说的。”

“那要看是什么人说的。”

幸惠记完账，合上账本，喝着可可，突然一脸认真地问："你会想离开这个家，忘记自己的亲兄弟，自由自在地过活吗？"

信子一愣。"什么嘛！妈怎么可以说这种话？"

母亲笑开了，有点不好意思。"说的也是，是妈自己好几次想离开这个家。"

"今天也是吗？"

"没有。我只是去散散步，让头脑冷静一下。"

"我才不想和别人住在一起呢。"

"说不定那样没有烦恼，反而很好玩呢。"

"想得美！你看砂川他们，还有八代佑司，下场多可怕。"

"也对。"母亲喃喃地说，"家人或是血缘，对每个人来说都是受不了的麻烦，有人还真的可以断然割舍这些活下去呢。"

"可是不都失败了！"

"砂川他们是失败了。"母亲喝完可可，拿着杯子站起来。然后她小声说："无处可去和无处可回，这和自由完全是两回事。"

"妈？"

"睡吧，信子。"

学生就是这么不自由，自己家里发生了会让电视台记者蜂拥而至的大事，却还是非上学不可。信子和春树都乖乖地早起，梳洗完后上学去了。

她没有办法不挂心家里的事情，很想早点回家。正好肚子有点痛，她就拿这当借口躲掉课外活动，早早回家了。这是她第一次偷懒躲掉篮球队的练习。

她跑回家一看，大门锁着，于是拿着书包直接赶去了旅馆那边。旅馆前面停着一辆陌生的面包车，车身上写着"宝食堂"。

宝井家的人来了。她的心跳得很厉害。

她站在门口往里看，父母亲和石田直澄坐在柜台前的小客厅里，石田看起来比昨天更瘦小。

石田对面，坐着一个体格魁梧的中年人和一个穿着校服的男孩，信子只能看见他们的背部。父亲看见她，说了声“你回来啦”，这时所有人都转过头来。

母亲对呆站着的信子说：“这是宝井小姐的爸爸和弟弟。”

宝井爸爸看着信子，问义文：“是发现石田先生的小姑娘吧？”

石田愧疚地说：“我把她吓坏了，害得她拿着塑料伞护身。”

宝井爸爸向信子点点头说：“我女儿刚刚抵达荒川北警察局，她妈妈打电话告诉我的。不好意思，小姑娘，也麻烦你了。”

“孩子怎么办？”信子没想到自己会先问这个。

宝井爸爸和儿子面面相对，然后微微一笑。“今天暂时托邻居照顾。”

刚才一直沉默的宝井弟弟开口了，声音有点激动：“不要紧，我们可以照顾他到姐姐回来。”

信子盯着叫康隆的少年。他也盯着她看，然后突然低下头去。

“信子，你去派出所请石川巡警过来，好吗？”义文说，“我想石田先生坐警车过去比走路过去好。”

信子说声“知道了”，随即跑出旅馆。她用余光瞄到石田在擦拭眼角，但她没回头看。

她以为那个叫康隆的少年会和她一起去，但这好像是错觉。她不停地跑，喘不过气来，只好停下来大口喘气。视野渐渐模糊，她知道自己快要哭了，但完全想不通为什么要哭，只好拼命眨眼止住眼泪。

有传言说千住北美好新城西栋闹鬼。

石田直澄也知道这事。案子破获后，二〇二五号一时为石田所有，但他很快就卖掉了。办手续时，他听管理员佐野说起这事。

“我以为是砂川他们的鬼魂，没想到竟然是八代佑司的鬼魂。他惨白着脸从二〇二五号的窗户往下看。也有人在电梯里碰到他。”

——你见过吗？

“没有，就是看到也不怕。活生生的他才可怕呢。”

接受采访的关系人之中，没有人实际见过八代佑司的鬼魂，但是闹鬼的事还是很出名。东栋管理员佐佐木夫妇和中栋管理员岛崎夫妇，都听过不少住户说亲眼见过。

但为什么是八代佑司的鬼魂呢？为什么不是三个被害人，而是凶手的鬼魂出现呢？

“这样才恐怖啊。”佐野笑着说，“父母正好用来吓唬天黑了还赖在公园里玩耍，不肯回家的小孩。”

在案子被侦破以前，有人绘声绘影地说看到石田直澄在查看命案现场和逃走路线，或是看到“砂川里子”和“砂川毅”亲密相拥等等，但是案子被侦破以后，不知为什么，流言都变成八代佑司的鬼魂四处游荡这种说法了。

“是因为大家最不了解他吧。”葛西美枝子说，“他离家出走，完全否定家人，不相信人和人的亲密相处，完全只有自我。他也不爱和情人所生的小孩，我想他作恶并不是为了他的情人。他只是糊里糊涂地生下孩子，而当女方要他负责，他只好告诉女方说和自己住在一起的并不是真正的家人，这事若让她爸妈知道了很没面子。但他真的这么想吗？我看他真正想做的是逃离砂川他们、逃离情人和孩子，一个人自由自在地生活。此外他想要钱，正好有弄到大钱的机会……如果不是情人凑巧来到命案现场，大概一切就如他愿了，他讹诈石田一大笔钱后就逃之夭夭了。说是为了情人母子才这样做，这只是要他们感激的借口。”

葛西美枝子说，现在这种自我中心的人确实越来越多了。

“现在的年轻人都有八代佑司这种心理，认为父母只是方便的金主，是和自己住在一起的用人。年轻人能理解八代佑司的心情吧。”

不过社会上大多数家庭还是无法理解这种想法，住在千住北美好新城的人也一样。

“对这里的人来说，八代佑司完全像是怪物，他们一直这么认为。怪物便有怪物的下场，死了就变鬼出来吓人，这反而让他们感到安心。”

小糸孝弘瞒着母亲去过西栋好几次，请求佐野让他进屋看看。

——为什么想进去？

“嗯……”

——想念阿姨他们吗？

“那人是外人吧？”

——八代佑司吗？

“是啊。”

——没错，他和砂川叔叔与阿姨没有关系。

“可是他们曾经和乐地住在一起。”

——但是他们内心都各有盘算。

“我会不会也杀了阿姨他们？”

——怎么说？

“我不是要阿姨租一个房间给我吗？那时我觉得和叔叔阿姨住在一起，比和爸妈住在一起要轻松愉快，所以我请阿姨租房间给我。八代佑司也是觉得和叔叔阿姨住在一起，比和他亲生爸妈住在一起好，不是和我一样吗？”

——是啊。

“所以，如果我一直和阿姨住下去，长大以后觉得阿姨他们妨碍了我时，也会杀了他们吗？”

我也会杀了阿姨他们吗？

小糸孝弘说如果见到八代佑司的鬼魂，想问问他。

八代佑司知道小糸孝弘要的答案吗？他不是也不知道吗？

不过，在不久的将来，一般人都知道这个答案的日子会来临——或许不论我们接受与否都要来临，也或许是我们积极寻求来的。

到那时，八代佑司的亡魂应该可以瞑目了。在那之前，他恐怕会一直在千住北美好新城西栋里面游荡。在没有人再怕他以前，在没有人再拿他吓人以前，他会和寻找他苍白幽影的人一直待在那里。

图书在版编目(CIP)数据

理由/〔日〕宫部美雪著；陈宝莲译.—2版.
—海口：南海出版公司，2016.1
ISBN 978-7-5442-8109-6

Ⅰ.①理… Ⅱ.①宫…②陈… Ⅲ.①长篇小说—日
本—现代 Ⅳ.①I313.45

中国版本图书馆CIP数据核字(2015)第240051号

著作权合同登记号 图字：30-2015-090

理由

〔日〕宫部美雪 著
陈宝莲 译

出　　版 南海出版公司 (0898)66568511
　　　　　海口市海秀中路51号星华大厦五楼 邮编 570206
发　　行 新经典发行有限公司
　　　　　电话(010)68423599 邮箱 editor@readinglife.com
经　　销 新华书店

责任编辑 张 锐
特邀编辑 黄莉辉
装帧设计 韩 笑
内文制作 王春雪

印　　刷 山东韵杰文化科技有限公司
开　　本 850毫米×1168毫米 1/32
印　　张 11
字　　数 281千
版　　次 2010年1月第1版 2016年1月第2版
印　　次 2021年3月第13次印刷
书　　号 ISBN 978-7-5442-8109-6
定　　价 59.00元